Heibonsha Library

[増補]借家と持ち家の文学史

JN116112

平凡社ライブラリー

Heibonsha Library

［増補］

借家と持ち家の文学史

「私」のうつわの物語

西川祐子

平凡社

本書は一九九八年十一月に三省堂から刊行された『借家と持ち家の文学史』に
「第四章 文学は、大河から海へ向かう」（書き下ろし）を増補したものです。

目次

本のはじめに

近代百三十年のあいだに日本語で書かれた大量の文学作品を一つのテキスト、集団制作による大河小説として連続して読むことはできないだろうか。

ずっと以前、まだわたしの家に小さな子どもたちがいたころのこと、理由もないのに仕事にでかけるのが辛く思える日があった。同情した一人の子どもがいうには、「僕が大きくなったら、何べん読んでも飽きない大きな本を一冊あげるから、あなたは椅子に坐って、一日中ずっとその本を読んでいなさいね」。そうはならなかった。わたしはそれからもずっと働きつづけている。それにわたしの仕事は、小説をふくむさまざまな出来事を読み解き、講義をしたり、討論をしたりすることである。家で読みはじめた本を電車の中で読みつぎ、研究室で読み、身近に病人がいるときには、夜の病室で読む。そうやってたくさんの本を読んだ。

あれから長い時間が経ったが、今でもときどき、まだ字も知らない子どもが、いつかわたしに贈ってくれるといった大きな本のことを考える。あれは結局、わたしが一生に読む全部の小説のことだったのだろうか。その大きな本の背表紙には、どんな題名が刻まれているのだろう。

読むとは、どういう行為なのか。

ある市民講座（大阪市立婦人会館、一九八二〜八四年）の講師の依頼をうけたとき、わたしは「文学に表れた家族と家——いろり端のある家、茶の間のある家、リビングルームのある家」というテーマで、受講生とともに、一年間に三冊の本を読むことにした。同じころ、新聞の一面広告に、「団欒の構図の変化——いろり、茶の間からリビングルームへ」という住宅建設会社のコピーを見つけて、胸をつかれたことがあった。

八〇年代はじめの当時すでに、売るための家は「リビングのある家」ばかりであった。だが、その少し前までは、わたしたちは「茶の間のある家」に住んでいた。わたし自身は「いろり端のある家」も覚えていた。明治革命以後、たった一世紀余りのあいだに三種類の家と三種類の団欒、すなわち三種類の家族の形と、さらにその後を生きているとは、おどろくべき変化速度である。石造りの家の多いヨーロッパの場合とくらべれば、日本の木造建築の家は建て替えが自由自在である。しかし人間関係の組み替えが容器のつくりかえほど容易であるはずはない。モデル・チェンジのあるたびにどれほどの期待、喜び、苦しみがあったことか。日本の近代小説の主流は私小説といわれるが、ほとんどの私小説が「私」の容器を探して家を移り、建て替える物語を語ってはいなかったか。

そこで講座では、島崎藤村の「家」、小島信夫の「抱擁家族」、津島佑子の「光の領分」をとりあげて読んだ。藤村の「家」は、ようやく「茶の間のある家」にたどりつきはしたが、「いろり端のある家」の人間関係をひきずって苦しむ男の物語。小島の「抱擁家族」は、「茶の間のある家」を「リビングのある家」に建て替えて幸福をつかもうとしたのに、不幸になる男の物語。そして、津島佑子の「光の領分」は、「リビングのある家」からも出て、幼い娘とともにつぎはどこへ行こうかと考えている若い女の物語であった。三つの小説は一つの長い物語として読むことができる。途中で語り手が男性から女性へとかわるということも興味深くおもった。その後、何度もこのテーマをとりあげて考えた。

今ではわたしは、家族と住まいのモデル・チェンジはもう少し複雑なのだと考えている。日本の戦前家族は「家」制度であったといわれるが、じつは「家」/「家庭」は二重構造になっていた。戸籍の上では、父あるいは長兄が戸主である大人数の「家」家族に所属する。しかし現実には、都市で世帯をもって、夫婦と子どもだけの核家族による「家庭」を築いて日々の生活を送った。都市にある「家庭」家族の入れ物である「茶の間のある家」は多くの場合、借家であった。自然災害、不況、戦争のたびに「家庭」家族は「茶の間のある家」を放棄し、「家」家族の庇護をもとめて、村にある「いろり端のある家」に帰ったのであった。「家」制度/「家庭」制度に対応する住まいモデルは「いろり端のある家」/「茶の間のある家」であって、これも二重構造であった。

また、明治民法には分家という仕掛けが組み込まれていた。これを利用して創設一代目の家長となり、やがて都市に定住する、あるいは植民地へと飛躍する新しいタイプの家長も生まれる。新しい家長がつくる家族は、夫婦と子どもたちから成っており、むしろ「家庭」家族型である。こうして近代日本の意欲的な新中間層はしだいに厚みを増したのであった。

戦後の改正民法からは「家」制度が消えた。「家」／「家庭」の二重家族制度は、とかげの尻尾切りのように「家」を切り捨て、あるいは「家」観念を「家庭」の中にひそませて戦後を生きのびた。変化はつづき、「家庭」家族の容器であった「茶の間のある家」は、高度成長期からはnLDK設計、個室本位の「リビングのある家」にモデル・チェンジをしている。また、戦前の都市の住民の多くは借家に住んでいたが、戦後は政府の持ち家政策により、都市に定着する人口が増えた。郊外に一戸建てを、マンションの中に持ち家を購入しようとする住民の持ち家願望は強い。そのかたわらで子ども部屋が空中を浮遊して別の都市まで移動したような「ワンルーム」というモデルも生まれた。「リビングのある家」／「ワンルーム」も、電話や仕送りでつながる二重構造になっている。部屋の時代のはじまりである。これに対応する「家庭」／「個人」が家族の新二重制度であろう。ただしこの「個人」は、財産と家族を擁した威厳のある近代的個人ではなく、それぞれがそれぞれの尊厳のみをもつ大衆社会のささやかな個人である。

繰り返される二重構造には、「家」「家庭」といった家族のあるべき形として示されたモデルにたいする強い憧れと反発が共存している。モデル・チェンジがあるたびに生じる葛藤を、小説は描きつづけた。人々はモデル・チェンジの度に住まいを探し、家を建て替え、その度に苦しむ。

自分たちの幸福を探す努力がなぜ苦しみになるのだろう。家族や住まいの規範やモデルに従う場合だけでなく、規範とモデルに反抗する場合でさえ、家つくりの努力の向こうには、国つくりの大きな流れがある。家族をつくり小さいながら家をもつ喜びのつづきのようにして、その家族と家を守ると自分にいい聞かせて戦争へ行った兵士たちがいた。それぞれの努力はいつか、もっと巨大なものに回収されている。個々の小説は、相もかわらぬ人と人の出会いと離別、子生み、成長、労働、病、死の小さな物語をくりかえし描く。くりかえしなのだが、それぞれの人生が違うように物語は少しずつ違う。多数の物語が流れ込む大きな物語の存在を感じるのは、それぞれの小説の作者よりもむしろ、小説を読みつづける読者であるかもしれない。読むとは、書くと同じく積極的な行為になり得るのだと思う。

この本には、次の文章を収めた。

第一章　借家の文学史（「シリーズ・変貌する家族」第三巻「システムとしての家族」岩波書店、一

九九一年）

第二章　生きられた家・描かれた家（「京都新聞」金曜日朝刊文化欄一九九五年一月一三日〜九六年九月一三日連載）

第一部　家族の家の時代

第二部　部屋の時代

第三部　離合集散の時代

第三章　持ち家と部屋の文学史（書き下ろし、一九九八年）

第一章「借家の文学史」は、ここに収めた文章の中では最初に書いた。岩波講座「変貌する家族」の第三巻に「家族の日本文学史」の第三部として、文学にあらわれた家族の変貌を近代、それも一九四五年までの時間範囲にかぎって描くようにという要請に応じたものである。後になって考えると、ちょうど「家」／「家庭」の二重制度の時代に書かれた小説をあつかったことになる。家長の「家」を出た青年が自分の「家庭」を築き、新しいタイプの家長となって父と和解する、あるいは築いた「家庭」に妻というもう一つの人格、もう一つの問題を発見するという共通の物語は、戦前の都市の住宅に多かった借家を舞台にしていた。そこで、題を「借家の文学史」とした。「借家の文学史」には、男たちが家つくりを書きつづけるかたわらで女性作家たちは、もっぱら父の家、夫との家庭から家出する小説ばかりを書いていたという発見があった。この文章は、何人かの方の目にとまり、つづきを書くようにすすめていただいた。第二章の連載をはじめるきっかけになった仕事であった。

第二章に収めた「生きられた家・描かれた家」は、京都新聞の文化欄の連載として書いた。連載は、小説の舞台である住まいに注目して、家の記憶をリレー式につなぐ形でつぎつぎと小説を読んでゆくという意図をもってはじめた。五十回（五十冊）の小説をとりあげる予定が、八十五回（第三十五回のみは二冊の本をとりあげた）になってしまった。このたび、さらに七回分（七冊）を付け加えた。厳密な意味での小説だけでなく、ときには映画やマンガ、建築論も読んだ。どんなテキストでも読者がテーマを設定する大河小説の一頁として読めば、そのテキストは文学として消費されたのではないだろうか。終わったときには、毎週金曜日の連載が一年九ヵ月になっていた。一三日の金曜日にはじまって、一三日の金曜日で終わった不思議な連載である。

連載は生き物なので、予定通りにはならない。どのように終わるか書いている自分にもわからない即興の面白さがある。ある作品をとりあげたところから連想がはじまりつぎつぎと予定外の小説について語ってしまう。連載をはじめるにあたっては、なるべく現在の読者が入手しやすい文庫本版をとりあげるという原則だけをたてた。連載がはじまると、偶然の事件との遭遇もある。一九九五年一月一三日に連載がはじまって、その四日後の一七日が阪神・淡路大震災であった。わたしが住んでいる京都の古い長屋住宅もはげしく揺れ、壁に亀裂がはしり、連載のためにところせましと積みあげていた本の山が崩れた。神戸からは被災のニュースがつぎつぎと入った。その衝撃から、かつての関東大震災の記憶を描く小説を予定より数多く読むことになった。同じ年の八月は敗戦五十周年であった。住まいという主題は、植民地進出、戦争、敗戦、引き揚げ、経済の高度成長などの事件と深く結びついているから、ますます長くなった。連載の全体は、さまざまな小説の登場人物たちだけでなく、小説を書いた作家たち、ときには読者も登場する長い物語となっていった。

新聞連載の途中で、連載の読者が、感想、注文、間違いの訂正、つぎにとりあげるべき作品の示唆をくださることも増えていった。連載を本に収めるに際して、注として加えた情報もある。また、「生きられた家・描かれた家」は、京都文教大学の一九九六年度、一九九七年度の「文学」の授業のテーマと題材でもあった。連載でとりあげた小説のうちのいくつかは、授業中に学生とともに読んだ。レポートの題材にもなった。受講生の感想文からおもわぬことを教えられることがあると、それも注にとりいれた。わたしは長い物語を独りで読んだのではなくて、コースの曲がり角ごとに誰か伴走者が待っていてくださったのであった。新聞連載では、鈴木隆之さんと貝原浩さんに挿絵を担当していただいた。毎回、絵と文の緊張関係があった。連載というランニング・コースを走りながらするおしゃべりは楽しかった。

「生きられた家・描かれた家」という、新聞連載のタイトル、すなわちこの本の第二章の題は、多木浩二の名著「生きられた家」から拝借した。わたしの記憶では、まず、美しく朽ちた廃屋の写真が数多く収められた写真集があって、「生きられた家」は写真の解説文であった。その文章が独立して、写真のない「生きられた家」(田畑書店、一九七六年)という本になった。多木浩二はさらにもう一度これを全面的に書き直して三冊目の本にし、その十年後にまたまた、改訂版が出版されている(「生きられた家」、青土社、一九八四年、一九九三年)。わたしは、この同じテーマで書かれた四冊の本が好きである。とくに図書館で読んだので、今は手元にはない最初の写真集の篠山紀信の写真と多木浩二の文章の呼応が忘れられない。同じテーマで四度の書き直しをするたびに、螺旋階段を上がるときのように、すこしずつ違う展望が開けるという、長い時間をかけた作品の作り方からも、多くを学んだ。

「生きる」は、日本語では通常、自動詞として用いられるため、「生きられた」という受動態は、破格の用法である。しかし、写真集の写真は、かつての住民たちが住まい空間に働きかけて積極的に生きた跡をいたるところにとらえていた。朽ちた柱、崩れた壁に残る汚れは、生活の苦闘だけでなく、住んだ人の夢や、あるべき家庭という規範とたたかう思想闘争の跡のように見えた。住まいをテーマにして、毎週一冊の小説を読む新聞の連載を書くと決めたとき、わたしは、受動態を二つ重ねて「生きられた家・描かれた家」という題にした。編集部には、写真家が家を写した写真に呼応して多木浩二が語りはじめたように、わたしは小説家が言葉で描いた家を題材にして語るのだから、「生きられた家・描かれた家」と題したいと説明した。最初の一、二回は新聞の読者から、「られた」という表現が落ちつかないという感想をもらった。しかし連載が回を重ねるにつれて、この題名がうけいれられてゆく手ごたえがあった。小説家たちが描いた家の空間を自分も積極的に生き、そこで過ごした時間の記憶が自分にもあるという読者の共感が、「生きられた」「描かれた」という表現をうけいれさせたのであった。

第三章「持ち家と部屋の文学史」では、第二章「生きられた家・描かれた家」において一冊ずつ読んだ小説を、もういちど連続して読み直した。分析的な読み方によって、長い物語にはテーマの継承、記述人称と視点の移動、構成や文体の変化がうねりのように存在することをあらためて感じることができる。第三章は、第一章とは逆に、第二章となった新聞連載が終わった後に、連載を書いてみてはじめてわかったことを整理するために、書き下ろしたことになる。連載後の二年間に発表された小説群も読み、家族と家を主題にした小説群出現の一つの頂点と終焉を見とどけることができた。とくに小島信夫の読者としては、小説家が「抱擁家族」の三十年後に、その続編である長編「うるわしき日々」を書きあげた瞬間に立ち会えたのは、幸せであった。

「持ち家と部屋の文学史」は、結局「借家の文学史」のつづきの時代をあつかっている。「家庭」／「個人」の新二重家族制度の時代にも、住まい探しの小説が数多く書かれた。「家」／「家庭」の旧二重家族制度と「家庭」／「個人」の新二重家族制度をつなぐキーワードは、結局「家庭」である。両親と子どもたちだけで成立する「家庭」家族とその容器であるnLDKの「リビングのある家」モデルが普及したときには、永続する家族モデルに達成したかのようであった。だが完成の瞬間は、家庭という一括単位の中から個人が姿を現すという、まさにつぎの問題が発生する瞬間でもあった。家族の住まいの時代から個室の時代へ、そして部屋の離散のはてには、ふたたび別の集まり方が夢想される。それぞれが、それぞれになった後、どのようにつながっていくかという問題もまた、住まいの形をとって小説の中に描かれはじめた。家出の後の放浪や、一時滞在の形で集まる人たちの組み合わせはさまざまである。宮部みゆきの最新作「理由」(朝日新聞社、一九九八年)は二十五階建て高層マンションの二十階二〇二五号室でおこった一家四人殺しの謎を解いてゆく。四人は占有にみせかけるため不動産屋に雇われた擬装家族であった。

奇想天外な家を建てる物語は、現在もつぎつぎと書きつづけられている。この未来小説の書き手には女性作家が多い。かつて女性作家は家出小説を書いたのに、現在では未来の家つくりを考える。現代では定住と漂泊は交差する。女性、男性にかぎらず、個々人は生きているかぎり「居場所」を探しつづけなければならない。

「持ち家と部屋の文学史」は「借家の文学史」の続編として書いたので、たわむれに用いた「文学史」がタイトルに残った。むろんどちらも、正規の文学史を大きく逸脱している。正規の文学史は過不足なく、優れた作品をとりあげなければならない。優れたという基準は何か。正規の文学史は結局は国民文化の財産目録となる。読者は文学史を与えられて、文学史の整理に従って本を読むように指導されるかのようだ。わたしには、読者はそのような受け身の存在ではないというおもいがある。読者がテキストに向き合い、テキストを読むという行為によってはじめて物語が成立する。読書は積極的な行為である。読者が紡ぐ物語を次の読者に伝えて一緒に楽しんだり、悲しんだりしたい。それが読書の快楽ではないだろうか。わたしのとりあげた作品はわたしの好みと思想のために偏っている。また、一冊の本との出会いには、いくつもの偶然が重なっている。その偶然が、この本というあらたなテキストに織り込まれることによって、ある必然となるところを楽しんで読んでいただければ、うれしい。

これだけ大勢の方のお世話になってできあがる本もめずらしいのではないかと思う。わたしの頭の中にだけあった長い物語をひきだして活字にしてくださったのは、「借家の文学史」を読んで、これを一冊の本にすることを提案、辛抱強く待った三省堂の松田徹さんと、新聞連載をすすめてくださった京都新聞の中村勝さんである。間村俊一さんの装丁によってどのような本に仕上がるか、楽しみである。

続きの、続きの、続き——増補版のはじめに

単行本版の出版は一九九八年であった。あれから二十五年とは、ちょうど一世代分の時間であって、当然のことながら読者層に変化があり、作家たちも徐々に入れ替わる。作家の性別比が逆転して久しい。この四半世紀には文学賞の数が増加し、読者が購入する小説本は何らかの賞を受賞しているといえるまでになっている。流通機構が大きく変化したということであろう。メディア媒体の多様化から小説というメディアが影響をうけて、小説の人称記述、時制、場面の転換、文体のリズム感などに大きな変化があったことにも気づく。

わたしは相変わらず、小説を読みつづけている。その一方で読む自分の身体条件の変化に驚く。最近は、椅子に腰かける姿勢ではなくて、横臥《おうが》して読むことが多い。すると本が重く感じられる。さまざまな補助具が必要となる。電子図書の利用もする。しかし紙の本の手触りを楽しむことは止められない。

それにしても、二〇二三年上半期の芥川賞作品「ハンチバック」の著者である市川沙央《さおう》による、本は健常者が読者であることを前提として造本されている、本を自力で持ち上げることができない人間をはなから排除しているという指摘は強烈であった。指摘されるまで、また自分

も同様の困難をむかえるまで、そのことに気づかなかったわたしであった。当事者の立場から書く小説のなかでも、「ハンチバック」は、同情ではなく、まして憐憫などではなく、善意においてだけでなく、悪意においてさえも、対等を要求する。それが当事者性を主張するということだと改めて気づかされ、読者も覚悟をせまられた。このような小説は「初めて」と言われる現実に対して抗議するという著者の言葉をうけとめなければならない。読書もまた積極的で主体的な行為なのだから。

「借家と持ち家の文学史――「私」のうつわの物語」の不思議な成り立ちについては、何度か説明してきた。市民講座二年分の講義「文学に表れた家族と家」に、論文「借家の文学史」が加わり、その後毎週一回の新聞連載「生きられた家、描かれた家」の一年半分が続き、それらをまとめて単行本が生まれた。いずれも前著に次の担当編集者が注目、続きを書くように促されてわたしは書き継いだ。編集リレーによってそのたびに生まれ変わって成長してきた本である。

このたびの平凡社ライブラリー版、補遺の部については、編集部の福田祐介さんから、単行本版以後の四半世紀間にあなたが読んだ本を新聞連載の時の枠組みを踏襲して書き足すよう示唆していただいた。近代百三十年のあいだに日本語で書かれた文学作品を大河小説として読むという試みが、近現代あわせて百五十五年と延長された。補遺は「続きの、続きの、続き」である。

大河は川を集めて海に注ぐので、河口に近づくと水量が豊かになり、海からの逆流もあって水脈が複雑になる。大河小説もまた、しかり。世界文学という大海の潮の香がしだいに濃厚になってきた。これからどうする、どうする……楽しみではないか。

二〇二三年九月四日

西川祐子

第一章　借家の文学史

はじめに——崖下の家

家族の入れ物である住まいは、小説の舞台となる。借家ではとくに登場人物のいれかわりが激しい。日本の近代文学史に因縁の深い家があるとしたら、鷗外の観潮楼や漱石山房あるいは志賀直哉や谷崎潤一郎の住んだ風格ある家々よりもむしろ、樋口一葉の終の住処となった本郷丸山福山町の崖下にあった借家ではないだろうか。

一葉は、その家はもとは鰻屋の離れであった建物と説明している。六畳の居間が二つと四畳半の小部屋があって、小さな池のある庭があった。一八九四年の日記には「さのみふるくもあらず　家賃三円也たかけれどもこことさだむ」とある。一葉と母と妹は雑貨屋の商売をやめて竜泉寺町をひきはらった後、ふたたび子どものときから馴染みのある本郷の地に戻ったのであった。ただし今度は本郷でも新開地であって、小説「にごりえ」に描かれた銘酒屋など、雑多な商売の店と小さな借家とが、じめじめとした崖下に並んでいた。

一葉はこの家で一八九四年から九六年に死ぬまで、和田芳恵のいう奇跡の十四ヵ月を過ごして小説の代表的な作品の多くと「水の上日記」を書いた。この家には本郷の大学あたりから、平田禿木、馬場孤蝶、戸川秋骨など「文学界」の青年たちが坂を下って通ってきた。島崎藤村、斎藤緑雨、泉鏡花、横山源之助もおとずれた。

一葉の死の六年後、一九〇二年に森田草平が偶然、同じ家に下宿した。家主は中年の女であり、森田のために飯焚き婆のようなことをする。その娘は出戻りで、踊りの師匠をしており、結婚前の森田の愛人であった。「にごりえ」の街はまだ一葉の当時そのままの雰囲気を残していたようである。森田草平が一葉の旧宅に下宿したのは偶然であったが、この家に住んだことが、やがて彼に小説を書かせた。馬場孤蝶らしい人物が森田に、「君は一葉さんの家に居る間に、何か大作をしたら好かろう」といったと、森田草平の出世作となった「煤煙」にある。

森田は東京帝国大学英文科卒業後、閨秀文学講座の講師として、講座生であった平塚らいてうと出会い、二人は塩原心中未遂事件（一九〇八年）というスキャンダルをひきおこした。森田の師であった夏目漱石は事件の後しばらく森田を自宅にひきとり、塩原事件を小説「煤煙」（一九〇九年）に書くように激励、平塚らいてうと彼女の母親に談判して許可をもらい、さらには自作の「三四郎」の後に、朝日新聞の連載小説となるよう推薦の労までとり、単行本では序文を書いている。「煤煙」は、妻子のある文士と女子大出の新しい女の恋愛を描いているが、文士の妻子は郷里から出てきて、彼の昔からの下宿、つまり一葉旧宅に住んでいることになっている。森田草平はらいてうにも漱石にも、この家を見せたのであった。

小説「煤煙」の出版は日本近代文学史上の一つの事件として名高いが、今では実際に読む人はあまりないのではなかろうか（「煤煙」はその後、岩波文庫が復活、入手可能となった）。わたしは偶然、子どものときに祖父の本棚にあったのを覚えていて、手元においておいた。子どものときから、変な小説だという印象があった。第一に、小説の中に一葉の旧宅が突然出てくるのが、非常に奇妙におもえた。第二に、登場人物の朋子すなわち平塚らいてうが死を覚悟して書き下す「我生涯の体系を貫徹す。われは我がｃａｕｓｅに因って斃れしなり。他人の犯す所に非ず」あるいは「われは決して恋の為に人の為に死するものに非ず」という傲然たる文章と、それとは対照的に要吉こと森田草平の言動の不恰好と森田自身がその恰好の悪さに本当には気づかないままに、ありのままに書いてしまっているのが変であった。また文士と新しい女の言葉の多い恋とは無関係に、文士の妻と子が崖下の暗い家で黙々と生きているのも不気味であった。家主であり飯焚き婆である小母さんは、自分の娘と文士の関係を知っていながら、文士の妻と子の世話をやいている。そして今「煤煙」を読み直すと、第三に、漱石が弟子のこの小説を世に出すためにした努力と、またその小説の出来具合に不満で、同じ家を舞台にした小説を自ら書き直すほど、この家にこだわったことが不思議である。

漱石のいわゆる三部作は、塩原事件とらいてう、にたいする漱石の強い関心からうまれた。「三四郎」に登場する謎めいた独白をする女美禰子は、森田草平が漱石に語った平塚らいてうがモデルであった。「それから」の主人公の代助は、朝日新聞に連載中の「煤煙」を読んで

「要吉（森田草平）といふ人物にも、朋子（平塚らいてう）といふ女にも、誠の愛で、已《や》むなく社会の外に押し流されて行く様子がみえない」と評しているが、これは作者漱石自身の意見であった。だから漱石は「門」（一九一〇年）において、友人の妻と結ばれたことによって社会の外に押し出されて、二人でひっそりと、離れることのできない一つのものとなって暮らす宗助と御米《およね》の夫婦を描いた。小宮豊隆によれば「門」の宗助夫婦の住む崖下のじめじめする借家のモデルは、森田草平の下宿つまり一葉の旧宅であったかもしれない。漱石は小説の中で、わざわざこの家に子どものない夫婦と、弟の小六と女中の四人の小世帯を住まわせている。小六を南の六畳に入れて、宗助は北の崖に面した陽の当たらない部屋で寝ている。崖下の家は一九一〇年、漱石が「門」を書いた年に、台風による崖くずれがおこって壊れてしまったそうである。現在では森田草平の時代のぼんやりとした写真が残っているだけである。

この幻の家はわたしの頭の中では小説の虚構の家なのか、現実にあった家なのかわからなくなっている。小説家たちと登場人物たちがいれかわりたちかわり姿を現す舞台のように想像される。前田愛は評論「山の手の奥」で「門」をあつかって、家の平面図を添えているが、間数が一つ多いようだ。「水の上日記」や「煤煙」との関連については論じていない。たしかに、小説の家はどこにもない家であるが、漱石は幻の家に、「水の上日記」と「煤煙」を重ね合わせ、一葉の眺めた庭の芭蕉も書き添えておいた。そういう文学的連想を可能にするのが、借家という舞台装置である。

崖下の家は、その大きさからいっても、家族と呼べるか、呼べないかといった極小家族の住処である。一葉の女三人家族、森田草平あるいは「煤煙」の要吉の親子三人と小母さんの四人、小説「門」の夫婦と弟と少女の四人の生活の入れ物にかつかつの大きさであった。小説「門」では、家主は崖の上の大きな家に子どもと使用人の多い大世帯で、定住の構えで住んでいる坂井という人物である。借家の住民たちにはそれぞれ故郷や親元の家があり、さまざまな事情でそこから出て東京の借家に住むのであるが、まだ東京定住にはいたっていない。こういった小家族は、そのうち一人の死によって、離別によって崩壊、霧散するはかない寄り合いであって、じっさい、一葉の家族も森田草平の家族も短期間で解散してしまった。

家族の文学史が、この小文に与えられたテーマなのであるが、明治の政治小説をのぞけば、日本の近代小説は、ほとんどすべてといってよいくらい家族をあつかっている。それも、父に背いて地方のあるいは東京の旧家の家を出て、多くは東京で、あらたに家庭を築くまでの青年の物語がくりかえし語られた。新しい都市の住民は郊外に定住して都市を拡大していった。だが都市の内側の新開地には好景気のたびに貸すための家が増え、景気が悪くなると空き家となる小さな家々がひしめいていた。

樋口一葉の「大つごもり」(一八九四年)には、「白金の台町に貸長屋の百軒も持つ」富貴の家に住み込んで働く少女により、主人の家は年毎に家と所得を増やし、その反対に養い親でもある叔父夫婦は貧困により裏長屋のたった一間、家賃五十銭の家に追い詰められてゆく、貧富の両極分解が見くらべられている。漱石の「それから」（一九〇九年）の代助は、友人の平岡の「粗悪な見苦しき構へ」の借家に嫌悪をもよおすが、その家の「裏にも、横にも同じような窮屈な家が」並んでいるのであった。こういった借家群の中で、家制度から家庭制度のあいだを流動して、まだ生活の形を決めていない個人や家族が生きるための葛藤をくりひろげたのであった。近代小説の真の舞台は崖下の家のように、都市の片隅にあって住民がつぎつぎにいれかわる小さな借家の中であったのではないだろうか。

「女房的視点」？

平野謙は、島崎藤村の小説「家」（一九一〇年）が「女房的視点」から書かれている、と評した。藤村自身が、あの小説は「屋外で起こった事を一切抜きにして、すべてを屋内の光景にのみ限ろうとした。台所から書き、玄関から書き、庭から書きしてみた」とのべている。そのいい方はまるで登場人物、旧家の主婦であるお種が、自分は結婚していらい町に出たことさえない、祭りの日にも家を守って家にいる、「私は家を出ないものとしていますよ。……女というものは、お前さん、こうしたものですからね」とのべるときの台詞にそっくりである。

だが、女房的視点というのは本当だろうか。日本の近代小説、とくに男の小説家が書いた小説は延々と家の中ばかりを書きつづけてきたのではなかったか。中でも明治学院において、欧米流の「ホーム」を日本につくることを唱えた巌本善治の薫陶をうけ、師の立ち会いのもとに明治学院の卒業生と結婚した島崎藤村は、家と家庭について、もっとも真剣に考えた男性の一人であった。

小説「家」に登場する家族は二重構造になっている。主人公の三吉は、木曾の旧家である小泉家の末子であって、家長である長兄の率いる大きな家族の一員をなす。三吉の姉と兄たちは、病身の宗吉以外は結婚して、それぞれの家族があるのだが、姉や兄とその配偶者、子どもたちと三吉の運命は互いに離れがたい関係にある。その関係をたどって、木曾からつぎつぎと、結局は全員が東京に出て、それぞれの小家族に分かれて、隅田川にそって住み、川の流れのように互いがつながっている。兄の破産、甥の商売の失敗は三吉の連帯責任となり、他方、姪たちはいれかわり三吉の家庭の手不足を助けている。三吉の努力は、この大きな家族の没落の運命から、自分と妻と子どもの運命を切り離して、小さい家族をつくろうとするところにある。

小説には「彼（三吉）は、小泉の家から離れようとした、別に彼は彼だけの新しい粗末な家を作ろうと思い立った」とある。「彼だけの」、「新しい」、「粗末な」という修飾語は、本来は

「家」につくべき形容詞ではない。「彼だけの」とは、先祖と傍系家族を切り捨てるということであり、家は旧く、何代もつづくことを誇るはずのものであるのに、主人公は「新しい」、つまり一代かぎりの、したがって世襲する家産のない「粗末な」家、核家族の入れ物である家庭をつくろうとしているのである。「夫婦の心の内には、新規に家の形が出来て、それが日に日に住まわれるようになって行く気がした」とある。じっさい小説「家」の中には、三吉と妻お雪が新婚生活をはじめる小諸のわらぶきの家、三吉が出世作を書いたのちに野心をいだいて上京し、郊外に借りる新築の四間平屋の家、子どもをつぎつぎと失ったのちに、都心に引っ越して借りた浅草新片町の二階屋がそれぞれくわしく描写されている。親族たちがそれぞれ東京に借りる家がしだいに小さくなってゆくところも細かく描かれている。

　木曽の旧家の人たちは、東京に住むようになってから二十年以上にもなるのに、東京の借家を「家」とは呼ぼうとしない。木曽にある旧家の建物は火事にあってすでに存在しないにもかかわらず、「郷里の方にある家」が家であり、東京で転々とかわる借家は「東京の住居（すまい）」と呼ぶ。兄弟のうち森彦は、東京での十数年を一貫して「旅舎（やどや）」で過ごしているが、他の兄弟とその家族にとっても借家は仮の住まいである。その中で、主人公の三吉だけが、結婚後の住居を自分の「新しい家」と呼ぶ。そこには、旧い家にはよらないで新しい家をつくろうとする初代家長の決心がこめられている。

小説の最後は、小泉家と橋本家の家長、つまり三吉の長兄と義兄が再起をめざして満州へ落ちてゆき、橋本家を建て直そうとして失敗した正太が病死、三吉の妻の雪子は出産をひかえて死の予感におびえるところで終わっている。この長い小説執筆のあいだに、雪子のモデルである藤村の妻冬子が死んだからである。そこで小説は旧い家が滅びるだけでなく、新しい家もまた脆く壊れるという悲劇の物語となった。

しかしもし、小説を書いている途中で妻が死ぬようなことがおこらなかったら、藤村は「家」という小説の下巻を書いただろうか。藤村の「家」上巻は、一九一〇年一月から五月まで読売新聞に連載された。島崎冬子が産後の出血で死んだのは同じ年の八月のことである。下巻の部分は翌年、「犠牲」という題で雑誌「中央公論」に二度に分けて発表された。上巻と下巻の発表の場と連載のしかたは違っていた。現在のわたしたちは「家」上下二巻を一つの作品として読んでいるが、もし上巻だけで終わるなら、小説を終えるために考えぬかれたであろう結びの一行は、「郊外が開け始める頃であった。三吉が妻子を連れて移ろうとする家の板葺屋根は新緑の間に光って見えて来た」である。

東京郊外にある、普請の新しい家は、三吉の家族に幸福を約束するかのように輝いている。主人公の三吉は自信作をたずさえて東京にたたかいをいどみに来たのであった。ここで終われば、小説「家」は、古い「家」制度を脱して、自分の力で自分だけの家庭を築く新しい家長の一種のサクセス・ストーリーである。のちに志賀直哉は、父との対立と「俺が先祖だ」という新しい家長としての個の確立、父親と息子が互いに家長として対等であることをみとめる和解を描いて、このストーリーを完成させている。

志賀直哉の弟子を志した尾崎一雄は、師とはくらべものにならない貧乏な生活においつめられながら、それでも「暢気眼鏡」（一九三七年）の女主人公である、健康で明るくはあるが若く、世知にうとい妻から頼られることによって逆に「雄鶏精神」を支えられて、生きる手がかりをつかんでゆく。尾崎一雄の小説には、つぎつぎとかわる借家の間数と家賃が律儀にいちいち書き留められている。下宿屋の部屋住みであった夫婦は「ある素人家の離れのようになった六畳」へ移り、最初の赤ん坊が生まれると「六畳二畳二間」の家賃十円の家に、そのつぎには二階に六畳、階下に六畳三畳の家の二階には壇一雄、下に尾崎夫婦と子どもという組み合わせで住んだ。戦後の懐古的な執筆である「なめくじ横丁」「もぐら横丁」「ぼうふら横丁」の連作によると、その後、三間で家賃二十円の家では林芙美子と親しく行き来し、最後に家賃三十円で六畳六畳四畳半二畳の家に入るときには、夫婦と子ども三人のいかにも家族らしい五人家族になっている。

戦前には「家族あわせ」と呼ぶゲームがあった。モデル的な家族、つまり夫婦と当時は子どもも三人が理想だった五人家族が十組、五十枚のカードになっており、配られたカードをもらったり取られたりしながら早く多くの家族をそろえた者が勝ちであった。陸軍大将の家族、博士の家族等などがそれぞれ、それらしき服装をして描かれていた。この場合の家族とは、傍系や使用人、あるいは食客までをふくんで限界のはっきりしなかった旧い家の一家眷属ではなく、夫婦と子どもという輪郭のはっきりとした近代家族であった。私小説では家族あわせのカードがそろってしまうと、小説家の真の主題はなくなる。志賀直哉や尾崎一雄の後半生がその例であろう。

その反対にいつまでも家族あわせのカードがそろわなかったり、そろっていたカードを失った場合には、私小説は延々と書きつづけることができるであろう。葛西善蔵の「子をつれて」（一九一九年）は、借家の立ち退きをせまられる場面からはじまる。国元へ金策に行った妻は戻ってこない。ひとりで立ち退き先を探しに出た主人公「彼」は、家賃七円までの家を探して、ついに「電車通りの向うの谷のようになった低地の所謂細民窟付近を捜して見よう」とする。小説「哀しき父」も「彼はまたいつとなくだんだん場末へ追いこまれていた」という文章ではじまっている。昨年の夏前まで夫婦と子どもで郊外の小さな家に住んでいたが、家族は離散して子どもを郷里にあずけた男がしだいに条件の悪い借家に追われてゆくところを描いている。「贋物さげて」の主人公は、東京で食い詰めたあげく妻子をつれて郷里へ帰り、家賃七十銭のあばら屋へ入居することをさすがに、ためらっている。

太宰治の「東京八景」（一九四一年）は、東京へ出てからの十年の転居歴をたどって青春への訣別の辞としようとするオムニバス小説のような構成である。大地主の息子という育ちである太宰もまた、東京でつぎつぎと借りた家の大きさと家賃を丹念に書き留めている。意外なほどの律儀さである。主人公は東京地図をひろげて住んだ場所を地図の上に探しながら、「こんな趣の無い原っぱに、日本全国から、ぞろぞろ人が押し寄せ、汗だくで押し合いへし合い、一寸の土地を争って一喜一憂し、互いに嫉視、反目して雌は雄を呼び、雄は、ただ半狂乱で歩きまわる」と書いている。太宰のいう雄、近代の男性たちは、まるで服を着替えるように借家をとりかえながら自己表現としての自分の巣の形をつくることに必死であった。

「家出小説」

家族を描いた膨大な小説群のうち、漱石と藤村は現代のわたしたちにもまだ読みたいテキストでありつづけ、志賀直哉はすでに古びている。

漱石は子どものときに養子に出されたという偶然にも助けられて、家族の問題を自我と父親の対立ではなくて、家庭のなかのもう一つの自我である妻との衝突としてとらえることができた。

藤村には父のかわりに長兄が重圧でありつづけたが、妻の死という偶然をつきつけられて、その死の原因として「家」制度だけでなく「家庭」制度を、つまりは自分自身を疑うところまで行かざるをえなかった。

志賀直哉の小説の主題は父との対立であった。「暗夜行路」（一九二一〜三七年）は、妻のあやまちを想定しながら、それを妻の問題としてではなく夫の問題として解決し、そのために家の問題から家庭の問題へという展開を封じてしまっている。

漱石の「道草」（一九一五年）には「夫と独立した自己の存在を主張しようとする細君を見ると健三はすぐ不快を感じた」とある。藤村の「家」の三吉といい、漱石の健三といい、登場人物の名前につく三の数字は三男であることを示している。長男とは違って次男、三男は、「家」制度の家長ではなく、一代かぎりの家庭の家長となり、父よりも妻との関係で家族の問題を考える立場にいる。登場人物の健三は妻が決して表現できない気持ちを、「単に夫という名前が附いているからと云うだけの意味で、其人を尊敬しなくてはならないと強いられても自分には出来ない」と妻にかわって言葉にしてみる、そして「不思議にも学問をした健三の方は此点に於いて却って旧式であった。自分は自分の為に生きて行かなければならないという主義を実現したがりながら、夫の為にのみ存在する妻を最初から仮定して憚らなかった」と自問自答する。だから、漱石の、自分自身を自分の言葉で主張する新しい女平塚らいてうにたいする関心はなみなみならぬものであった。間接恋愛にも似たその関心が漱石に、新しい男と女の恋愛に対抗する恋愛小説「門」を書かせたのだし、最後の作品「明暗」のお延を造形させたのではないだろうか。

塩原心中未遂事件の後のらいてうは、「青鞜」で娘集団を率いたさらにその後、他の同人たちと同じく、恋愛と結婚の問題にぶつかった。彼女が親の家を出て年下の恋人と一緒に暮らしはじめたのも、植木屋の庭先に建てられていたという借家からであった。同じく借家の生活では先輩格の伊藤野枝と、共同炊事を試みたこともあった。らいてうは女戸主となり、生まれた子どもは私生児のあつかいをうけることになるにもかかわらず自分の戸籍に入れた。女たちもまた、つぎつぎと借家を住みかえながら、家族の形を考えはじめた。文章を書く女たちのあいだでは、大学出の男たちと同様に女学校教育をうけるため、あるいは地方の女学校を出てから働くために、東京へ出てそのまま東京で結婚する人たちの数がしだいに増えていった。だから女の文学青年や政治青年たちもまた借家を転々としながら家族の問題ととりくんだはずなのだが、平野謙の「女房的視点」という指摘にもかかわらず、家の形、家の内部と家族のありようについて、くりかえし書きつづけたのはむしろ男の作家たちであって、女の小説家ではないという印象が強いのは、なぜだろう。

太平洋戦争の戦後の子どもたちは、大学生になってから戦後文学を読んだが、中学生や高校生のときにはむしろ戦前の文学を愛読していた。戦前の文学は文庫本になっていて新刊の単行本よりも廉価で手に入りやすかったからである。わたしは友だちと、戦前の女性作家たちによる「家出小説」をまわし読みしていた記憶がある。高校生によるネーミングであった「家出小説」とはプロレタリア作家、私小説といったジャンル分けとは関係なく、とにかく父の家、夫の家からの家出を語る小説であって、宮本百合子、佐多稲子、壺井栄、林芙美子、平林たい子、また宇野千代の小説がふくまれていた。家出小説の舞台もまた、二階借りやアパート生活をふくむ借家であった。小説には、家財道具がほとんどなく、着物は質屋に入っていて、人間だけがいそがしく出入りする借家が描かれていた。戦後の若い読者にはそれが比類なく自由な空間であるようにみえたものである。

壺井栄と佐多稲子は生活者らしく、たびたび住みかえた借家の間取りと家賃を小説の中にこまめに書き込んでいる。壺井栄の「風」は、「どこの表通りにも、横町の路地にも、貸家の札はめまぐるしいほどだった」という「関東大震災後三年目の春」の東京における、男女の文学青年や政治青年たちの「住み慣れた家に落ちつくなどということを極端に軽蔑しているようなひとたち」の、借家から借家へ転々とする生活を描いている。尾崎一雄の小説の中に登場した林芙美子は、壺井栄の小説の中にも姿をみせている。左翼運動で潜伏中の平林たい子が宇野千代の家に一晩泊まったりする。

佐多稲子も「私の東京地図」（一九四八年）において、昭和八年は、「少し歩けば小さな家なら、商品のようにあれかこれかと選って見つけられたときだ。表通りでは米屋や酒屋の軒先に貸家札が吊り下げてあったし、横町へ入れば、夏の陽に歪んで白けた二階の雨戸や、埃のたまった玄関のガラス戸に斜めに張ってある貸家札が必ず目についた」と書いている。佐多は戦後になって、焼け野原となった東京というカンバスの上に記憶に残る戦前の風景を再現し、戦争にいたる時代と、戦争協力にいたる自分の行程を自分で批判するためにこの小説を書いた。住処をかえるたびに働き場所がかわり、一緒に住む家族の構成も違ってゆく。

佐多の「私の東京地図」と太宰の「東京八景」は、自伝的な内容、借家から借家への流浪、そして借家のあるそれぞれの町の景色をたどる構成、私語りの文体が互いに似た小説である。太宰の場合は、思想と恋愛の遍歴ののちに見合いで結ばれた結婚に落ち着いて、妻の妹の婚約者が出征するのを見送る平凡な夫を演じる自分を、多分に自嘲的に描いて終わっている。佐多の小説も、波瀾の多い青春ののちに結ばれ同じ運動の同志でもある夫婦が、同じ執筆の仕事をするために互いに傷つけあい、傷ついた心を戦争にたかぶる世情にまきこまれることによってさらに苛《さいな》むところで終わっている。

だが違いは、佐多の小説では女主人公の生涯の複雑さが増すにつれて、義母、祖母、叔父、最初の結婚が壊れてのちに生まれる子ども、二度目の結婚の子どもと、同居家族はいれかわり、家族あわせのカードは入り混じったままで増えてゆく。モデルとなるような外枠のしっかりした家族ではなくて、女主人公の生きてゆく勢いが他人をひきこんでつくる渦のような家族である。「家出小説」の女性作家たちは、家出後、森茉莉のようにアパートに自分だけの部屋をもつか、あるいはやはり家族をつくって家に住むことになるのであるが、いずれも整ったモデル家族からはおよそ遠く、夫婦に子ども三人がそろったセットにはなかなかならない。ふぞろいのおもいがけない組み合わせが、そのまま小説の魅力であった。壺井栄や林芙美子は実生活においても小説の中でも、養子や養女という血のつながらない子どもたちをむかえて家族をつくった。宇野千代の小説の女主人公は愛人とその子どもと一緒に住む。宮本百合子は湯浅芳子と女どうしで暮らした。男の作家による私小説の家族あわせが、無頼の青春の後でもきれいにそろうことが多いのとは対照的である。太宰治の場合は、ようやくきれいにそろった札をもちきれないで一挙に棄てるような生涯であった。

家族のユートピアまたは逆ユートピア

借家から借家へ流浪する人たちも、家族の形を定めて住みつくことを夢想する。日本近代の家族の入れ物、つまり家庭のモデルが欧米風のホームであったことは、一種のユートピア小説であった佐藤春夫の「美しき町」（一九一九年）によく表れている。

小説の中では、明治の最後の年すなわち一九一二年に、東京の築地のホテルに現われた日米混血児テオドル・ブレンタノ、日本名川崎幀蔵が、父の遺産を、貨幣価値が六百倍になる日本にもってきて百戸の理想的な家を建てて美しい町をつくることに費やすと約束する。ブレンタノの幼友だちで画家である「私」と、鹿鳴館時代にパリに留学して帰ってきたら欧化時代はすでに終わっていたため不遇のうちに過ごしてきた老建築家の二人が、ブレンタノの計画にひきこまれて熱中し、家を設計し、土地を探す。司馬江漢の銅版画「東京中洲之景」に発想を得て中洲に六千坪の土地を確保したかにみえたとき、ブレンタノは自分が詐欺師であることを告白し、画家と老建築家に夢だけ残してドイツへ発つ。画家は老建築家の孫娘と結婚し、建築家が美しい町のために設計した家を一つだけ建てて妻と仲良く暮らすという話である。

中洲に計画された「美しい町」は、まわりを水にとりまかれ、そのうえ市壁をめぐらした西欧風の町であり、家はすべて石造りである。アメリカ、フランス、ドイツ風がいりまじったうえに司馬江漢風の舶来でありながら古色も加わった居留地の雰囲気といおうか。第二欧化時代である大正期の好みをよく表している。また、佐藤春夫と同郷であった住宅設計家、文化学院の創立者、生活文化運動の実践者であった西村伊作にたいする共感、同じ美意識が感じられる。

登場人物ブレンタノは百軒の家、つまり夢の借家に住む家族の条件を考えている。「お互いに自分たちで選びあって夫婦になった人、そして子供のある人」とは、家制度の家組織から脱出した近代的核家族にほかならない。建築される家は五十坪の敷地に二十坪の二階屋、それ以上大きな家に住みたがらない人とさだめてあるのだから、これは都市にようやく成立しようとしている新中間層のための文化的な住宅である。

そしてこの条件は、大正六年に「住宅」誌が主催して行われた住宅競技設計の条件「一、一家五人（夫婦、子供二人、女中）但し新家庭にして子供は当然生まるべきものとして予定す。二、造作見積価格千五百円以内。三、和洋いずれの様式たるを問わず、現代の日本中流紳士に適応したる改良住宅たらざるべからず」に、よく似ている。このコンペ入選作は、建築の歴史によく知られている中廊下型、お茶の間のある住宅であった。廊下によって接客空間や女中部屋から家族団欒の空間を隔離した核家族向きの住宅の出現である。

「美しい町」は、現実の建築にくらべてより西欧的で童話的であること、また「その町のなかでは決してお金の取引をしないという約束を守って、そのために少しばかりの不便を辛抱してくれる人」という非現実的な住民条件によってユートピアであることはたしかなのだが、ユートピアの理想は現実の「家庭」制度がすすんでいこうとする方向をよく表している。

「美しき町」の登場人物ブレンタノがつけた最後の条件は、「その人たちは必ず一匹犬を飼うこと、もし犬を好まない人は猫、犬も猫もきらいな人は小鳥を飼うこと」であった。わたしはこの条件を見ると、啄木の「悲しき玩具」（一九一二年）の歌をおもいだす。

猫を飼はば　その猫が
また争ひの種となるらむ
かなしき我が家

啄木は、夫婦の心の離反を悲しく歌うかとおもうと、互いに寄り添うのでなければ生きていけない哀れさを歌った。啄木が必死に維持しようとした家族であり、生涯の重荷であった家族である。

家族のユートピアが文化的住宅におけるモデル家族の団欒として描かれたとすれば、家族の逆ユートピアもある。上林暁が「病妻物語」（一九四八年）に描いたような、崩壊家族またはメンバーの欠けた家族の中に逆に、モデル家族を描いた小説よりもはるかに強い家族の連帯が描かれていることがある。

「病妻物語」では、精神病院に長く入院している母親の記憶をたぐりよせようとする幼女が「お父ちゃん、お母ちゃんはうちの人だね」と、母親の所属を問い質す。長い年月わかれて暮らしているが、よその人、病院の人ではなくて、それでも家族なのだと納得したいのである。

家事は夫の妹の助けによってほぼ完全にはたされているが、妻、母の情緒機能の肩代わりはできない。情緒機能をよくはたすためには、性別役割分担に充足していなければならないのであるが、近代婚では妻の自我がそれを妨げる。家制度を脱出した家庭制度に特有のドラマであった。妻が病気に敗れるのでなければ、病気になったのは夫であったかもしれない。「病妻物語」には、同じく精神の病にかかった妻をもつ高村光太郎に言及した文章がある。「病妻物語」は一つの系統をなす物語なのであって、藤村の「家」のお雪の死は突然であるが、この小説も「病妻物語」の系統に入るかもしれない。

「病妻物語」の妻は長い入院生活の後に死ぬ。葬式の祭壇の下で眠った夫は、妻の写真を下からながめて、「それは八年の間忘れていた夫婦の睦みを思い出させるに十分だった。私は我にもあらず、顔が熱し、胸の鼓動が躍るのを感じた」のであった。夫は死んだ妻なら激しく愛することができる。しかし生きていた妻は妻だけの病気ではなく、本当は一つの家庭に二つの自我があるためにおこる夫婦の病気をひきうけていた。別の小説「紅い花」では、「結局、二人が対決して、女房の方が敗れた形なんだ」と主人公が述懐する場面がある。

夫と妻が片方でなく二人で愛の結婚を生きて、つまり二人で夫婦の病気を病むのが最初にあげた漱石の「門」の、社会から押し出されて崖下の家にひっそりと住む宗助と御米《およね》の場合である。「彼らは六年の間世間に散漫な交渉を求めなかった代りに、同じ六年の歳月を挙げて、互の胸を掘り出した。彼らの命は、いつの間にか互の底にまで喰《く》い入った。二人は世間から見れば依然として二人であった。けれども互からいえば、道義上切り離す事の出来ない一つの有機体になった。二人の精神を組み立てる神経系は、最後の繊維に至るまで、互に抱き合って出来上っていた」とある。妻だけでなく夫も、自我と社会を失った二人である。「彼らはこの抱合の中《うち》に、尋常の夫婦に見出しがたい親和と飽満と、それに伴なう倦怠《けんたい》とを兼ね具えていた」とも書かれている。この、死後の世界のような幸福と倦怠の日常生活が、近代結婚の逆ユートピアである。夫婦には子どもがいない。かれらは、そのことを、友人を裏切って結ばれたことにたいする懲罰のようにおもってうけいれている。家族の逆ユートピア小説では、夫婦子どものそろったモデル家族は登場しないのである。

家族の近代文学史においては、男の作家の小説と女の作家の小説は同じではあり得ない。近代家族の中の、夫の役割と妻の役割は違うからである。では、「家出小説」を書いた女性作家たちの家族ユートピアは、どのように描かれるであろうか。

壺井栄は、読者の心をうつ家族の小説を書きつづけた。しかし「右文覚え書」（一九五一年）に、「親のない子供の母となりて」という副題があるように、結婚と出産による家族ではなく、最初は生後七ヵ月で母親と死に別れた姪を育て、その二十年後には、戦争中に死んだ別の甥の息子である右文をひきとって育てたのであった。右文の親であるその甥もまた親がなく、娘時代の壺井栄が二年間、育てたのであった。甥の妻も病死し、死ぬ前に赤ん坊を託す人を夫を育てたことのある壺井と決めていた。若いころは病身であったため長く独身のまま親の家にとどまり、結婚してからは子どもを生まなかった女性は、しばしば母親を失った家族を補ってきた。上林暁の妹の場合もそうである。しかし、同じ孤児の母親がわりでも、夫もまきこんで子どもを自分の戸籍に入れて寄り合い家族をつくると、それは自分で主体的に新しい家族をつくる試みとなる。壺井栄と繁治夫婦は、借家から借家を移動しながら青春を送った文学青年仲間のうちでは、もっとも早く定住の家をもった。

壺井栄の場合は、近代家族の先に行くというよりは、庶民的な大家族の古いネットワークに逆戻りして家族ユートピアをつくっている。戦争で死んだ若い夫婦は、分家して東京で独立した核家族を形成していたのだが、一代かぎりの核家族は夫が死に、妻も死の床につくと子どもは孤立無援で残されてしまう。古い家族が新しい家族の生き残りである孤児を吸収したのであった。

そもそも日本の近代家族は「家庭」制度に「家」制度という安全装置をつけた「二重家族」制度をとって成り立っていた。じっさい、太平洋戦争の末期の都会からの疎開、戦後の植民地からの引き揚げまでは、故郷の村を拠点とする「家」制度が戦争によって崩壊した近代小家族を吸収することができたのであった。

　壺井栄の場合は、家族をつなぐ母親の情緒役割を、虚構の母親であるだけよけいに、意識的に情緒濃厚にひきうけることによって、モデル家族を超えるような家族ユートピアをつくった。だが、もし女が妻と母親という決まった役割をひきうけずに、なおかつ家族のような集まりをつくるとしたら、その入れ物である家庭、それを形にした家の建築はどんなものになるであろう。宇野千代は尾崎士郎と住むために赤い洋瓦屋根のワンルーム式広間のある家を建てた。東郷青児とは、広い芝生のある庭とル・コルビュジエ風のハイカラな家をつくった。夜には灯火があかあかと灯って客をひきよせる、舞台装置のような家であった。疑似家庭をつくるのではなく、子どもが父親の愛人をおばさん、と呼ぶ他人家族である。

　宇野千代はその後、恋人をかえるように新しい家を建てる家狂いをくりかえした。借家から定住の家に落ち着くのではなくて、毎日同じ暮らしをつづけてゆくはずの家を建てては、その家を逃れてつぎの家を建てた。「家」制度の家を脱出するときは、つぎに「家庭」制度の家という行き先があったが、「家庭」制度の家を出た後の決まった行き先はないということではないだろうか。

　戦前の時代に宇野千代がやったことを、今では多くの女性作家が試みている。近代の女性作家たちは「家出小説」ばかりを書いたが、現代の女性作家たちは、最近十年、「家つくり」実験小説をくりかえし書きはじめた。私小説の作家は身をもって家族と家を建てたり壊したりしながら書いたのだが、実験小説の作家たちは虚構の中で、さまざまな家族を試み、宇野千代がじっさいに建てた家におとらぬ奇妙な家を建てたり、壊したりしている。

第二章　生きられた家・描かれた家

「生きられた家・描かれた家」序[*1]

数年前から京の町には更地《さらち》が増え続けている。家が壊されるときにたつ埃の臭いはいやなものである。古い木造の家の不便な生活にかえりたいわけではない。まして見知らぬ人さまの家の跡だのに、ショベル・カーが建物の残骸をすくいあげているところに通りかかるとつい、目がいってしまう。表が陽に焼けた襖《ふすま》の骨組みがあっというまにバラバラになる。陶製の便器が放り出されている。この小さな空間にあった人間の営みを想像すると胸がつまる。

いつのまにか更地の上にタイル張りのマンションが建っている。わたしたちの生活はもうずっと以前から少しずつかわっていたのだが、いま変化は目に見える形をとりはじめている。生活の容器がかわるだけでなく、まわりの環境や住まいの中の人間関係、ひとりひとりの気分のありよう、好き嫌いもずいぶん変化した。

新しい歴史学が難しくマンタリテ（心性）と呼んでいるのは、気分の歴史のことかもしれない。わたしは、日本の近代小説はとくに、住まいと、その中に閉じこめられた気分のことばかりを延々と描写してきたとおもっている。

近代小説の舞台は住まいである。ドールズ・ハウス（人形の家）の壁面を開くと、動く人形である登場人物たちが観客席の方を向いて話しはじめる。近代は家族の時代であった。近代国家が家族単位で国民を把握しようとしたからである。国家という大きな空間が家庭という無数の小さな空間に整然と区切られると、管理は徹底して行われる。

わたしたちはそれぞれ部屋を借りて一人暮らしをはじめ、家族をもつと家を建て、ときには苦労して築いた家を捨ててやり直し、そのたびに自分の意志で生活を選んだつもりでいる。だが気がつけば、皆と同じことをしているにすぎない。小説の中に描かれている人間の愚行、怒り、嫉妬、悲しみ、そしてささやかな喜びに共感するのは、登場人物の行動、喜怒哀楽がわたしの体験であるからだ。

住まいという空間は人間の自由な魂の安らぎの場所であるのか、それとも息苦しい監禁の場所なのか。わたしたちはこれまでどう生きて、今どんな時代にいて、これからどう生きるのか。これから、小説、マンガ、ドキュメンタリーなどに描かれた住まい空間を読み解きながら考えていきたい。

連載は、過去、現在、未来の三部に分かれるであろう。第一部「家族の家の時代」（過去）では、「いろり端のある家」や「茶の間のある家」が描かれたテキストをあつかう。「リビングルームのある家」もいずれは過去のものとなる。第二部「部屋の時代」（現在）では、個室と部屋住みの時代である現代について考えたい。経済の高度成長期以後、「――の部屋」あるいは「――ルーム」という題名の小説やマンガ、またはホテルを舞台にした連作シリーズなどが急に増えた。第三部「離合集散の時代」（未来）では、実験小説、未来小説、ナンセンス物、ユートピアなどに描かれた不思議な空間を探してみたい。将来も部屋はなくならないであろう。もういちど間仕切りのない大きな家にみんな一緒に住むことは難しい。だが孤立した部屋をどうつなぎ、どう交信するか、やっぱり知りたい。すでに、いろいろと考えられているのではないだろうか。

＊1　この章は、もとの新聞連載の状態をできるだけ尊重した。したがって時制は連載時（一九九五年一月〜九六年九月）を現在としている。後からわかったことは注にして付した。

第一部　家族の家の時代

001

島崎藤村「家」

橋本の家の台所では昼飯《ひる》の仕度に忙しかった。平素《ふだん》ですら男の奉公人だけでも、大番頭から小僧まで入れて、都合六人のものが口を預けている。そこへ東京からの客がある。家族を合せると、十三人の食う物は作らねばならぬ。

（初出は一九一〇～一一年。引用は新潮文庫、上巻、五頁）

藤村は主人公三吉の姉の嫁ぎ先橋本家、その大きな古い家のいろり端の描写から小説をはじめている。[*1] 十三人もの人が、めいめい膳を並べて食事をする広い空間である。使用人も、作《さく》男《おとこ》も、定められた席で、食物をありがたくおしいただいて食べる。身分と性別と長幼の序列のある「いろり端のある家」で、知恵遅れのまま年頃の娘になったお仙だけは無邪気にふるまっている。客人には「いろり端のある家」は弱者を包み、保護する至福の空間と見える。だが客人にとっては懐かしい空間も、跡取り息子には重荷である。年老いた百姓が会釈する視線にさえ「お前様を頼りにする者が多勢あるぞなし」という訴えを感じる。この小説に支配的な気分は「憂鬱」である。[*2] 近代人として自由の味を知る男が、独り立ちできない不自由な人々にからみつかれる憂鬱。作者、藤村の写真の表情も憂鬱である。

主人公の三吉は長兄の「家」に属しているが、病身の次兄のように一生を「部屋住み」のままで送ろうとはおもわない。結婚して新しい家、つまり夫婦と子どもだけの小家族の入れ物である「家庭」を築いて、家制度の「家」から独立したいとおもっている。自分の結婚の準備とおもって、姉の嫁ぎ先の「いろり端のある家」と大家族の生活を観察している。「家」家族の入れ物である「いろり端のある家」は、食べたり、眠ったり、子どもや老人、病人を保護するための空間であるほか、家業の薬製造の作業場であり、地方へ出る薬売りの基地であった。住むためだけの空間ではない。勤勉に働く場所であるから食事中もにぎやかな会話はつつしむ。生殖のための性はあっても、快楽は家の中から外へ出されて旦那衆のための遊び場所に囲われている。

兄たちとは違う対等な個人どうしの、契約による結婚を望んだ主人公であるが、長兄の借金や次兄の病気、親族がつぎつぎひきおこす問題から逃れることはできない。生活苦から、生まれた子どもの半数を死なせる悲しみを味わう。そのうえ、「家庭」には夫と妻の自我の対立という新しい問題がある。引っ越しをするたびに増える悩みをかかえて、新しい仕事の待つ東京にたどりつくと、木曾の旧家に住んでいた親族もそれぞれ隅田川のほとりの借家に住んでいた。家長たちが事業に失敗すると、破産と病気と死が一族に波及する。主人公の妻も産褥《さんじょく》で死ぬ予感におびえる。

古い「家」と新しい「家庭」は主人公を二重に縛っている。「家」とは違って、「家庭」は性愛が充満する空間である。そこには近親相姦の恐怖も隣り合わせている。妻の死後、姪との性関係に苦しむ小説「新生」を書く藤村であるが、事件よりもはるか以前に自分でも知らずに、小説「家」にその予感を書いてしまっているから恐ろしい。だがわたしは藤村にとって近親相姦のタブーは、再婚して再び家族をつくってしまう真の恐怖を避けるための口実ではなかったかと疑う。「家」は結婚と家族に真実こりた男の書いた小説である。

評論家の平野謙は、この小説「家」は台所の描写からはじまって、家内のことばかりを書いている、まるで「女房文学」だと評した。[*3] だが藤村ばかりでなく、じつは日本の近代小説は、家を建てたら幸せになると思ったのに不幸ばかりおこりました、という話がほとんどなのである。それに家つくり小説の作者はこの後ずっと男性が多かったのだから、これを「女房文学」と呼ぶのはあたらない。

＊1　いま残っている「いろり端のある家」の多くは、いわゆる民俗資料館となっている。橋本家のモデルとなった島崎藤村の姉、園の嫁ぎ先、木曾福島の高瀬家も、現在は高瀬資料館として公開され、奇応丸の製造販売の看板が展示されている。

＊2　市民講座でも、大学の授業でも、現代の読者によるこの小説の読後感は、「暗い」あるいは「憂鬱」であった。じっさい、物語の舞台となる建物が構造上、「暗く」「冷たい」のである。これらのネガティブな感覚が登場人物の心象風景の描写に重ねられている。下巻には、「家の生活で結び付けられた人々の微妙な、陰影の多い、言うに言われぬ深い関係」とある。この連載の後半、とりあげる小説の時代設定が現代に近くなるにつれ、建物の中が明るくなり、同時に語り方も明るくなる。

＊3　島崎藤村自身は「私は文章で建築でもするように、あの長い小説を作ることを心掛けた。それには屋外で起こった事を一切ぬきにして、すべてを屋内の光景にのみ限ろうとした」といっている。

002

E・S・モース「日本のすまい――内と外」

農村をおとずれて、その住居を観察すれば、中産階級が存在しないことが、明白になってくる。いっぽうでおおきな茅ぶき屋根と、主屋の周囲に数おおくの蔵、離れ家をしたがえて、その富と生活の豊かさをしめす快適な住居があるかとおもえば、他方には、たんなるシェルターにすぎない住居が何百とある。

（初出は一八八六年。引用は上田篤・加藤晃規・柳美代子共訳、鹿島出版会版、六九頁）

日常生活の細部は、そこで実際に暮らしている人間にとってはあまりに当たり前のことであるから、わざわざ記録を残したりしない。珍しい、変だ、面白い、何とまあ、などと感心してわざわざ書き留めるのは外部から来た好奇の目をもつ観察者である。明治のはじめの日本列島がどんな住まいで覆われていたかについては、いわゆるお雇い外国人教師の証言がいきいきとして貴重である。中でも大森貝塚の発見者であるモースは、博物学者と呼ぶにふさわしい観察眼をもつ記録者であり、陶磁器のコレクターでもあった。住まいもまた、彼の関心事の一つであって、実物をもって帰るわけにいかないから写真とスケッチを数多く残した。モースには日本の農村には中程度の大きさの家がないのが不思議であった。[*1]

柳田國男も「明治大正史世相篇」（一九三〇年）の中で、明治のはじめ、まだ近世の村の面影を残す日本の農村には大きな家と小さな家しかなかったと、モースと同じことをいっている。このころになると民俗学という学問ができて、自分たちの生活のつい昨日の姿を異文化のように記録しはじめたのであった。柳田は小さな家はほとんど寝るためだけの空間であって、かまどがなくて食べることは大きな家に依存する場合さえあったとのべている。モースが雨露を凌《しの》ぐだけのシェルターと呼んだ小さな家を柳田はコヤと呼び、コヤが大きな家の屋根の下に入るとヘヤと呼ばれたという。

この話をすると、友人がそういえば田舎のうちには、ヘヤと呼ぶ部屋があったよ、三方が壁の、暗い部屋だったと教えてくれた。へえーとおもって念のために伝統的民家の歴史の本を二、三繰ってみると、地方によってはナンドと呼ぶ空間が別の地方ではヘヤと呼ばれている。大きな家の構造は、本来は続き座敷の間仕切りである襖《ふすま》を取り払うと一つの大きな空間となる。全体から排除される位置にあるヘヤやナンドは隠すものを入れる場所であった。嫁入り道具をおいたり化粧室になる場合もあるが、病室、使用人たちの寝場所ともなった。山川菊栄の「武家の女性」（一九四三年）によると、妻妾同居の妾を「お部屋さま」と呼ばせる例がある。ヘヤはもとはけなし言葉であって、そのニュアンスは今では「部屋住みの身」「大部屋俳優」といった熟語的な表現の中にかろうじて残っている。

かつての農村の茅葺き屋根の大きな家は今では各地方の民俗博物館に保存されている。参観の人々は主のいない家に上がって、使いこまれた家具を触ったり、その磨かれたにぶい輝きをまぢかに眺めることができる。だが小さい家は跡形もなくとり壊されるし、小さい家が民俗博物館の中に忠実に再現された例は少ない。今となっては、よくわからないのは大きな家より小さい家の方なのである。わたしは祖父につきそって山口県の村に行き、彼の生家を見たことがある。往還沿いのその家は小さかった。すこし離れたところにある本家の跡は田んぼの真ん中に小高く土盛りした土地だけが残っていて大きかった。次男であった祖父の父は僧侶になったが、還俗妻帯して小さい家で寺子屋を開いたという。彼の妻、わたしの曾祖母が字が読めないのに漢文を知っていたわけがわかった。あんな小さい家で声をはりあげる子どもたちの素読を聞きながら台所仕事をすればひとりでに覚えてしまう。

＊1　モースは中程度の家がない不思議を強調した。例外として東京山の手の元武士の住宅、当時の数少ない俸給生活者の住宅を中規模住宅として注目している。彼自身そのような家に住み、続き座敷があって接客中心の間取りを平面図に残している。もし彼が住んだのが関西であったらタナ（店）とウチが同じ屋根の下にある町屋を都市の中規模住宅に数えたであろう。

モースはアメリカ東海岸の出身である。最初の日本滞在からアメリカに帰ると、港町セーラムのピーボディ海洋博物館の館長となった。セーラムは帆船時代、アメリカの東洋貿易の基地であった。セーラムには今もモースの家が残っている。当時のミドル・クラスの家、現在は老朽化もあって、むしろローワー・クラスの家ということである。しかし、日本の基準でいえば、今でも十分に大きい家である。モースには日本の農家が小屋（シェルター）と見えたのも無理はない。

003
宮本百合子「貧しき人々の群れ」

村の南北に通じる往還《おうかん》に沿って、一軒の農家がある。人間の住居というよりも、むしろ何かの巣といった方が、よほど適当しているほど穢い家の中は、窓が少いので非常に暗い。

（初出は一九一七年。引用は「宮本百合子選集」第一巻、新日本出版社版、六頁）

小作人甚助親子の住む、ほとんどコヤといってよいような住居である。作者は「すべてのものが、むさ苦しく、臭く貧しい」と、書いている。炉は切ってあって鍋がかかり、芋が煮えているところである。三人の男の子が炉端で食べ物を待っている。煮えた芋をとりあいして、これからすさまじい兄弟喧嘩がはじまるであろう。その様子を物陰からうかがっているのは地主の孫娘である。彼女にはこのコヤが「住居」ではなく「巣」と見える。野生動物のように争う子どもたちを人道主義的に人間あつかいしようとする少女の善意は、「おめえの世話にはなんねえぞーッ」と叫ぶ子どもたちの罵声によってたちまち撃退される。

戦前の農村の、大きな家ではなく、小さな家とその住民を描いた小説を探すのはなかなか難しい。むろん長塚節「土」のような名作があり、地方出身の小説家は数多いが、作家の大部分は大きな家の出身である。小さな家の出身者が対等な言葉をもってみずからを語るにいたるのは、やはり戦後教育以後である。[*1] 宮本百合子もまた、夏休みに東京から遊びに来た地主の孫娘の視点から、貧しい農家の生活を描いている。この小説の「私」はほとんど作者その人であって、宮本百合子はこの小説を雑誌「中央公論」に載せることによって十八歳の早熟な文壇デビューをはたしたのであった。

冒頭の場面では、鍋の中で煮える芋を眺める子どもたちの「舌の根にはジクジクと唾が湧き出し、頬ぺたの下の方が、泣きたいほど痛くなる」感覚がなまなましく想像されている。しかし地主の孫娘の視線はコヤの中に届きはするが、住民の気持ちの中にどこまでも入ってゆけるわけではない。彼女にわかるのは大きな家と小さな家のへだたりであり、甚助の子の罵声に傷つく自分の気持ちだけである。自分が見ることのできる範囲で自分の力で考えたことにかぎって書いているところに、この小説の良さがある。

地主の孫娘が村の子どもから罵声をあびせかけられた翌日、甚助の女房は子どもを連れて大きな家に現れ、土間に子どもをひきすえ、これ見よがしに打ってお嬢さんに謝って見せる。だが子どもの目から嘲笑の色が消えはしない。ここには藤村の「家」に描かれていたような大きな家のいろり端に依存して生きる小さな家の住民の、主従が一心同体であるかのごとき信頼感はない。村が弱者を抱擁して生かすところとして描かれることもない。この村は歴史の浅い開拓村である。地主の小作料とりたては年毎にきびしい。鉄道を伝って町の力が押し寄せて商品とひきかえに労働力を吸い上げてゆく。嵐の日に村からは事故死と自殺の二人の死者が出る。村をさまよう知恵遅れの男と出稼ぎで病気になって帰ってきた青年の死であった。この結末の先には、トルストイと白樺派の影響下に人道主義の作家として出発した宮本百合子が、やがてプロレタリア文学の作家となる道筋が見える。

わたしはまだ戦後といわれた時代に、戦前の同じ年頃の少女が書いたというこの小説を読んだ。戦前には地主の孫娘でさえ、貧乏についての知識があった。戦後の飢えの時代に育ったわたしたちは食物を見ただけで唾の湧く頰の痛さを知っていた。だが「戦争を知らない」どころか、今の「貧乏を知らない子どもたち」は、この小説をどう読むだろうか。以前には岩波文庫に入っていたこの作品も、今では図書館に行って全集の中で探すしかない。

＊1　この連載のための本を選ぶとき、農村地帯の家々を描く小説を探した。「土とふるさとの文学全集」（家の光協会、一九七六年）などの叢書はあるのだが、読者が入手しやすい文庫本になっている作品となると、少ない。正宗白鳥「牛小屋の臭い」をぜひ、という推薦もあったが、適当な版がなかった。結局、わたしが子どものとき読んで愛着のあるこの本を選んだ。

004

樋口一葉「大つごもり」

初音町《はつねちよう》といへば床《ゆか》しけれど、世をうぐひすの貧乏町《びんぼうちよう》ぞかし、〔中略〕見れば六畳一間《ひとま》に一間《けん》の戸棚只《ただ》一つ、箪笥《たんす》長持《ながもち》はもとより有るべき家ならねど、見し長火鉢のかげも無く、今戸《いまど》焼《やき》の四角なるを同じ形《なり》の箱に入れて、これがそも〳〵此家《このいえ》の道具らしき物、聞けば米櫃《こめびつ》も無きよし、〔中略〕お峯が主《しゆう》は白金《しろかね》の台町《だいちよう》に貸長屋の百軒も持ちて、〔中略〕千両にては出来まじき土蔵の普請、羨やましき富貴《ふうき》と見たりし。

（初出は一八九四年。引用は岩波文庫、一〇～一一、一四～一五頁）

村の大きな家と小さな家の相互依存の関係がやぶれると、村を出た人々が都市に集まる。住み込みの女中お峯は、裏長屋に住む育ての親である叔父夫婦から、借金の利子一円五十銭と、せめて餅代五十銭あれば年が越せる、何とかしてほしいとすがられている。一方、お峯の主家では大晦《おおつごもり》に、年末にとりたてた金の大勘定をすることになっている。せっぱつまったお峯がこっそり抜き取った二円の不足は、いよいよ露見するか。ところがおもいがけぬことに、家中の金は放蕩息子によってあらいざらいもち去られていた。ひとまず救われたお峯の「後のこと知りたや」と、終わらない終わり方をする小説である。

この年、一葉は荒物屋をたたんで文学で再出発の決心をかためた。相場占い師に千円の借金を申し込み、そのかわり妾になれといわれた手紙が残っている。借りられるところからは借りつくし、凄惨な借金地獄の底で呻いていた。大晦日は借金取りとの攻防戦もいよいよどんつきに追い詰められる日である。「大つごもり」は一葉が「文学界」の十二月号のために書いた小説であった。どのような読者に、どのような場で、どんな瞬間に読まれるかを知る作者の計算が冴える。「文学界」の読者はおおかた、借金取りに責められる苦しみなどご存知ない良家の子息であった。だがそのような人々も、日清戦争の戦争景気で貧富の差がますます広がる世相を知らぬはずはない[*1]。

このころから新聞雑誌には下層社会の探訪記といわれるルポルタージュが数多く掲載された。一葉の短編小説は大晦日の知られざるドラマのうちに、借家からさらに裏長屋へと追い立てられる細民と、貸長家を建て増しては富んでゆく富豪とを、描き分けてみせた。戦後社会が貧富の両極に分解してゆく動きが鮮やかにとらえられている。放蕩息子がする親の金のもちだし、女中の盗みの向こうに、犯罪よりも犯罪的な社会の仕組みが見えて、読者は息をのむ。

「大つごもり」以後、彼女の早すぎる死までのあいだに、樋口一葉の小説を読んで彼女の家をたずねる読者が数多くあった。中でもルポライター横山源之助の訪問は、「一葉日記」に記録されている。最近、文庫本でつぎつぎに出版される横山の「下層社会探訪集」（現代教養文庫、初出は一八九四年)、「日本の下層社会」(岩波文庫、初出は一八九九年)、「明治富豪史」(現代教養文庫、初出は一九一〇年)を読んで、わたしは横山源之助は樋口一葉の死後、彼女の「大つごもり」を遺書のようにみなしてなんども読みかえしたに違いないとおもった。それほど二人の作品は呼応している。

「日本の下層社会」には都市の極貧者の住居と家族構成が分析されている。「九尺二間の陋屋《ろうおく》、広きは六畳、大抵四畳の一小廓に、夫婦・子供・同居人を加えて五、六人の人数住めり…一家夫婦なりと称する者を見るに、正式の媒介者を得て夫婦となりたるは極めて少なし[*2]」は、「大つごもり」のお峯の叔父の住む裏長屋や、「にごりえ」の源七の棟割り長屋の様子に通ずる。「明治富豪史」には、「都市地主」の項がある。[*3]下層と上層を同時にとらえる横山の複眼は一葉ゆずりではなかったか。同じ家を借家というか、貸家と呼ぶかによって、同じ物の見え方が違ってくる。

＊1　一葉の「大つごもり」は「文学界」に掲載された後、博文館の大橋乙羽によって総合雑誌「太陽」に再掲載された。わたしは以前に樋口一葉の評伝(「私語り 樋口一葉」岩波現代文庫)を書いたことがあった。これを読んだ方から編集者大橋乙羽は千軒長屋と呼ばれる貸長屋の家主でもあったという手紙をいただいた。一葉は乙羽の妻にたびたび借金をしている。乙羽は一葉のこの小

説をどう評価したのだろう。

＊2　岩波文庫、五七頁。

＊3　「試みに東京または横浜の富豪を見るに、御用に依って立身した者あり、銀行または貸金に依って資産を作った者も多いが、土地の騰貴に依って巨富となった者が最も多いのである」（現代教養文庫、一二〇頁）。

005
天涯茫々生「共同長屋探見記」

東京市に共同長屋が出来たのは、日清《につしん》戦役後で、続出したのは日露戦役前後であった。〔中略〕階上《うえ》は夫婦者、階下《した》は子供のある家族が住んでいる。この長屋内の同住者の関係がどうであるかというに、板一枚は金城鉄壁、隣室の談話は、手に取るように聞こえるが、心は銘々別々、個人主義を最も赤裸々に発揮しているのは、共同長屋の生活者である。

（初出は一九一一年。引用は中川清編「明治東京下層生活誌」岩波文庫、二五九〜二六一頁）

天涯茫々生とは、「日本の下層社会」（一八九九年）の著者、横山源之助の筆名の一つであった。二十年にわたって下層社会のルポルタージュを書きつづけた横山は、彼の故郷である富山県魚津市から米騒動がおきる三年前の一九一五年に四十五歳で死んでいる。内田魯庵は横山の死を「陋巷《ろうこう》に窮死した」と評したという。樋口一葉の遺志を継いだ二十年ののちに、一葉と同じ死に方をしたように見える。天涯茫々生とは、空のはてまで広々とした世界を家として生きる都市流浪の人々の友にふさわしい名前ではないだろうか。*1

横山源之助のルポルタージュの特色は、二十年間の時間の流れが書き込まれていることである。自分が書いた「日本の下層社会」によって伝播し固定化された貧民窟のイメージを自分で壊すようにしてルポルタージュを書きつづけた横山は、「始めて有意味に貧民研究に着手した日清戦役前後と、今日とを比較せば、東京市の貧民状態は非常な変化を現している」とのべている。

農村から都市へ吸いよせられた人々は、最初は農村にあった大きな家と小さな家の関係を都市にそのまま移したように、同郷のよしみを頼って、都市の大きな家に下男や下女として住みこんだのであった。だがしだいに、同郷のつてではなく、口入れ屋を頼ってさまざまな職業につくようになる。もっとも多いのは人力車の車夫であった。樋口一葉の日記を見ても、明治の東京では辻ごとに車夫が客待ちをしている。その後、産業革命を経て、車夫の数が工場人足の数にとってかわられたのであった。

都市に集まった人々の最初の住まいは木賃宿[*2]であった。木賃宿では雑居の客を入れる部屋はたとえ四畳半でも「大広間」と呼ばれたという。定員はたたみ一畳に一人の割合で、布団一枚を借りて柏餅風に寝る。ほかに「別間」と呼ぶ二畳か三畳の小部屋があって、夫婦者、親子連れの貸し切り用であった。横山源之助によれば、木賃宿の「別間」を数十もつないで新しくつくられたのが「共同長屋」であった。二階建ての階上には夫婦者が、一階には子どものある家族が住んだ。横山は「屋賃の日掛けは木賃も共同も同じである。竈《かまど》を一つにしているのも、二者相同じである。而《しか》して、一、木賃宿の別間同様板で一室を仕切ってある事　二、木賃宿の雑居に反して、家庭的風味ある事は共同長屋の特長で、木賃宿の及ばぬ所である」としている。

家族で区切られると、木賃宿の雑居にあった共同性は失われる。横山源之助は「共同長屋」から生まれた赤裸々な個人主義に、都市生活の新しい変化を見ている。ルポルタージュには、統計や分析に住民の挿話が混じっている。浅草あたりの物持ちの隠居の身分でありながら、十四も二十四も猫が飼いたいばかりに部屋を借りて一人暮らしする「不思議の猫婆さん」、「小説修業の苦学生」、「年中亭主を変えている綱子」つまり土木工事の囃《はや》し手、「貧民は美食者なり」などは、もし樋口一葉が生きていたなら、きっと短編小説に書き直したであろう。[*3] そして「別間」がつながって「共同長屋」になるように、短編小説がつながってバルザックの「人間喜劇」のような巨大な作品が書かれることだってあったろうに。

*1　連載のこの回を書いていたときには、終わり近くでホームレスを主人公とする大島弓子のマンガ「ロスト　ハウス」をとりあげることになるとは、おもっていなかった。横山源之助のペンネーム天涯茫々生とは、現代語でいえば「天下のホームレス」ということではないか。

*2　木賃宿（きちんやど）のいわれは、民家の門に立って布施としてもらった米、麦を宿の主から鍋を借り薪を買って煮炊きする客が多かったことによる。薪すなわち木の賃を支払う安宿の意味である。現代でいう木賃（もくちん）は木造賃貸住宅の意味であるから、語源は違う別の単語で

ある。

＊3　後世の集合住宅を舞台にした物語は、干刈あがた「ワンルーム」などのように、しばしば短編をつないだオムニバス形式の小説となる。

006
泉鏡花「化銀杏」

貸したる二階は二間《ふたま》にして六畳と四畳半、別に五畳余りの物置ありて、月一円の極《きわめ》なり。家主《やぬし》は下の中の間の六畳と、奥の五畳との二間に住居《すま》ひて、店《みせ》は八畳ばかり板の間になりをれども、商売家《あきないや》にあらざれば、昼も一枚蔀《しとみ》をおろして、ここは使はずに打捨てあり。〔中略〕すべて少しく陰気にして、加賀金沢の市中にてもこのわたりは浅野川の河畔一帯の湿地《しけち》なり。
（初出は一八九六年。引用は「外科室・海城発電他五篇」岩波文庫、一九四頁）

建てて数十年を経たこの古家は、都市の中程度の大きさの家である。もっとも城下町に二階建ては許されなかったとしたら、古いといっても維新後の建物である。泉鏡花の生家跡は金沢市中、浅野川の近くであるから、これは彼が子どものころによく知っていた家の一つであったに違いない。土間の通り庭に台所がある、京都の町家にも似た構造が的確に描写されている。浅野川にかかる橋を渡れば金沢ひがし廓《くるわ》、江戸時代のお茶屋特有の家並みが並んで保存され、今や観光資源となっている。橋のこちら側の湿地に軒を並べていたしもたやの方はそのまま残っているはずはないが、あたりには「少しく陰気」で湿っぽい感じが今も残っている。

二階を借りているのは老女とその孫になる十六歳の少年である。少年は家主の妻のお貞が銀杏《いちょう》返しに髪を結うと、死んだ姉に似ているという。お貞は死んだ子のかわりに、あるいはそれ以上に少年を可愛がっている。お貞は心ならずも結婚した夫が憎い。夫は子どもを味方にする妻、夫には閉ざしたままの心を少年にはうちあける妻を深く恨んでいる。

戦前の金沢には底冷えする気候のために肺結核が多かったという。教師であった夫も結核に倒れ、「夏を過ぎて病勢募《つの》り、秋の末《すえ》つ方《かた》に至りては、恢復《かいふく》の望絶果《たえは》てぬ」となる。献身的な看護をする妻の本心を見抜いている夫は、その本心のとおり、自分を病死させるのでなく、殺せと迫る。妻は台所の包丁を手に取る。夫殺しの妻は精神異常のうえの行いとして無罪となるが、お化け銀杏のある旅館の一室に生涯監禁されて終わる。旅館には銀杏返しに髪を結った幽霊が出るそうな。

念願のとおりに妻は夫を殺し、夫もまた妻を社会的に、精神的に殺す。あるいは妻と夫は双方のマゾヒズムによって好き好んで死ぬのである。暗い暗いお話だ。前半は社会小説の手堅さなのに、後半は一変してグロテスクな絵草紙の因縁物語となり、お化けまで出てくる。しかし同じ家に住んで、互いに際限なく傷つけあうのが夫婦であったとしたら、これは最後までリアリズムの小説であるといえるのかもしれない。

「化銀杏」は樋口一葉が死ぬ年に、一葉の小説の最後の発表機関でもあった博文館の「文芸倶楽部」に発表された。二人は小説の好敵手となるはずであった。鏡花の小説には、女にとっての結婚、年上の女と少年、嫌われる夫など、樋口一葉ゆずりのテーマが散りばめられている。鏡花は一葉を年上の女として慕っていた。わたしには「化銀杏」が一葉の最後のころの諸作品と同じく、都市の住宅の構造の上に成り立つ小説であるところが面白い。

登場人物お貞は、夫の人柄のように陰気なこの家を嫌っている。陰気なのに往来から奥まで見通しの構造であって、お貞は常に世間から見張られている。その世間は降り積もる雪が戸を押す力のように強力だとある。雪を美しいと見るだけでなく、真に恐ろしいものと感じる北国の人らしい比喩である。お貞には離縁を申し出て世間に逆らって生きる意志はない。二階は人目から遮られた密やかな空間である。[*1] 祖母がいなければ密会の場所となろう。少年は二階に通じる階段に上りながら身をよじって階下を覗き、世間とは少し違う目で夫婦の死闘を見ているのである。

＊1　二階の部屋の新しさ、小説空間としての意味に注目したのは前田愛であった。密会の場に使われるなど、他の部屋から隔離されたエロチックな空間である。家長の監視下におかれる階下とくらべ、独立した二階の空間は、個人の思考や恋愛の成立に不可欠であった。くわしくは第二部「部屋の時代」を参照。

007

夏目漱石「門」

針箱と糸屑《いとくず》の上を飛び越すように跨《また》いで茶の間の襖《ふすま》を開けると、すぐ座敷である。南が玄関で塞《ふさ》がれているので、突き当りの障子が、日向《ひなた》から急に這入《はい》って来た眸《ひとみ》には、うそ寒く映った。其所《そこ》を開けると、廂《ひさし》に逼《せま》るような勾配《こうばい》の崖《がけ》が、縁鼻《えんばな》から聳《そび》えているので、朝の内は当って然《しか》るべきはずの日も容易に影を落さない。崖には草が生えている。下からして一側《ひとかわ》も石で畳んでないから、何時《いつ》壊《くず》れるか分らない……

〔後略〕

（初出は一九一〇年。引用は岩波文庫、九～一〇頁）

路地の突き当たり、崖下の日当たりの悪い借家に宗助と御米《およね》の夫婦は女中一人をおいて暮らしている。この家の位置はそのまま、親友の妻を奪い、人一人を絶望に追いやって結ばれた自分たちが子どもに恵まれないのも神意であろうと納得して、社会の隅でひっそりと生きる夫婦の境遇を示している。穏やかな生活には宗助の弟の同居や、崖上の家主の家で御米の最初の夫の噂が出ることだけでもおびやかされそうなあやうさが隠されている。

小宮豊隆によると、この家のモデルは漱石の弟子、森田草平の住んでいた借家であった。森田草平は一九〇八年に塩原心中未遂事件をおこした。道行の相手は平塚明子、のちのらいてうである。学士と女子大生の恋はスキャンダルとなった。漱石は弟子、森田草平に再起と文壇デビューのために事件を小説に書くことをすすめた。らいてうはあっさりと遺書と日記を提供したという。こうしてできあがった小説「煤煙」は、これも漱石の推薦で「朝日新聞」の連載小説となった。崖下の家は、森田草平自身である主人公が妻子とともに住んでいる家として小説の中に登場する。新しい女と交わす観念的な台詞でつづられる高踏恋愛とは対照的に、お国言葉を恥じる妻は無口で鈍重である。

崖下の家にはもともと、因縁話があった。森田草平がこの家を借りたとき、馬場孤蝶が訪問して、この家が孤蝶の深く傾倒した樋口一葉の最後の家であったことに気づいた。一葉は雑貨屋をたたんで吉原裏町を脱出、ふたたび文学をめざして本郷近くに借家を探した。一八九四年の日記には、「さのみふるくもあらず　家賃三円也たかけれどもこことさだむ」とある。小さな池のある庭がついていたのが一葉の気にいった。「にごりえ」のお力のモデルは日記に登場する隣の銘酒屋の女である。孤蝶は偶然にも一葉終焉の家に住むことになった森田に、このめぐりあわせは君が大作を書く運命ということだとそそのかし、森田は小説の材料を探してらいてうという新しい女に近づいたふしがある。

漱石は弟子の小説の連載がすすむにつれ、物語の中の新しい女と新しいはずの男の恋愛の展開にあきたらず、この二人には「誠の愛で、已《や》むなく社会の外に押し流されて行く様子がみえない」（「それから」の代助が、新聞で「煤煙」を読んでいてもらす感想）とした。だから漱石は「煤煙」に対抗して「門」を書き、「誠の愛」の結末、自我も捨てて一つのものとなった結果、もう欲望も闘争もない澄んだ、そして倦怠といえば倦怠きわまりない心境にある二人の生活を描いた。漱石が森田の住んでいた崖下の家を自分の小説の舞台として借用したのは「煤煙」を意識したからであろう。漱石はらいてうその人に強い関心を抱いたに違いない。「三四郎」の美禰子には、らいてうの面影がまるで漱石の間接恋愛の相手のように透けてみえる。*1

一葉の「水の上日記」、森田の「煤煙」、漱石の「門」の舞台になるという偶然は、この崖下の家が借家であるからおこる。この家は、一九一〇年の台風による崖くずれで押し流された。東京にはその後も新開地と借家が増えつづけ、小説の舞台となった。

＊1　佐々木英昭「「新しい女」の到来――平塚らいてうと漱石」（名古屋大学出版会、一九九四年）に「奇妙な三角関係」という章がある。この本には、「師匠は弟子から奪うものである」という小島信夫の言も引用されている。

008
石川啄木「啄木歌集」

家にかへる時間となるを、
ただ一つの待つことにして、
今日も働けり。

人みなが家を持つてふかなしみよ
墓に入るごとく
かへりて眠る[*1]

旅を思ふ夫の心！
叱り、泣く、妻子の心！
朝の食卓！

（初出は「一握の砂」一九一〇年、「悲しき玩具」一九一二年。
引用は「新編 啄木歌集」岩波文庫、一八〇、一六八、五〇頁）

石川啄木の詩論は「食ふべき詩」を主張している。「食ふべき詩」とは、地に足のついた、実生活とへだたりのない気持ちを歌う歌という意味であった。啄木は「珍味乃至は御馳走でなく、我々の日常食事の香の物の如く、然しく我々に『必要』な詩といふ事である」とした。新しい詩は「人間の感情生活の厳密なる報告、日記でなければならぬ」ともいった。生活の歌ということなら、生活の同伴者としての家族、生活の入れ物としての住まいを歌った歌があったはずだとおもって啄木歌集を読みかえしてみた。心をうつ歌がいくつもあった。その中から家と家族について詩人の抱く矛盾した心を表している三つの歌を選んだ。

第一の歌では、生活のために勤め人となり、会社で働く詩人が、給料をもって帰ってくる彼をひたすら待っている家族の、その期待を支えにして就業時間の終わりを待つという歌である。この歌は彼が二度目の上京をして朝日新聞社の校正の仕事をしていたときの歌ではあるまいか。石川啄木は「朝日新聞」の連載小説であった森田草平の「煤煙」や夏目漱石の「門」の校正をしたのであった。[*2]

だが、夕べには帰心矢のごとく家に帰っても、第二の歌のように、朝になると家族に囲まれた朝の食卓がうとましい。いうことをきかない子どもたちを朝から叱っている生活に疲れた妻の声。そしておそらく、妻と母の言葉少ない冷たい戦争の方がもっと啄木を悩ませていたに違いない。「いろり端のある家」では、一人一人が足つきの膳で食事をしていた。啄木の東京の借家はすでに「お茶の間のある家」になっており、食卓は丸いちゃぶ台であったであろう。[*3] 希望をもってちゃぶ台を囲む新しい生活をはじめながら、詩人ははやくも家族を捨てて次の旅に出ることを夢みている。「俺ひとり下宿屋にやりてくれぬかと、今日も、あやふく、いひ出でしかな」という歌もある。

そしてふたたび一日が終わった夕方、第三の歌のように会社と家のあいだを往復するのは自分だけではなく、満員電車につめこまれている勤め人のみんながみんな家に帰るのだということにおもいいたって詩人は悲しい。そういえば啄木ではないけれど、「酔っぱらっても家に帰る」という奇妙な題の本があったっけ。

ずっと昔、一緒にした長い仕事が終わって、酒の飲めないわたしも一緒に飲んだ夜のこと、終電車の座席で彼はわたしの肩にもたれて、深く眠ってしまった。おこすべきかと気が気でなかったが、心配することはなかったのだ。わたしが何もいわないのに、降りるべき駅に着いた電車のドアが開いて閉まる直前に、まだ目をつむったままに立ち上がりドアのすきまをゆっくりとすり抜けて彼は降りていった。速度を上げる電車の窓からプラットホームをふらふら歩いてゆく姿が見えて悲しかった。次の朝、無事に帰りましたか、ぜんぜん何にも覚えてなくてごめんという電話をもらったときはもっと悲しかった。

「一握の砂」「悲しき玩具」のころから、世の中はすでに、人という人がおしなべて家族の待つ家に帰る、家族の時代に入っていたのである。

＊1　啄木の歌の英語訳があると教えられた。啄木を英語で読むのもなかなかいい。報告書として日記のように、と心がけて書いた詩は翻訳からぬけおちるものが少ない。

Just waiting
For the time to return
home——
Today, too, I worked

Husband's mind on travel!
The wife scolding, the child in tears!
O this table in the morning!

(*Romaji Diary and Sad Toy* by Takuboku Ishikawa, translated by Sanford Goldstein and Seishi Shinoda, Tuttle, 1985.)

Oh, how sad it is to hear every body has his home to live in——
I myself come back to home as if to a grave and sleep

（須賀照雄「全英訳　石川啄木短歌集」中教出版、一九九五年）

＊2　新聞連載では、回と回の執筆のあいだに一週間の時間があったので、そのあいだにさまざまな連想がわいた。一葉の知的遺産をひきついだ横山源之助の仕事。たまたま一葉終焉の家に住んだ

ばかりに馬場孤蝶の暗示にかかって小説を書こうとし、そのための恋愛を探した森田草平。せっかく朝日新聞に紹介したのに弟子のその恋愛小説の不出来が歯がゆくて、自分で恋愛小説を書いてみせた漱石。そして朝日新聞の校正係として、それらの小説を読んだ啄木、などなど。

＊3　啄木の部屋の様子は、関川夏央・谷口ジロー「『坊っちゃん』の時代」第三部「啄木日録・かの蒼空に」（双葉社、一九八七年）に描かれている。

009

田山花袋「生」

二年経った。原の家はもう原の家ではなくなった。老百姓夫婦の借りて耕した畠《はたけ》も宅地になって、縦横に路《みち》が附けられて、新しい家屋が幾軒となく建った。和洋折衷の下宿屋も出来れば、大きな門構の板塀囲いの二階屋も出来る。路の角に新《あら》たにつくられた共同の井戸には、近所の女房連《かみさんれん》が終日長く饒舌《しゃべり》を続けた。

（初出は一九〇八年。引用は新潮文庫、一九一頁）

東京は早稲田に近い牛込の喜久井町に、さる大名の屋敷跡があった。かつての立派な築山と泉水が放置されて、一つの丘と広い窪地に化しており、一部分は百姓夫婦が開墾して麦畑になった。窪地の残りの原っぱに貸家が建って、母親と弟、妻と先妻の子を連れた勤め人風の男が引っ越してくる。庭つき「八畳二間続き、玄関が三畳」の家には「四畳半の離れ座敷」がついていて、そこが小説を書く弟の書斎となった。

作者であり、小説の中の次男である田山花袋がじっさいに喜久井町に住んだのは、一八九六年からであった。樋口一葉が死んだ年である。東京には千軒長屋と呼ばれるような集合住宅のほかに、小さな一戸建ての貸家の建築も盛んであった。東京の真ん中に原っぱがあった時代だそうだ。その原っぱにだんだんと家が増えて、原っぱが原っぱでなくなる時間の流れが小説の中に書き込まれている。五十一、二歳という母親が腸癌の病を得て六十歳前に亡くなり、それからさらに二年が経過するまでの時間である。そのあいだに長男は二度目の妻を離縁し、三度目の妻を迎える。小説家の次男も結婚して同じ原っぱの家を借りる。次男の書斎であった四畳半が母親の病室となった。三男は軍人として青森に勤務していたが、母親の死から二年後、妻をともなって東京へ帰り、彼もまた窪地に家を借りる。

母親は、夫に早く死なれ苦労した結果、「忍耐に忍耐した不満の情は今に及んで、一種険しい荒涼たる性格」をもつ人である。[*1] 長男の最初の嫁はいじめ殺した、二番目の嫁は追い出したと、自他ともに認めている。母親は長男の三番目の嫁と次男の嫁、そして郷里の村の婚家からやってきた娘に看病され、最後の最後まで、にがい性格で周囲を苦しめ自分も苦しみながら死ぬ。そのさまが、自然主義文学のお手本のような、暗い色の絵の具を重ねて描く写実派の絵画のような筆致で描かれている。[*2]

それでもこの小説には藤村の小説ほど陰惨な感じがない。次男である小説家は、母親の魂の荒涼を荒涼として描くが、小説の中では「母様が死んで了《しま》った。もう一人だ」と泣く登場人物である。次男から見た長兄は、もらうべき家産もないのに家督を継いで、長男の責任上、母親を引き取り、弟たちの面倒をみ、そのため自分の人生を憂鬱にした気の毒な人である。この小説では家制度は強権の父ではなく、その影であり、兄弟に生命を与えてくれた母の姿を通して描かれているから、重圧感が少ない。三兄弟の三つの家は、窪地の借家群に混じって、いずれもほぼ同じ大きさである。明治の家制度の特徴の一つは次男、三男に分家してあらたに家を創出し、戸主になる可能性を与えていたことであった。この小説の次男、三男も「創設分家」第一代の家長として、妻と子を従えて生きてゆくであろう。

作者が主人公でもある私小説でありながら、丘の上から見渡す視線のおかげで、この小説は客観小説あるいは社会派小説にもなっている。三兄弟の三つの家では、婚礼、出産、葬式がすべて家の中で行われる。もと原っぱに家が建ち、嫁が来て子どもが増える様子は、まるで麦畑に作物が実る豊穣のさまである。母親の死体も埋まっていそうだ。原っぱを新しい家で埋めてゆく一代目家長たちが、やがて近代日本の中間層を形づくる。丘の上からの窪地のながめは、百年後には住民が総中流意識をもつにいたる日本列島の未来図だ。[*3]

＊1　田山花袋「東京の三十年」（岩波文庫、二三〇頁）に『生』を書いた時分」が収められている。「死んだ母親に対する忌憚なき解剖が中でも一番私を苦しめた。母親に無限の同情を持ち、また無限の涙をそそいだ私だけに、一層辛かった。モウパッサンのいわゆる『皮剝の苦痛』――そういう

ものを細かに私は味わされた」と書かれている。

＊2　花袋によれば、夏目漱石は花袋の小説を「裏店長屋の汚い絵のようだ」と評した（「『生』を書いた時分」参照）。

＊3　都市が膨張すると、新開地あるいはベッドタウンがつぎつぎと開かれる。そこに住みつくのは、同世代で似たような経済状態にある人たちであることが多い。若い人たちの町は、やがて老いた人たちの町になる。「生」は成長する過程の町の物語。これがのちの黒井千次「群棲」のあたりになると、町が老いる話になる。

010

夏目漱石「吾輩は猫である」

この時吾輩は蹲踞《うずく》まりながら考えた。(泥棒) 陰士は勝手から茶の間の方面へ向けて出現するのであろうか、または左へ折れ玄関を通過して書斎へと抜けるであろうか。——足音は襖《ふすま》の音と共に縁側へ出た。〔中略〕

陰士の足音は寝室の障子の前へ来てぴたりとやむ。吾輩は息を凝らして、この次は何をするだろうと一生懸命になる。あとで考えたが鼠を捕《と》る時は、こんな気分になれば訳はないのだ、

(初出は一九〇五年。引用は岩波文庫、一七五〜一七六頁)

猫である吾輩君は*1、生まれてすぐに捨てられた子猫であった。垣根のあいだから庭にもぐりこみ、台所から家に忍び込んで女中に見つかり、三度放り出されるのであるが、主人の「そんなら内へ置いてやれ」の一言で飼い猫におさまったのであった。猫は朝の新聞を読む主人の膝に乗り、昼寝のときは肩に乗り、主人のそばにつきまとっている。とはいうものの、猫はやっぱり猫だから、勝手きままに猫道をつくって歩き回り、ちらりちらりと主人をはじめとする人間たちを観察している。

この家は猫にとって、出入り自由の、住み良さそうな家である。ついでに泥棒も入りやすい。泥棒は夜中に勝手口から忍び込み、台所でマッチをすり、まず書斎で毛布をちょうだいし、縁側をつたって奥の主人夫婦の寝室をのぞき、衣類と、それからどういうわけか進物用の立派な箱に入っていた山芋をかついで逃げる。主人夫婦も子どもたちも、女中部屋の女中も高いびきなのだが、猫だけは泥棒の動きの一部始終を感じ取って、背中の毛を逆立てている。猫の耳が泥棒の足取りを追うおかげで、読者にはこの家の間取りがわかる。

漱石が出世作「吾輩は猫である」を書いた、通称「猫の家」は現在、愛知県犬山市にある明治村に保存されている。座敷が六つある大きな家だが、これでも貸家であって、漱石が住む十年前には、偶然、鷗外が住んでいた。そのあいだには歴史学者が住んでいたそうである。四面が庭で濡れ縁のついた書斎があるところが、学者や作家に気にいられた理由であろう。というか、この家はむしろ作家とかぎらず、家にいる時間がけっこう長かった明治の家長たちのために設計された家であった。

住居学の田中恒子さんは、家庭科の教材としてこの家をとりあげ、「南向きに玄関→玄関の間→中の間→座敷という接客空間がとられ、家族が日常使う空間は北向きである。部屋の独立性を高める間仕切りとしての壁や廊下が少ない」と指摘し、「家長にとってはどの空間も自分の管理下にあるが、他の家族にとってはプライヴァシーはない。特に、夏は通風を確保するために襖や障子は開けておくので、大きな一部屋のような住み方になる」ことに注意をうながしている。

だから家のあり方について悩むのもまた家長たちであった。小説の中では、主人と訪問客がソクラテスがいったように、妻を御するのは人間の最大難事などと話している。迷亭君が、現代では「其妻が女学校で行灯袴《あんどんばかま》を穿《は》いて牢乎《ろうこ》たる個性を鍛え上げて、束髪姿で乗り込んでくるんだから、とても夫の思う通りになる訳がない。〔中略〕賢夫人になればなるほど個性は凄い程発達する。発達すればするほど夫と合わなくなる」というと、新婚の寒月君は「それで夫婦がわかれるんですか。心配だな」という。迷亭君は、「今までは一所にいたのが夫婦であったが、これからは同棲して居るものは夫婦の資格がない様に世間から目されてくる」と未来の別居結婚を予言して、新婚さんを脅かしている。

漱石夫人は悪妻と噂されたほど、個性の強い女性であった。最近、「漱石日記」が岩波文庫になった。[*2] 漱石が妻について書いた文章は、猫の吾輩君が立ち聞きした話よりも面白い。[*3]

＊1　住まい小説の多くは「私」を主人公にした一人称記述か、三人称記述ではあるが、主人公は明らかに作者の分身、それもほとんど等身大、読者は、これは作者の身の上におこったことだとおもって読むことが多い。いわゆる私小説である。その中にあって、猫の一人称記述というのは独

創的だ。猫とかぎらず、一家の最年少の目からの観察というのは一つの視座である。

＊2　「漱石日記」には「家庭日記」の章がある。解説は「家庭（問題）日記」と、わざわざかっこをつけた。

＊3　同じく夏目鏡子述、松岡譲筆録「漱石の思い出」も文庫本となった（文春文庫）。「まず千駄木の道に面して門があって、門を入ってじきに玄関、玄関の間が二畳か三畳敷き。玄関は東に面しております。玄関の間を出ると南をうけた縁側があって、取っ突きが長細い」など。

011
徳冨蘆花「不如帰」

日は暮れぬ。去年の夏新《あらた》に建てられし離家《はなれ》の八畳には、燭台《しょくだい》の光ほのかにさして、大《おお》いなる寝台《ねだい》一つ据えられたり。その雪白《せっぱく》なる敷布《シーツ》の上に、眼を閉じて、浪子は横《よこた》わりぬ。二年に近き病に、瘠《や》せ果てし軀《み》はさらに瘠せて、肉という肉は落ち、骨という骨は露《あら》われ、蒼白《あおじろ》き面《おもて》のいとど透き徹りて、ただ黒髪のみ昔ながらに艶々《つやつや》と照れるを、長く組みて枕《まくら》上に垂らしたり。

（初出は一八九八年。引用は岩波文庫、二七九〜二八〇頁）

明治の「家庭小説」の代表作品、十年間に百版を重ねた大ベストセラー小説と聞いてはいたが、読んだのははじめてである。ききしにまさる大悲劇なのだが、現代の読者にはなぜ悲劇が成立するのかよくわからない。陸軍中将子爵片岡毅の長女浪子は、海軍少尉男爵川島武男と結婚し、幸福であったが、肺結核にかかり、実家に帰って療養中に離縁となる。浪子は「ああつらい！　つらい！　もう——婦人なんぞに——生まれはしませんよ」という最後の絶叫を残して死に、武男は愛妻の墓の前で義父の片岡中将に再会、互いに手をとりあって泣く。*1 読者から、病気による死は防げないとしても、父親と夫が手をとりあって泣くくらいならべつに離婚しなくてもよかったんじゃあないの、などといわれそうだ。

明治の読者は読む前からハンカチを用意して、紅涙をしぼって読んだというのに、現代の読者は泣こうとしても泣けない。このように、もう小説としては読まれなくなったテキストをもういちど読み直すには、小説の謎を探してこれを解くという方法がある。

この小説は蘆花が夫婦愛をみとめない家制度に反対し、女の味方となって書いた小説といわれてきた。だが女主人公をいじめる悪役は、姑と実家の継母という二人の女である。武男にはもう父親はいない。お家を大事に守っているのは母親で、これが病気の嫁を追い出す。実家の方ではイギリスで教育を受けたという継母が家を厳しくとりしきり、父親は慈父として描かれている。継母が悪く書かれた理由は何だったのだろう。

女主人公の両親のモデルは陸軍卿大山巌とその妻大山捨松。捨松はその昔、明治の最初の女子留学生の一人としてアメリカに渡った人である。女子留学生のうち津田梅子は帰国後、津田女子英学塾を開いた。捨松は大山夫人となって、鹿鳴館社交界にデビューした。アメリカで看護学を修めていた捨松は慈善事業、赤十字の事業にもかかわった。

だが慈善や、津田梅子の事業にたいする援助、日露戦争に際してアメリカに親日の世論をつくる工作などの努力にもかかわらず、大山捨松にたいする明治の世論は冷たかった。舞踏服のよく似合う背の高い体格、アメリカ社会で身につけた日本社会にとっては異文化の教養や立ち居振る舞い、信ずるところをすぐさま行動に移す実行力などが誤解の種となった。不夜城のごとく灯火が輝き、西洋音楽が鳴り響き、男女が抱き合って踊る鹿鳴館風俗にたいする庶民の反感は、アメリカ育ちの大山捨松に集中した。

久野明子「鹿鳴館の貴婦人大山捨松——日本初の女子留学生」（中公文庫）は、捨松の義理の娘の孫にあたる人が書いた曾祖母の伝記である。[*2] この本によると大山夫妻は七千坪の敷地を購入、屋根のてっぺんに風見鶏のついた五階建てレンガ造りの洋館を建てた。洋館の横には平屋の日本家屋を建てて、子どもたちを住まわせた。次女の信子、「不如帰」の浪子のモデルが結核を病んで婚家から帰ってきたときには、離れの看護室を別に建てた。

大山捨松が悪い継母だという評判は、じつは離れ家による病人の隔離からたった噂がもとであった。大衆は病人の隔離に、近代衛生学の差別主義をかぎつけていたのだった。

＊1　この小説の最後は、義父が武男の手をとって「——ああ、久しぶり、武男さん、いっしょに行ってゆるゆる台湾の話でも聞こう」というところで終わっている。小説が発表された一八九五年には台湾総督府がおかれている。「家庭小説」の背後に男たちの戦争物語が存在している。

＊2　この本には大山夫妻の洋館の写真が載っている。しかし、離れは写真にうつっていない。

012
尾崎紅葉「三人妻」

さしあたりてお角《かく》を囲うべき家なし。とても新らしく普請するものなれば、某方《そち》が望む処《ところ》に建つべしといえば、苦しからずばここに置《おき》たまえ。〔中略〕私生れは深《ふか》川《がわ》にて、この町外れに十余年住みける頃、この家は江《え》沢《ざわ》といえる金貸の住居《すまい》にて、〔中略〕我家は貧にして、六畳四畳二間の棟割長屋《むねわりながや》、二階は物置に掛けたる猿梯子《さるばしご》の、踏めばひしひしと音する茅屋《あばらや》に比ぶれば、この家を御殿ほどに思うて〔後略〕

（初出は一八九二年。引用は岩波文庫、一一三〜一一四頁）

明治のベストセラー小説として、徳冨蘆花の「不如帰」をとりあげたところ、尾崎紅葉も必要ということになり、近代小説にくわしい友人から「三人妻」をすすめられた。急ぎの本や探しにくい本を注文するときには、寺町の三月書房さんにお願いする。最近はＦＡＸ通信なので返事が早い。連載にはなるべく文庫本で読める本をとりあげる方針にしたのだが、この作品は現在は文庫本では入手できないという返事であった。「明治文学全集」版で読むことにした。三月書房さんの返事の追伸が面白かった。「ついでながら岩波文庫に『二人女房』が入っております」。知りませんでした。「三人妻」に「二人女房」だなんて、小説の題にすぎないとしても、明治の男は欲張りである。

「三人妻」という題だが、ほんとうは四人の妻をもった男の話である。[*1]

紅葉は「或豪商が死んだときに三人の妾が髪の毛を切って、殉死の心持で棺に入れたといふ雑報から思ひ付いた」と語っているそうだ。新聞記事の豪商は、三菱財閥の創業者であった岩崎弥太郎だったという。小説では、一代で巨万の富を築いた葛城余五郎が、若いときからの連れ合いで本妻のお麻のほかに、お才、お角（紅梅）、お艶を妾とするまでが前編、後編は三人の争いや陰謀がこんがらがるが、結局は男子を生んだお艶が余五郎の死後、子どももともども本宅にひきとられてお麻の妹分のあつかいを受けて大団円となっている。四人ではなく「三人妻」という題名は、お麻が他の三人の女の争いを目下に見おろす立場におかれ、要《かなめ》の位置にはいるが、筋の展開からはずされているからであろう。お麻は余五郎と一緒になって女たちの品定めをし、やきもちも焼かない。

余五郎は本宅のほかに、「東京間近の名所々々には、葛城が別宅の瓦屋根を見ざることなし」というほどで、その別宅に女を住まわせる。別宅の女は本宅に挨拶に行く。引用の箇所はのちに紅梅と名前をかえさせられる煎餅《せんべい》屋の娘お角が、新しく別宅を建ててやろうという余五郎に、子どものときに羨ましく見ていた金貸しの家に手を入れて住んで昔の恨みを晴らしたいという場面である。

江戸時代の瓦版のつづきのような明治の新聞、その雑報欄にあったゴシップから生まれたというのがうなずける好色趣味の小説である。三人というか四人というべきか、それぞれの女の味わいをいかに描き分けるかが、「女物語」の名手といわれた紅葉の腕のみせどころであった。

蘆花の「不如帰」と同じく、とうてい現代の読者の読むに耐えうるテキストとは思えないのだが、わたしにはふと友人がこの小説をすすめてくれた理由がわかった。「三人妻」は男の作家が書いた「女物語」なのだが、これを女性作家が書けばどうなるか。

半世紀後に円地文子は本妻の目から、妻自身の内面と夫に囲われた三人の女の物語を書いた。小説「女坂」（一九五七年）である。国文学者上田万年の娘、社会主義にかぶれた赤い令嬢といわれた円地文子が、尾崎紅葉の「三人妻」を知らなかったはずはない。本歌取りの元歌のつぎに替え歌を読みくらべれば、「女物語」の意味がはっきりするだろう。

＊1　本宅と複数の別宅がおかれたり、妻妾同居でお部屋様とよばれる女性たちのいる大邸宅があった。家長本位の明治の民法では最初、いわゆる妾は親族あつかいであった。お傭い外国人教師の一人、津田梅子の英学塾を助けたアリス・ベーコンは回想記「日本の女性」において、この法律改正により、非嫡出児差別が生じたが、「この法律は皇后の子ではない現世継ぎのハル皇太子に

だけは適応されない。ハル皇太子はこの法の実施以前に法的な養子縁組をした」と書いている。北米大陸の一夫一婦永続婚を原則とする社会からきたアリス・ベーコンの異文化観察である。じっさい、たとえば錦絵には皇室家族がしばしば登場するが、大正天皇の生母である柳原内侍らしき人物像を含むものもあった。だが皇室家族ポートレートは、しだいに一夫一婦永続婚的に演出されていく。皇室家族は日本型近代家族のモデルとしての政治的使命を負うからである。皇室家族絵、写真の変遷をたどれば日本型近代家族のモデル・チェンジの跡がたどれるはずである。

013

円地文子「女坂」

白川の官邸は県庁から五、六町離れた柳小路というところにあった。長屋門のついた昔の武家屋敷で、お寺のような高い縁に十畳十二畳と広い座敷がつづき、〔中略〕柿《かき》、林檎《りんご》、梨《なし》、葡萄などの果樹園が野菜畑と隣りあって、青々と生い茂っていた。邸《やしき》へ帰ってみて倫がまず驚いたのは、その果樹園の葡萄棚の手前に、南向きの陽当《ひあた》りを受けて、廻縁《まわりえん》の三間《みま》の新座敷が芳《かんば》しい檜《ひのき》の匂《にお》いをふりまいて建っていたことである。

（初出は一九四九年。引用は新潮文庫、四一〜四二頁）

福島県令に仕える大書記官白川行友は自由民権運動の弾圧に辣腕をふるっていた。彼は強気といわれる自分をうわまわるほどの妻倫の強靭な性格をうとましくおもうと同時に、そのしっかりした妻に家をまかせている。家におく若い妾の選択をお前にゆだねるという夫の奇怪な信頼にこたえて、妻は東京の下町から美少女を連れて福島の官舎に帰ってくる。すると、昔の武家屋敷であった官舎の庭にはすでに新しい離れ座敷が用意されており、渡り廊下で本宅とつながっていた。離れと渡り廊下でつながるこの家の構造は、「家」制度が複数の妻や多数の使用人を含む複雑な傍系家族を擁していたことを表現している。

白川行友はその後、昇進して妻と子どもたち、妾の須賀を連れて東京へ帰る。東京では二人目の妾由美を迎え、息子の妻である美夜とも関係をもつ。まさに先回の紅葉作「三人妻」と同じ構造である。物語は本宅と別宅の距離さえなくて、同じ敷地の建物の中で展開されるからすさまじい。

戸主の妻妾同居というグロテスクな主題なのだが、円地文子の文体は暗いというよりは、明快な残酷さを帯びる。円地の小説は同時代の物語ではなく、歴史としての明治の「家」制度の家を描く。[*1] 女主人公の白川倫は自分の行為の意味を知りぬいている。倫は東京へ女を探しにゆく際に夫から託された莫大な資金の残りを夫に返さず、自分の隠し財産として増やしてゆく。これがあれば夫の家を出てゆけるという心の支えである。だが彼女は家を出てはゆかず、十歳年長の夫よりも一日でも長く生きのびることを目標に生きる。

ところが、妻が年上の夫よりも後まで生きると決まったのは、実は、最近である。家事や多産で消耗する明治の妻が、夫よりも長生きするのは難しい。

死病を得て敗北をさとったとき、倫は夫に隠し財産のありかを教え、また自分の葬式は出さないでくれ、「死骸を品川の沖へ持って行って、海へざんぶり捨てて下されば沢山でございます」といい残す。病は腎臓にあった。明治の暗いひえびえとした家が原因の病気であろう。だが冷え込みにも増して倫の健康を蝕《むしば》んだのは、自分が自身に向けてきた怒りであり侮蔑であった。夫の二人の妾と夫が関係をもった嫁、そして自分たちの子どもとその家族を含む「家」制度の大家族を見事に支えた自身への怒り、隠し財産を増やしつづけた自分にたいする侮蔑である。

小説の初出の一九四九年は、戦後の民法改正の二年後である。一九四七年の改正民法では、明治民法にあった第四篇第二章「戸主および家族」が削除され、民法から「家」という語が消えた。「家」制度の終焉である。円地の小説は現代の目で、過去のものとなった旧制度を描く。紅葉の小説とは違って、一人の本妻ともう三人の妻は男からみてそれぞれの美点があるだけでなく、確固たる個性と自我をもつ存在として描かれている。また「三人妻」の本妻とは違って、「女坂」の倫は若い女たちにたいする嫉妬を自覚している。嫉妬心はもうひとりの女を本質的に自分と対等な存在として認めたときに生じる感情であり、また夫と妻が互いの独占を前提にする近代家族につきものの感情である。[*2]

＊1　この連載でとりあげた小説の大部分は、ほとんど同時代といってよい近い過去の事件を叙述していた。近い過去の叙述はいわゆる私小説の特徴でもあるだろう。日本語の時制には近い過去と遠い過去の区別がない。しかし、円地文子の文体がわたしに与えた「明快な残酷」の印象は、過去に決着をつける過去時制をつくろうとするかのような意志に由来する。
＊2　円地文子には「食卓のない家」という秀逸なタイトルの小説がある。食卓のある家とは家庭家族の家のことである。だから、円地文子は家庭家族の前と後を描いた小説家である。

014
森鷗外「半日」

六畳の間に、床を三つ並べて取って、七つになる娘を真中に寝かして、夫婦が寝ている。〔中略〕一月三十日の午前七時である。西北の風が強く吹いて、雨戸が折々がた／＼と鳴る。一間隔てた台所では下女が起きて、何かこと／＼と音をさせている。〔中略〕その中《うち》に台所の方でこと／＼と音がして来る。午《ひる》の食事の支度をすると見える。今に玉ちゃんが、「papa, 御飯ですよ」と云って、走って来るであろう。今に母君が寂しい部屋から茶の間へ嫌われに出て来られるであろう。

（初出は一九〇九年。引用は「明治文学全集」第二七巻、筑摩書房、三二、四三頁）

わたしには鷗外にたいするこだわりがある。子どものころ、祖父の本棚に古い版の鷗外全集があった。父親は鷗外の筆になる「安心立命」という額を大切にしていた。町医者の家には軍医総監森鷗外にたいするおもいいれがあったのであろう。額の字はなんだか勢いがなかった。「安心立命」とわざわざ書く人の胸のうちは立ち騒いでいるのではないか、と子ども心におもった。鷗外の文体の冷静な外見がなかなか信じられなかった。

全集だけでなくて、鷗外の子どもたち、森於菟、森茉莉、小堀杏奴、森類が書いた回想録がそろっていた。四人の子どもがそれぞれのちに本を書くことがわかっていたら、恐ろしくて親なんかやってられないのではなかろうか。[*1] ところが鷗外は複雑な家族をかかえながら、どの子どもにも、自分が一番愛されたとおもわせる見事な父親であった。鷗外の子どもたちの回想録を散々読んだおかげで、わたしは鷗外の観潮楼なる家を見たことがないのに、知っているような気がする。暗い廊下でたくさんの部屋がつながっている複雑な間取りである。前回読んだ小説「女坂」と今回の鷗外の「半日」は、建て増しの部分を廊下で連絡させる住まいの構造と、その住まいにたちこめる「嫉妬」の感情によってつながる。

「半日」という題のとおり、この小説は朝七時の起床から昼飯時までのあいだの家庭のいさかいを、夫の目から描いた短編である。博士の奥さんは若い二度目の妻である。夫婦は六畳の寝室で玉ちゃんと呼ぶ七つの長女を真ん中に川の字になって寝ている。夫婦の寝室中心の部分は、親子三人の核家族の住まいなのだ。だが廊下でつながるもう一方の部分には博士の母親がこの小説には登場しない先妻の子、博士の長男と一緒に住んでいる。妻妾同居はいわば二重結婚の同時進行だが、先妻と後妻の子の同居は時間差のある二つの結婚の結果である。時間差も空間表現としては、廊下でつながる家となる。

博士の奥さんは博士の母親を嫌っている。今朝も母親が奥さんの朝寝坊をなじったところから、奥さんの気持ちがこじれた。奥さんは、家計をにぎり、博士の身の回りの世話をやめない姑とは一緒に暮らせないと、いつもの不満をならべる。朝食も食べようとしない。博士はついに式典の日の大礼服を脱いで役所に欠勤届けを出す。半日を費やして妻の気持ちをなだめる。おっつけ昼御飯の時刻となり、茶の間にはふたたび家族がそろって無理な家庭団欒を演じなければならない。

鷗外の娘の小堀杏奴の回想記「晩年の父」に、「父と母とが仲の好いように感じられた記憶は、私には殆ど見付からない。愛情のような雰囲気、それは父が一人で作って一人で(自分でも知らないで)あたりの妻や子供や家、本や空気にまで振り撒いていただけだ」とあるのを読んでびっくりした。廊下でつながる他の部分を切り捨てることはできないのに、一夫一婦永続婚を建前とする小家族の器、家庭の幻想を維持しようとする鷗外の一方的な意志と努力は娘に見破られていたのだ。

＊1　この連載をつづけるあいだに気づいたことの一つは、日本語で書く近代文学の作家群には親子二代、ときには三代にわたる作家が多いということである。むろんフランス文学にもフランソワ・モーリヤックとクロード・モーリヤックのような父―息子二代の作家の例がある。他の言語圏にもありうるだろう。だが、日本語文化圏の親子作家の数は異様なほど多いのではあるまいか。

015
志賀直哉「暗夜行路」

十日程して二人は衣笠村《きぬがさむら》にいい新建《しんだ》ちの二階家を見つけ、其所《そこ》へ引移った。一月の、それは京都でも珍らしい寒い日だった。建って漸《ようや》く壁の乾いた所で、未《ま》だ一度も火の気の入らぬ空家《あきや》では、寒さは一層身に堪《こた》えた。S氏の会社の年寄った小使が手伝いに来た。その小使が、「此所《ここ》は女御《おなご》はんだけでは御留守が淋《さび》しいですな。別に物騒なちゅう事もありますまいが、犬を飼われたら、よろしな」と云《い》った。

（初出は一九二一～三七年。引用は新潮文庫、三六九～三七〇頁）

半自伝的といわれるこの小説を志賀直哉年譜に重ねると、小説の主人公である時任謙作と妻直子が京都の衣笠村で所帯をもつ年は、一九一五年と推測される。志賀直哉自身、一九一四年に父の同意の得られない結婚をして家督相続を放棄、一九一五年に衣笠村に移り、父とは別戸籍の一家を創設、創設一代目の家長となっているからである。

二階家は新婚夫婦の住む郊外の新建ちの家にふさわしい。京都風の町家の虫籠窓のある暗い中二階ではない。衣笠山そして金閣寺の森が見える二階の部屋は、主人公の書斎となった。そして彼の留守のあいだに訪問した妻の従兄弟要はこの部屋に泊まり、直子と要の「あやまち」がおこった。「直子は静かに二階を降りてきた。仙（住み込みの手伝い）に覚られる事が恐ろしかった」。二階は、やはり秘め事の空間である。

新聞連載時には、志賀直哉の小説はとりあげなかった。志賀直哉の生涯のテーマは「家」制度と父との葛藤である。みずから創設一代目の家長、「家庭」家族を率いる新型家長となり、[*1]さらには父との「和解」をすませた後の志賀直哉には書くべき真のドラマがなくなったようにわたしにはおもえた。「暗夜行路」のドラマはわざとらしい。

じっさい、父との葛藤を描くはずであった小説「時任謙作」は、葛藤が終わると書けなくなった。かわりに「自分」を主語とする一人称記述の中編小説「和解」が、ほとんどすべての文章が「～した」で終わる、まるで報告書のような淡々とした文体で書かれた。「時任謙作」が時任謙作を主人公とする長編小説「暗夜行路」となるには、祖父と母との「あやまち」の結果という出生の秘密、そのことを知らないままに祖父の愛人であったお栄に結婚を申し込む話、さらに妻直子の「あやまち」という三重の嘘のドラマをつくりあげる、十六年もの創作時間が必要であった。細部の真実と大きな嘘によって小説がつくられるといったのはバルザックであるが、「暗夜行路」はそのような一九世紀的小説の定義にふさわしい。細部には作家の生涯のあらゆる見聞やエピソードがモザイクのようにきちんと埋め込まれ、しかも全体は大きな嘘のドラマによって構成されている。

わたしには後世の小説家が書いた「暗夜行路」のパロディを読むまで、この嘘の意味がわからなかった。小島信夫の「抱擁家族」は、同じく妻の「あやまち」をテーマにしている。主人公は自分、主人公の妻のモデルは自分の妻であると作家みずからが公言する「暗夜行路」や「抱擁家族」のような小説に、妻の「あやまち」と夫の「ゆるし」という小説のための嘘が書かれるとはひどい話ではないか。小説家の家族にはなりたくないものである。そのほか、山田太一の「岸辺のアルバム」の主人公の名前は謙作であって、妻の情事を知ることがドラマの中心となっている。「あやまち」というドラマはなぜ必要なのか。

オイディプス神話を引用するまでもなく、「暗夜行路」の主人公の出生の秘密、お栄との結婚話、妻と従兄弟の関係というドラマには、親子関係には血のつながりがなければならないという、むしろ西欧的な近代家族イデオロギーと、その裏に張りつくように存在する子どもの遺伝的連続性を疑う父親の恐怖がこめられていたのであった。

＊1　奈良の志賀直哉旧居は、書斎やサロンのほかに、サンルームや子ども部屋、夫人の居間を備え、すみずみまで父親の視線が行き届くように設計された家庭家族にふさわしい家である。

016

佐藤春夫「美しき町」

「ところで」と彼は言った「私の持ちたいと思うのはそれほど宏大《こうだい》な屋敷であることを決して要しない。ただ家であればいい。大きさから言って一軒について多分二、三十坪ぐらいの二階家でいい。そうして私はそれを百欲しいのである。それら百の家は一切の無用を去って、しかも善美を尽していなければいけない。〔中略〕それからその百の家のなかに私は、百の人あるいは百の家族に住んでもらいたいのだ。」（初出は一九一九年。引用は「美しき町・西班牙犬の家」岩波文庫、二八〜二九頁）

東京の築地のホテルに現れた日米混血児テオドル・ブレンタノ、日本名川崎幀蔵はアメリカの父の遺産を、貨幣価値が六百倍にもなる日本にもって来て、百の家からなる美しい町を建設したいという。ブレンタノの幼友だちで、画家である「私」と、老建築家の二人はブレンタノの計画にひきこまれて熱中し、設計図を引き、土地を探す。三年後、隅田川の中洲に六千坪の土地が確保できようというときになって、ブレンタノは自分が詐欺師であることを告白して去る。画家は老建築家の孫娘と結婚し、建築家が美しき町のために設計した家を一つだけ建てて妻と仲良く暮らすというお話である。

　子どものころ、この小説をおとぎ話のように読んだ。川崎＝ブレンタノがホテルの円卓の上に紙と糊《のり》で美しい町の模型をつくり、川沿いの家々の窓に明かりをともすところが好きだった。青い電球の月の光が夜の町を照らし出す。すりガラスの板が敷かれた川の面に灯が映る。小人国をおとずれたガリバーのような大人三人が、おもちゃの町を見下ろして立っているところが目にみえるようにおもった。*1

　今読み返してみると、この小説には、さまざまな複雑な仕掛けがかくされている。まず小説は明治の最後の年、一九一二年に設定されている。これから都市文化の開花する大正の時代がはじまるのだ。登場人物の老建築家は明治の鹿鳴館の時代に西欧建築を学ぶべく留学したが、帰国したときには欧化時代はすでに過ぎ去っており、長いあいだ仕事の注文がないままに、ひとりで住宅設計の図をかきためてきたという設定になっている。老人は「自由民権」の心さえひそかに保持している。

　明治の建築家は、国家の記念碑的建造物や、銀行、ホテルあるいは華族や富豪の大邸宅を設計した。明治の中流階級のための住宅建築といわれるものは、今日からみればお屋敷である。その他の和風建築は設計図らしきものなしに、施主の希望通りに棟梁が建てたのだから、建築家はいらない。ところが大正になってようやく、住宅設計をする建築家が必要な時代がやってきた。

川崎＝ブレンタノが美しき町の住民となる百の家族につける条件の中には、「自分たちで択び合って夫婦になった人々、そうして彼らは相方とも最初の結婚をつづけていて子供のある人たちでありたい」というのがある。一夫一婦永続婚から生まれる近代的核家族ということにほかならない。つまり「家」ではなく、「家庭」の器としての小住宅を百つくる計画である。大正の都市文化の中では、明治には「家」制度／「家庭」制度と二重構造になっていた日本型近代家族から、「家庭」家族が「家」から独立する傾向がみられる。このおとぎ話的小説は、住宅に「家庭」が表現される時代がはじまることを予言している。

川崎＝ブレンタノの机上計画が現実の土地の上に実現したらどうなるだろう。現代の新幹線の車窓から、田んぼの中に百軒ほどの住宅群があって、小林住宅などと看板が立っているのが見える。一つ一つの家の設計や壁の色はしゃれている。敷地が四十坪、建坪が二十なら、ちょうど美しき町の家々の大きさなのだが。

＊1　美しき町の模型は紙製である。これを砂を入れた箱に建てると、臨床心理学でいう箱庭療法の場面によく似る。クライアントはブレンタノなのか、建築家なのか。小説の中では謎の男ブレンタノは独探（どくたん＝ドイツから派遣の密偵）という風説があった、と書いてある。金銭目的の

詐欺師だったか、それとも世界政治の裏を歩く男か。だがいずれにしろ美しき町の建設は、彼の政治目的や金銭目的のためではない。彼は何らかの病から癒されたいだけとおもわれる。老建築家は、強い国家の時代であった明治時代から疎外されつづけた。彼は箱庭のような美しき町を建設する夢によって、生き生きとよみがえる。そして箱庭のような美しき町の模型に彼らの物語を読みとる語り手「私」は、彼らを治療するセラピストなのだろうか。しだいに美しき町にのめりこみ、物語を共有してゆく登場人物「私」もまた、何らかの傷をかかえているかのようだ。

017

西村伊作「楽しき住家」

私の考えの理想の村は、家の数が三百か五百位あって、其家の大きさは、二間か三間の家から、一家十四五人も住むことの出来る十数間を有った家が交って居て、しかし、その仕上げの程度、装飾の仕方などは成る可く、同じ位の、人間の必要を満たすだけのものにして、〔中略〕そうして此の村はただ、昔風の小さい農村のやうなものでなく、文明の生んだ、現代人の心地よく住むことの出来る村でありたいと思うのです。

（初出は一九一九年。引用は警醒社版、二五五頁）[*1]

前回にとりあげた佐藤春夫の小説「美しき町」の建築の理念は、実は佐藤春夫が同郷の建築家西村伊作の「楽しき住家」から学んだものである。西村伊作はもっとも小さい家にも、①居間（リビングルーム）、②台所、③寝室の必要を唱え、楽しい家庭の器としての住居を主張していた。西村は室内装飾について、さらには育児、料理について、具体的な意見をのべた。いわば大正時代に開花する家庭文化の創始者の一人といえよう。

佐藤春夫と西村伊作の関係は加藤百合「大正の夢の設計——西村伊作と文化学院」（朝日選

書）にくわしい。二人は和歌山県新宮市の出身であった。西村の叔父は大逆事件に連座した社会主義者として刑死した大石誠之助である。新宮では、アメリカ帰りの医者であり、社会改良家として生活改善の実践をした人として知られていた。[*2] 佐藤春夫の父も医者であって、大石誠之助とは同業以上のつきあいがあった。

明治時代は、明治天皇暗殺計画の容疑で多数の社会主義者、無政府主義者が逮捕され、幸徳秋水など十二名が処刑されることになる一九一〇年の大逆事件と、一九一二年の明治天皇大葬の日に自殺した乃木希典夫妻の殉死事件によってしめくくられた。この二つの事件が当時の人々の記憶に残した影の大きさは現代のわたしたちにははかりがたいほどである。大石誠之助の甥であり、父亡き後に大石に引き取られて養育を受けた西村伊作にとって、大石の刑死は人生の方向を決めるものであった。彼は叔父の生活改良の実践家としての面を受け継ぐが、革命運動にはかかわらない。生活の美学を新しいタイプの家長として家庭の枠の中で実践し、さらには理想を住宅という閉じた空間に表現するため、独学で建築家となった。与謝野鉄幹、晶子夫妻の別荘などを設計している。

佐藤春夫の小説「美しき町」では、夢の計画は明治の最後の年あるいは大正の最初の年という設定となっている。佐藤春夫はこの小説の中で、「歴史の領域」ではなく「詩の領域」で生きたいという彼自身の夢想家宣言をした。「歴史の領域」とは、西村の叔父である大石誠之助があえて踏み込んだ革命運動の領域であった。小説の中で「自由民権」の心をもつとされる老建築家は、歴史に背を向けて個人住宅建築の設計に専心している。隅田川の中洲に設定され、周囲を石の壁で守られた「美しき町」は国家に反逆はしないが、国家とは次元を異にする独立空間を夢想してユートピア的である。

西村伊作の建築の仕事と佐藤春夫の小説に描かれたのは、新しい家長の、男の夢としての家庭とその器であった。西村伊作は自分が設計する家の住民を育成するために文化学院を建て、与謝野夫妻他のユニークな教員を集めた。文化学院では西村伊作は「お父さん」、与謝野晶子は「お母さん」と呼ばれた。だが与謝野晶子の「お母さん」は謎めいている。晶子には、家庭の幸福や家庭の団欒を歌った歌はほとんどない。相聞歌や挽歌に歌われる鉄幹は、あくまでも恋人である。歌をよみ、物を書くのは、不特定多数を相手とする恋愛のような行為だから、西村伊作設計の家に住みながら晶子の歌は家庭をはみだしていたのではなかろうか。

＊1　この連載では、読者が同じ本を手に入れやすいように、できるだけ文庫本版から引用することを心がけた。西村伊作「楽しき住家」は例外である。全国の図書館所蔵本を検索してもらい、京大図書館の本を借りた。平面図が数多く載っている。読んでいて楽しい。このような平面図つきの住宅設計集が数多く出版された時代であった。読者は家を建てる実用目的で参照するだけでな

く、楽しみで読んだに違いない。西村伊作には、ほかに「生活を芸術として」（民文社、一九二二年）、「明星の家」（文化生活研究会、一九二三年）など多数の著書がある。

＊2　この連載で後にとりあげた中上健次「枯木灘」には、大石誠之助が「路地の医者」として書かれている。

018

谷崎潤一郎「痴人の愛」

結局私たちが借りることになったのは、大森の駅から十二三町行ったところの省線電車の線路に近い、とある一軒の甚だお粗末な洋館でした。所謂《いわゆる》「文化住宅」という奴、〔中略〕勾配の急な、全体の高さの半分以上もあるかと思われる、赤いスレートで葺《ふ》いた屋根。マッチの箱のように白い壁で包んだ外側。ところどころに切ってある長方形のガラス窓。そして正面のポーチの前に、庭というよりはむしろちょっとした空地がある。
（初出は一九二五年。引用は中公文庫、二三〜二四頁）

谷崎潤一郎旧居は数多い。京都にもいくつかある。天王町から下がったところの川沿い三角の敷地にあった家は喫茶店になっていたが、今はない。法然院の谷崎の墓を背にするようにして哲学の道にある喫茶店も旧居跡である。引っ越し魔の谷崎にとって、家は住むところだったのだろうか、それとも美的作品につくりあげることが目的だったのだろうか。谷崎には、いわゆる西洋趣味の時期、支那趣味の時期、日本趣味の時期があって、写真で見るとそのたびに、着るものと、住む家が変化している。「痴人の愛」は、西洋趣味を描いた小説である。谷崎は

「私小説」として書いたのだそうだ。

小説の主人公である「私」はサラリーマン、名前は譲治、ジョージと発音すると外国名に聞こえる。妻は奈緒美、「NAOMIと書くとまるで西洋人のようだ」とある。「私」はカフェ・ダイアモンドで給仕をしていた十五歳の少女ナオミを理想の女に教育して結婚し、所帯臭さのない家庭をつくろうとする。[*1]そのために、ナオミに英会話と声楽、そしてダンスを習わせる。ナオミは贅沢とハイカラをおぼえ、映画女優のメアリー・ピックフォードに似た魅力的な女に成長し、最初は大学生たちと、やがて横浜の外国人男性たちと、遊び回るようになる。はじめはナオミの上位にたつ教師役であった「私」なのに、ナオミに苦しめられれば苦しめられるほどナオミから離れられない。今では「私」は会社をやめ、田舎の家と土地を売って、もっぱらナオミに奉仕をつづけている。

赤い屋根と白い壁をもつ洋館は「お伽噺《とぎばなし》の家」[*2]と呼ばれている。呑気な青年と少女が遊び心で住む家である。もとは画家が建てさせた家だったので、階下はアトリエ、屋根裏に小さな寝室が二つあるだけである。閉ざされた、しかし、がらんどうで明るい空間で、若い夫婦は追いかけっこをしたり、夫が馬になって妻を背中にのせて這い回ったりしている。鎌倉に植木屋の離れ座敷も借りる。海水浴のためだが、ナオミの友だちの溜まり場になる。やがて横浜に移って、ナオミが見つけた山手の洋館を借り、それからスイス人の家族が住んでいた家を家具ごと買い取る。ナオミの着る服と住む家の描写がつづく小説である。

「お伽噺の家」では、夫は「小鳥を飼うような心持ち」で妻を家の中に放し飼いにしている。小鳥はしだいに凶暴になり、血が出るほど夫をくいちぎることになるが、彼には苦痛が喜びである。この小説はサディズムとマゾヒズムのゲームとして解釈されてきた。エキセントリックな小説の主人公「私」が平凡なサラリーマンと設定され、風変わりとはいえ正式結婚した彼ら夫婦の家庭生活の「有りのままの事実を書いてみようと思います」とあるのが興味深い。この小説は、「家庭」が夫婦の閉鎖的な性愛の場であることをいっているのではなかろうか。かりに労働も育児もなければ、夫と妻は互いにサディストになったり、マゾヒストになったりのゲームをくりかえすほかにすることがない。お祖母さんの家で赤頭巾ちゃんは狼に食べられ、お菓子の家で眠ったヘンゼルとグレーテルは釜茹でになる。もともと「お伽噺の家」は美しい残酷劇の舞台なのである。

＊1　連載中、この回の掲載後になって、新聞で谷崎潤一郎「痴人の愛」のモデルであった女性の死亡記事を読んだ。九十歳を越える長寿であった。

＊2　「お伽噺」のブームは巖谷小波の「世界お伽噺」(明治三二年)にはじまって明治から昭和初期までつづく。いわば近代的な家庭文化の一つであった。

019
与謝野晶子「与謝野晶子歌集」

わが都火の海となり山の手に残るなかばは焼亡を待つ
この都三日三夜燃えてただわれのわななく土を今残すのみ
誰れ見ても親はらからのここちすれ地震をさまりて朝に至れば
（初出は歌集「瑠璃光」一九二五年。引用は岩波文庫、一八八、一九〇、一八九頁）

この連載がはじまったのは、今年（一九九五年）の一月一三日であった。四日後の一月一七日が阪神・淡路大震災の日となった。驚いて息を飲むの感があった。おりもおり、連載のために関東大震災（一九二三年九月一日）の記録、戦争の空襲の記録を集めて読んでいたところだった。住宅の歴史、生活の歴史、マンタリテ（心性）の歴史は、戦争や災害の傷痕を刻む。被災地に住む友人からようやくの無事を告げる電話をもらった。「大勢死んだ、家の死骸も累々と横たわっている。一つの文化が滅んだのよ」と、その声はいった。あなたは見なければいけないと、その声はいったが、助けることができないのに見に行くことはできなかった。ごめんなさい。

新聞には連日、阪神大地震の災害状況を報道する記事と写真が載った。すでに多くの人がデジャ・ビュ（既視）感覚のことを語っているが、わたしも焼け跡の写真に目を疑った。敗戦の日の前後、わたしは疎開先と京都のあいだを何回か往復し、山陽線の汽車に乗った。神戸、大阪あたりで汽車はのろのろ運転となり、ガラスの壊れた車窓から焼け跡が海岸までつづいているのが見えた。建物の残骸のあいだから折れ曲がった水道管がのぞき、水がこんこんと吹き出していた。その、子どものときの記憶にそっくりの、写真が載っているではないか。

同じく子ども時分に、祖父の本棚で竹久夢二の関東大震災の焼け跡のスケッチを見たようにおもう。後で考えて、美人画の夢二が震災の記録画を残すのは信じられないような気がするが、若いときには反戦の絵を描き、平民新聞に諷刺的コマ絵を発表していた夢二なのだから、わたしの記憶違いではないとおもう。夢二の焼け跡のスケッチもまた、ずっと後の空襲の焼け跡に似ていたので、子どものわたしの記憶に残ったのであった。[*1][*2]

だが、当時の小説に、関東大震災を描いた作品が少ないのは不思議である。林芙美子は「放浪記」の中に被災体験を描いているが、むしろドキュメンタリー手法である。多くの小説の中に震災後何年というような日付があるのだが、関東大震災そのものは小説にはなっていない。ようやくできあがった小説という形式におさまりかねるほどの体験だったのだろうか。それとも、震災のおかげで、しばらく東京の出版界が壊滅状態にあったため、小説化される時期を失したのだろうか。

おもいがけないことに、与謝野晶子がなまなましい震災の歌を残していた。「立つと見る家のただちに焼亡す火の泉より火のほとばしり」とある。当時の東京は燃えやすい木造の建物からなる都市であった。震災の衝撃が歌の形式を破っているところが興味深い。晶子には珍しく自由律的な歌である。気持ちがやや落ち着くと、「空にのみ規律のこりて日の沈み廃墟の上に月上りきぬ」「月もまた危き中を逃れたる一人と見えぬ都焼くる夜」と韻律が戻ってくる。

冒頭に引用した第三番目の歌のように、災害の時には「誰れ見ても親はらからのここちすれ」となって、家族単位での結束とはかぎらない助け合いの気持ちが生まれている。与謝野晶子は自分の住まいのことは歌わず、「きはだちて真白きことの哀れなりわが学院の焼け跡の灰」（二九一頁）と、西村伊作とともにつくった文化学院の廃墟を哀れむ。大正モダニズムの白い建物は灰もまた、白かったのだろうか。

＊1　「島崎藤村全集」第十巻（筑摩書房）に「子に送る手紙」という震災記が収められている。この文章が古い「藤村読本」全六巻という絵入りの本に収められていたのではないかとおもう。わたしが夢二の絵をおぼえているのは、その絵であろう。関東大震災を絵巻物の形で残した画家は、画壇の画家にかぎらない、町の絵師も多くの絵を残している。のちの丸木夫妻の「原爆の図」、そして被災者たち自身が描いた絵は、そのような伝統の中にあるのであろう。

＊2　注をさらに加えなければならない。竹久夢二は都新聞に「東京災難画信」（一九二三年九月一四日～一〇月四日）を連載し、絵と文を書いている。

020

山崎今朝弥「地震・憲兵・火事・巡査」

僕が〔中略〕「人無事家安全、知人の消息早く知りたし」の新聞広告を出したら、イの一番に和田久太郎《わだきゅうたろう》君から労運社の消息と共に大杉一家無事安全の報告があったが、その手紙の日付が九月十六日午後八時で、着いたのが大杉君と野枝さんと子供一人が、確かに一昨夜憲兵隊内で将校多数立会いの上惨殺されたと報告してくれに新聞記者が来た時と同時であった事も何かの因縁か。

（初出は一九二四年。引用は岩波文庫、二六七頁）

山崎今朝弥は反骨の弁護士であり、一九二三年、関東大震災から二週間余りたったこの日、大杉栄虐殺事件を知るや、真相を明らかにするべく警視庁に大杉捜索願を出した。関東大震災をあつかった小説は意外に少ないが、その記録文は数多い。前回に触れた竹久夢二の震災焼け跡のスケッチは、わたしの記憶とはいささか違って島崎藤村が書いた震災随筆に夢二がつけた挿絵であった。田山花袋も「東京震災記」（現代教養文庫にある）を書いた。後世になってから記録を再構成したドキュメンタリーとしては吉村昭「関東大震災」（文春文庫）がある。

また姜徳相「関東大震災」（中公新書）は、とくに震災直後の朝鮮人虐殺事件をあつかって重要である。この本には、大杉栄事件、亀戸事件、朝鮮人問題の三つをくらべて、「また個々の生命の尊厳に差のあるはずはないし、異をとなえるわけでもないが、家族三人の生命、一〇人の社会主義者の生命と六千人以上の（朝鮮人の）生命の量の差を均等視することはできない。量の問題は質の問題であり、事件はまったく異質のものである。〔中略〕前二者が官憲による官憲の完全な権力犯罪であり、自民族内の階級問題であるに反し、朝鮮人事件は日本官民一体の犯罪であり、民衆が動員され直接虐殺に加担した民族的犯罪であり、国際問題である」とある。

　たしかにそのとおりなのだが、わたしには大杉栄、伊藤野枝、橘宗一[*1]が当時あたかも三人の家族であるかのようにあつかわれ、そのために殺された大杉事件の背景には、朝鮮人虐殺事件に通じる不逞のやから根絶やしの思想があったのが重大におもえてならない。その日、アナキスト大杉栄と伊藤野枝は連れ立って野枝の前の夫である辻潤の安否を尋ねにゆき、ついで栄の弟の家をたずね、たまたまいた妹の子、満六歳の橘宗一を連れて自宅に戻ろうとして、三人一緒に甘粕憲兵大尉とその部下たちに逮捕され殺されたのであった。

　大杉栄の子ども好きはよく知られていたが、自分の子どもだけを可愛がるのではなかった。だからその日も甥っ子を連れてきたのだった。夫婦で野枝の前の夫を探すところも、普通の夫婦のするところではない。二人の住む家にはしょっちゅう他人が出入りして御飯を食べていた。大杉栄と伊藤野枝が子どもたちを引き入れたところは、いわゆる家族に似ていたが、彼らがつくったのはこぢんまりした家庭などではなかった。にもかかわらず、三人連れは親子とみなされた。伊藤野枝は一人の主義者として逮捕されたのでなく、大杉栄の女房として殺されたのではないか。橘宗一はたまたまアメリカ国籍の少年であったが憲兵たちはそれも知らず、大杉と伊藤の長男とみなして逮捕した。そこに不逞の血統を絶やそうという意図はなかったか。三人は家族の時代だったからこそ、家族として虐殺されたのではないか。家族が民族と国家の基礎単位とみなされるなら、大杉事件と朝鮮人虐殺事件の根は等しい。山崎今朝弥は「悪い事なら総て朝鮮人に押し付けようとする愛国者、日本人、大和魂、武士道ときては真に鼻持ちならない、天人ともに容さざる大悪無上の話である」と書いた。

西村伊作の「楽しき住家」や佐藤春夫の「美しき町」は国家と拮抗しうる家庭を考えたが、震災以後ますます、家族と家庭は国家の下にある単位とみなされるであろう。

＊1　橘少年の父橘惣三郎は、名古屋市の覚王山日泰寺に人知れず、墓を建てた。「かなり大きい自然石の墓碑の表は上位に横文字で二行にわたって『Mr.M. TACHIBANA Born in Portland Ore. 12th,4,1917.USA』、下位には縦書き日本字で『吾人は須らく愛に生くべし。愛は神なればなり

橘宗一』、裏面上位には小文字縦書きで『宗一（八歳）ハ、再渡日中、東京大震災ノサイ、大正十二年（一九二三）九月十六日夜大杉栄野枝ト共ニ犬共ニ虐殺サル　By S. TACHIBANA』、下段は大文字草書で『なでし子を夜半の嵐に　た折られて　あやめもわかぬものとなりけり　橘惣三郎』と彫ってあるものである」（近藤眞柄「九月は苦の月」橘宗一少年の墓碑保存会編、パンフレット）。歌に詠みこまれた「あやめ」は橘少年の母、すなわち大杉栄の妹の名前である。墓は草に埋もれていたが、一九七二年に西本令子が発見、朝日新聞「ひととき」欄への投書で世に知らしめた。

021

幸田文「きもの」

バラック建ての家が、どんなに薄っぺらか、呆《あき》れる思いでるつ子は新しい台所へ立つ。踏むとしなうような揚げ板、揚げ板をはぐれば下には焼け土。丁寧な地形が施してある筈《はず》のないバラックだけど、これはまたあまりにまざまざと、焼けたままの土である。〔中略〕このバラックは家ではないような、容《い》れもの、箱、といった気がして仕方がない。新しく、これといった文句はないのだが、なじみのもてない薄っぺらさがある。

（初出は一九九三年。引用は新潮文庫、三七七頁）

関東大震災を事件として描く小説は少ないのだが、幸田文は晩年の自伝的な小説の中で七十年前の震災の体験を描いた。小説にはバラックとトタンという言葉が使われている。関東大震災のときにすでに使われていたのだろうか。[*1] むしろ昭和大空襲の焼け跡に建った建築にたいして用いられた言葉であったような気がする。いずれにしろ幸田文は生涯に二度、東京が焼け野原になったのを目にしたのであった。だが小説「きもの」は、遠い昔を回想する文体では書かれていない。主人公である若い娘のなまなましい感覚が見聞きすることを、現在時制で書く。

小説の主人公るつ子には、関東大震災が人生の転機となる。姉二人、兄一人をもつ四人兄弟の末っ子に生まれ、姉二人の結婚、母の死を体験したるつ子の残る家族はおばあさんと、父と兄である。父には、るつ子の母の生前からの愛人がいる。父親の働き盛りに嫁入りした長姉や自己主張の強い次姉とは違って、るつ子のきものは数少ない。そこへ地震がきて家もきものも残らず焼けてしまう。おばあさんは、こういうときになまじ銘仙など絹ものは禁物と教え、木綿織り縞《しま》の反物をるつ子の袷《あわせ》に仕立てる。震災のときはまだ夏、浴衣で逃げまどったが、バラックが建つころには寒さが追ってくるのである。[*2]

そんな地味なよそおいであっても、るつ子の若さはかくれようもなく、間借り先や仮住まいにつぎつぎと縁談がもちこまれる。ふと考えると、自分が娘のままこの家におれば、父が望んでいる再婚も、兄の結婚もむずかしいとわかる。バラック建築の新しい家は兄が大工を手伝って苦労して建てた家である。どこが気にいらないというわけではない。るつ子が感じている不都合は、つまりは新しい家にいるべき自分ではないという不都合にほかならない。だが縁談の相手という相手が「影のうすい男、軽薄な男」で、弱い男が、強気でしっかり者の娘るつ子を望むという構図である。

震災をさかいにして多くのことがかわった、とるつ子はおもう。父と兄がきものではなく洋服を着るようになった。「台所も今迄のように、流しを一段下げる作りかたをよして、今度できるうちはどこでも、平面の台所なんだそうよ。それがはやりだそうよ」と、るつ子はおばあさんに話す。じっさい、土間に下りるのではなく、茶の間、座敷と同じ高さの板敷きになった台所は関東大震災の後に普及し、地方に及んだ。地方ではこれを東京式台所と呼んだ。中流の家の台所は女中だけでなく主婦の働く場所になったのである。

そして、「恋は急撃してきた」とある。るつ子はふとしたきっかけから、見合い写真では気にいらなかった優男にほれる。結婚する。その男にも結婚にも早晩、熱がさめると周囲も自分もわかっていながら自分を恋愛におしやる。若い男と女の恋なんて男と女の色気のむすびつき、とするところが、ポスト恋愛小説的、明治生まれの幸田文の不思議な新しさである。失敗でもいい、自分で選んだ人生の第一歩を自分で踏み出すようにさせたのが震災であったといっているようだ。

＊1　のちに竹久夢二の関東大震災ルポルタージュである「東京災難画信」を読んで「バラック」という言葉も「トタン」も当時から使われていたことがわかった。

＊2　幸田文の父親、幸田露伴は住まいのあり方について一家言のある作家であった。明治三〇年に書いた「家屋」で、これからは職住分離の安息の「専門的家屋」になると予言した。幸田文は、この小説で描いた結婚をのちにやめて、結局は父の建てた家へ帰る。その娘青木玉も幸田露伴の建てた家で育つ。都市に建てられる日本の木造近代家屋は、一般に三代か四代のあいだ維持され得たのであった。親子作家はその時間の記憶を書き継ぐ。

022
織田作之助「夫婦善哉」

やがて、黒門市場の中の路地裏に二階借りして、遠慮気兼ねのない世帯《しょたい》を張った。階下《した》は弁当や寿司につかう折箱の職人で、二階の六畳はもっぱら折箱の置場にしてあったのを、月七円の前払いで借りたのだ。たちまち、暮しに困った。
柳吉に働きがないから、自然蝶子が稼ぐ順序で、さて二度の勤めに出る気もないとすれば、結局稼ぐ道はヤトナ芸者と相場が決っていた。

（初出は一九四〇年。引用は新潮文庫、一九頁）

織田作の「夫婦善哉」に関東大震災が書いてあるなんて、以前に読んだときには読みとばしていたらしい、気づかなかった。

陽気なお座敷にはなくてかなわぬ、はっさいな芸者として売っていた蝶子と、梅田新道の化粧品問屋の跡取り息子であった柳吉は、東京へ駆け落ちする。東京で集金すべき店の金を当てにしてのことであった。八月の暑い東京をかけずり回り、ええかげんな理由をならべて支払い日にもなってない金を出させ、熱海の温泉にいすわって、二人で遊んでいたら九月一日の地震がぐらっときた。避難列車で大阪へ逆戻りというわけである。旅館の座敷の壁にへばりついたまま、「お互ひの心にその時、えらい駆落ちをしてしまったという悔いが一瞬あった」というくだりがとてもうまい。離れるに離れられぬ腐れ縁のはじまりである。

柳吉は勘当はじきにとけるとたかをくくっていたのであるが、中風で寝たきりでも頑固にお店を守る覚悟の父親の決心はかたく、追い出された二人は蝶子の稼ぎで食べてゆく仕儀となる。柳吉の役どころは大阪の浄瑠璃ではおなじみのつっころばし、たよりない優男である。「夫婦善哉」が映画化されたときには、森繁久弥が柳吉をやり「おばはん、頼りにしてまっせ」の台詞を流行らせた。森繁は大店のぼんのおっとりでなく、成金二代目くらいのこすさというこった演技であった。[*1]

前回の幸田文「きもの」にも、震災後に、よりによってたよりない優男ばかりがしっかりものの娘にいいよるところがあった。災害や敗戦によって権威も何もふっとんでしまう混乱期には、昨日とかわらず今日も堂々と生きてゆくタイプの女性にすがりたくなる男性が増えるのだろうか。世の中が落ち着くや、たちまち権威はよみがえり旧秩序の復活となるのが普通なのだが、男と女の力関係がひっくりかえったままのおかしな夫婦がその後もなんとか生きてゆけるところが大阪である。蝶子は意地をはる分だけ損をしょいこんで、苦労はつづく。

蝶子と柳吉の二人は借家住まいを転々とする。黒門市場の中の路地裏、飛田大門前通りの路地裏、日本橋の御蔵跡公園裏と蝶子が自分の才覚で探す住まいはいずれも二階借りである。じっさい戦前の大阪と東京の長屋をくらべると、大阪の方が二階建てが多い、という統計がある。一階と二階に別々の世帯が入る場合も、借家人がまた貸しする場合もある。[*2]

二階暮らしは地面についていない分だけよけいに浮草的な生活である。たびたびの住みかえがそのまま小説の運びのスピードとリズムをつくりだす。くりかえしがしつこいのに、結末はあっさりというのは上方落語の語り口に似る。蝶子の働きで貯金が二百円にもなると、柳吉がその金をもちだして芸者遊びをする。商売の元手までなくなって、新規まきなおしの借金をし、引っ越す。そのくりかえしで十五年がたつ。二十歳だった蝶子が年増となり、柳吉と一緒にゆく法善寺境内の夫婦善哉の店の座布団にお尻があまるほどの肥りようではある、でおしまい。[*3]長編映画にもなった原作は文庫本でたった五十ページの短編である。

＊1　淡島千景が演じた蝶子は風格がありすぎるほど美しかった。二階借りの部屋のセットがていねいにつくられた映画であった。

＊2　新聞連載のとき、鈴木隆之さんは建築家らしく、この回には二階建て長屋の断面図を描いてくださった。

＊3　法善寺境内夫婦善哉の店は今も繁盛している。わたしはお多福が羽織を着て座布団からはみだしそうにして坐る人形を見るたびに、「夫婦善哉」の蝶子をおもいだす。

023

小出楢重「芦屋風景」

この芦屋にはオリーブの代りに黒く堅い松の林の連続がある。松も悪いともいえないが、オリーブのみどりに比べると色彩が単調で黒過ぎる、〔中略〕それから風景としての重大な要素である処の建築が文化住宅博覧会であるのだ。[*1]或る一軒の家は美しくとも、その両隣りがめちゃなのだ。すると悉《ことごと》くめちゃと見えてしまう。

その家があるがために風景がよく見えるという位の家が殆《ほと》んどない。これは何も芦屋に限らない、現代日本の近郊の大部分は同じ事ではあるが。

（初出は一九二七年。引用は『小出楢重随筆集』岩波文庫、一三六頁）

関東大震災後に関西に移住した谷崎潤一郎は、小出楢重を「近代大阪が生んだ希有の画人」と呼んだ。両者は新聞小説「蓼喰う虫」の連載で文と絵の名コンビを組んだ。震災後、都市のモダニズムは、関西に拠点を移す。私鉄会社が郊外電車と郊外住宅地を同時開発していった。京都・大阪・神戸とその近郊のモダニズムは東京をモデルにするよりも、直接に西欧をモデルにし、また近世都市文化の伝統から濃い養分を吸収して成長する。

十年近く前になるが、小出楢重の生誕九十年展の会場に足を踏み入れたとたん目にした一枚の絵を前にして、わたしが「パリのシテ島」とおもわずつぶやくと、同行の友人が「大阪の中之島」と、いった。よく見れば「市街風景」（一九二五年）と題したその画面には大阪市庁舎の丸いドームが描かれており、わたしの間違いは明らかであった。だが高速道路の高い橋桁もない時代にどの高所にイーゼルをすえて描いたかという謎が残った。これをパリの観光絵はがきに昔からある、ノートルダム寺院からセーヌ河畔を見おろす構図の借用と解く。楢重は堂島川をセーヌに見たてたに違いない。同じく彼は、芦屋に南フランスを見ようとした。

楢重は、大正の最後の年に、大阪から芦屋へ移り生活をかえた。随筆「芦屋風景」には、「南はすぐ海であり、北には六甲山が起伏し、その麓から海岸まではかなりの斜面をなしている。東に大阪が見え、西には神戸の港がある。電車で大阪へ四十分、神戸へ二十分の距離である」とある。楢重は、山と海と陽光のある風景に別荘が並ぶ芦屋は日本の南フランスになるはずなのにならない、だから自分も風景画家になれないで裸婦と静物ばかりを描いている、となげく。セザンヌのサント・ヴィクトワール山やオリーブ畑がないというのならば、ないものねだりである。そうではなく、楢重は画室の窓を開けてもマチスの絵の地中海の青をひきたたせるニースの薔薇色の家並みがないこと、住宅建築がまだ風景になじまず近代風景画らしくならないことにいらだっていたに違いない。

彼はまた近代絵画の重要テーマの一つである家族の肖像にもとりくんだ。「Nの家族」(一九一九年)と題した絵の束髪に着物の妻は目を伏せ、子どもはしかめっ面、画家は着流しの着物にハットをかぶり煙草をくゆらしながらこちらをにらんでいる。家族団欒の明るい雰囲気ではない。このころ楢重は、妻子とともに大阪は路地裏の二階建て三軒長屋の一軒に住み、二階を画室にしていた。楢重の妻重子は「育児で疲れてたでしょ、そやから年中、こんな風にぶすーっとしてナ、うつむき加減の表情してたんや思うわ」と回想記を残している。[*2] 温室、花壇、ガレージ、アトリエのある芦屋の家に引っ越せば、楽しいものと決められた近代家族になれたのだろうか。小説家宇野浩二は楢重の「Nの家族」と絶筆「枯木のある風景」(一九三〇年)の画面から、かつて画学生であった妻の鬱屈と、画家となった夫の孤独というドラマを想像して、小説「枯木のある風景」を書いた。早く死んだ小出楢重は、モダニズムの成熟や近代家族のその後を知らない。

＊1　文化住宅博覧会、家庭博覧会など、博覧会場にモデル住宅が展示されはじめていた。中流階級の住宅がようやく商品となったのである。楢重は箕面・桜ヶ丘の住宅改造博(一九二二年)のことをいっているのかもしれない。このときの出品住宅はそのまま売却され、そのいくつかは今も住宅として住まわれている(INAXギャラリー大阪特別企画「大正『住宅改造博覧会』の夢」*INAX*

BOOKLET 一九八八年)。

＊2　正確には小出龍太郎「聞書き小出楢重」(中央公論美術出版、一九八一年)。聞き手は楢重の孫。祖母重子の語りを記録した。

024
岸田國士「百三十二番地の貸家」

第一場
東京近郊の住宅地――かの三間か四間ぐらゐの、棟の低い瓦屋――「貸家」と肉太に書いた紙札が、形ばかりの門柱を隔てて、玄関の戸に麗々しく貼つてある。四月上旬の午後。
その門の前で、立ち止つた夫婦連れ、結婚後一二年、今に今にと思ひながら、知らず識らず生活にひしがれて行く無産知識階級の男女である。

（初出は一九二七年。引用は「岸田國士全集」第二巻、岩波書店、二四三頁）

イプセンの「人形の家」がそうであるように、おもちゃの人形の家の四方の壁の一つをはずした舞台で登場人物が会話をはじめるのが演劇である。岸田國士の戯曲はその日本版である。岸田の戯曲がいわゆる新劇の舞台で演じられるようになる前に、イプセン原作、松井須磨子主演の「人形の家」は明治時代の日本で、それこそ一世を風靡したのであった。夫から可愛い人形のあつかいを受けることをよしとせず、温かい家庭をすてて冷たい風の吹く社会へと出てゆく女主人公ノラが当時の聴衆に与えた影響の大きさは、はかりしれない。じっさいに家出した日本のノラたちもいた。しかし、日本のノラはむしろ強権の父の「家」から家出したのであって、夫と妻がつくる「家庭」からの家出はまだ少なかった。平塚らいてうの率いた「青鞜」結社も、最初は娘集団であった。

「家」と「家庭」は二重構造になっていて、むしろ「家」から「家庭」を独立させることがさしあたっての問題であった。次男、三男が父や長兄の「家」を出て自分の「家庭」を築き、創設一代目の新しい家長になろうとしていた。彼らが都会で月給取りになり、郊外住宅か都心の借家に自分だけの住まいを確保し、妻子を迎えるようになってはじめて「家庭」の問題がおこる。岸田國士の戯曲は関東大震災後の東京に建った新しい住宅群の中に、夫と妻と子どもからなる核家族がつぎつぎと入居してゆくところを描いている。

戯曲には、最初に時と場所が指定される。[*1] 岸田國士の戯曲には、大正の終わりから昭和のはじめの東京の住宅がよく登場する。郊外の貸家、あるいは目白文化村の住宅、そうかとおもえば下町のパン屋などなど。たとえば、「東京の郊外――最近水田を埋立てた第七流住宅地」（「犬は鎖に繋ぐべからず」）、「首都の場末――パン屋の店に続きたる茶の間」（「パン屋文六の思案」）、「時――晴れた日曜の午後　所――庭に面した座敷」（「紙風船」）、「茶の間　朝」（「ぶらんこ」）などである。小住宅に家族が住みはじめるやいなや、退屈な日曜日とか、隣組の干渉、近所の噂話の怪など、「家庭」の問題らしきものが発生する。岸田の戯曲はそれらのごくささいな出来事を描くだけである。いわゆるホームドラマではない。ドラマらしき事件は何一つおこらない。[*2]

戯曲「百三十二番地の貸家」の間取りも小家族用である。六畳を茶の間に、八畳を寝室兼客間に、玄関脇の三畳を女中部屋に使えと家主はすすめる。家賃は月給の四分の一をいただけばよい、敷金はなしとしましょう。家主は独身者で、新婚の仲のよい夫婦を入居させて、眺めるのを楽しみにしたい。だが、新聞広告を見ておとずれる三組の客は、夫婦の生活を想像する変な家主を気味悪がって逃げてしまう。新劇の聴衆は岸田のト書きにあるような無産知識階級の男女であっただろう。彼らが自分たちの身の回りにあるのとそっくりの平凡な出来事を見るためにわざわざ劇場に出かけるところは、それこそ不気味だ。新劇女優、岸田今日子は岸田國士の娘である。この女優さんが現代のテレビに出演すると、たちまちメルヘン的でしかも不気味な雰囲気がただよう。

＊1　舞台写真を参照すると、日本家屋の場合はドールズ・ハウスのように壁をはずさなくても、縁側、庭、または道から見通しである。

＊2　大正から昭和のはじめころ、「家屋設計の仕方」「和洋住宅図説」「千円以下で出来る理想の住宅」「三千円以下で出来る趣味の住宅」といった設計図つきの本が出版されては版を重ねている。そ

ういった本の間取り範例「夫婦暮しの小住宅」「路地裏に建てた隠宅」「三人暮しの職工長の住宅」「山の手に建てた官吏向の貸家」「中学教師の郊外住宅」「大人揃ひの軍人の邸宅」「下町の裏通りに建てた売薬店」などは住まいの中の物語を想像させ、そのまま岸田國士の戯曲の題名とト書きになりそうである。

025

豊田正子「綴方教室」

いつだったか、雨の降った日でした。朝の九時半頃、父ちゃんと、母ちゃんと、私と、稔《みの》ぼうと、光《みつ》ぼうと、五人で火鉢にあたって、花ちゃんちでかりた『主婦の友』の、天皇陛下や、宮様の、しゃしんを見ていました。六畳のざしきの中はうすぐらくて、しょうじ紙が、うす墨《ずみ》をぬったようにくろずんで見えます。私は、なにか遊ぶ事はないかなあ、と思いながら、二畳の方を見ると、とても明るい。ガラスまどがあるからである。

（初出は一九三七年。引用は「新編 綴方教室」岩波文庫、九九～一〇〇頁）

震災後の東京が復興してゆくと、焼け跡や周辺の新開地に、以前にもまして貸家や共同住宅がひしめくようになる。震災の前と後では、長屋のつくりが違ってきている。路地で煮炊きまでしていたのが、住まいの中、それも入り口でなく奥に台所がつくようになった。家族単位で住む形がとられるようになったのである。

豊田正子は「綴方教室」の作文を書いたころ、荒川放水路の土手下にある低い家並みつづきの長屋の一つに住んでいた。東京が好景気につつまれていたころにはブリキ職人の父親は忙しかったが、昭和大恐慌を境に仕事にあぶれ、夜逃げをして川向こうと呼ばれる地帯に来たのであった。正子の作文には長屋の生活が的確に描かれている。「見たまま、思ったままを正直に、そして読む人にわかるように書きなさい」と教師が指導したからであった。書きだしから、六畳、二畳の二間に親子五人家族の生活であることがよくわかる。[*1]

日曜日にはすることがないので、家族は雑誌「主婦の友」一冊を借りてきて眺めている。大正六年創刊のこの雑誌は米騒動のときも、大恐慌のときも、不景気を節約でのりきる方法を特集して発行部数をのばした。家計簿診断のページに公開される例はポヴァティ・ラインすれすれが多く、主婦である読者はあれでしのげるならわたしだってと勇気づけられる。一方、グラビア写真は豪華に、華族富豪の家庭生活を報道して読者に夢を与えていた。写真の説明文は小学生の豊田正子が声をだして読まされたことであろう。両親は字が読めなかった。

正子の小学校の担任は作文教育に熱心であって、正子の作文を鈴木三重吉の「赤い鳥」へ送った。豊田正子は綴方天才少女といわれた。小学校を卒業すると工場で働きながら文章を書き、戦後は作家になった。豊田正子は見たままを正直に書け、という綴方運動の教えにこだわった。綴方のころ、近所の噂話「あすこの家はおだいじんだけれどけちで」をそのまま書いたのが「赤い鳥」に載り、おだいじんの子どもが読んで親に知れぶたれた。「綴方教室」が本になったとき担任教師はこの筆禍事件の説明を書いた。一方、豊田正子は後年、ベストセラーになった

「綴方教室」の印税は豊田正子ではなく作文指導の教師の懐に入ったことを明らかにする。さらに戦後の豊田正子の長編小説「おゆき」(理論社)には、不景気にせっぱつまって年越しもできないでいたこのころ、母親は父親の職人仲間のひとりと関係をもち、その男からひきだす金で米を買わなければならなかったとある。男の妻は投身自殺をし、後にはそれぞれ母親の違う子どもたちが残された。主人公の五人家族にも後三人の弟妹が増えるのだが、そのうちの一人は父親の子ではない。小学校教育やジャーナリズムの国民教育が家族と家庭をうたい、家族用小住宅が建っても、じっさいの人間関係は家庭の枠におさまってはいなかったのである。

「綴方教室」は映画になった。[*2] 高峰秀子が子役最後の名演技をみせる。正直も嘘も言葉と映像の創造と知る年齢になっても、わたしはこの映画が好きだ。貧乏という黒を背景にして純情の白がひかるモノトーン映画である。

＊1　この作品は映画になった。原作者豊田正子は映画のセットを見学し、長屋が忠実に再現されていたと書いている。主演俳優、高峰秀子にも、この映画は記念すべき作品であった。高峰秀子「わたしの渡世日記」(朝日文庫)に、この映画のセットについてほか、撮影当時のエピソードがある。

＊2　この回の新聞掲載は一九九五年六月三〇日金曜日であった。京都ではこの日、たまたま市内で

この映画の上演会があったので、偶然の機会をとりいれた。この記事を見て映画を見に行った読者が七月になって、「綴方教室」が、岩波文庫に入ったと教えてくださった。「新編 綴方教室」に収められた作文は指導教師によって書きかえられる以前の元原稿に復元されている。それによると、綴方少女は教えられたとおり、見るべきものを見て書いてしまっているのであった。

026
太宰治「東京八景」

幾年振りで、こんな、東京全図というものを拡げて見る事か。〔中略〕今では、此の蚕に食われた桑の葉のような東京市の全形を眺めても、そこに住む人、各々の生活の姿ばかりが思われる。こんな趣きの無い原っぱに、日本全国から、ぞろぞろ人が押し寄せ、汗だくで押し合いへし合い、一寸の土地を争って一喜一憂し、互いに嫉視、反目して、雌は雄を呼び、雄は、ただ半狂乱で歩きまわる。

（初出は一九四一年。引用は「太宰治全集」第四巻、ちくま文庫、八七〜八八頁）

太宰治は一九三〇年に、大学入学のために東京へやって来た。昭和大恐慌の年である。太宰の故郷の家は津軽の大地主であって、家長である兄が弟に仕送りをしている。弟は故郷から芸妓であった恋人を呼び寄せて暮らし、左翼運動で投獄され、別の女と心中をはかって女を死なせ、古い恋人とも心中をはかって失敗、発病、入院など、十年のあいだ無頼の生活を送った。太宰が立ち直ったきっかけは故郷の家の没落であった。作品が売れ、結婚をする。上京から十年がたっていた。太宰治は東京市外、三鷹に家を構え、三畳の間に机をすえて武蔵野の落日を眺めながら、妻に「この家一つは何とかして守って行くつもりだ」と約束する。そして家を構え家族に責任をもつ中年の男として青春時代に訣別を告げるために、東京生活十年を書こうと、東京地図をもって伊豆の温泉宿にこもるのである。

太宰は地図を拡げ、メモをとったのであろう。戸塚の新築の下宿屋の奥の一室、恋人を住まわせた本所の大工さんの二階、二人で住んだ五反田の家賃三十円の家、左翼運動の活動家として潜伏した神田・同朋町や和泉町、淀橋・柏木の下宿、日本橋・八丁堀の材木屋の二階、また恋人と一緒になった白金の空き家の離れ、杉並区天沼三丁目の友人の家の一部屋、荻窪駅ちかくの二階部屋、転地療養、精神病院入院、再び天沼でアパート、下宿屋と移り住んだ十年が地図の上にたどられている。

ところが、題名が決まり、題材もそろったのに、小説集はいつまでたっても書けなかった。書けないということを書いた、小説とも随筆ともつかないこの文章が残った。題名は「東京八景」がそのまま使われている。[*1] 太宰はなぜ、計画どおりに転居をめぐるオムニバス形式の小説集を完成させなかったのだろう。できあがっていれば、無頼と放浪の青春を終えてひとりの市民が誕生するという、日本型青春小説が生まれたかもしれない。

じじつ、この時代に地方出身の都市居住一代目の青年が、東京で転々と住まいをかえながら、やがて所帯をもち、一家の主となるという筋の短編小説集を出版した小説家は数多い。たとえば、「暢気眼鏡」（一九三七年）他を書いた尾崎一雄がいる。健康で若い妻から頼られることによって「雄鶏精神」をとりもどし、無頼生活から足をあらい、貧乏ながら明るい家庭を築くという筋の短編を無数に書いた。住みかえをたどるにはオムニバス形式がよい。「なめくじ横丁」「もぐら横丁」「ぼうふら横丁」などの連作には、引っ越しのたびにかわる家の間数と家賃が書き留められている。最後に家賃三十円、六畳二間、四畳半、二畳の家に入るころには、夫婦に子ども三人の家族らしい家族となっている。

戦前には「家族合わせ」というゲームがあった。親子五人のカードがそろうと上がりとなる。だが「家」を出て「家庭」を築く男の物語である私小説では、家族合わせのカードがそろえばもう書くべきことがなくなる。志賀直哉や尾崎一雄の後半生がその例である。

連作を書かなかった太宰治は、のちに妻にした誓いをやぶり、家族を残して自殺をとげた。カードがそろった瞬間に文学が死ぬことよりも、自分が死ぬことを選んだのだろうか。[*2]

＊1　田辺聖子には「大阪八景」がある。作家のあいだで、題名やテーマの継承はしばしば行われる。

＊2　日本近代の親子二代作家のうち、父―娘の組み合わせが多い。太宰治の娘津島佑子は父親の直接の記憶や教育なしに、反家族合わせという父のテーマを引き継ぐ。

027
佐多稲子「私の東京地図」

この踏切りの東の方に十条の火工廠があったので、戦争中にこの通りも広いアスファルト道になったが、私のいた頃、丁度満州事変といわれた戦争の始まる前後までそれは、両側の店やからお互いに手を出せばその手がつなげそうな泥の道であった。〔中略〕記憶の地図にもどれば、私のいた長屋は葉茶屋のうらに三方から向い合って建っていた。寸分違わぬ入口を窓格子と並べて、空地を囲んでいた。私の入った家は、右手のとっつきだったので、葉茶屋の台所に喰っついていた。
（初出は一九四八年。引用は講談社文芸文庫、一九七〜一九九頁）

佐多稲子もまた、東京地図の上に転居の跡をたどりながら自叙伝的な短編小説連作を書くという太宰の試みを引き継いだ。[*1]「私の東京地図」には、「橋にかかる夢」「下町」「坂」「曲がり角」「川」「移りゆき」など、それぞれ空間にかんする語彙を使ったタイトルをもつ十二の短編がおさめられている。最初の短編の題が「版画」であるように、これは十二枚の版画、十二東京名所絵図のごとき構成である。作者の三十年の東京生活の十二の情景でもある。地方出身の一家が住んだのは川向こうの下町であったが、震災を境に主人公は山の手へ住まいを移し、自分の足で自分の人生をきりひらいてゆく。曲がり角を行き止まりとおもった夫婦心中未遂事件、別れた後で生まれた子どもをかかえてカフェーの勤め、再婚、非合法運動、文筆生活、夫婦の軋轢。最後の短編は大陸の戦争報道に旅たつ彼女の飛行機が、見送る夫の視界から消えてゆくところで終わっている。

この連作は、佐多稲子の戦後第一作であった。焼け跡に立って失われた東京の地図をたどっている。だが焼け跡はすべてを御破算にしてくれるわけではない。過去を背負って戦後を生きなければならない。この小説は読者を回顧の版画の世界に誘う魅力をもっている。だが、佐多稲子はこのとき戦争責任の追及から逃れるのではなく、自分の過去を自分でさらけだすことにより、読者を審判とした裁判にいどんでいるのである。版画の美しさもまた、説得の手段であって悪いわけがない。素足の娘であった佐多稲子は、素足の貧乏人とともに戦地に向かった自分を誰が批判できるかと左翼知識人に向かって問い、文学の力で審判をきりぬけた。自己批判ではあるが、自己否定ではない。審判そのものが理詰めでなくて情緒の力で動かされ、それが現在にまでいたる日本の戦後処理のやりかたである。

小説の冒頭に「私の中に染みついてしまった地図は、私自身の姿である」とある。地方出身者は首都の地図を買う。地図を買い、眺望を得るとは、対象に立ち向かい征服しようとする態度なのだが、眺める主体がやがて地図に吸収されて、地図と分かちがたく一体になり、主体客体の別がなくなってしまう。審判がうやむやとなる理由でもある。

太宰治には地方の大地主の次男というコンプレックス、彼の言葉によれば「金持ちの子供は金持ちの子供らしく大地獄に落ちなければならぬ」というおもいがあった。それと東京の優越にたいする地方のひけめが複雑にからみあって、東京地図と自分を一体化することが、最後の最後にはできなかった。素足の娘である佐多稲子には、恵まれて生まれた者の逆コンプレックスのようなめんどうなものがない。折れ曲がっても道はつづく。[*2]

それに男性作家の私小説は挫折にしろ、成功にしろ、家族合わせの上がりのような近代家族形成に向かうが、佐多稲子、壺井栄、あるいは林芙美子または宇野千代まで、女性作家の小説の家族は、祖父母、叔父叔母、同居人、異父兄弟、養子をたえず含む。女主人公の生きる勢いがさまざまな人々を渦にまきこみ、無定型家族ができるところが面白い。こういった無定型家族とその住まいは、おもに連載の第三部でとりあげることにしたい。

＊1　佐多の小説と同じ題名の小説があると連載の読者から教えられた。林芙美子「私の東京地図」には、「東京の風物もこのごろはだいぶ変ってきた。私が上京してきたのは大正十一年の春だったけれど、東京の若い女達は、どのひとも市松模様の着物をきていた」ではじまる短編である。震災後に変貌した東京の風物に個人的な思い出を重ねる一日の散歩の形をとっている。

＊2　新しい世代の書き手による佐多稲子評伝の出版がつづいている。長谷川啓「佐多稲子」（オリジン出版センター、一九九二年）、小林裕子「佐多稲子　体験と時間」（翰林書房、一九九七年）を参照。

028
中島敦「D市七月叙景㈠」

彼等は家に帰った。赤い屋根も緑灰色のギザギザの壁も一面に蔦《つた》が青々とからんで居て、窓毎に蠅除《はえよ》けの細かい網が張られて居る夏だけの小さな、貸別荘であった。玄関の扉をあけると、病院に行った次男も母と一緒にとび出して来た。〔中略〕彼は、いつの間にか、もう十五年程前の東京での生活を思い出して居た。〔中略〕電車の通る度《たび》にガタピシ揺れる裏町の暗い借家、間尺の合わない障子、破れた襖《ふすま》、裏の物《もの》干棹《ほしざお》にかかったおしめ。〔中略〕今の長男が生れると間もなく、知人の伝手《つて》で、此の苦しい生活から逃げる様に満洲にとび立ったのであった。

（初出は一九二九年。引用は『中島敦全集』1、ちくま文庫、三五八〜三六〇頁）

夏は死者をおもう季節である。この連載の七月分と八月分とは、ちょうど十五年戦争の時代をとおって、五十年前の八月一五日前後を通過することになりそうだ。

大陸雄飛といった表現はいつからあったのだろう。東京をめざして農村を出た次男、三男は下宿から下宿、あるいは借家から借家を渡り歩く青春放浪を終えると、家庭をもとうとした。しかし仕事にも住まいにもかぎりがあった。多くの男たちは海を渡り、花嫁を呼び寄せて家庭を築いたのであった。夫と妻と子どもたちだけの核家族である。家庭家族の成立をあつかうときには、旧植民地にひろがっていった日本人家族の家々のことを考えないわけにはいかない。旧植民地で送った子ども時代の回想記など、戦後に書かれた作品は数多くあるが、植民地時代にその時代の生活を描いた小説は今では入手がむずかしい。

ようやくみつけた「D市七月叙景㈠」は、「李陵」などの歴史小説で知られている中島敦の初期作品の一つ。植民地の幸福な生活のなにげない描写のうえに、いわれのない不安感がただよう不思議な作品である。D市とは、満州の大連をさす。M社とあるのは南満州鉄道か。社員の家族が貸し別荘で海水浴を楽しんでいる。男の子三人、女の子一人に恵まれた夫婦は、十五年前の結婚当時には東京でポヴァティ・ラインすれすれの給料生活を送っていた。ところが満州に来てみると給料は内地の二倍になり、D市内の社宅のほかに海岸[*1]にしゃれた別荘を借りる暮らしである。別荘の庭には赤いトマトが熟れ、休日のM社社員は白いタイル張りの湯船につかりながらものおもいにふける。子どもたちが隣のロシア人の子どもと遊んでいる声が聞こえる。妻は中国人のボーイを使って夕食の仕度をしている気配である。「内地で、一生、いくら勤めた所で、とても、今の自分位の生活はできなかったらうにと、彼自身時々、非常な満足を以て考へて見る程だった。併し、ずっと不如意な生活に慣れてきた者は、幸福な生活にはいってからも、そんな幸福に自分が値するかどうかを臆病そうに疑ってみるものだ」とある。

この小説はじつは短いながら三部作、あるいは植民地大連の三つの情景の素描のような形をとる。第一部では大陸で膨張するM社の総裁が自分の業績と社の発展を報告する演説の草稿を練りながら、しゃっくりに悩まされている。第二部が社員の平穏な家庭生活。第三部では大連港の埠頭で荷揚げの仕事にあぶれた二人の苦力《クーリー》が町中をさまよい歩き、無銭飲食をして食堂の主人に路上へたたき出されて横たわっている。第一部の総裁がビルの上の執務室から見おろすと、路上の二人の苦力が目に入り、総裁のしゃっくりがぶりかえす。大連住民の三つの階層を切り取る三部作の形によって、第二部の平和な小家庭の幸福のよってたつ基盤が植民地経営にあること、不安の原因はせまりくる十五年戦争であることを描く。作者は二十歳前。敗戦どころか開戦すらはっきりとしない時期にいながら、中島敦の繊細な感受性は晴れた空にいつのまにかかる雲の影を察知している。[*2]

＊1　その後、旧植民地時代の大連市の地図を見る機会があった。満鉄総裁のいるビル、社宅があったとおもわれる居留地、海岸地帯など、三部作の舞台はそれぞれ地図の上でさし示すことができる。中島敦は植民地都市の棲み分け、あるいは空間分割の政治的意味を、そのまま三部作という小説の構造へ移していたのだった。

＊2　この後、植民地文学の復刻が相次いだ。しかし、中島敦のこの短編は、その膨大な作品群の中においても、植民地と入植者の生活の本質をつくすぐれた作品である。

029
岩手県農村文化懇談会編「戦没農民兵士の手紙」

一行書いては止め、二行書いては止めていますが、日暮れて尚、飯の用意も出来ず、円い月を見ていれば自然、故郷のお前達を思い出されて何か書いていないとたまらない淋しさ、なつかしさがこみ上げてくるのです。〔中略〕この自分がみている月をやはり内地で君子も部屋の何処かで見ているだろうと思えば、しっかり抱かれた君子の身体のやわらかさが感ぜられる様です。甘いくちづけのうっとりした気持も今は唯思い出のうつつか、夜半、土の冷たさに目覚めた時の味っけなさ、　（手紙の日付は一九三八年。引用は岩波新書、九八頁）

この手紙集は戦死した兵士が家族に残した手紙を集めたものである。北満から手紙を書いて九死に一生の幸運を告げている兵士が、その後フィリピンのレイテ島で戦死していることもある。東北の村のそれぞれの家の仏壇に大切にしまわれていた手紙が、戦後十五年たってとりだされ一九六一年に出版されたのであった。兵士が手紙を書く回数はかぎられていたから、一つ一つの手紙にありたけのおもいがこめられて、いずれおとらぬ名文となった。中でも、引用の手紙を書いた人の描写力、表現力は抜群である。異国で見る月を故郷の妻も見ているであろうとか、甘いくちづけ、といった表現はひょっとしたら当時の戦地で回覧された雑誌にある決まり文句であったかもしれない。だが決まり文句のつなぎ方の自在なこと。感情が行間にあふれて読む者の心をうつ。

東北の伝統的民家において「部屋」と呼ばれたのは「納戸」のことかもしれない。三方が壁の密やかな空間が若い夫婦の寝間だったのではないだろうか。[*1]「部屋」は、妻には通じる暗号であったであろう。手紙集にある短い紹介文によると、手紙の主は秋田県出身、田三町歩、畑五反、山林四反の自作農の長男、妻と子ども三人とある。妻に宛てた手紙のほかに祖父宛の手紙があるから、おそらく四世代同居の大家族の働き手であったとおもわれる。だが家族の中で妻との結びつきをとくべつに大切にしていることが感じられる。軍隊で資格をとって樺太の森林主事か朝鮮の巡査になり、月給七十円をとる夢を書き残している。そして手紙の日付と同じ年の同じ月に、北支で戦死、二十九歳であった。

小説とは違って、家族宛の手紙はお互いが知り抜いている住まい空間のことをわざわざ説明することはない。例外は、二間に三間の小屋を、二間に九尺の牛小屋と二間に九尺の物置に改造したという故郷からの報告が死んだ兵士の手紙の中にはさまれていた場合だけである。だが、兵士たちは故郷の自分の家のすみずみまでおもいだし、懐かしい空間を夢になぞっていたに違いない。中国大陸や南方の地を行進する兵士たちは各地の町並み、畑、民家のつくりに目をとめ、たえず違いや共通点を説明しようとしているからである。[*2]

先に引用した手紙のつづきには、敵の敗残兵のこもる村を攻めた描写がある。彼は殺し合いのイメージが頭から消えないから妻に長い手紙を書いたのであった。「村からは五人の者を銃殺、ほかに弾に当たって死んだもの等十数名あり、赤く血の流れたところや、うめき声を聞けば全くこの世の地獄と思いました。人間と人間のころし合いですからみんな真剣です。まかりまちがえば自分の命がないのですから何ともいえない気持ちでした。三時間にわたって火をつけたり家探しをやったりして敵は全滅しました」

これは敵の家を焼き自分と同じような兵士を殺した兵士が、静かすぎる夜の月をあおぎながら妻に語りかけている手紙であったのだ。ときおり四、五里先の第一線から野砲の音が聞こえて「戦闘意識」がよみがえると、書く。彼は国を守ることは家族を守ることと信じるほかなかった。だとすれば、守るべき家族をもつことが、戦争の原因となる。

＊1　柳田國男は「コヤ」が大きな家の中に入って「ヘヤ」となったといった。「ヘヤ」と呼ぶか「ナンド」と呼ぶかは地方によって違う。また、「ヘヤ」と「ナンド」の両方がある地方がある。その場合、「ナンド」は家長夫婦用、「ヘヤ」は若夫婦用の寝室となる。

＊2　「毎日ペィーチカに気合いをかけて居るからね。ペィーチカとは内地ならストーブであります」

（二一頁）。

「また、良民の家はどこをみても大したものです。地方では御寺や神社外に有りません。みな外は土とレンガ、中の方はウルシヌリ、金のりなどしてぴかぴかと光って立派なものです。何とたとえたら良いか大した景色の良い建物です。それが皆こわされて火をかぶってしまう事です」（八三頁）。

030
川田文子「赤瓦の家」

娯楽施設の何ひとつない島への女たち七人の到来は、日本軍将兵にたいへんに歓迎された。慰安所開設の準備は井上伍長の指揮のもと、大工や左官出身の兵隊らによって急遽行なわれた。民家が軍の接収によって業者に提供させられ、慰安所に改造されたのである。〔中略〕台所と食堂の他に四部屋あった母屋をベニア板で六部屋に区切り、家畜兼農具小屋にも一部屋設け、七人の女たちの部屋にした。また、食堂の端にあった漬物や味噌、醤油等を置いておく庫裡《くり》は、〃帳場〃に造り変えられた。（初出は一九八七年。引用はちくま文庫、七一〜七二頁）

川田文子の「赤瓦の家――朝鮮から来た従軍慰安婦」は、太平洋戦争の末期に日本軍のために朝鮮から沖縄へ送られて渡嘉敷島へ来た七人の従軍慰安婦の生涯を描いたドキュメンタリー作品である。「赤瓦の家」という名称は、軍が茅葺きの小さな家ではなく、瓦葺きの大きな家を選んで接収し慰安所を設けたところからついた。

集落の他の家々から離れた場所にある大きな家が選ばれたのは、慰安所へ来る兵隊たちが村道を通りぬけないですむためであった。女子青年団は風俗が乱れて自分たちが危ないといって慰安所の設置に強く反対した。ところが逆に、慰安所は島の娘たちの体を守る防波堤であると説明されてひっこむ。川田文子は、反対理由が性の売買そのものを忌避する根源的なものにいたっておれば、反対はつぶされたにしろ別の経緯をたどったはずだと書いている。[*1]

同じく川田文子は「日本国内から赤紙一枚で兵隊を召集するように若い娘を狩り出すわけにはいかなかった。〝国〟を守るという大義名分は、個々の兵士には、生まれ育った故郷、親きょうだい、そして、妻子を守ることとして了解されたはずである。日本の女たちを軍隊の慰み者として狩り出すことは、軍隊の戦闘の目的そのものを根底からつき崩すことにもなりかねない。そこで目をつけられたのが、植民地朝鮮の女たちであった」と書く。文庫版解説の森崎和江は、慰安所は日本近代の「家」制度と表裏一体の公娼制度の延長であったと考えている。「家」制度だけでなく、家庭を守るためであったことも明らかである。

七人のうち、ポンギさんは戦後を沖縄で生きぬいた。一九七二年に沖縄が本土復帰したときに、不法在留のあつかいをうけて強制退去の対象となり、特別在留許可を申請した。出入国管理事務所の取り調べの途中で、戦争中に慰安婦として連行されたことが明らかになったのであった。ポンギさんは復帰以前の沖縄を放浪して歩いていた。放浪はなぜかという川田文子の問いに、ポンギさんは「落ちつかん。落ちつかんのよ」と答えている。沖縄の人たちはやさしかったとも語る。朝鮮の故郷の家族はポンギさんが子どものときに離散していた。帰るべき家はどの土地にもないというおもいであった。

老いてからのポンギさんはトウキビ畑の中の小屋に閉じこもって暮らした。町の六畳一間の家に引っ越してからも、頭痛に悩み日中も雨戸を閉める暮らしであった。その閉じこもった空間に川田文子を迎え入れたのはなぜか。一つには川田文子が、ポンギさんが知る以上にポンギさんとともに連行されてきた仲間ひとりひとりの死を調べており、それを伝えたからであろう。

米軍は島に上陸する前に徹底した空爆を行った。赤瓦の家[*2]は焼け落ち、七人のうち三人が重傷を負って死ぬ。一人は兵士と心中した、あるいは後追い自殺をしたと伝えられる。村人は兵士の妻として墓標をたてた。墓標は異国から来て殺された若い女のおもいというよりは、人々の原罪意識をあらわし、読者にはそれでいいのかという問いを残す。

＊1　川田文子のつぎの仕事、「戦争と性——近代公娼制度・慰安所制度をめぐって」（明石書店、一九九五年）は、日本は「婦人及児童ノ売買禁止ニ関スル国際条約」（一九二一年）に加入しており、しかも植民地除外規定を設けたことに注意をうながしている。

＊2　赤瓦の家とは、沖縄の代表的伝統民家のことだとわたしはおもいこんでいた。しかし、建築史によると、赤瓦の大量生産は産業化以降のことであるという。戦前は集落の全体が赤瓦におおわれるということはなかったから、赤瓦の家は茅葺きの屋根の集まりの中でひときわ目立つ家屋であったはずである。

031

永井隆「長崎の鐘」

五歳の茅乃が独り喋っているのがきこえる。出て見ると吹きさらしの焼跡の石の上に、瓶や皿や鏡のかけらなどを並べ、人形の首を相手にままごとをしている。友達はみんな死んでしまった。

「茅ちゃんのおうちは大きかったわね。二階があったねえ。母ちゃんがいたね。お饅頭つくって茅ちゃんに食べさせたわねえ。お布団の中で寝たよ。電灯もついたねえ。」（初出は一九四九年。引用は「昭和戦争文学全集」第十三巻、集英社、一九一頁）

一九四五年八月六日午前八時十五分、広島市に原子爆弾投下。八月九日午前十一時二分（十時五十八分を訂正）、第二の原爆、長崎市に投下。[*1]

永井隆の「長崎の鐘」は、原子爆弾の被爆体験の記録としては、もっとも早く出版され、広く読まれた本の一つである。熱心なカトリック信者であった永井隆は、長崎医大病院放射線科の医者として勤務中に被爆した。妻は家の台所があった場所で骨となって発見された。その日たまたま長崎の外にいた二人の子どもは助かり、父と子は焼け跡の小屋で生活をしている。永井隆は病床にふせっており、ままごと遊びをする幼女のつぶやきを目をつむって聞いていると、かつての「わが家庭生活が龍宮のように鮮やかである」とある。

引用は現代かなづかいの版からしたが、初版には旧かながまじっていた。戦後四年の当時、わたしはまだ京都には帰っておらず、疎開先の村の小学校に通っていた。京都から祖父が送ってくれた小包の中に、この本や、同じ著者の「この子を残して」が入っていたようにおもう。古い本のページは年月のせいで赤茶けており、手にとると崩れそうだった。

永井隆は放射線医学の専門家であったから、原子爆弾の被害の範囲や人体におよぼす影響の分析は明快で、小学生にとってもまるで科学読み物のようにわかりやすかった。しかし、長崎に原爆が投下されたのは天主の意志であって、死んだ人々は選ばれた幸福な人々だという書き方にはついてゆけなかった。子どものときのわたしはとにかく死ぬことが恐しかったのである。

それに古い本は前半分に「長崎の鐘」がおさめられ、後半分には連合軍総司令部諜報課が提供した戦争中のフィリピン、マニラ市における日本軍の住民虐殺事件の証言集「特別付録・マニラの悲劇」[*2]がおさめられていた。占領下では、アメリカ軍の原爆投下による被爆の記録は、日本軍の虐殺行為の記録と抱き合わせでなければ出版することができなかった。前半にも後半にも、死体がるいるいと横たわる写真がついていてこわかった。

読み返すと、「この子を残して」の中に、焼け跡で永井隆と小学校の高学年の長男がこんな議論をしているところがあった。物資が不足して奪い合いになって戦争がおこるのだから人口制限が必要ではないのか、と子が問う。カトリック教徒である父は産児制限は殺人であって、天の父なる神は「産めよ、殖やせよ、地に満てよ」といったのだから、人間が生きてゆくために必要なものは用意されているはずだと答える。子はげんに物資は欠乏しているではないか、と反論。では知恵を働かして新しい資源を探さねばならない……それが原子力だという答えを発したのち、父と子は興奮して沈黙してしまう。

焼け跡には絶望と希望があった。人を産んでしまった人間は、どんなに多くの死をみた後にも、自分の子が生きているかぎり絶望にふれることはしないものなのだろうか。だが原子力の平和利用で人間が地に満ち満ちたその先に、ふたたび戦争がはじまらないという保証は戦後五十年の今も、どこにもない。わたしは家庭の戦争被害の記録を読めば読むほどに、家庭の戦争責任が気になってしかたがない。

＊1　わたしは新聞連載のとき、年表を調べて投下は十時五十八分と書いた。連載の読者から、長崎の小学校では毎年八月九日十一時二分に黙禱をしていた、時刻が違うと指摘された。この差は何だろう。わたしが写した時刻はアメリカ機の原爆投下時刻だったのではないか。十一時二分が地上で原子爆弾が爆発した時刻なのであろう。

一九九七年春のこと、わたしはアメリカ合衆国ワシントンDC、スミソニアン協会の航空宇宙博物館で、ヒロシマに原爆投下したエノラ・ゲイ機の展示を見て吐気をもよおした。今も生きている搭乗員たちが自分たちは自分の妻子と国家を守った愛国者だと語っているフィルムが上映されていた。展示は原爆を投下する側の航空写真が中心で、地上を這う死んでゆく人間の視座から写された写真はなかった。

同じモール空間にある歴史博物館には、戦時中に収容所に監禁されていた日系アメリカ市民の家族の記録が展示されていた。戦後五十年目に賠償がなされたのであった。モール空間の二つの展示にはバランスが意図されているようだが、その枠組みはあくまでアメリカ市民である。国家のする戦争では敵国民は人間の数のうちに入らない。戦争犯罪のこういったバランスの取り方は、わたしにもう一度「長崎の鐘」のアメリカ軍による原爆投下の記録と、日本軍によるフィリピン住民虐殺記録の合本をおもいださせた。ニューベルング裁判や東京裁判は戦犯を裁くが、国家や戦争そのものを裁くことはしない。

＊2　日本語の題名は縦書きだが、横書きで英文の“Japanese Atrocities in Manilla”という題名が印刷されている。

032

野坂昭如「火垂るの墓」

玄関わきの三畳をあてがわれ、罹災《りさい》証明があれば、米鮭《さけ》牛肉煮豆の缶詰《かんづめ》が特配になったし、ほとぼりのさめた焼跡の、これがまあ我が住んでいたところかとあきれるほど狭い敷地の、心当りを掘ると瀬戸火鉢《ひばち》におさめた食料は無事で、大八車を借り石屋、住吉《すみよし》、芦屋《あしや》、夙川《しゆくがわ》と四つの川をわたって一日がかりで運び、玄関につみ上げれば、ここでも未亡人「軍人さんの家族ばっかりぜいたくして」文句いいつつ、うれしそうに我物顔で近所にまで梅干しのおすそ分けをし〔後略〕

（初出は一九六七年。引用は新潮文庫、二一～二二頁）

この小説の欠点は悲しすぎることとである。高畑勲脚本、監督のアニメーション映画も悲しく美しすぎる。幼い子どもたちが苦しんで死ぬ話に抵抗できる人は少ない。いつか真夜中のテレビに原作者の野坂がいかにもテレビ・カメラがいやで酩酊したというかっこうで出てきて、もう戦争の話はぜったいに書きたくない、といっていたような気がする。二度と書けはしない小説であろう。引用しようとおもっても、どこまでいっても切れ目のない、息をするのが苦しいような文章である。

十四歳の兄と四歳の妹は一九四五年六月五日の神戸の空襲で焼け出され、母を失う。海軍軍人であった父親も戦地から帰ってこない。かねてから荷物をあずけてあった知り合いの家には、子どもたち二人を養う余裕がない。二人は横穴防空壕に住むが、妹はしだいに衰弱して八月二二日に死ぬ。兄は九月二一日夜、三宮構内の浮浪児の一人となって飢え死にする。[*1]

アニメには、原作にはない場面がいくつかある。兄が死んだ妹を自分の手で焼いて骨にしなければならない日、空は青く晴れ渡り、すでに敗戦の玉音放送もあったことから、焼け残った屋敷町からあたりはばからず蓄音機を鳴らす音が聞こえてくる。歌は「埴生の宿」、英語の「ホーム、スウィート・ホーム」である。「家庭にくらぶべき場所ほかになし」とリフレーンはうたう。十四歳の男の子が家族の最後のメンバーを失った日に聞こえてきて、これでもか、これでもか、と心をえぐる残酷な歌となっている。日本語の「家庭」という言葉が「明るい」「楽しい」「健全な」などと肯定的なひびきをもつ形容詞とばかり結びつくように、英語の「ホーム」も「スウィート」で「ハッピー」でなければならない。

だから家庭を失った浮浪児はかわいそう以外のなにものでもない。なぜなら「家庭」が集ってできる社会では、その子の親だけが子どもに責任をもつ原則であるから、他の親は他の子に手をさしのべない。戦時中の隣組は家庭隣組とも呼ばれ、この小さな住まいを単位として集めて束ね、相互監視をさせたのに、焼け出されたときには残された子どもを助ける相互扶助組織とはならなかった。それに、「家庭」と「家」の二重構造はこのころすでに「家庭」のほうに比重がかたむいており、都市や植民地の家庭家族の中には、この兄と妹のように、大きな「家」家族とのつながりを失い、家制度に保護をもとめることができない場合があった。そして「家庭」家族の住んでいた家が焼けてみれば、信じられないほど狭い敷地しか残らないように、一代で築く家庭の基盤は小さくて弱い。壊れたときにまっ先に死ぬのは子どもたちである。じっさい、一九四五年八月一五日に子どもであった世代の人々が生き残るか否か、のちに進学できるかどうかは、ほとんどすべて両親が生きていたかどうか、片親であれば父と母のどちらがいたかによって決められたのであった。「家庭」家族の原罪である排他性を告発する「火垂るの墓」は、子どもの立場で読むよりも大人になってから読むほうがつらい。

＊1　小説の中にもアニメの中にも登場するサクマドロップの缶のイメージは、今でもわたしをせつなくさせる。残り少なくなると、上の穴からつっこむ子どもの指はドロップになかなか届かなかった。残りのドロップは底にとけてかたまっていた。子どものときの読書友だちが電話で、「テレビに世界の飢えた子どもの姿がうつるでしょう。若い人たちはかわいそうっていうのだけれど、わたしにはその言葉では追いつかない記憶があるの」といった。

033

武田泰淳「蝮のすえ」

……下の主婦が「杉さん、お客さんですよ。先日代書を頼みに見えた若い女のひと」と呼んだ。

「今行くよ」私はよれよれの中山服の上にどてらを着て、下へ降りた。「若い女というと、あの女だな」私は依頼者の一人を思いうかべた。

夫が病気で寝ている、三日のうちに立退けと、家屋の所有主である会社がせきたてる、どうすることもできません、嘆願書をこしらえて下さい。先日、女はそんな用件で私を訪ねた。

（初出は一九四七年。引用は講談社文庫、五九頁）

一九四六年、上海。「戦争で負けようが、国がなくなろうが、生きていけることはたしかだな」と、代書屋[*1]を開業した杉はつぶやく。彼のところには、住居からの立ち退きをせまられた、強盗に入られたから警察に届けを出さねばならない、露店を出す許可をとりたいなど、中国語の書類を出す必要のある日本人がそれぞれせっぱつまった様でかけこんでくる。人々は代書屋に身の上相談をもちかける。彼は上海の日本人社会の混乱をもっともよく知る人物のひとりとなった。

若い女の客は、杉に代書を頼むだけでなく、病気で寝ている夫に会ってほしいと頼む。女は夫が出張中で留守のあいだに、軍の宣伝部で権力をふるっていた辛島にいいよられ、力ずくで犯された。夫は出張先で病気になって帰ってきて、そのまま寝つく。夫の薬代も、日々の糧も、辛島が彼女に豊かに与える金銭物品であがなわれている。夫は病苦と屈辱感とで死にかけている。妻は夫に軽蔑されていると感じている。夫婦は狭い住居の中で日々あらそって互いに死ぬほど傷つけあい、それでいて互いの苦悩によって深くつながれている。杉の詩を読んだことのある夫は、杉に自分たちの苦悩を知ってもらいたい。

女は杉に「あなた、わたしを守ってくれる？　愛してくれる？　私はあなたを愛しているのよ」とせまる。杉は「もちろん君が好きだよ。だけどたぶん、守れないよ」と答える。そう答えたのに、杉は女を守るために、女をつけねらう辛島を殺しに行く。自分を守ってほしいと杉に頼んでいた女は、杉が辛島に殺されないように、殺し屋をやとって先に辛島を殺させていた。病人と女は杉に、付添人として、病院船に同乗してほしいと頼む。船の上で病人の容態がかわったところで小説は終わっている。

この小説の中で、杉と辛島は名前をもつ登場人物であるが、女とその夫には名前がない。杉は辛島が息をひきとるまぎわに女の名前を呼ぶのを聞き、女の夫に、辛島は奥さんの名前を呼んだと告げるのであるが、その名前は読者には知らされない。女は杉の目をとおして描かれている。女が名前ではなく女と呼ばれることによって、読者はなまなましく女を感じるしくみになっている。杉が彼女を異性として、女として感じていることが伝わる。杉がなぜ彼女に女を感じるかといえば、それは彼女が人の妻であり、辛島のおもいものであるからである。女は結婚によって生きてきたのであり、辛島の愛人となることによって現に生きているのであり、杉に守ってと頼むことによって未来を生きようとする。彼女のその必死さが、杉の心をとらえる。「家」制度の嫁とは違って、自分で自分の家庭を築く「家庭」制度の妻は、自分で自分の魅力を賭け金として真剣なとりひきをする。敗戦直後の上海という危険地帯にあって、その真剣さが特別の輝きをおびるのである[*2]。

女は杉に、日本に着いたら私と夫のことは忘れなさい、私ははじめて何のためでもなくあなたを愛したと告げる。このとき杉が彼女の背に呼びかければ、女は名前をもったであろう。だが杉は独りの孤独な人間となった女の姿に圧倒されたまま口をつぐむのである。

＊1　敗戦後、代書屋は日本の闇市にも多かった。丹羽文雄が、占領軍の兵士に宛てた英文の手紙の代書屋を小説に書いている。代書屋はたのまれた手紙をとおして他人の私生活に介入する登場人物なのである。

＊2　植民地で孤独に生きる謎多き女という登場人物は、植民地文学と戦後文学にしか登場しない。

やがて戦後の「家庭」制度が整備されて、ほとんどの女性が結婚して妻となり母となる時代がしばらくつづくからである。だが現代では国内に居場所がない高学歴の女性が、ふたたび別のタイプの登場人物になってゆきそうである。

034
林京子「三界の家」

あんたもきてよかとよ、と母がいう角家の墓は、御堂の中央の列の、正面の阿弥陀仏から数えて八番目、入口から数えて三番目にあった。〔中略〕阿弥陀仏の両脇にも、ロッカー式の墓が、並んでいた。〔中略〕あそこは五十万円げなさ、と母がいった。〔中略〕けっこうよ、と私は答えて、だけどむかしはもう少し、とうさま偉かったけれどね、といった。むかし私たちの家族が上海に住んでいたころ、父は、とうさま、と呼ばれていた。敗戦後、財閥解体のあおりをくって失業者になった父は、いつの間にか、とうさんと呼ばれるようになった。

（初出は一九八三年。引用は「谷間／再びルイへ。」講談社文芸文庫、一三～一四頁）

前回と同じく、上海から引き揚げた家族の物語である。上海は日本語で書かれた小説の中に、もっともしばしば描かれた異国の都市の一つである。数年前、上海に団体旅行をしたときのこと、半日の自由時間があった。ホテルの前で客を待っていたタクシーに、スケッチブックの白いページに「魯迅先生故居」と書いて見せると、うなずいた。車の中で地図をひろげ、必死で道路標示を読んだ。同じ漢字圏のありがたさで、なんとか目的地に向かっていることがわかる。

上海が舞台の小説にはよくでてくる内山書店があったとおもわれるところを過ぎたあたりで車はとまり、路地を案内された。魯迅の家は閉まっている。たちまち路地の住民たちに囲まれた。わたしが手にもっていたスケッチブックに注目した画家という男が、路地にある自分の画室を見せるといっているようだった。群衆に押されるようにして中に入って、山水画を大量に見せてもらう。人々をかきわけて、日本語教師をしているという中国人の若い女性がでてきて、自分の叔父は英語の先生、父親はロシア語の教師だったと教えた。上海は国際都市である。[*1]

わたしの子ども時代、同級生にはいつも引き揚げの子がいた。オンドルやペチカのある家で育った子どもたちや南の高床の家の記憶をもつ子どもたちは、どこかおおらかに異国の雰囲気を残していた。その人たちが大人になって書いた日本語の小説にも、日本語の範囲をひろげるようなところがある。森崎和江、澤地久枝、安部公房、五木寛之、清岡卓行ら。今回とりあげた林京子は上海で育ち、敗戦前に長崎に引き揚げて被爆した戦争体験を書く作家である。そして林京子のもう一つのテーマが家族。

小説の中の母は、夫の十三回忌をすませたとたん、先祖代々の墓ではなく自分たちの墓をつくりたいといいだす。母が有り金をはたいて買ったのが、ロッカー式納骨堂の棚である。その広さは「とうさんとかあさんと、あき子とあんたと、四人で住むにはちょうどよかろう」と、母はいうのである。先祖代々の墓は御先祖とともに住む「家」制度の家の大きさに対応するが、一代かぎりの「家庭」家族の墓はロッカーの大きさで足りる。

　この家族の黄金時代は上海に住んでいたころであった。商社マンであった父は絹のハンカチを常用するおしゃれな男で、妻と三人の娘から、とうさま、と呼ばれていた。家族は「標準語」[*2]で話していた。戦後、失業した父のかわりに母が家政婦として働き、父はいつのまにか、とうさん、と呼ばれるようになった。母は今は長崎弁で話す。娘は母親が戦後の夫を男としてはみとめず、ただ娘たちの父だから一緒に生きているらしいと感じている。老後は結婚した長女の家族の中で暮らしながら、母親はロッカー式の墓を買って、夫と自分と、離婚した次女と未婚の三女の骨壺が並ぶ「家庭」家族の再現空間を夢みている。

　自分の「家庭」家族をつくらなかった娘も、自分の「家庭」家族をこわした娘も、母の願望をさまたげることはしない。死んだら上海時代の少女にかえって「家庭」家族の中でやすらぐのかもしれない。近代日本の「家庭」家族至上の時代は一世代か二世代つづいただけだった。

＊1　その後、上海の魯迅故居が老朽化し、とりこわされるのに反対して役所とかけあった住民の話が新聞に載っていた。現在は、その家に十一家族が住んでいるという。路地裏にあったその家は、決して大きくなかった。
＊2　先にあげた、植民地で育った作家たちの書き言葉の文章も、「標準語」的で土着のにおいが薄いのではないだろうか。

035

内田百閒「新方丈記」
堀田善衛「方丈記私記」

焼け出されてから今の小屋に雨露を凌いで、もう一年に近い。その間目白は、いつも机の傍の私から二尺と離れない所にいる。

（「新方丈記」の初出は一九四五年。引用は福武文庫、四〇頁）

……大火焔のなかに女の顔を思い浮べてみて、私は人間存在というものの根源的な無責任さを自分自身に痛切に感じ、〔中略〕人間は他の人間、それが如何に愛しているる存在であろうとも、他の人間の不幸についてなんの責任もとれぬ存在物であると痛感したことであった。

（「方丈記私記」の初出は一九七一年。引用はちくま文庫、一六頁）

一九四五年一一月、全国の百二十都市が戦災都市の指定をうけた。戦災復興院は日本全国の住宅不足数は四百二十万戸と発表した。この数字は、空襲による焼失二百十万戸、家屋疎開という強制破壊五十五万戸、海外からの引き揚げによる需要六十七万戸、戦争中の住宅供給不足百十八万戸、計四百五十万戸から戦災死による住宅需要減を三十万戸として差し引いてはじき出された。数字の大きさもさることながら、差引計算の根拠がおそろしい。つまりは死に絶えた人間、家族の数を差し引くということだから。

だが、敗戦後にはすぐ第一次ベビーブームがやってきた。人間は焦土にも生まれ、増え、地に満ちた。住宅はますます足りなくなる。焼け跡の壕《ごう》に、バラックに、放置された電車やバスに、焼け残った建物の軒下を借りて、人々は住んだ。廃墟に希望をみて再生するか、絶望から新生にいたるか。戦後思想の出発点には、二つの方向があった。

引用したように、鴨長明の「方丈記」から題を借りた二冊の本がある。[*1] 焼け跡で多くの人がバラックの中でトタン屋根をたたく雨の音を聞きながら「ここに六十《むそじ》の露消えがたに及びて、さらに末葉の宿りを結べる事あり。いはば、旅人の一夜の宿を造り、老いたる蚕の繭を営むごとし」「その家の有様、よのつねにも似ず。広さわずかに方丈、高さは七尺がうちなり」と鴨長明の文章を口ずさんだ。方丈とは三メートル四方の小屋である。方丈記の風流とおもって我々もがまんしよう、というのであった。だが、内田百閒と堀田善衛では、この古典にたいする共感のしかたがずいぶん違っている。

内田百閒は東京大空襲のとき、目白《メジロ》の籠と配給の酒の残り二合とを大事にかかえて一晩中、焦土を逃げまどった。籠の目白は落ちていた雛を育てた鳥なので野生に返すことができない。

妻と小鳥をひきつれた文士は五十六歳、「方丈記」の鴨長明にわが身をなぞらえる年齢であった。わが家を失ってから身をよせたのは、知り合いの家の庭男が住んでいた二畳の広さの小屋である。百閒は「仏の教え給ふおもむきは、事に触れて、執心なかれとなり」という方丈記にならって無欲に、そして災害を自然現象のように観察しているのだろう。それでも妻と小鳥という疑似家族を支えとして希望の側にかけている。

他方、堀田善衛は、大火の中で他者を救うことができなかった絶望から出発して方丈記を読み直す。そして、長明は大火、飢饉、つむじ風、地震が天災か人災かを問題にしたのではない、長明こそすべてが政治の問題であることを見抜いた人間であったと考えるにいたる。そこには、愛する人の生死をたしかめに行って、偶然にも、ピカピカの長靴で焼け跡をみまわる天皇と墓いよる人民を見てしまった堀田の体験が重なる。「無常観の政治化」に抗議して、政治に「私」の行動を対峙させることが、戦後の堀田善衛の課題となった。[*2]

＊1　わたしも堀田善衛にならって鴨長明の「方丈記」を読み直し、長明が災害を記録したその精緻な数字表現に驚嘆した。「仁和寺に隆暁法印といふ人、かくしつつ、数も知らず死ぬる事を悲しみて、その首を見ゆるごとに、額に阿字を書きて、縁を結ばしむるわざをなんせられける。人数を知らんとて、四五両月を数へたりければ、京のうち、一条よりは南、九条よりは北、京極より

は西、朱雀よりは東の路のほとりなる頭、すべて、四万二千三百余りなんありける。いはむや、その前後に死ぬるもの多く、また、河原、白河、西の京、もろ諸の辺地などを加へて言はば際限もあるべからず。いかにいはむや、七道諸国をや」(角川日本古典文庫、二七頁)。

南京虐殺の死者の数、広島・長崎の被爆者数、関東大震災、阪神・淡路大震災の被災者と死者の数は、一二世紀平安京のお坊様が路上の死体の額に一つ一つ阿の字を記して数えた、その心でもって記録しなければならない。政治と闘うための数字である。

住まいの文学史の原点にある「方丈記」には、「すべて、世の人の栖を造るならひ、必ずしも、事の為にせず。或は妻子、眷属の為に造り、或は親昵、朋友の為に造る。或は主君、師匠および財宝、牛馬の為にさへ、これを造る。われ今、身の為に結べり。人の為に造らず」(同、四〇頁)とある。この文章、いいな。

＊2　校正中に堀田善衛死去と報道された。一九九八年九月五日没、享年八十一歳。戦後五十年余、すでに跡形もなくなった焼け跡を、それでも見すえつづけていた人であった。

036

石坂洋次郎「青い山脈」

しばらく歩いてから、百姓は、どれも同じ構えをした、庭のひろい屋敷の一つに入った。〔中略〕

入口の戸をあけて、中の土間に踏みこんだ瞬間、雪子は「アッ」と低く叫んで、沼田にしがみついた。土間の右手がうまやになっており、顔の長い裸の馬が、いきなり雪子になま温かい鼻息を吹っかけたからだった。

上り口から、大きな炉を切った台所になっており、そのさきに座敷が二間あった……。

（初出は一九四七年。引用は新潮文庫、一三〇頁）

戦後のある地方都市。おそらくは作者、石坂洋次郎の故郷であり疎開先であった青森県弘前市の高等女学校の編入生、寺沢新子は、工業学校の生徒からラブレターをもらって交際したので前の学校をやめさせられたという噂である。新子をおびきだすための偽のラブレターを見せられた島崎雪子先生は卑劣な陰謀とたたかい、健全な恋愛のすばらしさを生徒に説く。だが生徒と父兄と学校当局の結束は固く、形勢不利である。そこで高等学校の生徒、金谷六助と女学校の校医、沼田玉雄が加勢して封建勢力をやっつける。島崎先生と沼田校医の婚約が民主勢力の勝利と小説の結末となっている。小説はベストセラー、映画は観客動員記録、主題歌は大ヒットになった。[*1]わたしも映画で新子を演じた杉葉子の長いあごの線や、この女優さんがアメリカで結婚したという週刊誌の記事までおぼえている。

引用箇所は沼田医師が農家に往診を頼まれ、島崎先生を同行する場面である。東北の民家の間取りが簡潔に説明されている。疫痢《えきり》にかかった子どもは奥の暗い寝間の万年床に寝かされている。医師はまず病人を明るい座敷に運びだすことを命じる。仏壇の前にはイタコが座っていた。青年医師は迷信に近代医学の衛生思想で対抗するのだが、沼田医師を連れてくるようにというお告げをだしたのはイタコなのだから、イタコは勝負がついていることをみとめている。平屋の民家にくらべ、この小説の主人公たちは町家の二階に書斎や勉強部屋をもっているのが印象的である。二階の部屋は個人の領域なのであろう。

島崎先生は黒板にチョークで「国家、家、学校」と「個人」の対立図式を書き、生徒たちに「いいですか。日本人のこれまでの暮らし方の中で、一番間違っていたことは、全体のために個人の自由な意志や人格を犠牲にしておったということです」と教える。島崎先生は女ひとり勇敢に、学校のため、家のため、国家のためという名目で、国民を一つの型におさめようとした戦前教育を批判しているのである。だが世の中すでに民主主義時代であって、読者は島崎先生に声援をおしまなかった。

小説の中で旧思想の対抗価値としてもちだされるのが、恋愛である。恋愛結婚によって民主的な家庭を築くことが説かれる。小説が書かれた一九四七年は改正により民法から「家」が消えた年である。「家」／「家庭」の「二重家族」制度はとかげのように「家」という尻尾を切り、「家庭」制度となって戦後を生きのびる。島崎先生と沼田校医の結婚契約の第一条件である「夫婦ハ互イノ人格ヲ尊重スルコト」の具体的内容は、夫が妻に財布をあずけること、とされている。島崎先生は結婚して家庭の専業主婦となるだろう。

戦争中に大都市から疎開した多くの小説家が地方都市や農村を再発見した。疎開者は都市の家庭を離れて村の家に寄生して生きのびたのに、民法改正と農地改革が「家」制度を一掃しているとき、新勢力に協力したのだからずいぶんと薄情である。だが無責任と軽薄さが、小説の明るい調子と新鮮な魅力になった。近代のはじめから、小説は国民教育装置の教科書であったが、家庭イデオロギーをひろめるのにこれほど成功した作品はほかにない。

＊1　この映画の主題歌「青い山脈」は、長いあいだ藤山一郎がＮＨＫに出演するたびに歌っていた。いかにも戦後という感じは、この曲が行進曲のリズムであって、つまり軍歌の手軽な衣替えだったからではなかろうか。

037

大岡昇平「武蔵野夫人」

そうだ、一度あの家の裏庭へ入って、あの人がいるかどうか、見て来てみよう。呼ばれるまで行っちゃいけない約束だが、何構うものか、あの人に知られなければいい。

彼は木戸が閉《しま》っていたら、垣根《かきね》を越すつもりであったが、木戸は意外にも押すに連れて開いた。はてな、これは前に閉っていたのに、どうしたのだろう、あとでよく考えて見よう。

「はけ」の湧泉《ゆうせん》の上、いつか六月の午後うずくまったことのある山吹の繁《しげ》みに彼はまた行った。〔中略〕道子はヴェランダにいた。

（初出は一九五〇年。引用は新潮文庫、一九四頁）

武蔵野は、東京都が膨張するにつれて土地開発がすすみ、自然は住宅群によって侵食されていった。この小説は武蔵野台地の斜面の崖から湧きだした水が土地をえぐってつくった窪地、「はけ」[*1]と呼ばれる千坪の広い敷地に建つ二軒の家を舞台とする。

古い家といっても、戦前に新宿からのびた中央線の武蔵小金井駅ができたころに都会者が建てた家である。その家の家つき娘、すなわち「武蔵野夫人」である道子はフランス文学の教師と結婚している。もう一軒の家には道子の従兄である大野と、そのコケットな妻富子、娘の雪子が住んでいる。道子の夫秋山はスタンダールの専門家である。戦後の民法改正によって家督相続と姦通罪が廃止されたことを話題にし、隣家の富子を誘惑しようとやっきになっている。

日本の戦後小説には、フランス文学をじかに引用したり、果敢にその書き直しを試みた作品がいくつかある。大岡はこの小説のエピグラフにラディゲを引用し、スタンダールの書き直しを試みた。道子はスタンダールの「赤と黒」の古風なレナール夫人である。ジュリアン・ソレルが登場しなければならない。日本のジュリアン・ソレル勉は、敗戦後の復員青年の姿をしている。スタンダールがナポレオンのモスクワ遠征に参加した敗兵であったように、大岡昇平は太平洋戦争中、ミンドロ島で俘虜となった経験をもつ。

勉もまた道子の従弟であって、ふたりは「みっちゃん」「トムちゃん」と呼びあう幼馴染みである。道子は勉を下宿させたり、隣家の雪子の家庭教師に推薦したりして姉らしく世話をやく。ふたりが恋を意識するのは、野川という川の水源をつきとめる散策に行って、そこの地名が「恋ヶ窪」であることを知る瞬間であるというところなどは、スタンダールの「恋愛論」の、恋の結晶の理論の実現にほかならない。

フランス一九世紀の恋愛小説のテーマがつねに姦通であったように、大岡昇平もまた姦通を描かなければならなかった。この小説には民法改正についての議論が長々とつづく。「家」制度がなくなって、夫は戸主としてもっぱら家を守るのでなく、自分の妻と家庭さえ守ればよくなった。この瞬間、若い青年にとって人妻は作戦をたてて奪いとるに値する標的となった。戦後、人妻の恋は新鮮なテーマであったのではなかろうか。わたしは子どものとき、そばで新聞を読んでいた若い叔母がとつぜん「『チャタレー夫人』が発売禁止になるんだって、今買わなあかんわ」というなり、本屋へとんでいったことをおぼえている。

「武蔵野夫人」のキーワードは「木戸」である。この小説には「はけ」周辺の地図がついている。作者自身が、復員青年は地形に敏感である、攻撃目標をたてて、作戦を練るために、また戦地で自分が生きのびるために身についた習慣だ、といっている。小説の中の地形の描写はくわしいのに、「はけ」の家の間取りは、いっこうにはっきりしない。ふだん閉じられている裏木戸と、そこから入ってこっそり眺めるヴェランダの道子の姿の描写だけがあざやかである。恋人は門ではなく背戸からしのびこむものだから。[*2]

＊1　小説を読んだとき、「はけ」がよくわからなかった。その後、東京都小金井市の江戸東京たてもの園をおとずれたところ、武蔵野の「はけ」、武蔵野台地の段丘と湧水が再現されていた。大岡の小説は、湧く水がやがて奔流となる恋の地形を描いたのだろう。

＊2　スタンダールの「赤と黒」は戦後、映画化され、ジェラール・フィリップが主演した。ジュリアンは梯子を使って二階のレナール夫人の寝室へしのんでゆく。よろい戸のしまる石造りの家は妻子を収納するがんじょうな箱のようであって、開放的な日本家屋とはずいぶん違う印象であった。

038

小島信夫「抱擁家族」

しかしけっきょく時子は家のことを考えていた。
「こんど作るのなら、どうしたってアメリカ式のセントラル・ヒーティングというやつにしなくっちゃ」
と時子は呟やいた。〔中略〕
夫婦が買った、小田急で新宿から四十分の、奥まったT町の傾斜地を念頭においた設計者の設計は、ガラス張りの家で、冷暖房が完備というやつだった。[*1]

（初出は一九六五年。引用は講談社文庫、八五、八七頁）

夫と妻がつくる「家庭」家族が一般化して以来、夫の恋愛、妻の恋愛が小説の基本テーマとなりうる時代がつづいた。最近は、レンアイとカタカナ表記されることもある。こうすると恋愛の神話的輝きも、姦通や不貞にまといついていた陰湿な語感もきれいさっぱりと消えて、男と女の性の関係だけがあっさりと残る。いいではないか、他の誰とも関係ない、彼女と彼とだけの問題である。

だが、夫や妻の恋愛が、個人的な問題ではなく社会的な問題だった時代があった。小島信夫の「抱擁家族」、島尾敏雄「死の棘」、壇一雄「火宅の人」、あるいは瀬戸内寂聴が瀬戸内晴美であったころの「夏の終わり」他が書かれ、読まれた。

この連載にとりあげるのは「抱擁家族」か、「死の棘」か、と迷った。「死の棘」は戦争中に日本軍の特攻隊の若き隊長として奄美の島に死を覚悟していた青年と、島の娘との恋愛が、戦後、本土で築く家庭となる。その家庭の平和が夫の新たな恋愛で壊れる話である。夫の裏切りは、島の娘に約束した大和《やまと》の男の裏切りとなるところに、この小説の社会性がある。小説の後の話になるが、夫は病気になった妻と子どもたちとともに島に移住することによって家庭の病を癒す。いわば近代日本を捨てて古い共同体に帰る解決である。

「抱擁家族」は、戦後、妻をおいてアメリカ留学した夫俊介をゆるせない妻時子と若いGIジョージの情事によって家庭の団欒が冷える話である。情事のジョージとは、ひどい冗談であるが、このような、わざとのように不器用なユーモアがこの小説の文体の特徴となっている。

小説の冒頭に、夫が、駐留軍のハウスキーパーをしたことのある家政婦が家にくるようになってから、家が汚れてしょうがないと嘆くところがある。GIを家に連れてくるきっかけとなるのはこの家政婦である。アメリカ文学者である夫には、ジョージに捨てられる妻が、アメリカに占領された戦後日本の比喩とみえている。二人はジョージを呼び出すが相手にされず、「ゴー・バック・ホーム・ヤンキー」と、力ない捨てぜりふをはく。

「死の棘」とは違って、「抱擁家族」では、夫婦は家庭の病を、アメリカ以上にアメリカ的なリビング・ルームのある家を建てることによって乗り越えようとする。新築の家に招待されたジョージは、カリフォルニアあたりの高原の別荘のようだとほめる。だがこのとき、妻は乳癌におかされており、新築の家は雨漏りがしている。まるで家が妻の身体の比喩であるかのようだ。夫は妻の回復をねがって家を修理し、信仰にすがるようにして梅干しを漬ける。だが古い日本の癒しの象徴である梅干しは腐って役にたたない。妻は癌の転移によって死に、ホテルのような家で家族はばらばらである。[*2]

「抱擁家族」は、アメリカよりアメリカ的になることによって占領コンプレックスを乗り越えようとした戦後日本の歩みを表現して、「死の棘」よりも普遍的である。お茶の間のある家とは違い、リビングのある家は、しばしば妻の好みで建てられるが、それが解放にはつながらないこともよく見ているではないか。

＊1　この家は、小島信夫の三十年後の小説「うるわしき日々」の舞台にもなる。「うるわしき日々」では、「俊介のガラス窓に囲まれた奇抜な家」と書かれている。傾斜地の階段の上に建っている白い家である。

＊2　「男流文学論」（筑摩書房、一九九二年）でこの小説をとりあげた富岡多恵子、上野千鶴子、小倉

千加子のうち、若い世代の小倉と上野は、この本からアメリカという要素を抜いても妻の婚外の性関係という、より普遍的な問題をあつかった小説として読めるという。それにたいして富岡は、小島信夫は作家としての考えがあって妻の情人をアメリカ人にしているという意見である。「妻の性関係というのはひとつの象徴で、実は自分のところが全部アメリカに踏みこまれてしまうわけでしょう。その感じが私にはあるんです」という。子どものころの占領時代をおぼえているわたしの感じ方は富岡に近い。宗主国と植民地、占領国と被占領国の関係は犯す男と犯される女、あるいは好んで相手をひきいれる女というメタファーで表される。子どもごころに、支配—従属関係にたいする反抗心と同時に、その関係が性的メタファーで表現されること自体にたいして嫌悪を感じた。

039
長谷川町子「サザエさん」

⑴波平、「いいにおいだな」と帰宅。⑵波平、玄関で帽子と外套をとると、ご機嫌で「トリのごちそうだな！」。サザエ、父の脱いだ外套をうけとりながら、元気なく「ええ」。⑶和服に着替えた波平が茶の間をのぞくと、フネ、サザエ、マスオ、カツオ、ワカメが、うつむいてちゃぶ台をかこんでいる。七輪の上でトリ鍋が湯気をたてている。波平が「どうしたんだ？」ときくと、ワカメが「うちのニワトリしめたの」と答える。⑷一同「シーン」として食べる。

（初出は一九五一年ごろ。引用は朝日新聞社刊、第六巻、七頁）[*1]

今、本屋さんには「サザエさん」の文庫版全四十六巻が並んでいる。[*2]このマンガは、第六巻の最初にある。四コマからいろいろなことがわかる。サザエさんの住む磯野家には門と玄関がある。東京は世田谷で、庭でニワトリを飼った。茶の間があって、丸いちゃぶ台をかこんで夕食を食べている。ちゃぶ台の上にのっているのはガスこんろではなく、七輪である。おひつもある。会社から夕食時に帰ってくる磯野波平は、うちでは和服に着替える。妻フネも和服に割烹着を重ねる主婦スタイル。サザエは洋服にエプロン。

このマンガは一九五一（昭和二六）年あたりの巻に入っているから、フグ田マスオと結婚した長女サザエは、夫と赤ん坊のタラちゃんと一緒に、磯野家に同居しているはずである。このマンガにはタラオは登場しない。トリスキの日にいたずらをするとあぶないから、幼児は早く寝かされてしまったのかな。波平より先に会社から帰ったマスオさんが、トリをしめるはめになったに違いない。そのトリを手練のわざでさばいたのは、フネであろう。カツオとワカメはそのいちぶしじゅうを見ていたから、食欲がわかない。

一九五一年四月二六日、チック・ヤング作の「ブロンディ」にかわって、長谷川町子作「サザエさん」が、朝日新聞朝刊の連載マンガとなった。「サザエさん」はそれまで、夕刊マンガであった。朝日新聞の読者は朝に夕に、二つの日米家庭マンガを読みくらべていたわけである。もっとも新聞は、朝刊だけの地域もあった。

ブロンディは、夫と子ども二人の核家族の専業主婦であり、芝生のある庭つき一戸建ての家に住んでいた。一階にダイニングとリビングがあって、二階に夫婦の寝室と子ども部屋がある。アメリカじゃあ、お風呂が二階にあるんだ。台所は電化され、電気冷蔵庫には食料がつまっている。毎週のようにオーブンでブロイラーの丸焼きをする。ダグウッドは夜中に三重かさねの特製サンドイッチをつくって食べる。あんなのほんとうにありなの、と飢えた子どもたちはおもった。

サザエさんは、三世代同居で平屋に住み、庭で飼っていたトリをつぶすのが、ひさびさの大ごちそうなのだから、ずいぶん違う。

わたしは占領時代が終わった日に「サザエさん」が「ブロンディ」といれかわった、とおぼえていた。間違い。古い新聞のコピーをとりよせてみると、連合軍総司令官であったマッカーサー元帥が解任されて、羽田からアメリカへ帰国すると報道されている。ブロンディ一家も一緒に帰国だから、占領時代の終わりはまぢか、とみんなが感じたに違いない。マンガ「ブロンディ」は、各コマの下に英語原文が載っていた。マッカーサー元帥の写真は大きく、吉田首相の写真は小さいのが、占領時代の新聞であった。輸出される日本製品にはメイド・イン・オキュパイド・ジャパンと記されていた。[*3]

朝刊連載マンガとなった「サザエさん」は純日本製、核家族から直系三世代同居への日本回帰と考えると、これがだいぶ違う。マスオは養子になったのではなく、妻の親の住まいに同居したにすぎない。アメリカ風核家族でも、日本的「家」制度でもない妻方同居という見事な戦後微調整である。ちなみにダグウッドとはアメリカ花水木のことだそうだ。[*4]

＊1　新聞連載ではマンガの引用が許されないということで、四コママンガを言葉で説明した。

＊2　東京サザエさん学会編『磯野家の謎』シリーズ、樋口恵子編『サザエさん年表』などの参考文

献も多く出版されている。

＊3　戦後にウェスタン歌手として、その後は映画俳優として活躍した小坂一也に自伝的随筆集「メイド・イン・オキュパイド・ジャパン」がある。

＊4　東京都世田谷区にある土地つきの家の時価は何億円？　タラちゃんは今ごろ相続税に苦しんでいるはず、と連載の読者からご教示があった。

040

林芙美子「めし」

同じような家が、路地の両側に、並んでいる。どっちの家並も、屋根つづき。火事になったら、あぶない家の構えだが、ここは、戦災にものがれている。はじめは、東京風な、貧しい長屋の感じに、受取っていたが、来てみると、如何《いか》にも、大阪らしい、長屋建築である。

どの家にも、ヒバの垣根があり、背のひくい、石門がある。二階には、物干があり、今日は天気がいいので、洗濯物や、蒲団が、どの家にも干してあった。

（初出は一九五一年。引用は新潮文庫、三八頁）


「めし」は、林芙美子の最後の長編小説である。朝日新聞の連載小説として四月から掲載され、一九五一年六月二八日に作者が心臓麻痺で亡くなったため、未完となった。実は「ブロンディ」から「サザエさん」への交代劇を調べていると、交代の日の小説欄に「めし」の引用の箇所が載っていた。[*1] 東京から来た人が関西の長屋建築をあらためて生活感あふれる空間として見ているのがおもしろい。長屋の住民は、女の独り暮らし、母と息子などいろいろである。あらためて小説を読み、成瀬巳喜男監督による映画のビデオも借りてみた。

小説では、五年前に恋愛結婚した初之輔と三千代は、初之輔が北浜の証券会社につとめることになった機会に大阪に路地住まいするようになって二年となる。夫婦の倦怠をやぶるかのように、東京から姪の里子がやってきた。流行の姦通小説「武蔵野夫人」を読む若い娘である。初之輔が里子を連れていそいそと大阪見物に出かける姿に、三千代の心中はおだやかでない。三千代は貰い子を考えてみたり、働いて苦労している同級生の姿を観察したりしている。夫と妻の心のかすかな離反を嗅ぎつけるかのように、三千代の昔の求婚者が近づく、三千代の同級生も初之輔めあてにたずねてくる。三千代は里子を東京へ送る口実で、夫をおいて東京へゆき、一ヵ月も逗留しているところで、小説は中断。

映画は、原作にはない結末を考えなければならなかった。初之輔は東京出張をとって、三千代を迎えにくる。もっと給料の良い会社へ移ってお前に楽をさせてやる、などという。大阪へ帰る列車の隣席でねむる夫の顔をながめながら、妻は結局平凡だがやすらかな幸福を感じる場面で終わりとなっている。

映画の場合、このころ封切りになったマリリン・モンロー主演の「七年目の浮気」が意識されているだろう。ささやかな浮気の後で、それでもいそいそと、避暑地から帰ってくる妻と子を迎えにゆくサラリーマンの姿に、観衆はほっとして哀愁をおぼえる。「めし」はあの映画の日本版、妻の場合、である。

わたしは「浮雲」など、成瀬映画が好きではあるが、「めし」の場合はなんだか違う、とおもった。映画のような結末が予定されているとしたら、なぜ舞台をわざわざ大阪にとらなければならないか。「めし」という小説の題は、戦後の大阪に多かった一膳めし屋の看板からとられている。明日を生き、働く、そのぎりぎりの活力を得るための「めし」である。家庭で家庭文化の儀式をともなって食べる「ごはん」ではない。

敗戦後、恋愛結婚が流行であったように、健康で賑やかな家庭を築くことが国の復興につながると信じられていた。だが家庭を築くことは倦怠をつむぐことであった。林芙美子は結婚五年目の夫婦の倦怠を、戦後五年目、ついこのあいだ敗戦ショックで緊張し新生を誓った日本社会に、はやくもおとずれた弛緩の比喩とした。行儀のよい家庭にはなれなくとも、倦怠をやぶる活力があるのが大阪、という直感が林芙美子には、あったはず。大阪は中小企業が多く、女たちが働いている町である。「めし」は映画の結末とは逆に、八〇年代に働き出す女たちの苦悩と喜びを先取りして描こうとした小説だったとおもう。

＊1　「朝日新聞」昭和二六年四月一六日の朝刊。「めし」は連載第十六回、挿絵は福田豊四郎で、関西風長屋の感じがよくでている。屋根の上で猫が一匹ねている。

041

高橋たか子「誘惑者」

街のまん中の、表通りから奥へ奥へと部屋のつらなっている家の、こんな一番奥に、真夜中に立っていると、この大都市に蜘蛛の巣のようにからみあっている無数の人と人との関係から洩れてくる息が、夜露となって結晶してしまい、それで無害なものとなっている一時《ひととき》というものが感じられる。〔中略〕

暗いなあ、こんな家に長年住んでいると、暗さが染みついてしまう。

と、鳥居哲代は思った。（初出は一九七六年。引用は講談社文芸文庫、六七、七四頁）

出版社の宣伝文には「友人二人を次々と大島三原山の自殺行へと誘う女主人公の心理の軌跡を迫真的描写による火山風景とあいまって見事に再現する。泉鏡花文学賞受賞、長編書下ろし作品」とある。物語の主な舞台は京都、時代は他の大都市にはまだ戦争の焼け跡が残っていた一九五〇（昭和二五）年である。主人公の鳥居哲代は旧制の京大文学部心理学科二回生、最初の自殺者砂川宮子は同志社女専卒業生、二人目は織田薫、同志社大学文学部英文科一年生、三人は同志社女専の同級生であった。

この小説のキーワードの一つはまだ死語ではないものの、今ではあまり使わないことば「旧家」ではなかろうか。主人公の哲代は両親を結核でなくした後、父の長兄の家で育っているが、中京区にあるその家は呉服物卸という商売のミセが入り口にあって、ほかの部屋が奥へ奥へとつづいている。哲代は母屋から渡り廊下で中庭を通り、その奥にある離れの八畳で寝起きをしている。[*1]宮子は地方の「素封家」の娘である。薫の家は御所の向かいにある室町時代からの系図をもつ家柄で、代々、家長が郵便局長をつとめる。洋館のあるその家には、西洋骨董品のような家具がおかれている。三人はある「階級的感受性」を共有して、形而下の話題を軽蔑する哲学少女である。作者が自分の分身という哲代の階級意識は、左翼思想が充満していた当時の京大における異端の立場ということにもなる。

自殺幇助《ほうじょ》事件はじっさいにあった事件の時代と場所をかえて使われているが、この小説にはもう一つ、この時代にじっさいに京大文学部でおきた哲学殺人事件が描かれている。一人の男子学生が自分の主体性の確立のために、彼の想念を支配する女子学生を殺した。登場人物たちは「では女の学生のほうの主体性はどうなるの」と問う。だから、哲代の自殺幇助は彼女の主体性においてなされるのである。[*2]

哲代はモーリアックの小説「テレーズ・デスケルー」の主人公に似ている。テレーズは砂漠のように荒廃の印象を与える額をもつが、哲代の心象風景では、砂漠が火山となっている。フランスのふるい地方都市ボルドーのブルジョワ階級には京都の旧家が対応する。わたしの知っているかぎり京大仏文科には、昭和三〇年代に数年おきに三人、モーリアックで卒論を書いた女子学生がいた。最初が高橋たか子、二人目がわたしだった。わたしは学生結婚して赤ん坊を産み、食うに困ってモーリアック全集を三人目の下級生に買ってもらった。わたしはこうして三人の輪から抜けたが、高橋たか子は終始一貫して近代的自我にこだわる誘惑者であったとおもう。女の主体性を問題にした点では、きたるべき大衆社会の先駆けでもあった。

この小説は一九七六年の発表であるが、わたしは一九七五年が日本的近代の終わり、女性を含む大衆社会すなわち現代のはじまりと考えている。この小説は終わりかけた近代をとらえている。このころから戦災をまぬがれた京都の町並みがかわりはじめた。哲代の家のような奥行きの深い敷地は更地になって、エンピツビルと呼ばれる細長いビルが立つ。

＊1　奥深い建物の構造は深層心理の底へ降りてゆくこの小説の構造に似る。高橋たか子の小説はあらかじめ設計図がひかれているかのように端正に組み立てられている。

＊2　一九九七年は京都大学創立百周年だったのだそうだ。記念切手が売り出されて、そのポスターには「紅萌ゆる」の歌碑の写真が入れられている。戦後の女子学生は三高寮歌を自分たちの歌だとはおもわなかった。男子学生はその異和感に鈍感であった。

042
山口瞳「血族」

私の家は、あまりにも騒々しかった。

中学三年生のころ、私の家は、麻布の山の手と下町の間ぐらいのところにあった。崖上があれば崖下があるのが道理で、私たちの家は、その接点に位置していた。町工場を経営する父は、軍需景気の波に乗っていたが、まだまだ、崖上のブルジョワ階級に喰いこむという域には至っていなかった。

その家は角地にあり、敷地は百坪だった。〔中略〕総檜の二階建てで、食堂と応接室は洋間であり〔中略〕敷地内に、総二階の別棟があり、階上二間が子供部屋になっている。

（初出は一九七九年。引用は文春文庫、四八〜四九頁）


小説「血族」は、崖上と崖下の接点にあやうく立つ家に育った「私」が、そのあやうさの謎を解く物語である。*1 母の系譜をたどると、母親は横須賀の遊廓の置屋の出身、人買いの家の跡とり娘であったことが明らかになる。さらに父親不在の一年の謎を追って、父親が詐欺罪で実刑の判決をうけて刑務所にいたことをつきとめる。父は若い発明家として高給をとり、軍需景気で大儲けしたのち、おちぶれたのであった。父親の前科を容赦なくあばく捜査の過程が第二の小説「家族」（文春文庫、一九八三年）である。結局「私」は、置屋の娘が妻子ある男と駆け落ちして生まれた子どもであった。異母の兄と一年の年齢差をつけるために生年月日を偽って遅らせた出生届けが出されていたこともわかる。

二部作のうち「家族」にはファミリーとフリガナがついている。家族は婚姻の関係と血縁の関係の交わったところにできる人間の集団という常識がある。「血族」「家族」という題は、その二つの関係を示す。だがじっさいには、主人公が血族とおもっていた人たちは母親と秘密を共有し、かばいあっていた遊廓の置屋どうしであった。騒々しい家に家族のように出入りしたり住みついたりしていたのは両親の束の間の栄華を食い物にする、いかさま師たちである。血族、家族のふりをして生きる人たちのあいだには秘密を媒介にする濃密な結びつきがある。ファミリーは、家族以上に結束のかたい嘘の関係をさすのだろう。

子どものころを回想して主人公は、「私は、だんだんに、堅実な家庭に憧れるようになっていった」とのべている。とくに憧れたのは「官吏、それも下級官吏」の家庭であった。その見本のような同級生の家は、主人公の親たちがつくったあまりにも騒々しい家とは大違いである。「外から見ると、彼の家は、木造平屋であって、間取りは六畳、四畳半、三畳といった程度であると思われた。公宅であったかもしれない」とある。戦前の公務員住宅であろう。そこには標準通りの両親と兄弟が過不足なくそろっていて、「堅実な家庭」を経営している。これとは対照的な主人公の家族は親戚を切り捨て、子どもの出生を偽り、父の不在の記憶を嘘で埋め合わせをしなければ家庭らしい家庭の外見をとることができない。

だが二つの小説を読むうちに、余分を切りそろえた「堅実な家庭」こそ虚構なのではないかとおもえてくる。いったい困った親戚、隠さなければならない病気、前科、夫と妻にとってのもうひとりの女あるいは男、そんなものが一つもない家族が本当にあるだろうか。そしてこの小説の主人公の両親の系譜をたどると、そういった異端のあらゆる絵札がそろっている。

鉄火な姐御《あねご》肌で芸にうるさい母親の血筋には、そろいもそろった美男美女が並ぶ。豪邸と別荘、運転手と大勢の女中、年中つづく饗宴。未遂に終わる親子心中、死者の形見分けのために香典をかたにして質屋から出される着物、競馬場の血眼の勝負のあいだに解きあかされる出生の秘密、裁判記録など、転落の程度も並ではない。これが、堅実でしかあり得ない現代の家庭出身者である読者が求める豪華絢爛の神話でなくて何であろう。[*2]

＊1　「文学」の授業の宿題にこの小説をとりあげたところ、断定を避ける文体が特徴的と指摘したレポートがあった。「〜のだろうか」「〜あるまいか」「〜ようだ」「〜そうだ」「〜と、私は思う」などである。推理の文体、とでもいおうか。山口瞳にかぎらず、よく知っているはずの血族、家族について、わたしたちが断定できることは、ほとんど何もないのである。

＊2　この新聞連載は一年九ヵ月も続いた。そのあいだ、新聞に小説家の訃報が載ると、その週の回はまるで追悼文のようになった。山口瞳、一九九五年没。

043
松本清張「張込み」

宿の二階から横川の家はまる見えであった。垣根の内側はコスモスがいっぱい咲きみだれている。狭い庭ながら掃除がゆきとどき、盆栽が幾鉢《はち》かならべてあった。主人の横川の趣味であろう。庇《ひさし》にかくれて内部《なか》は見えないが、座敷の端と縁側が見えた。〔中略〕

柚木は障子を細めにあけたまま、すわりこんだ。眼はいつも横川の家に注がれていた。

割烹着《かっぽうぎ》の女が姿を出した。

（初出は一九五四年。引用は新潮文庫、一四頁）

東京目黒の重役の家でおこったものとり殺人事件の犯人を追い、柚木刑事は九州の小さな町に着く。石井という容疑者は故郷の山口県を三年前に出て東京の商店の住み込み店員、作業員、血を売るなど転々と仕事をかえ、仕事仲間から、窃盗に誘われた。結核をわずらい、自殺を口にしていたという。刑事は、石井がこの町の銀行員の後添いとなっている昔の恋人、横川さだ子をたずねてくるに違いないとねらいをつけたのであった。さだ子の家の向かい、宿屋の二階に陣どって張込みをつづける。

とくに大きくはない家であるが、さだ子は「座敷、廊下、玄関、庭」[*1]の朝の掃除に二時間かける。洗濯、編み物、学校から帰った子どもの昼食、後片付け、市場への買い物、夕食の支度。日が暮れると橙《だいだい》色の電灯がともった家の障子をときおり人影がよこぎる。「平穏な、家庭の団欒がある。柚木は東京にのこした自分の家庭を思いだして、旅愁のような憂鬱を感じている」とある。張込みは五日つづき、刑事はさだ子の毎日の仕事が朝から晩まで切れ目なく、はてしなく繰り返されるところをじっと見つめている。

六日目、買い物に出かけるさだ子の割烹着の下のセーターの色が、いつもとは違っていた。尾行するが、見失う。さだ子と石井らしい男は駅前から山の温泉へ通じる郊外バスに乗ったという。ハイヤーで追いかける。山を登りだした二人の後をつける刑事。みごとに紅葉したハゼの木の下で男の背広の紺色と、女のセーターの橙色が抱き合っていた。刑事は枯れ草の中に寝ころんで秋の青い空を見あげながら待つ。二人は山道を登って温泉宿へ向かう。いつも疲れた顔をしていた女が、遠目にも別の命をふきこまれたかのようにいきいきとみえることに、柚木はおどろく。二人が湯につかっているあいだに、柚木は町の警察に応援をたのむ電話をいれる。湯上がりの男に手錠をかける。柚木はそこではじめてさだ子に声をかけ、これからバスに乗れば夕方六時の夫の帰宅に間に合うと教える。今は四時五十分。さだ子が家を留守にしたのは午前十時五十分のことであった。

松本清張の推理小説の時刻は張込みの記録、列車の時刻表など、分刻みである。この緊迫した時間の中で事件がおこる。一方に、決まりきった日常生活の時間割がある。郊外バスの席に座るとき、さだ子らしい女は男に注意されて割烹着をぬいだというバスの車掌の証言が書き込まれている。さだ子は割烹着と一緒に主婦の日常をぬぐのである。

この短編小説は一九五八年に映画化された。[*2] 監督は野村芳太郎、配役は刑事が二人で大木実と宮口精二、石井が田村高廣、さだ子が高峰秀子であった。刑事が張込みをする宿の窓から見おろすと、さだ子の家と私生活が丸見えの構図にセットが組まれていた。庭と縁側のある家は夜に雨戸が閉まるまで、あけっぱなしであったのだ。戸締りしなくてよかったのは、家に一日中主婦がいて、近所の目もあったからである。若く貧しい男と女は、故郷でも東京でも所帯をもつことができなかった。近所ではけちでとおっている年長の夫、手のかかる三人の男の子の世話という条件であっても主婦業は安定した座であった。東京から九州まで一昼夜、煙をはく汽車のとまる駅に盛り場のにぎわいとわびしさのあった時代のことである。

＊1　庭にそって廊下がはしり、廊下にそって座敷が並ぶ構造は、中廊下型の家より一段と古い型の日本家屋である。

＊2　映画は白黒フィルムである。夜の門司駅で、肩で息するように白い蒸気をもらしながらとまっ

ている機関車に、ひと昔前の男の色気のようなものが感じられる。宮口精二、大木実というベテランと若手を組み合わせた二人の傍役（刑事役）がとてもよかった。

044

古井由吉「妻隠」

アパートの屋外階段を昇って部屋にもどってくると、妻の礼子が居間の畳の上からしんどそうに目だけで彼を迎えて、溜息まじりにつぶやいた。
「あなた、どこかのお婆さんに、なんだかしきりに勧誘されてたわね」
明けはなたれた玄関口の扉から、生ぬるい風がダイニングキチンを吹き抜けてきて、居間の萌黄色のカーテンを窓の外にむかって満々とふくらましていた。

（初出は一九六〇年。引用は河出書房新社版、一七五頁）

東京でアパートと呼ぶ、上下二階に四戸ずつ並び屋外階段のついた住まいを関西ではブンカという。昭和の高度経済成長期のはじまりのころ、大正のハイカラな集合住宅であった文化アパートメントに名前だけあやかった現代風長屋が西にも東にも建てられた。呼び名はブンカとアパートに分かれたが、いずれもほぼ同じ形式である。玄関口の横に風呂場とトイレ、つぎがダイニングキッチンで、カーテンかのれんで入り口からの視線がさえぎられている。その奥の居間は六畳一つ、若い男女二人がようやく籠ることのできる狭い空間である。居間の窓の向こうには、よその畑と住宅など新開地の風景がひろがっている。木造なので、両脇や上下の隣の物音や気配が伝わる。住民はお互いに水音に気兼ねし、テレビの音をしぼる。

寿夫は会社で突然に高熱を発し早退し、アパートに倒れこんで妻の介抱をうけた。そのまま仕事を一週間もやすんでしまった。回復期の鋭敏な感覚が、闇の中の会話、陽の光をすいこんだカーテンの色、風の肌ざわり、来る日も来る日も病んだ体を養った桃の味、湯上がりの妻の体の匂いなどをとらえる。かすかな刺激にも立ちくらみをおこしかねない快感を静かにあじわう。狭いアパート空間は妻隠の八重垣のように[*1]動物的にかすかに淫らで、しかし潔癖症の妻の手で清潔にみがきあげられている。それでも外から帰って戸を開けるとき「こいつは家庭というより同棲のにおいだな」と寿夫はつぶやく。

畑をへだてた向こうに建つ一戸建ての住宅は工務店が借りて、若い職人たち六、七人を住まわせている。夜の時間をもてあました男たちは、毎晩のようにふざけあい、ほたえ、いちばん年下のヒロシをいたぶっている。そのそうぞうしい音をアパートの夫婦者たちは、息をひそめてきく。

アパートは、地方から出てきた独身の若者たちの寮と、家庭の入れ物である庭つき一戸建ての住宅群との接点にある、あいまいな存在である。だから、ゆきどころのない若者を宗教に誘おうとしている老婆は、寿夫と礼子にもそれぞれ声をかける。二人は妻帯者にも、主婦にも見えないらしい。

仲間たちのいじめにあうと、ヒロシは東北なまりで猛然と逆らう。夜の闇の中からきれぎれに聞こえてくる怒声を妻の礼子は聞き分けることができる。彼女も東北の出身で、寿夫とは、東京の大学で出会った。夜、ゴミをだしに外へ出た礼子をとりかこんだ仲間たちにヒロシは「バカヤロ。奥さんと俺はドーキョー人なんだぞ。ヘンなまねすっと、ぶっ倒すぞ」とすごんでいる。

手にさげた一升瓶から茶碗に一杯くんだ酒を礼子に飲んでもらうだけで満足している若い男たちの目に映る礼子の姿が、部屋の中の寿夫には手にとるようにわかる。誘われるかもしれない一人の若い女の、だからこそ己の決定権を知る、威厳にみちた姿である。高度成長のころから、同棲はながびき、同棲と結婚の区別がつきがたくなった。アパートやブンカを出て一軒の家をもつということは、両親の家のある故郷から、こんどこそ離別するということだったのかもしれない。

＊1　古歌の相愛の歌を参照のこと。
八雲立つ　出雲八重垣　都麻碁微爾（ツマゴミニ）　八重垣作る　その八重垣を（古事記上歌謡）
長谷の斎槻が下に我が隠せる妻　照れる月夜に人見てむかも（万葉集二三五三、人麻呂集）

045

安部公房「燃えつきた地図」

べつに真空の中に投げ出されたわけではなかった。真空どころか、巨大な、見わたすかぎりの団地だった。四階建の住宅群が、高台のくせに、暗い谷底に沈み、規則正しい光の格子《こうし》をくりひろげている。まさか、こんな風景が現れようとは、想像もしていなかった。だが、その想像もしていなかったところが、問題なのだ。町は、空間的には、まぎれもなく存在していたが、時間的には、なんら真空と変らない。存在しているのに、存在していないというのは、なんという恐ろしいことだろう。

（初出は一九六七年。引用は新潮文庫、三八六〜三八七頁）

木造住宅で育った世代とコンクリート住宅世代の感受性の違いは、それぞれの世代の作家の文体にもあらわれていはしないか。安部公房の文体はどこか無機質で、コンクリート感覚文体の先駆者である。あるいは彼が大陸で育っており、木造の家よりはむしろレンガないし日乾《ひぼ》しレンガの家になじんでいたからかもしれない。

日本列島では、厚い壁で保護される住宅は、戦後の公団住宅の大量建設によって普及したのであった。一九五八年には公団住宅は三十三万戸に達し、三人から四人家族の団地族は百万人を突破した。団地には流入、流出が多いから、家族サイクルのある段階で団地生活を体験した人の数はその何倍にもなるであろう。団地住宅はわたしたちの生活感覚をかえてしまった。高層の共同住宅、シリンダー錠、椅子式生活、男女共用の水洗便所、各戸の風呂、ｎＬＤＫ設計などがあたりまえになった。初期の団地住宅の設計は全国共通の標準設計であって、転勤で遠くへ引っ越しても違った土地でまた団地に入居すると、家具はぴったり同じ部屋の同じ場所におさまった。入居資格には一定の収入と既婚であることが条件であったから、どの家の家族構成も似たりよったりとなる。

「燃えつきた地図」では、興信所の探偵が団地から蒸発した一人の男の捜査を男の妻から依頼される。探偵は「そっくり同じ人生の整理棚が、何百世帯」と並んでいる団地群を見あげて立ちすくむ。依頼人である蒸発男の妻の住宅の間取りは「上がってすぐ左手が、狭い台所兼食堂。その奥が、厚いカーテンで仕切られた、居間兼客間。玄関から見て、右側にあたる隣の部屋が寝室らしい」とある。つまり初期の団地設計の中心であった２ＤＫ設計にほかならない。この部屋はレモン色のカーテンで見分けがつくが、キッチンドランカーであるらしい依頼人の顔はなかなか覚えられない。家出人の肖像もつかみがたい。

探偵は依頼人の部屋の窓から道行く人々を見おろしながら「誰もが帰ってくる。出掛けた所へ、戻ってくる。戻ってくるために、出掛けて行く。戻ってくることが、目的のように、厚いわが家の壁を、さらに厚くて丈夫なものにするために、その壁の材料を仕入れに出掛けて行く。だが、ときたま、出掛けたっきり、戻ってこない人間もいて……」と考えてしまう。あげく、職業の限度を超えて捜査にのめりこむ。

蒸発男はプロパンガスの会社に勤めていた。都市開発とともに会社の経営は拡大するが、都市開発が一定の水準に達すると都市ガスにとってかわられる。まるでのちの時代のバブル経済そのまま、バブルははじけてすぼみ、新しい都市開発がなされている土地を探さなければならない。利権もからみストレスの多そうな職場である。同じ町に喫茶店に偽装したフリーの運転手を集める私設職業斡旋所や、河原にとめたマイクロバスの売春営業が見えてくる。家出人が向こうの世界にぬけでる入り口かもしれない。穴をのぞきこみすぎた探偵が記憶を失って向こう側へ出ると、ポケットに鍵一つをもって団地の真ん中に立っている。たくさんの窓。見知らぬ懐かしい風景。わたしはあなたの物語。[*1]

＊1　ここでわたしはなにげなく「わたしはあなたの物語」と書いたのだが、これこそ、のちに吉本隆明が娘ばななの小説をさしていったとおり、「人物」ではなく「場所」を書く現代小説のはじまりである。人物はとりかえ可能なのである。近代小説も本当はそうだったのかもしれないのに、近代作家は一生懸命、かけがえのない個人の性格描写に精をこめていた。

046
後藤明生「挟み撃ち」

わたしは毎朝早起きをしているサラリーマンではなかった。毎晩毎晩、あたかも団地の不寝番《ねずばん》ででもあるかのように、五階建ての団地の3DKの片隅で、夜通し仕事机にへばりついている人間である。もちろん誰かに不寝番を頼まれたわけではない。自分で勝手にそうしているわけだ。わたしはゴーゴリの『外套』を翻訳中の露文和訳者でもない。しかしあのカーキ色の旧陸軍歩兵の外套を着て、九州筑前の田舎町から東京へ出て来て以来ずっと二十年の間、外套、外套、外套と考え続けてきた人間だった。

（初出は一九七三年。引用は講談社文芸文庫、二五頁）

小説は、団地の部屋でとつぜん早起きしてしまった作家が、かつて母が縫い縮めてくれた歩兵の外套をどこでなくしたのか、二十年前にかえって探す一日の物語である。東京へ出てきて団地にたどりつくまでの十年間に住んだ十四の部屋と、それが東京都内電車路線地図のどの駅にあったかをおもいだしてメモ帳に書く。三畳や二畳半の部屋たちである。つぎに電車に乗って、昔の下宿先をたずねる。外套は見つからない。その外套は、戦後は伴淳とアチャコの二等兵物語の映画にエキストラ出演するにも役立ったのであった。

東京都内を転々とした住まいの個人史がたどられるところは、太宰治「東京八景」や佐多稲子「私の東京地図」の手法である。だが、後藤の小説のテーマは、過去の個人的な記憶、読者も共有する歴史を描くことではない。過去と未来から挟み撃ちされている現在の自分についての強烈な意識を描こうとしている。[*1]

主人公である「わたし」が団地に入居した一九六二年には、3LDK設計はまだなかった。Lであるリビング抜きのダイニング・キッチンと四畳半一つと六畳間二つの3DKに、夫婦が入居した。団地族とは、時代の先端の生活をする若い夫婦をさした新語であった。住宅公団が増産する住宅によって、ようやく戦後の住宅難は解決した。公団の事業がもっとも輝かしい成果をあげた時である。「わたし」は上京後十年、十五番目の住まいとして巨大な草加団地の一角にたどりついた。

それから十年後の現在、「わたし」は四十歳になった。子どもは小学校五年生と幼稚園児である。四人家族は、数の上では団地の適正規模であろう。3DKは夫婦の寝室と子ども部屋二つと想定されている。しかし、「わたし」は、毎日出勤するサラリーマンではなくて、四畳半を不夜城の書斎にして在宅で仕事をする作家である。幼稚園児が学齢に達すると四人家族には子ども部屋が一つ不足するだろう。一九七五年には、公団住宅にたいして、遠い、高い、狭いという声があがり、はじめて空き家現象が生じた。量から質への転換を迫られて、この年、3

DKのつぎに3LDK設計が売り出された。つぎの年、ワンルーム・マンションが出現。完成したnLDK設計から子ども部屋や書斎が遊離する現象がはじまる。この小説の初出の一九七三年現在、家族の日常生活は平穏無事であるが、「わたし」だけは、生活史の地殻変動がおこる一九七五年を予感している。

外套の行方をたずねる「わたし」は一九四五年八月一五日以前、朝鮮の北の国境近くに住んでいた幼少年期や戦後に引き揚げて住んだ筑前の町の記憶の中を彷徨《さまよ》う。それまでの読者は、作者が戦争体験を描くレアリスム小説についてきた。戦争体験は幼児から老人までの記憶をおっていたからである。だが、一九七五年以後の大量消費時代の読者は、歩兵の外套の擦り切れた生地、糸目、色、臭いの記憶を再現する装置をもたずに生まれている。一九四五年でなく七五年までがひとつづきの時代であった。これは、言葉の通じる時代と通じないつぎの時代に挟み撃ちされた作家が書いたシュルレアリスム小説である。*2

＊1　「挟み撃ち」という題名には、「わたし」が子どものときに習得した将棋の連想があるようだ。本格的な将棋だろうか、それとも「はさみ将棋」のことなのだろうか。とにかく行動する自分が「挟まれる」ことが重要なのである。この小説は「わたし」が一日のあいだにした行動と、その一日の内面の記録であるから、日記帳の一日の枠から大量にはみだした日記叙述だということも

できる。日記の一日分が長編小説になることがありうる。大学の「文学」の授業で「日記と文学」という講義をしたとき、一人の学生が日記を「過去の自分と未来の自分の接点」と定義した。日毎に成長する青春の日記にふさわしい定義である。ある年齢からは、この接点がにっちもさっちもゆかない「挟み撃ち」の瞬間に思えるようになる。

＊2　みずから「団地通信」を書きつづけた文芸評論家の秋山駿は、「団地小説」という一つの水脈を指摘したのであった。秋山は『「団地通信」再び』（『一冊の本』、朝日新聞社、一九九六年）において、団地の窓から三十年間、「社会の徹底した階層分離の強行」を見てきたと書いている。その間に、賃貸公団住宅から、一戸建てや分譲マンションへ移る階層と残る階層が分かれたということであろう。国民の一億総中流意識は、経済の海外進出をした高度成長期の錯覚であった。他の社会にたいする収奪が終わったとき、内部に階層分離がおこり、ふたたび、挟み撃ちにあって言葉の通じない瞬間が生じる。

047
大江健三郎「個人的な体験」

そして鳥《バード》が、これはどうしてみんな一斉に眼ざめたんです？　と問いかけるように看護婦をふりかえると、彼女は赤んぼうたちの叫喚にはいささかの注意もはらわず、じっとおし黙って興味深げに鳥《バード》を見つめている他の看護婦たち医者たちともども、なおゲームを続けて、

「わからない？　保育器の中です。さあどの保育器があなたの赤ちゃんのお家《うち》でしょう？」

（初出は一九六四年。引用は新潮社版、一一〇頁）

鳥《バード》と呼ばれる主人公は、作者大江健三郎の分身のようにして大江の小説に登場する。*1　鳥《バード》は二十七歳の予備校講師。妻の出産の報せを待っている。病院からの電話をうけて駆けつけると、生まれた赤ん坊は脳ヘルニアの手術をうけるため別の病院に移されるところであった。医者は手術が成功しても、障害は残るであろうと告げる。

アルコール中毒があるために断っていたはずの酒の瓶を抱いて、鳥《バード》は大学で同級生であった火見子の部屋をたずねる。これも同級生であった夫が自殺していらい救済願望のある火見子

は、自己救済をねがう鳥《バード》を昼間もカーテンを閉めきった部屋にやさしくむかえる。アルコールとセックスのあいまに、二人でアフリカ大陸へ脱出する夢がしだいに強く輝きをおびてくる。鳥《バード》はいったん赤ん坊を連れだし、火見子の運転する赤いスポーツカーにのせて、衰弱死させてくれるいかがわしい病院へ運びこむ。しかし最後には、火見子とは別れて、[*2]妻とともに障害のある子どもを「ひきうけて育ててゆく」決心をする。

発表当時、最後の鳥《バード》の変心は唐突という批判があった。大江自身もハッピーエンドではない結末に書き直してみたという。だが、結局作者は、鳥《バード》が「希望」と「忍耐」を学んで成熟の時代に入るという結末をえらんだ。周知のように大江健三郎は、このとき登場人物鳥《バード》の意志として表明した個人的な決意を貫いた。アフリカへ向けて脱出する冒険にではなく日常生活の冒険にかける決心は、障害をもって生まれた長男に光と名付けたことにもあらわれている。その後の大江の文学は光の成長とともに成長して「癒し」の文学となった。

発表当時ではなく、今、大江文学を遡行して読むかたちで「個人的な体験」を読むと、結末は唐突なのではなく、書く以前に生きる問題としては選択がすんでいた、むしろ結末が書きはじめる前からわかっていたことが問題だったと思いあたる。登場人物鳥《バード》も、作者の大江も無意識であったかもしれないが、「個人的な体験」の結末は、父親である鳥《バード》を新生児室に案内して並んだ保育器を指さし、「あなたの赤ちゃんのお家」といった看護婦の言葉で決定されていたのである。

現在、それぞれの家は子育て第一の空間となっている。家々は大きくなった保育器にほかならない。だから子どもたちが巣立った後は、家族である理由がなくなる家族も多い。障害のために家に長くとどまる子どもがいる場合は、家族は永遠の聖家族となる。

鳥《バード》は小説の終わりで幾分の怨みをこめて、「しかし、この現実生活を生きるということは、結局、正統的に生きるべく強制されることのようです」という。大江健三郎はこうして、もっとも正統的な家族小説の作家となった。

だが男性である鳥《バード》あるいは作者の大江にとっては、出発をやめて子育てをすることが、他の男性の知らない新鮮な冒険となるとしても、同じことを家庭でするかぎり、女性にとってはこれが宿命となる。本当の「忍耐」は母親がすることになりはしないか。

大江の小説では、忍耐しない女はしばしば罰せられる。奔放な火見子は夫の自殺も鳥《バード》のエゴイズムもうけいれ、鳥《バード》は聖女に抱かれるようにして彼女の中にやすらったのに、作者は火見子を小説の中のアフリカ大陸へ追放してしまうのだ。

＊1　大江小説には、一人称「僕」のナラティヴの方がよりロマネスクで、「鳥《バード》」の登場する三人称記述の小説がより私小説的である。

＊2　小説家は事実から小説をつくるが、まれには事実が後から追いついたり、小説の先を越すことがある。アフリカ大陸に追放された火見子が、語る言葉を手に入れてみずからその後を語ることがあればよいのにとおもう。じっさい、戦後の大学卒の女性は「正統」になろうとしても居場所がなく、海外に出たままになることが多かった。女性が大地だという神話は嘘である。女は海を渡る。

048

津島佑子「光の領分」*1

四方に窓のある部屋だった。
四階建ての古いビルの最上階で、私は幼い娘と二人で一年間過ごした。一世帯でひとつの階と、屋上を占有していた。〔中略〕
南に向いた窓は、この二畳の部屋、ダイニング・キッチン、六畳の部屋、と一列に並んでいるどの部屋にもあった。一軒の古い平屋の屋根を隔《へだ》てて、バーや焼鳥屋の並ぶ路地が見下ろせた。

（初出は一九七九年。引用は講談社文芸文庫、九、一一〜一二頁）

四階の高さの空中に、光のふりそそぐ部屋が浮かぶ。主人公である「私」と幼い「娘」は、透明な試験管であり、熱い子宮でもあるような住居で一年のあいだにみるみる成長する。その十二の月の数の短編をあつめたオムニバス小説である。

試験管ベービーの連想は、父親の不在からくる。「私」の夫であり、「娘」の父親であった男は共同生活をやめ、一人で引っ越していったのであった。「私」も「娘」を連れて住む家を探し、駅前繁華街の一軒分の敷地に塔のように立つ、いわゆるエンピツビルのてっぺんの狭い2

DKを借りた。偶然にも、このビルには「私」が別れようとしている夫藤野の姓と同じ名前がついてフジノ第3ビルと呼ばれ、「私」はしばしば家主と間違えられる。その夫がたずねてくると、「私」は「娘」をあらあらしく引き寄せ、金属製の扉を閉める。扉の冷たさと重さ。怒った男が外から扉をけとばす響きを「私」の全身にみなぎる哀しみがうけとめる。

「娘」は熱をだす。怒りの発作をおこす。夜泣きをくりかえす。二人家族には何かが足らないのだろうか。「私」もまた、夫を排除して「娘」から父親をとりあげてしまったという有罪感におそわれる。「家庭」には、夫婦と子どもから成りたち、それで完了するという常識ないしは眼にみえぬ規範がある。要員が欠けると「母子家庭」「父子家庭」ときには「欠損家庭」というレッテルが貼られる。「老人家庭」といういい方もあるから、子どもがいなくなるともう「家庭」ではないらしい。友だち、同僚、先輩、親、行政の善意のひとたちが、それぞれ善意で「家庭」でなければならないという圧力をかける。

「家庭」とは違う家族である「私」と「娘」は、閉じこもって暮らすことはできない。若い母親は働かなければならない。「娘」は保育所へゆく。送り迎えの途中でとおる道や公園が「私」と「娘」の庭である。疲れきってご飯をつくる元気もでないときには、食堂で大勢の中で食べる。「娘」は祖母のところにもたびたびゆく。保育園の同級生たちと兄弟のように泊まりあう。

「私」もまた、職場の上司、保育所の親どうしのネットワーク、夫の昔の学生であった少年、酒場でひとり飲む女、公園のホームレスなどゆきずりの人々と出会いを重ねてゆく。「私」は母親であると同時に、性欲を自覚する若い女である。若い女は、幼女の、光や色に鋭敏に反応する感覚、触る感覚、耳で聴く感覚、味の感覚を共有することができる。二人はそれぞれに成長する。「そうだよ。ママ知らなかったの」

もう十五年も前のことであるが、この連載の筆者であるわたしは、大阪市立婦人会館の二年間の女性史講座の講師となって、受講生とともに島崎藤村の「家」、小島信夫の「抱擁家族」そして津島佑子の「光の領分」を読んだ。三つの小説のうち、津島の小説がいちばん受講生たちに愛された。理由を聞くと、今までの家族小説に特有の暗い「憂鬱」がなくて明るい、自分たちの生活に近いという答えがかえってきた。そのころから日本列島をおおう住居の中は明るくなり、小説の文体もかわったことが納得された。[*2]

＊1　題名はドビュッシーのピアノ曲「子供の領分」(Children's Corner) からとられている。光に満ちた部屋は「子供」という野性の存在とその若い母親の領分なのである。津島佑子も「自分では好きな題だ」と書いている。「子供の領分」をそのまま本の題名としたのは吉行淳之介である。

＊2　憂鬱と哀しみはどこが違うのだろう。憂鬱はひとりだちできない妻や子にまといつかれた男の、

自分も不自由に苦しむ受け身の苦悩である。哀しみは相手を傷つけてしまった人間の、みずからひきうけざるを得ない苦しみであろう。津島佑子は母―娘関係の物語の後、実生活においても文学においても、母―息子関係の物語にいどんで、息子の死によって拒まれた。心中未遂で相手が死んで自分が生き残る太宰治の物語とくらべるのはおかしいが、哀しみを生きた父作家と娘作家のうち、娘作家のほうが痛切で冷静、昔の差別語を用いるなら娘のほうが「男らしい」。産む産まないは女が決めることになってから、決断の重圧は女がひきうけざるを得ない。役割がかわれば性格もかわる。

049

増淵宗一監修「リカちゃんハウスの博覧会」

リカちゃんのお人形はだれだって持ってたけど、おうちを持ってるコはあんまりいなかった。だから、リカちゃんハウスを持っているコは、おハナがたか〜いわけ。これがいつ頃の話かっていうと、今からだいたい二〇数年前のこと。まだファミコンもPCエンジンもなかった遠い昔の話です。その頃は少女マンガに白馬の王子様が登場しちゃったり、主人公がお城のような洋風建築に住んでる時代なもんだから、当然リカちゃんハウスもお城みたいなつくりだったんだよね。

（引用は*INAX BOOKLET*, Vol.9, No.1　一九九二年版、六四頁）

INAXギャラリーという叢書は、本屋さんの写真集や画集の棚においてある、小さな面白い本の集まりである。住まい空間の小説を集めていたら、こんな本いりませんか、とすすめられた。人形遊びのリカちゃん人形とリカちゃんハウスの歴史をたどった写真集である。初期のリカちゃんハウスの写真に見覚えがあった。

赤いビニール製箱型バッグの外観をした携帯用の人形の家である。開けると箱が家になって、側壁にはだまし絵で暖炉が描いてあった。絨毯《じゅうたん》もカーテンも花柄いっぱい。高価なおもちゃである。娘が小さいときにねだったのに、買ってやらなかった。あっさりあきらめたものとおもっていたら、忘れかけたころに、なんと遊びにつれていってくれたわたしの友だちをデパートの玩具売り場にひっぱっていって買ってもらった。おもいがけない出費で困惑顔の友だちと、やっぱりいけなかったかな、という顔の娘を見くらべて、わたしは冷や汗いっぱいであった。

もともと男の子たちと探検ごっこに熱中するスポーツ少女であった娘は、その後もアウトドアをかけめぐり、人形の家は新品同様の状態で飾られていた。しかしリカちゃん人形の本を読んで、はじめてわかった。人形とお家をもっていることが、子どもの彼女にはぜったいに必要だった。そのころはすでに人形だけでなくてハウスも、もっていないのは彼女だけであったのだ。

本には、「しかし時代が変わればリカちゃんちだって変わらざるを得ないわけで、現在、リカちゃんファミリーは環境良好、高級住宅の立ち並ぶ白樺台という街の『ゆったり四LDKマンション』[*1]に住んでます」とある。栄枯盛衰のはげしい玩具業界にあって、一九六七年の発売以来、モデルチェンジを重ねながら生きのびたロングセラー商品の歴史はじつに面白い。[*2]

リカちゃんハウスの間取りの変化が、プレハブ住宅のモデルチェンジと重なるという説には、なるほどと思う。しかし、初期のリカちゃんハウスが、まだ汲み取り式便所のある家が大部分であった現実とはかけ離れた、洋式の、それもどぎつい色のあふれた装飾過剰の夢の家、ドリーム・ハウスであったのにたいし、高度成長期以後、夢が現実に追いついてハングリー時代が終わると、リカちゃんハウスはしだいにリアリズムになるという説明にはびっくり。なるほど新しいリカちゃんハウスには絢爛豪華なだまし絵がなくなって、プラスチック製の本物そっくりの家具や食器が並んでいる。

ドリーム・ハウスであったころのリカちゃんハウスの夢はアメリカに由来するのでなく、フランスだったのだそうだ。あのデコデコの装飾過剰は、少女漫画化されたロココ趣味、劇画ベルバラにも通じるといわれてみれば、なるほど、そうである。

リカちゃんのお父さんはフランス人でピエールといい、指揮者なので演奏旅行で世界をめぐり長らく不在、ピエール人形の発売は最近のこと、とは知らなかった。しかし父親人形の登場は、週休二日制と景気低迷で現実のお父さんの在宅時間が長くなったことの反映という説は本当かな、と少々疑問におもう。むしろ不在と欠落があったほうが家族幻想が強まるという解説にどきっとした。

＊1　リカちゃんファミリーは、リカちゃん、パパとママのほかに双子の妹、三つ子の兄妹と増えて、いまや大家族なのである。

＊2　「リカちゃんハウス」のパソコン用ソフトが発売された。「三Dリカちゃんハウス」（メガソフト、

一九九七年）である。新聞報道によると「リカちゃん用の約二百点の家具を自由に並べ、お気に入りのハウスをコーディネート、家族やボーイフレンドも配置できる。完成したら部屋を歩き回って、自分がリカちゃんの気分になりきることも。画面上で着せかえもできる」（京都新聞、一九九八年二月七日夕刊）そうである。パソコン画面でドールズ・ハウスを遊ぶ少女たちが、バーチャル空間に描く物語の数々を読んでみたいものである。

050

山田太一「岸辺のアルバム」

立派な家とはいえない。しかし、一応、庭もある。二階建てだ。三十代で、父はこの家を建てたのだ。いや、建売を買ったのだが、それだって自分に出来るかどうか分からない。

父は、この家が東京都内にあること、見晴らしのいいこと（二階からの話だ。階下は土手しか見えない）、子供に一部屋ずつあること、新宿へ急行なら三十分かからないことなどを誇りにしていた。（初出は一九七七年。引用は角川文庫、一五四頁）

山田太一のテレビドラマの原作小説である。多摩川土手下の庭つき一戸建て住宅に商社勤務の田島謙作と専業主婦則子、大学生の娘律子と浪人生の息子繁という典型的な核家族が住んでいる。

日本語では、ふつう家族どうしの呼び名は、家族の最年少を基準にして、その姉さん、母さん、父さんと呼びあう。最年少は家族の最後をみとどける人である。また家族の力関係は上から、父は日常の不満を母に当たることで晴らし、母は姉に当たり、姉は弟をいじめ、すると弟としては、飼い犬をけとばすくらいしかないということになるのだが、この小説では最年少の繁が家族全員にたいして反乱をおこす。

父親は会社の命令で死体輸入にかかわり、母親はエロ電話をかけてきた男とホテルへ行き、英語好きであった姉はアメリカ人の暴行をうけ、本人は進学拒否、とまるで絵にかいたような極端な家族崩壊ドラマの要素が集められている。

だが登場人物の台詞や表情が日常的であることと、多摩川の氾濫、家族の入れ物であった家の流失という、視聴者の記憶に刻みつけられているじっさいにあった事件をたくみにとりいれたことにより、いわゆるホームドラマの枠を超える辛口レアリスム劇という評判が高かった[*1]。題名は父が執着しているアルバムを息子が流失する家から救うところからきている。だが写真にうつった家庭団欒が演技であったことは、家族全員が知っている。

テレビドラマが夢ではなく細かな現実を描く方向に転換する時期はおそらく、前回にとりあげたおもちゃのリカちゃんハウスがドリーム・ハウスから本物そっくりのレアリスムにかわる時期に一致する。じっさい一九七五年前後に、同世代中の専業主婦率が最高を記録した。その一方で公団住宅にはじめて空き家現象が生じ、需要と供給の力関係の逆転があった。経済の高度成長のおかげで夢が現実に追いつき、結婚率が上がって家庭が成立、家族は入れ物である住宅をも手に入れたのであった。

とたんに父親は残業と通勤距離の延長のせいで、子どもは塾通いのために、主婦もパート労働などのために、家族全員の在宅時間がどんどん減った。「岸辺のアルバム」の父親は、「この家は、まぎれもなく自分の二十数年の成果だ。四十五歳で、すでにローンを終えている。しかし、それがなにになる。家の中身が、このありさまでなにになる」とつぶやく。

規範やモデルがあって、こうでなければならないと圧力をかけると、欠落と不足が苦痛となる。しかし過剰な充足や目的の喪失もまた苦痛をうむ。二種類の苦しみは家庭をめぐるドラマの表と裏であって、家庭という規範そのものは同じである。小説「岸辺のアルバム」の結末では、流失家屋の屋根だけが岸辺にうちあげられて発見される。「蓋をあけると、家があるみたいじゃない」という台詞がきいている。家族再生の暗示だろうか。でも家族がもういちど、新しい箱に閉じこもって蓋を閉じるのだとしたら、何がかわるのだろう。

最年少の繁はオイディプスになって精神的に父を殺し、母と姉を冒したが、罪により視力を失ったり、砂漠に追放されたりはしない。これはむしろ王位継承ドラマである。

＊1　辛口ホームドラマは、甘口ホームドラマがあってこそ成立したのだろう。一九七五年までの映画、テレビのホームドラマは、「家庭」という名詞が要求する付加形容詞そのものの「明るい」「楽しい」「温かい」「健全な」ドラマであった。こういった、あるべき家庭像の道具立てが、三種の

神器といわれたテレビ、冷蔵庫、車だけでなく、その容器である住宅までそろってしまって現実がモデルに追いついたとき、ホームドラマは退屈に感じられるようになった。テレビドラマは視聴率に敏感である。女優中心で女だけが見ていたドラマがしだいに辛口になって、男性にたいしても発信している。このドラマは仕事に夢中であった父親が家の流失を機に家庭に帰り、家を再建することを暗示して終わっている。nLDKのnは家族数引く1であるという。つまり子ども部屋はあっても父の書斎はない。だから書斎をとりもどせという声があがっていた。建築家たちは「父たちよ家へ帰れ」と呼びかけ、女性的になった家を男性的な家に戻せと主張していた。

男性的な家を再建するドラマであることを、作者は自覚していた。登場人物中、父親の名前は謙作。むろん志賀直哉の「暗夜行路」の主人公、時任謙作を連想しないわけにはゆかない。妻の「過失」という設定とともに。

051

立松和平「遠雷」

黒い帯のようなアスファルト道を渡ると母屋だった。残された土地は、庭の真中を道路が走る格好になった。仄明るい空に瓦屋根の大きな輪郭が浮かんでいた。応接間だけ電燈がつき、祖母がソファに寝そべってテレビを見ていた。テレビの色が妙になまなましかった。新築してまだ一年とたっていない家だ。金をふんだんにつぎこんだ堂々たる建築だったが、成金ばかりのこのあたりでは家を新築するのがはやり、目立つわけではなかった。

（初出は一九八〇年。引用は河出文庫、一四頁）

英語の「ハウス」は建物としての家のことだが、これが片仮名表記の日本語になると、どこかに新建材のてかてかしたイメージがつきまとう。京都の植物園は、戦後長いあいだ、進駐軍に接収されていた。京都の住民は中には入れなかったが、鴨川の堤から木立を透かして、同じつくりの仮設住宅が整然とならんでいるのが見えた。

進駐軍の家族が住んでいたその家々をハウスと呼んだ。「カモンナマイハウス、マイハウス、ベイビイ」という、たぶん、江利チエミの歌声と一緒に、わたしの子ども時代の記憶に残る戦後風景である。のちに庭先に仕事部屋か勉強部屋として建てられることの多かった組み立て住宅の商品名に、ミゼットハウスというのがあった。こぎれいで人工的な感じをねらった命名なのだろうとおもった。

だが現代語では、「ハウス」とは温室栽培をするビニールハウスのことで、ハウス野菜などという。そこまでかわっても、「ハウス」にはまだ住まいの感じがどこか残っている。夜行列車の窓から暗闇を背景にしてビニールハウスに電灯がこうこうと輝くのが見えるとき、一瞬あれは夢の家、不思議な生命体が育っているという気がする。立松和平の小説の主人公はビニールハウスでトマトの栽培をしている青年である。

雑木林にかこまれた幅広い谷間に何代もかかってよく耕された田がひろがり、底を川が流れている村があった。県がそこへ住宅団地と工業団地を誘致したために、谷間の風景は一変する。村中が買収に応じ、ブルドーザーが入ると、林は消え、車のための舗装道路が開通し、川の流れさえかえられた。田を売った金で豪邸を新築するのがはやり、残りの金は父親たちがもちだして町で湯水のごとく使ってしまった。祖母と母とともに家に残った満夫は、団地のこちら側にある家つき六百坪の土地をビニールハウスにして、おしよせる都市化の波の水際で、農業にとどまろうとする。[*1]

トマトは農協を通して出荷するが、団地の住民たちは、ハウスに直接に買いにくる。やがて、まるで物々交換のように、満夫や彼の幼友だちの広次と、トマトではなく性の直《じか》とりひきをはじめる団地の女カエデが現れる。ビニール越しに月の光が差し込むハウスの中は温度調節がされ、トマトがむせかえる匂いを発している。ビニールハウスの中でのセックスは、ハイテク管理のメカニックな世界に適応して生きのびる生物の営みである。

広次はカエデと家出し旅に出たあげく、はずみで女を殺し、満夫につきそわれて自首をする。満夫は見合いで出会ったあや子と、そのまま車でラブホテルに直行し「この女とビニールハウスで暮らすのだ。女といっしょに最初から何もかもつくっていく」と決心する。新築の家の座敷をぶちぬいて村中を招待する昔風の婚礼をとりおこなう一方で、外から二階へ上がる別階段をつけ、二階を自分たちだけの部屋に改造する。婚礼の日に祖母が死ぬ。

小説とは別であるが、生活改良普及員の指導による農家の改造記録集を読んだことがある。いろりのかまどが消え、リビングと個室が出現、結局nLDKになっていた。

＊1　文庫版に「著者ノート　遠雷の風景」が付されている。それによると、著者はまさにビニールハウスの向こうに見える公団住宅に住んでいる。栃木県住宅供給会社の抽籤に当たったのだそうである。しかし、「だが、私が偶然に漂着した場所こそ、私には父祖の地にあたるところであった。私の祖先の血や汗が染み、骨が埋まっている場所であった」とある。伯父が戦後に牧場にし、そ

の跡地が売られた。団地の住民はビニールハウスのトマトだが、しかし赤く輝いて生きている。そのエロチックな色ゆえ「小説家である私にとって、トマトは描写欲をそそるのだ」(二八一頁)とある。こういうノートがついていたりすると、文庫本で読んで得をした気分になる。

052

中上健次「枯木灘」

道をさらに左に折れ路地に入った。路地の家のことごとくは窓をあけはなち、玄関をあけていた。中でテレビに見入っている家もあった。家の前にはきまって涼台があり、ステテコ一枚の男や寝巻のような袖なしの服を着た女たちが坐っていた。秋幸は歩きながら、その涼台や家の中から、自分を見ている眼があるのを知った。いつも誰かが見ているのだった。

（初出は一九七七年。引用は河出文庫、六一頁）

この連載では、回を重ねるにつれ、あつから一つの物語の登場人物たちの数が減ってきていた。現実の社会において、各世帯の人数が減り、内容構成もいわゆる核家族に整理され、簡単になってきたから、家族小説の登場人物の数も減ったのだった。ところが中上健次の長編連作小説にいたって、ふたたび描かれる家族関係はいりくみ、その複雑な事情のままに登場人物は増えに増えてゆく。「枯木灘」の本の後ろには登場人物表がそえられて、「小文字は秋幸から見た関係を示す」と説明されているほどである。*1

秋幸の路地の家のはらからは、母フサの前夫の姓である西村を名乗る。秋幸は母の現在の夫竹原の戸籍に入って竹原秋幸である。実父浜村龍造は秋幸の母フサのほかに愛人キノエに女の子を生ませ、妻としたヨシエとのあいだには三人の子をなしている。母の三人の夫はそれぞれ姓をもつ。秋幸は竹原秋幸として生きながらも、自分は西村でも、竹原でも、浜村でもない、路地の伝説によって物語を与えられた子どもであると感じている。

路地の眼は、路地に入ってくる者を観察し、自分たちより弱い者にはやさしく、路地を出てゆくに決まっている強い者をしりぞける。秋幸の実父が刑務所を出たばかりの足で路地をおとずれ、フサに「子供をくれ」と申し出て薪でなぐられ、共同井戸のほとりで遊んでいた三歳のその子からは「やしのうてもろてない、父やんとちがう」といわれたというのは路地伝説である。路地をたびたび襲う火付けの犯人は大男で、龍造の体格に似るという。その体格はまた秋幸にそっくりなのである。龍造は路地の伝説に対抗するかのように、戦国時代、鉄砲衆の領主として織田信長と同盟し、その後一向宗徒として熊野へ追われた浜村孫一の子孫という出自の神話を編み出す。

路地の子である秋幸が実父龍造の子、腹違いの弟を殺すことによって母の側につき、路地伝説の結末をつけるのが「枯木灘」である。その続編である「地の果て　至上の時」では、父と同じく三年の刑期で出所した秋幸が、父龍造がその祖父と暮らした貧しい小屋をつきとめ、父の生涯をなぞり、孫一神話をよみとき、父の自殺をみとどけることによって父の神話にも結末をつける。母の路地の家も父の祖父の小屋も、内部の描写はほとんどない。「路地のにおい」があるだけである。だが描くべき家財道具もない小屋は、わたしたちの先祖の住まいの原型であり、空虚だからこそ神話伝説を生む力をもっていたのであった。

この小説には神話伝説のほかに、歴史がとりこまれている。路地は町から差別されて、町を支えてきた。路地と町からなる新宮は、海の向こうにアメリカを望む町でもある。路地の地主佐倉は、浜村龍造をつかって路地を更地《さらち》にさせた。佐倉のオジは、明治の時代に医者として路地の者を助けたが、その医者が天子様暗殺謀議で検挙されたとき、路地の住民は医者を見捨てたという。路地とともに、差別の構造は逆説的に焼き払われて近代が終わるということか。

以前の回でとりあげた建築家西村伊作[*2]は、大逆事件に連座したかどで処刑された新宮の医者の甥にあたる。この連載は無数の近代小説や映画を近代の日本社会を描く一つの巨大な物語として読もうとしているのだが、その物語では作者も読者も登場人物なのである。

＊1　小説の登場人物の名前は、意味を発信する記号である。秋幸に、海の幸である秋味＝鮭を連想するのは行き過ぎか？　海から帰って来て、生まれた川をさかのぼって産卵し、精子をかけるという魚である。

＊2　西村伊作「楽しき住家」を参照。

053
李恢成「またふたたびの道」

物音と思ったのは潮騒《しおさい》であった。防波堤にぶつかってしぶく波音が、ふと誰か戸を開けたような錯覚を起させる。蒲団に入るとき、哲午は父が懸けてしまった玄関戸の突っぱりをひそかに外しておいたのだった。海鳴りを聞いていると心細さが増してきた。海が時化《しけ》てくる秋になると哲午は臆病になった。防波堤は家の裏手から三丁ほど先にあった。だが波頭はまるで家の屋根まで飛沫《ひまつ》をとばしてくるようだった。

(初出は一九六九年。引用は講談社文芸文庫、四四頁)

小説の主人公の幼時の家をかばう防波堤の向こうにはタタール海がひろがっていた。サハリンのホールムスク港近くである。戦前にはタタールを韃靼《だったん》と呼び、韃靼海峡を蝶が渡って行くとうたった詩人[*1]がいた。一家は朝鮮半島から玄界灘、津軽海峡、宗谷海峡の三つの海峡をわたってやってきた樺太で、一九四五年八月一五日の解放の日を迎えたのであった。しかし朝鮮人は、内地に引き揚げようとしている日本人と、侵攻してきたソ連軍のあいだで身動きがとれない。一家は、父親の五人の子どもと義母とその一人の連れ子から成っている。主人公哲午の実母の両親が近くに住み、そのまわりを親戚縁者がとりかこみ、血族ネットワークができている。口数が少なく、本を読むか木工細工をしている祖父と、身勢打鈴《シンセタリヨン》*2を語る祖母の家はキムチの匂いがする。だが日本のパスポートを手にいれて、日本経由で故国へ帰るとき、祖父母と義母の連れ子であった春子はサハリンに残り、父母と五人の子どもたちの家族だけが出発する。日本列島を横断して九州から帰国する計画は、三十八度線の存在を知って挫折、一家はふたたび引き返して、北海道の札幌で戦後二十年を過ごすのである。

「この恨み誰がはらす」が口癖であった父親は、ついに故国に帰らずに死ぬ。その三周忌の直前に、義母が再婚するという。五人の成人した子どもたちは、一家を捨ててゆく義母の裏切りを責める。それぞれが、自分たちこそ勝手なふるまいをしながら、義母には父の思い出、さらには家族の絆を彼女ひとりで守ってほしいという不条理な願いをしていることを知っている。そんな子どもたちに、義母は「もっと自分の生き方ってあったように思ったさ」「これからでも自分で生きてみたいと思うようになった」と訴える。彼女が結婚する相手の男には、かつての哲午の父親と同じように五人の連れ子がいるのである。

義母がパルチャ（因果）と呼ぶこの事実で、この人がしかたなく選ばされた子育てを、こんどは自分で選びなおしたことがわかる。彼女の最初の連れ子は、性を売っていた店の死んだ同僚の生んだ子をひきとったのであった。その子と最初の夫の五人の子、今度の夫の五人の子、あわせて十一人の他人の子どもたちを育てることが、その人の自己実現のやりかたであった。

だが彼女の最初の夫の五人の子どもたちは、彼女の再婚の結婚式に列席しない。哲午はその後、義母が再婚した相手の病気の療養を機会に故国に帰るという知らせをきいて、一家の中で故国に現実に帰るのは義母だけだという感慨にひたる。彼は義母の帰国によって、一家が民族と国につながることを感じて義母を許す。この小説は、義理の仲がそうであるように、家族と国家は、現実に深く食い込んだ虚構であることを示していると読める。

この小説は、もとは「趙家の憂鬱」と題されていた。[*3]「憂鬱」とは、家族のしがらみを厭い、同時に家族の絆に深く執着することをあらわす感情である。「またふたたびの道」という改題には、さらに三たび四たびの往復をくりかえすうちに、ここでもあちらでもないどこかへ抜ける道があるという暗示がこめられているようにおもう。

＊1　安西冬衛「てふてふが一匹韃靼海峡を渡って行った」(「春」)。
＊2　身の上話のこと。節をつけて語る。
＊3　わたしは李恢成が題名に用いたという「憂鬱」というキーワードに深く打たれた。「憂鬱」は、島崎藤村の「家」以来、家と家族の話ばかりを書いてきた日本語の近代小説のキーワードであった。言語と民族と国家がセットだというのは虚構であって、言語は使う個人がつぎつぎと意味をこめて、豊かにしてゆくのだとおもう。

054
大庭みな子「三匹の蟹」

由梨はお菓子の粉を混ぜ合わせながら、胃の奥の方で微かな痛みを感じた。彼女は機械的に卵を割りほぐし、バターをこね合わせ、ベーキング・パウダーや塩をふり入れながらまるで悪阻《つわり》の時みたいに生唾《なまつば》が咽喉元まで上ってくるのを感じた。梨恵は生クリームを泡立てていた。彼女はあとでミキサーについた生クリームをなめたいのである。

「誰と誰が来るの」　（初出は一九六八年。引用は講談社文芸文庫、一〇頁）

作者の分身のような登場人物である由梨は、ブリッジ・パーティーの客のために、娘の梨恵に手伝わせて台所でお菓子を焼いている。ブリッジは二卓、四カップル、八人がそろうはずである。誰と誰が来ることになっているか、由梨は夫の武とメンバーの組み合わせを考えて電話をしたはずだが、娘の質問には答えない。「誰でもいいのよ。大人のお友達は誰と誰が来るなんて、また、スーザンなんかに言わないのよ」

由梨はお菓子を焼くうちに、口実をもうけて自分ひとりパーティーから抜けることに決めた。そのかわりに性的魅力のある松浦嬢を招いてホステス役をひきうけてもらおう。「コーヒーも、お茶も、お菓子もみんなちゃんと用意して御座いますわ。旦那さま。カクテルは御自分でおつくりになれますわねえ。グラスは、マルティーニ・グラス、オールド・ファッション、ソフト・ドリンクと三種類出してありますからね。ナプキンは何時もの箱に入っています」

ホーム・パーティーは北アメリカ大陸の生活文化である。アラスカで生活する日本人家庭の主婦である由梨は、ホーム・メイド[*1]の菓子を用意し、軽薄な皮肉をきかせたパーティーの会話をこなし、パートナー交換のベッドインにもつきあうほど、アメリカ社会の中流文化をわがものとしている。もうそのくらいのことには驚かないし、それができたからといって胸がときめくこともない。

大庭みな子の小説にはアラスカの荒涼たる風景の美しい描写はあるが、住宅の内部の描写はとくにない。日本の読者はすでに説明なしで、オープンのあるシステムキッチンの台所や、ホーム・パーティーをひらくだけの広さのあるリビングの空間をおもいうかべることができる。しかし玄関のベルが鳴るたびに夫婦は客を迎えにゆき、ドアを開けるのだが、そのドアは内から外側におしひらくのか、内へ招きいれるように開くのかどっちだろうと考えるくらいのとまどいはある。アメリカ映画では警官が外からドアを蹴ると錠がこわれて内側に開くから、玄関にはドア開閉のためのゆとり空間があるのだろう。

この小説が発表された一九六八年は、ベトナム戦争反対運動と学園闘争が大陸から大陸へ燃えひろがっていった年であった。このころから先進諸国のあいだでは、瞬時に情報が伝わりその影響によって類似の事件がおこるのではなく、共通する背景から類似する事件が同時発生するようになった。

自分の家のホーム・パーティーから抜け出した由梨が、公園のアラスカ・インディアンの民芸品展覧会場の番人をしている桃色シャツの男に出会い、互いに虚しさと哀しさと優しい和みのようなものを感じて「三匹の蟹」というネオンのまたたくホテルへ行くとき、日本の読者はハウス・ワイフの反乱を秘めた気分を感じとった。

桃色シャツの男は四分の一ずつの混血である「自分の血の自己紹介」をする。作者は登場人物、由梨と梨恵の母娘の名前に一つ同じ字を与えている。夫の武と娘の梨恵は、同じ金属性の声をもつという。トーテムポールのように血のつながりを示す符牒はなぜだろうか。大庭みな子はこれらの記号に意味や情緒をもたせるのか削ぐのか。

＊1　ホーム・パーティーのデザートはホーム・メイドでなければならない。その家の主婦の手づくりで、「世界に一つしかない処方箋の素晴しい高級品」（一五頁）とおもいおもわせることが必要だ。これさえつくれば、嘘をついて主婦がパーティーを抜け出すことさえできる。手づくりのお菓子はホームの最後の象徴のよう。

055
姜信子「ごく普通の在日韓国人」

四二年の秋、保土ヶ谷区仏向町の念願のわが家へと一家は引越した。白いモルタルの壁に赤い屋根の二階建て。４ＬＤＫに仕事場と車庫と広い庭つき。幼い目には豪邸にうつった。この家の建築資金はほとんど借金だった。

家は変わっても、今度は家のローンと生活費のために、朝は六時から夜は一時、二時まで、日曜もなく働く日々は相変わらず続いた。その忙しい合間を縫って、母はいつも家をピカピカに磨きたてていた。

（初出は一九八六年。引用は朝日文庫、一六五〜一六六頁）


昭和四二年の庭つき4ＬＤＫは、幼い眼からではなくとも、れっきとした豪邸である。一家はパチンコ店や中華料理店の経営で苦労し、縫製会社経営にいたったときにこの家を建てたのであった。だが新築の家の描写は成功物語のためではない。むしろその後、金融業に手をひろげたところで倒産、億単位の借金をかかえ、家具と家が差し押さえられて再出発しなければならなかった「浮き沈みの激しいわが家の三〇年。それはそのまま、在日韓国・朝鮮人の宿命だ。自営業でしか生きる道のない者にとって、避け難いものなのである」ことを示すためである。

「在日韓国・朝鮮人には、多くの日本人がサラリーマンとなって送る、一生を見通せるような安定を保障された生活はまずない」とも書かれている。

姜信子は母親がこの家を手放したときに、一週間も寝ついてしまったことを覚えている。家庭とその入れ物としての住まいは、韓国と日本の二つの社会に引き裂かれた存在である在日二世の母の心の支えであった。住まいは日本社会に空間を確保するものであるし、「家庭」家族も、家門、族譜をとおして、韓国・朝鮮社会とのつながりを保障する。この場合の家族は民族につながってゆくであろう。

だが在日三世であり、日本人と結婚する姜信子自身は、今ある自分を自分とひとに理解させるために、「ある在日韓国人の家庭の歴史」を考えながら、国家、民族さらには文化からできる韓国と日本という枠のどっちがわに、どれだけ属するかではなくて、枠は思い込みであることを自分とひとに知らせるために、文章を書く。

このひとの別の本のタイトルは「私の越境レッスン韓国編」[*1]という。韓国派遣となった日本人の夫と娘と一緒に二年間、韓国で暮らしたあいだに、韓国と日本という二極のあいだで揺れるのではなく、韓国から香港、台湾へと音楽や映画をとおして関心をうつしてゆき、枠からはずれて心を開いてゆく自分を発見する話である。

少し前の回で李恢成の小説を読んだとき、わたしは在日三世の発言についても必ず考えようとおもった。二世作家が祖国を語るとき、読者であるわたしはここから先はどうしても拒まれていると感じた。二世から三世にうけつがれながら、かわってゆくものを知りたかった。三世世代には、女性の発言が増える。ジェンダー（社会的・文化的性差）という、もう一つの枠の重荷を、新しい思想を生むためのばねとするほどの力がたくわえられたからだろう。姜信子、「家族の標本」を書いた柳美里、[*2] フェミニストとして新鮮な発言をつづける鄭暎惠たちは、しなやかで強靭、それぞれに個性的である。共通しているのは、文体が「普通」という思想を表現しようとしていることではないだろうか。フッーに向き合おうよ、と自信をもって心を開いてくる文章である。

姜信子は「越境レッスン」の中で、家庭という枠を超えて、夫に好意を抱く若い同性をむかえいれる挿話を書いている。でも、そうやって家庭を守っているじゃない、姉さんを好きになったおかげで兄さんをあきらめるはめになる若い女はちょっとかわいそうよ、などと読者はフツーに感想をいえるのがいい。

＊1　姜信子「私の越境レッスン韓国編」（朝日新聞社、一九九三年）。
＊2　柳美里はその後、「魚の祭」（一九九三年）、「フルハウス」（一九九六年）、「家族シネマ」（一九九七年）と家族をテーマに戯曲と小説を書きつづけている。

056
近藤紘一「サイゴンから来た妻と娘」

夕方、アパートへの坂道を上り切り、いつものようにまず七階のはずれの部屋の窓に目をやって、たそがれのテラスに何か白い物を見たときも、最初はまだ気づかなかった。エレベーターに乗ってからはじめて、「待てよ」と思い出した。〔中略〕テラスは血の海だった。物干しには、けさまでナンバー2だったものの本体がぶら下がり、その下に切り取られた頭や、足の先や、裏返しになった毛皮が散乱している。

（初出は一九七八年。引用は小学館文庫、一八三頁）

けさまでナンバー2だったものとは、ベトナム人である妻が飼っていた二羽のウサギの一方のことである。土手のあざみをつんで食べさせ、かわいがっていたが、畳の縁やテレビのコードをかじりだしたので、妻は食べてしまう決心をしたのである。妻はテラスでウサギの解体をしたらしい。

昔の日本の家には、町中であっても、居住空間から一段下がった土間や井戸端があった。料理前の下ごしらえや、貯蔵食品をつくる作業のために空間が必要だった。ダイニング・キッチンとなり、さらにリビング・ダイニング・キッチンとなって台所は居間と同格になり、同時に土間空間が消えた。料理のために大魚一匹を丸ごと買うこともめずらしくなったからである。小家族では食べきれない。ウサギ一羽、スーパーでは、切り身のパックが売られている。テラスの物干しを利用して漬物用大根を干す風景も今ではほとんど見られなくなった。

ところがベトナム人の妻は、サイゴンの食いしん坊文化を東京のマンション生活にもちこんで、不自由にひるむことがない。部屋でウサギを飼い、お風呂にライギョをおよがせる。料理の直前にしめるのでなければ味が落ちるのだそうだ。香辛料の調達のためには横浜の中華街まで出張し、とにかく皆でおいしく食べようと奮闘する。

ベトナム戦争のおり、サンケイ新聞のサイゴン特派員であった近藤紘一は、ある日、大輪のダリアの花のような笑顔をもつベトナム女性に出会い、結婚したのであった。[*1] 妻には女の子が一人と、めんどうをみなければならない親族縁者の大家族がいて、下町の市場近くにある「幽霊長屋」と呼ばれた建物に住んでいた。妻との出会い、妻の連れ子である娘をいれた三人家族のサイゴン、東京、バンコク、パリの生活が、「サイゴンから来た妻と娘」「バンコクの妻と娘」「パリへ行った妻と娘」の連作に書かれた。照れ隠しもあって、家庭の中の異文化接触をややおおげさに描いた愛妻物語である。[*2]

わたしは、明るい文章にときどきはさまれる日本人であった先の妻の死にかんする暗いエピソードが不思議に気になって、この連作をよみとおしてしまった。近藤紘一は、一九六七年から六九年まで、先の妻と一緒にパリに留学した。哲学専攻であった結婚したばかりの若い女性はパリで鬱病を発して帰国、亡くなった。彼女は日本人であるが、外交官の娘として父親の任地を転々として成長、文化的無国籍感と友だちがないことになやんでいた。

同じ時期の円安の日本からの留学生であったわたしは、語学の壁と文化摩擦、長く暗い冬に苦しんだ若い夫婦の葛藤を想像してしまう。語学が堪能で留学生活のすべりだし好調の妻に、夫は一つの文化を深く身につけたもののみが他の文化を理解するという対抗論理をつくりだし、彼女を追い詰めたのではなかったか。アイデンティティーなんかなくても、「私」は「私」になれるのに。

明るい妻の連れ子であった娘は東京でフランス人学校へ入るが、結局パリの学校へゆく。パリでアパルトマンを買ってしまった妻は、金送れと東京へ電報をうち、夫は借金をして送る。近藤紘一はそれからまもなく死ぬ。パリのアパルトマンは、若くして死んだ暗い妻への贈り物でもあったのではなかろうか。

＊1　文庫本のカバーに、近藤紘一とダリアの花の笑顔の妻が抱擁しあい、かたわらに娘がいる写真が載っている。三人家族の全員がうつっているのだからカメラマンか友人がとった写真である。

自分もまた登場人物である文章では、作者はカメラ・アイであると同時に被写体でもある。この二重性の解決が私小説の課題なのだが、近藤紘一は、戯画タッチとでもいうべき語りの文体を発明して自分を登場させることに成功した。

＊2　連作は日本語で書かれている。さしあたってモデルである妻や娘によって読まれるとは予想されていないであろう。家族の時代の小説には妻との一体感や、家は自分そのものである、という感性で描かれるものが多い。だが近藤紘一にとって妻は他者である。共犯者感覚でない文章が気持ちよい。

057
黒井千次「群棲」

住宅地を南から北へと貫く一本の道がある。南に当る駅の方角から歩いて来た人は、やがて、すぐ突き当りになる短い路地が右へ折れているのを目にするだろう。道に面した、路地の手前の角は木内家であり、先の角は滝川家である。そして木内家の奥には安永家、滝川家の奥には織田家がある。〔中略〕この作品は、路地をはさんでお互いに〝向う二軒片隣〟の関係にあるこれら四軒の家を主たる舞台とする。

（初出は一九八四年。引用は講談社文芸文庫、六頁）

小説がはじまる前にト書きがあるところは、まるで戯曲のようである。「群棲」のト書きは、岸田國士[*1]の戯曲のト書きに似るのだが、戯曲はせいぜい家一つを舞台装置としてつくるのが精一杯のところを、小説だと、路地の四軒の家、さらに裏にある田辺老夫婦の建てたアパートも舞台に上げることができる。家庭内離婚、鍵っ子、徘徊老人、痴漢、火事といったありふれた小事件が淡々と、しかし不気味に描かれるところも岸田演劇の雰囲気に通じる。

著者は、この小説が四軒か五軒かの家々でつぎつぎとおこる出来事を並べただけの短編集なのではなく、十二の短編は互いに関連し生きて動く「統一体」であると説明している（「著者から読者へ」）。書いているうちに短編と短編とのあいだに「連作空間」ともいうべき空間が誕生することを体験したという。短編と短編は人物再登場法によってつながっている。ある短編の主人公は、他の短編にも登場して、こんどは聞き耳をたて、覗き見をしながら語るナレーターになることがある。あるいは小事件をおこして狂言まわしの役をつとめる。バルザックの「人間喜劇」は再登場する二千人の登場人物によってつながれた、百に近い小説の連作で構成された小説宇宙であった。「群棲」は十二の連作の小宇宙であるが、この小宇宙は現代社会を閉じこめて未来を占う水晶の球のようである。*2

連作の構造は、袋小路という舞台の構造とアナロジーの関係にある。横につながった一戸建ての家と家のあいだには隙間があり、庭がある。境界線とプライバシーは守られる。短編と短編の切れ目はその境界線だとおもえばよい。家々は独立しているが、しかし路地の生活は、物音、臭いが伝わり、隣家の明かりが漏れ、気配が感じられる。そのつながりは、いまだかろうじて有機的なのである。ホテルやマンションの部屋でおこる出来事を描いた短編連作の場合は、コンクリートの集合住宅が音を遮断するように、それぞれの部屋にはめこまれた物語と物語が孤立して、連作ではなく短編集になりやすい。*3

それに「群棲」には、家々の横の関係だけでなく、時間軸につながる縦の関係も描かれている。路地の全体と裏の田辺家とは、元は路地に入って最初の家である織田家の先代の屋敷であった。その古い大きな家の記憶が、最初の短編「オモチャの部屋」に描かれている。織田房夫が昔の子ども部屋と、井戸のあった場所を指さすと、記憶の中の家が足元から立ち上がり、井戸の水が滲みだしてくる幻想的な場面がある。路地の家々は同じ水脈の上に根を張る植物のようでもあるし、水脈は時間の流れでもある。時間軸ではあるが、系統樹のように共通の先祖に収斂するわけではない。路地の家々が他人どうしの横のつながりであるのと同じく、同じ敷地に時間をへだてて住む人間のあいだには血のつながりはほとんどない。他人どうしの記憶はずれて、一部が重なるにすぎない。それでも転勤する夫についてはゆかず、路地に他人と住みつづけることを選ぶ老女の物語がある。住民は父祖の地ではなく住みついた地で老いる。ニュータウンにニューファミリーといわれた世代が住んで三十年を経ると、かつてのニュータウンは老人問題と取り組まなければならない。

＊1　岸田國士「百三十二番地の貸家」を参照。
＊2　十二の短編からなる短編連作という形式は、津島佑子「光の領分」にもあった。十二は一年の月の数である。津島の小説の場合は、娘を連れた若い母親が別居から離婚にいたる一年間の気持ちの移りかわりを描くのに、連載のリズムを利用したものとおもわれる。黒井千次「群棲」の場

合は、雑誌「群像」にとびとびの月に足掛け四年、掲載された十二の短編が連作として単行本にまとめられたのだから、十二でなければならないはずはないのだが、十二という区切りは、小説の読者がすでに身体にとりいれたリズムであるのかもしれない。目次に並んだ短編の題は六文字(「オモチャの部屋」は字余り)と三文字の交代のレイアウトで組まれていて、細部まで統一体としての設計があることが感じられる。

＊3　「群棲」の中の「通行人」という短編は、ある夜、通りかかった浩とまり子という若い二人がラブホテルにゆくかわりに、田辺夫婦が老後のために建てようとしているアパートの工事現場の幕の蔭で愛し合う話である。「私達、このうちに最初に住んだ人だ」とある。別の物語では新築の田辺アパートからボヤが出て、火元の部屋にいた若い男女は窓とドアから別々に飛び下りる。女が「ヒロシィ」と叫ぶ。読者は驚いて、それではあなたたち、結局あの新築のアパートに住んだわけ？　とたずねたくなるのだが、ヒロシが浩なのかどうかは、わからない。細部の仕掛けが見逃せない小説である。

058
耕治人「天井から降る哀しい音」

突然ピシャッという激しい音で醒めた。襖が一杯あき、電燈の光を背に受け、家内が立っている。「ご飯の支度が出来たのよ。起きて頂戴」寝呆け頭でベッドをおり、板の間の方へゆき、テーブルを見ると、私と家内の茶碗やお椀、箸、いくつかの皿が一杯並んでいる。しかし中味はないのだ。白ら白らと寒むそうな感じだ。時計を見ると三時だ。

（初出は一九八六年。引用は「耕治人全集」第四巻、晶文社、五五七頁）

ともに八十歳になった老夫婦が住んでいる古い木造の家には、「台所と六畳の部屋のあいだに板の間」がある。ほかに部屋があるのかもしれないが、使っているのはこの空間だけのようである。台所で食事をつくり、板の間の部屋で食べたり本を読んだりして、六畳の部屋にベッドを二つ並べて寝るという生活が何十年もつづいた。

小説家である夫は自分の死のことばかりを予想していたが、先に妻の方に、記憶の障害、精神不安定、幻覚、夜中の徘徊、失禁などがはじまった。夫が気づくと、隣室にときならぬ真夜中の饗宴が用意されている。食器と鍋の中はから、ガスの上でおこした炭火だけが真っ赤である。すでにいくつもの鍋が焦げつき、あるいは空焚きで真っ黒になって使い物にならなくなっている。民生委員のはからいで台所にはガス警報器と非常ベルとがとりつけられた。そのベルがある日とつぜん、けたたましく鳴るのではないかというのが、夫の恐怖の種である。その夜も、火の色を見ておもわず呆けた妻を殴ってしまった。妻にはガスの火をとろ火にして煮物をする癖が残っており、湯気がこもって、ある日とうとう警報器が鳴る。だが、それはおもいがけず助けをもとめるような細く哀しい音であった。

もともと私小説作家であった耕治人の最後の二冊の小説集は、「天井から降る哀しい音」「そうかもしれない」と題されている。小説としての虚構はほとんどないとおもわれる。具体的で細かな事実をつづって、八十歳の老夫婦の生活力が文字通りつきはてる最後の日々が、報告書のように書きのべられている。[*1]

そのあいだ、もともと口数の少ない女であった妻の言葉はどんどん壊れてゆく。真夜中の風呂場にしゃがみこんで「あたしはもう洗濯ができない」とつぶやいていた。騒動の後でいっとき正気にもどると、「言葉が出ない」自分の額をパンパンと自分でたたく。夫は妻の言葉の破片をひろいあげて書き留める。夫の介護も、福祉事務所から派遣されたヘルパーの看護もおよぶところではなくなり、妻は特別養護老人ホームに入る。夫も舌癌と診断され、病院に入ることになって、二人は別々になる。

妻は、車椅子に乗り、介護の人に付き添われて夫の病院に見舞いに来ても、夫の見分けがついたようではない。「あなたのご主人ですよ」とくりかえしいわれると、ようやく「そうかもしれない」という。夫はかけらになってしまった言葉を、言葉の向こうに横たわる長い二人の生活の歴史につなぎあわせて理解しようとする。

この連載の第一部「家族の家の時代」は、おもいがけず長くなった。地震や戦争で立ち止まり、海外まで家族と住まいを追いかけたりしたからである。だが、ずっと前から、第一部は耕治人の小説でしめくくるつもりであった。子どものあるなしにかかわらず、「家庭」家族は最後のひとりの生き残りで終わると決まっている。この小説の場合、八十歳の夫婦はほとんど同時に倒れ、別々に収容される。耕治人の死亡記事が新聞に載ったとき、その妻のことは書いてなかった。わたしは、妻はホームの部屋で夫の死を知らずに、言葉がますます細かな砕片に壊れてゆく世界を生きているだろうなとおもった。[*2]

＊1　本多秋五は、「天井から降る哀しい音」「どんなご縁で」「そうかもしれない」を耕治人の「命終三部作」と名づけた。
＊2　「家を継ぐ」とはいうが、「家庭を継ぐ」ということはできない。「家庭」は一代かぎりなので

ある。「家庭」家族の最後を描く小説で、家族の容器としての住まいを描く第一部「家族の家の時代」は終わる。

第二部　部屋の時代

059

坪内逍遥「当世書生気質」

十畳の間の正面には、一間《けん》の床《とこ》あり。薫《ふすぶ》りかへりし半切《はんせつ》の軸には、精神一到何事《いっとうなにごとか》不成《ならざらん》といふ八字を大書し〔中略〕一辺《ぺん》に安置せる新調の机子《つくえ》、引出しのつまみ已に損じたるは、所有主《もちぬし》の使用《とりあつかい》の粗暴なるによるか、五、六冊の洋書、表紙いたく磨《す》れたるは、折々枕にする加減なるべし。〔中略〕彼方《かなた》の一隅《いちぐう》にも、また一脚の机あり。白金巾《しろがなきん》もて掩《おお》ひ做《な》したる、秩序さすがに整ひて、硯《すずり》あり、筆立あり、ウエブスターの大辞典は、ランプと共に書箱《ほんばこ》の傍《かたわら》に並立《へいりつ》し、一巻の洋書《ブック》は、繙《ひもど》きて机の上にあり。

（初出は一八八五年。引用は岩波文庫、三六頁）

第二部「部屋の時代」の最初には、坪内逍遥の「当世書生気質」をあつかう。文明開化の東京に出現した新奇な空間、下宿屋の部屋が描かれているからである。当世というのは、この小説の初出の一八八五年よりも数年前、明治なら一五年ころの東京のことをさすのだそうである。

幕府がさかえていたころの大江戸でいばっていたのは武士だけであったが、江戸が東京になると、「貴賤上下の差別なく、才あるものは用ひられ」の世になったので、「陸奥人《みちのくびと》も、欲あらばこそ都路へ栄利をもとめて集ひ来る」。「中にも別《わけ》て数多きは、人力車夫と学生なり。おのおの其数六万とは、七年以前の推測計算方。今はそれにも越えたるべし」とある。

第一部の二回目でとりあげたモースの「日本の住まい・内と外」では、明治の日本の農村風景の特徴は、大きな家とそれをとりまく小さな家だとあった。大きな家から都市へ書生が、小さな家から車夫が、送りだされたのであった。車夫は都市の木賃宿へ、書生は下宿屋に入った。

人力車が辻ごとに客待ちをしていた明治の東京とは、リキシャが渦まいている現代の東南アジアの都会のようだったのだろうか。ためしに、当時の東京の人口と人力車の台数の割合を算出して友人に比較を依頼したところ、バングラデシュの首都ダッカの人口とリキシャ台数の割合に一致するという回答があった。ダッカにはまた、学生が多い。卒業しても学歴をいかせる仕事がないのが、社会問題だという。明治の東京に出てきた六万の車夫と六万の学生もまた、当時の社会問題であったに違いない。だからこそ、樋口一葉はたびたび小説に車夫を登場させ、坪内逍遥は学生すなわち書生風俗を描いたのであった。[*1]

小説の中の下宿屋では書生一人につき、それぞれ十畳の部屋が用意されている。床の間、押し入れつき十畳とは、和室としては大きくみえるが、今のワンルームの居住空間にミニキッチン、トイレ、バスが占める空間を加えれば、ほぼ同じ広さではある。ワンルームの場合は、台所の電化製品が自炊生活をサポートするが、明治の下宿屋では手を打ち鳴らすと小女《こおんな》がまかりでて、来客にお茶とお菓子くらいは出してくれる仕組みになっていた。

机の上のウエブスターの大辞典に注目のこと。明治の小説は漢字が多く、ルビがふってある。この小説には平仮名ルビと片仮名ルビが多い。洋書はブック、脳髄がブレイン、金満がリッチ、家父がファーザー、慈母がマザー。娼妓と書いて「うかれめ」と平仮名ルビで読ませるかとおもえば、「プロ」と片仮名ルビがふってある。「プロ」は「プロフェッショナル」の略か、それとも「プロスティチュート（娼婦）」か。英語は書生たちのあいだで隠語として使われていたらしい。この小説の主人公は書生集団であって、その一人がつきあっている娼妓が、もしかしたら維新の戦争で生き別れとなった実の妹ではないか、という疑いがあったが、彼のストラグル（苦しみ）は読み物風にうまく解決して大団円。そういえば西欧で一九世紀の終わりにはやったオペレッタの舞台は屋根裏部屋、主人公は学生、恋人は隣室のけなげなお針子か、そうでなければ椿姫のようなドゥミモンドと呼ばれる娼婦であった。学生と同じく女学生が自分の部屋をもつのは、もっとのちのことである。

＊1　下宿屋が文明開化の東京の新奇な風俗であったことは、樋口一葉の日記からもうかがえる。一葉が下宿屋に部屋を借りた桃水を訪問したのは、一八九一年四月一六日（全集第四巻の下二四項を参照）のことであった。一葉は、下宿屋には小さな部屋がたくさんあった、桃水は二間を借りてたんすをおいていた、珍しく洋服姿であったなどと記している。洋服は書生風俗であったのだろう。

060

田村俊子「女作者」

女作者が火鉢をわきに置いてきちんと坐っている座敷は二階の四畳半である。窓の外に掻《か》きむしるような荒っぽい風の吹きすさむ日もあるけれども、どうかすると張りのない艶《つや》のない呆《ぼ》やけたような日射しが払えば消えそうに嫋々《なよなよ》と、開けた障子の外から覗《のぞ》きこんでいるような眠っぽい日もある。〔中略〕女作者にはそうした時の空模様がどことなく自分の好きな人の微笑に似ているように思われるのであった。

（初出は一九一三年。引用は「日本近代短篇小説選 大正篇」岩波文庫、五〜六頁）

文庫本になった田村俊子の短編集におさめられている小説には、いずれも部屋が描かれている。「生血」にはあいびきのための宿屋の部屋、「誓言」は家出した若い女が友人にかくまわれる二階の部屋、「女作者」と「木乃伊の口紅」では、田村俊子その人らしい小説家は二階を仕事部屋にしている。「彼女の生活」は、夫も妻もそれぞれの部屋を確保した上で生活をはじめる夫婦の話である。「時雨の朝」では、女主人公は住まいとは別に、若い男と会うための部屋をかつて自分の父親が世話した女の家の二階にもっている。「炮烙《ほうらく》の刑」や「破壊する前」には、夫と住む家と若い男のいる部屋をゆききする女が登場する。

自分の部屋をもつ女が小説に描かれるのは、明治も末になってからである。坪内逍遥が「当世書生気質」を書いたのち、田辺花圃はその女学生版として「藪の鶯」(一八八八年)を出版したが、女学生は下宿屋には住まないし、部屋をもっているとはいえない。田山花袋の「蒲団」(一九〇七年)の文学志願の女学生は、小説家に手紙を書いて上京、彼の家の二階に間借りをするが、同じ年ごろの恋人ができるや、親元におくりかえされてしまう。

平塚らいてうは、自分だけの部屋をもつことのできた数少ない女学生の一人であり、その部屋で自由に瞑想にふけり、思索を文章にして出版するときには「円窓より」(一九一三年)と題した。壁に切った優雅な円窓は、女の部屋の象徴であったが、これとて親から与えられた部屋であって、らいてうはまもなくその部屋を出ることになる。同じころに田村俊子はすでに自分の意思と働きで自分の部屋をもち、奔放にふるまう女を書いていた。

「女作者」の中には、別居結婚を宣言する女友だちがでてくる。「たいへんに恋し合っている一人の男と結婚するまでになったけれども、同棲をしない結婚をするのだそうである。そうして一生離れて棲《す》んで恋をし合って暮らすのだと云う事だった」とある。女作者自身は部屋をつくり、一人になりたいのだが、その一方で「この女作者は一人になり得ないのである」と自分を断定する。部屋をもったどうしが結婚して、自分の自由は確保しつつ、相手の自由はみとめたくないのだから、葛藤は絶えない。

田村俊子自身の生涯は、だから田村松魚との結婚も、鈴木悦とのカナダの生活も、窪川鶴次郎との恋愛も、葛藤の連続であった。彼女の生涯のさまざまな時期に出会った人々がそれぞれ、彼女のおもいでを書き残し、伝記も多い。瀬戸内晴美「田村俊子」、工藤美代子「晩香坡（ヴァンクーヴァー）の愛――田村俊子と鈴木悦」、丸岡秀子「田村俊子とわたし」、佐多稲子の小説、吉屋信子のエッセーなどである。[*1]

どの時期にも、田村俊子は、着たきりながら華やかな衣装に身をつつんで、がらんとした部屋に住む。回りの人々を魅惑し、その生活をかきみだして立ち去る。佐多稲子の小説では女医となっている登場人物が、「わたしゃ、地べたに喰っついた家はきらいよ」という台詞は、田村俊子がじっさいにいった台詞に違いない。一九四五年、上海の路上で脳溢血で倒れて死ぬときもアパートの部屋住まいであった。田村俊子を部屋の時代の女と呼びたい。

＊1　丸岡秀子「田村俊子とわたし」（中央公論社、一九七三年）には、「俊子は、このころ、日本橋の本町アパートで独り暮しをはじめていた」（二〇頁）とある。カナダから帰国した一九三六年ごろのことである。翌年、中国に向けて発つとき、この部屋を借りたまま残していたらしい。瀬戸内晴美「田村俊子」（文藝春秋、新装版、一九八三年）によると、俊子は上海では北京路一五七五

の北京大楼の四階十七号室に住んだ。一九四五年四月一三日、脳溢血の死の後、この部屋の引き出しから、東京のアパートの代理弁護士から送られてきた未納部屋代差し押え通告の内容証明が、死亡日に近い日付で発見されたという。

061
江戸川乱歩「屋根裏の散歩者」

彼の部屋には――それは二階にあったのですが――安っぽい床の間の隣に、一間《けん》の押入れがついていて、その内部は、鴨居《かもい》と敷居とのちょうど中程に、押入れ一杯の頑丈《がんじょう》な棚《たな》があって、上下二段にわかれているのです。〔中略〕彼はさっそくその晩から押入れの中へ寝ることをはじめました。この下宿は、部屋ごとに内部から戸締まりができるようになっていて、女中などが無断ではいってくるようなこともなく、彼は安心してこの奇行をつづけることができるのでした。

（初出は一九二五年。引用は「江戸川乱歩傑作選」新潮文庫、二〇〇四～二〇〇五頁）

大正時代は、雑誌「新青年」などを舞台に探偵小説がさかんであった。探偵小説は奇想天外のトリック、異常性格その他のまがまがしい描写、探偵のキャラクターなど、今の推理小説とは違って、いかにも読み物風であった。

「屋根裏の散歩者」にも明智探偵が登場して、新築の下宿屋、東栄館でおきた密室殺人のトリックを見破る。犯人の郷田三郎は下宿人、親の仕送りで生活する東京遊民である。押し入れの上段で寝るうちに、天井板をはずすと屋根裏へ出ることを発見、夜毎に下宿屋の屋根裏を散歩、個室の住民たちの私生活を覗く。あげく眼下で眠っている気にくわない男のあけっぱなしの口の中に天井の節穴から毒薬をたらして密室完全犯罪をたくらむ。明智探偵相手の遊戯殺人である。

大正の下宿屋が、明治の下宿屋とは違うところは、部屋の内側からかかる鍵であった。東京には、森本厚吉の文化アパートメントや同潤会のアパートメントハウスなど、鍵のかかる個室の集合住宅が出現した。菊富士ホテルのように長期滞在客もうけいれるホテルの人気も高かった。[*1]下宿屋も木造ながら、アパートやホテルの真似をした。鍵はかかるのに、壁は薄く、天井は通り抜け、天井板に節穴まで開いている安普請の建築で、密室殺人のトリックを一生懸命になって考える犯人も探偵も、なんだか間がぬけてユーモラスである。

探偵小説はなぜあんなに、密室のトリックに熱中したのだろう。町医者であったわたしの父親は、若いときには「新青年」に、戦後は「宝石」に投稿する素人探偵小説作家であった。ごたぶんにもれず、壁らしい壁のない開放的な日本家屋を舞台にしては、探偵小説が書けないとこぼしていた。彼の小さな書庫兼書斎は壁面が天井まで届く書棚になっていて、窓がなかった。暇さえあれば、昼も電灯をともして、その穴ぐらに閉じこもるのが一時期の彼の楽しみであった。彼だけではなく、社会全体に個室願望があったからこそ、探偵小説が成り立ったのではなかったか。

犯人の三郎は、押し入れの上段を万年床にして暮らす。押し入れは部屋の中の部屋である。閉じこもるための部屋は、万年床のように、部屋の主の身体になじむ。子どものころ、わたしは父親の書庫の探偵小説をもちだしてほとんど読んでしまったが、彼の体臭のしみた小部屋に入るのは好きでなかった。ある日突然、といった感じで彼は探偵小説を全部処分して、こんどは歴史に熱中しはじめた。わたしも、父親とほとんど同時に探偵小説には飽きた。毒薬もピストルも暗号や陰謀も、どぎつくなればなるほど退屈だった。

退屈の原因は探偵小説が道徳的でも不道徳でもなく、無道徳。他人と関係や葛藤をもてない世界だから退屈なのではないだろうか。「屋根裏の散歩者」の明智探偵は犯人三郎に、自分がつきとめたかったのは「真実」だけであって、三郎を警察に訴えることなどしないと笑う。もっとのちの作品では、明智探偵も正義漢面をするが、初心を信ずるべきである。明智探偵の名は小五郎。名前からして、個室に住み、群衆趣味をもち、退屈まぎれにノゾキをする犯人三郎とは兄弟なのだから。[*2]

＊1　近藤富枝「本郷菊富士ホテル」（中公文庫）、武田信明「〈個室〉と〈まなざし〉菊富士ホテルが見る『大正』空間」（講談社選書メチエ、一九九五年）には、「夢見る部屋」を書いた宇野浩二など、このホテルで数々の部屋小説が書かれた様子が描かれている。

＊2　他人から見られないようにして他人を観察する趣味は、ポーやボードレールのいう「群衆の人」の病気のようなものである。日本にも一九二〇年代になってようやくこの近代の病に強い関心を抱く人々があらわれ、探偵小説の大流行となった。乱歩の息子である平井隆太郎氏のおもいでによると、乱歩は海野十三と連れ立って夜の街を徘徊することを好んだ。

062
林芙美子「屋根裏の椅子」

雲が夏らしく大きく低く流れている毎日だ。

空は、日本よりも不透明で悲劇的である。石造りの建物が多いせいであろう。その石造りの建物の街の片隅に、私は二尺四方の傾斜した窓のある部屋を所有していた。その部屋は、いかにも孤独な侘しい、姿をしている。三坪にも足らぬ四角な部屋で、天井は切りさげたような三角型の斜面をなして、まっすぐに歩こうものなら、私は自分の首を、この傾斜した窓から空に突き出さなければならない。

（初出は一九三二年。引用は講談社文芸文庫、一四〇頁）


第一次世界大戦と第二次世界大戦のあいだのパリにただ住むためだけのように、海をわたってはるばると旅をした日本の小説家、詩人、画家は数多い。[*1] 林芙美子のこの短編の主人公「私」は作家であって、パリの下町の小さなホテルの七階の屋根裏部屋に住んでいる。おそらく、ホテルでいちばん安い部屋で、長期滞在の客のために割引料金がある。シーツは毎日でなく三日毎に取り替えられるとあるが、安い場合は一週間毎でも文句はいえない。

一九世紀のフランスには、屋根裏に、下の階に住む家族の使用人の部屋があった。屋根裏へは、裏階段を登る。林芙美子が小説の中に描写している、ひと一人しか通れない狭い木の階段はその名残である。「私」は、隣部屋の善良なモデル女、恋人、日本からの留学生たちとの淡い交流があるほかは、何もしない生活をおくっている。

小説といっても、ほとんど筋らしいものがない。病気の隣人のために、「私」はアルコールランプに土瓶をかけて、センブリやゲンノショウコを煎じる。薬草のにおいがたちこめるときだけ遠い日本の日常生活がおもいだされる。日本にいる夫からは、家の庭の草花のスケッチだけで文章のない手紙ばかりがとどく。夫も、「私」のもう一つの家族である母親と義父も、彼女がパリで日本からうけとる原稿料から仕送りをうけて日本で暮らしている。短編の文章には、作中人物「私」と作者芙美子の、働き手としての傲慢と苦渋がすけてみえる。

原稿書きの苦役から束の間のがれてきた「私」が考えることはただ一つ、「私、私、私、私」なのである。だが、答えはない。部屋にただ一脚おかれている青い布地を張った椅子が、作中の「私」の分身として描かれている。暗い壁に映る椅子の影はまるでうずくまった人の姿にみえる。「その椅子は、青い寝台よりも無口であるばかりでなく、私と一緒に、ひどく孤独患者であるらしく、妙に所在なく苦しそうに見えた」とある。

椅子と寝台は、畳の生活にはなかった家具だ。襖をはずせば、隣の部屋とひとつづきとなる畳の部屋とは違って、壁にさえぎられた個室らしい部屋は洋間となり、家具がはいる。珍しい物を見るつもりで眺めれば、なるほど椅子は人間の身体の形をしている。前回にとりあげた江戸川乱歩の初期作品に「人間椅子」という、探偵小説というより怪奇小説と呼ぶべき短編があった。椅子職人が自分のつくった革張りの椅子にもぐりこむ。そして、書斎におかれたその椅子に腰掛ける女性作家に恋をして、日毎、椅子ごしに恋人をだきしめるという話である。林芙美子の場合は、寝台にねころんで、ひがな一日、青い房飾りのついた椅子を眺めつづける。西洋のひじかけ椅子は、東洋の女には高すぎて、足が宙に浮いて使い物にならない。

椅子と「私」がかかっている「孤独病」とは何だろう。孤独病患者は孤独に飢え、ほんものの孤独を求めてはるばるパリまで来て、そして孤独に苦しむ。東洋の煎じ薬が孤独病に効くというのは迷信だが、世紀末の今、西洋にもハーブという煎じ薬がはやっている。

＊1　第一次世界大戦と第二次世界大戦のあいだ、ヘミングウェイをはじめとする「パリのアメリカ人」が数多くいた。そして「パリの日本人」も、かなりの数いたのである。島崎藤村など男性の作家、画家がいたが、それ以上に、与謝野晶子、岡本かの子、森三千代、林芙美子、宮本百合子など女性作家は何を求めて海をわたったのだろうか。ひとりでパリの石畳を歩く東洋の女は気まぐれな呼びかけや口笛を浴び、既婚未婚にかかわりなく自分を単独の異性として注目する視線の下に生きかえったかもしれない。それ以上に、単独でいることが許され、個体と個体としての出会いがあることを期待したのだろうか。

063

水上勉「五番町夕霧楼」

「夕ちゃん、タアさんどっせ」
と、かつ枝は障子をあけた。紅柄の蒲団に額ぶちの白布をかけ、部屋のまん中に敷いただけのがらんとした部屋であった。夕子は化粧もしない白い肌を、心もち蒼黒くかえていて、これも、おかつが昔、上七軒で一ど袖を通したことのある緋縮緬《ひぢりめん》の寝巻きに、腰高に桃色しごきをまいて坐っていた。

（初出は一九六三年。引用は新潮文庫、五三頁）

この冬は雪がよく降った。金閣寺の絵はがきセットには雪景色の写真が入っているが、金ピカの金閣寺も雪におおわれると清浄感があってほっとする。放火で焼ける前の、金箔もはげて古色蒼然たる金閣寺をおぼえている人は少なくなった。金閣寺炎上があったのは、戦後と呼ばれる、暗く貧しい時代であった。暗い背景があったからこそ、闇の中に舞う金色の火の粉のイメージは強烈だった。

水上勉は金閣寺放火事件を、犯人の若い修行僧の恋人であった娼妓夕子のお抱え主、京都は五番町夕霧楼の女主人かつ枝の目を通して描いた。[*1] 夕子は「与謝半島」の木こりの娘であって、病気で寝ている母親と飢えている妹たちのために夕霧楼に身を売ったのであった。抱え主かつ枝は、西陣の織元竹末の大旦那に夕子の水揚げを頼む。おかつの思惑どおり、竹末は高額の水揚げ料をおしげもなく支払うだけでなく、六十二歳の純情さえ露《あらわ》にして夕子を名指しで通う常客となる。一方、いちげんの客として夕子の部屋に上がる貧しい学生がいる。夕子は恋人のためにしばしば自分で花代を払っていたのであった。やがて、その学生は金閣寺、小説の中では鳳閣寺の住み込みの小僧と知れる。

竹末の大旦那と学生が通う夕霧楼は楓《かえで》の間、夕子の部屋は四畳半である。狭い部屋いっぱいに、水揚げの日の蒲団の紅と白の配色が華やかに演出されているのに、「がらんとした部屋」とある。おかつは夕子の働きがあれば、この部屋に道具が増えてゆくとにらんでいる。ヘヤがもとは、けなし言葉であったことは以前にも書いた。柳田國男は、かまどもなくて寝るためだけのコヤが家の中に入ってヘヤになるという説をとなえている。妻帯もせず一人前でない身分を「部屋住み」と呼んだ。家の中の隠すべきものの入れ場所がヘヤだという説もある。妻妾同居の妾を「お部屋さん」と呼ぶ例もある。昭和二六年という時代に設定されている水上勉の小説には、古い日本語であるヘヤの語感がまだ生きている。

夕子の部屋は、閉じこもる個室ではなく、密やかに、無差別にひとをうけいれなければならない娼妓の部屋である。夕子は、身体は竹末の大旦那に向かって大胆に開き、心は恋人にたいしてだけ開く。

夕子はおかつに、「お母はん、櫟田《くぬぎだ》はんは時間花とらはっても、あたいとはげんつけはったことおへんえ。あの人は、うちとおふとんの中で、何もせんと、ただ寝ていかはるだけどすえ」と訴え、そのすすり泣きはこの商売で鍛えたかつ枝の厚い胸をもつきさすのである。恋人たちは電灯もともさない暗い部屋の蒲団にもぐって、自分たちに共通の不幸をみつめた。闇の中では国宝鳳閣寺が不幸の対極にある輝かしい存在として、しだいに光を増したのであった。

この小説では部屋は暗い。夕子の母親は村の「日陰のしめったくず屋根の下の、うす暗い部屋で、ごほんごほん咳して寝てはるンどっせ」とかつ枝が教える。夕子も喀血《かっけつ》で入院する。そのときだけ、「夕子は夕霧楼の暗い奥の四畳半とは、くらべものにならない明るい部屋で、看護婦のもってきてくれる食事をして、一日じゅうベッドで寝ていることになった」とある。東山の病院の部屋からは北の左大文字の下に恋人があげた狼煙《のろし》が見えた。[*2]

＊1　水上勉はこの小説を書いた十六年後に「金閣寺炎上」（新潮文庫）を発表した。炎上を報道する新聞を読んだ日の気持ちは「新聞の一字一字は私を極度に興奮させ、緊張させ、考えさせた。京都にいたら、野次馬に加わって焼け跡へ飛んでいたろう。犯人の林とは、六年前に会っているの

だ。また焼けた金閣は『少年時にいた相国寺派だ』」（一五頁）とある。以後三十年、水上勉は自分は林義賢であり得たというおもいを手がかりにして「彼はなぜ金閣に放火したか」を考えている。

＊2　金閣寺は最近、夜のライトアップが評判になり、連夜観衆がつめかけた。だがライトの光に金閣寺炎上を連想した人は少ないようであった。まして夕子の暗い部屋を想像することはむずかしいであろう。現代の部屋はすべて明るいからである。

064

福永武彦「忘却の河」

私がこれを書くのは私がこの部屋にいるからであり、ここにいて私が何かを発見したからである。その発見したものが何であるか、私の過去であるか、私の生きかたであるか、私の運命であるか、それは私には分らない。ひょっとしたら私は物語を発見したのかもしれないが、物語というものは人がそれを書くことによってのみ完成するのだろう。[*1]〔中略〕それはつまりこの部屋のせいなのだ。この部屋の内部に閉じ籠《こも》っていると、ふと私が私ではなくなり、まったく別の第三者のように見え始めるのだ。

（初出は一九六四年。引用は新潮文庫、八頁）

ふたたび、閉じこもるための個室の小説をとりあげる。部屋が集まって建造物となるように、この小説は短編小説が集まって長編となる構造をとっている。一つ一つの章は、独立した短編小説として発表された。それぞれの章の語り手が「私」だったり「わたし」だったりと、違っている。それぞれの語り手はそれぞれの部屋に住んでいる。小説の中で、雨あがりに十階建てのビルを見あげると、雨に洗われたビルの窓という窓が眼にみえて、多数の眼がいっせいにこちらを見つめているという感覚に「私」の足がすくむところがある。窓の後ろには部屋の住人がいる。

だが一九六〇年代はまだマンションの時代ではない。ビルは会社であって、人々は木造の家に住んでいる。その家では父親は中企業の社長である。母親は脊髄の病気で十年のあいだ寝たきりである。階下に父親の寝室と母親の病室、お手伝いさんの部屋、そして茶の間がある。二階に二人の娘のそれぞれの部屋がある。父親にはそのほかに社長室がある。また、ふとしたことから助けた女優志願の若い女のアパートの部屋もある。女が出ていった後も、彼はその部屋をひきつづき借りて一人でぼんやりしている習慣がついた。

妻が死んでからは、そのアパートはひきはらって旅館の部屋に閉じこもる。二人の娘にはそれぞれ、恋人のような、恋人ではないようなつきあいの男性がいて、彼らもそれぞれ部屋をもっている。計六人の六つの部屋、そして終章には父親の閉じこもる旅館の部屋があって全部で七つの部屋という構成ができる。それぞれの部屋でそれぞれが、それぞれの物語を紡ぐ。七つの物語からなる長編小説である。

父親には、貧しい農村の家に生まれ捨て子同然にもらわれていった家で育った記憶、戦場の記憶、結核を病み療養所にいた記憶、そして恋人の看護婦がみごもったまま故郷の村へ帰り身を投げて死んだ罪の意識がある。

母親には、夫の出征中に若い学生を愛した秘密がある。上の娘には、母親の看病で嫁にはゆきおくれたという意識、可愛がられない自分は養女なのではないか、という疑いがある。下の娘は、本屋で見つけた戦没学生の手記から母親の秘密の恋人の名前を知り、自分はその人の子どもではないかと夢想する。両親の不和は二人の娘の妄想を育てる。それぞれが自分の記憶の闇を奥へ奥へと下りてゆく。

次女が大学の演劇部で上演する芝居がサルトルの戯曲「出口なし」であるところが、いかにも六〇年代らしい。「地獄とは他人のことだ」というこの脚本にある台詞がそのまま、小説のテーマとなる。次女は芝居を演じながら、「家庭も亦《また》、他人の集合なのではないだろうか」と考える。だが、それぞれは自分の穴を掘りすすみながらも他人との交流を望んでいる。

母親にとっては「はかなしや枕さだめぬうたたねにほのかにまよふ夢の通ひ路」という式子内親王の歌に触発された恋愛が通底器幻想であった。[*2] 生き残った父親は、冥府の河の水を飲んで記憶を洗いながし、自我のない死者の世界にまじわることを望んでいる。これは個室願望のゆきつく先を予見した、ある近代主義者の小説である。

＊1　連載を書いているあいだ、わたしはこの一行にはげまされていた。さらにつけ加えるなら、物語は読まれてはじめて存在しはじめるのだとおもう。

＊2　この小説が書かれたころ、ブルトン「通底器」（稲田三吉訳、現代思潮社、一九六三年）の翻訳が

出版された。何の実験に使うのかわからないガラス器具のイメージを共有する世代がいる。高橋たか子もエッセーの中で、個我を下りてゆくと普遍に通底するのが宗教であるという意味のことを語っていなかっただろうか。

065

武者小路実篤「桃色の室」

（岡の上にたてる洋館の室、室の壁、天井、扉、その他家具すべて桃色もて配合よくぬられてゐる。上手に暖炉あり、その前に安楽椅子二つ置かれあり、下手に入口あり。正面に稍々大なる窓二つ。窓を通して灰色の空と、冬枯の樹見ゆ。樹をかすめて凩時々強くふく、窓ガラスに木の葉、小さき枯枝をり〳〵ぶつかる。安楽椅子の一つに桃色の女腰かけてゐる）

（初出は一九一一年。引用は「武者小路実篤全集」第十四巻、新潮社、二一頁）

引用は、武者小路実篤にはめずらしい一幕物戯曲の場面設定、いわゆるト書きである。[*1] 一九一一年、大逆事件裁判、処刑の衝撃の中で書かれた。桃色のぜいたくな暖かい部屋で個人主義を育てるべきか、それとも灰色の木枯らし吹く冷たい社会で社会主義者たちのように国家権力にたいしてたたかうべきかと問うたこの戯曲は、じっさいに上演されたことがあるのだろうか。舞台がそのまま一つの部屋であって、そこで一つの事件が短い時間に展開し、観客はリアル・タイムで事件の一部始終に立ち会うという設定は、一幕物にふさわしい。それに、すべて桃色にぬりこめた部屋に、桃色の着物を着た若い美しい女、そこへ乱入する灰色の着物の女と灰色の男たちという舞台装置、衣装の配色、桃色と灰色の乱闘も想像をそそる。

桃色はこの場合、温かい色なのであって、豊かさと愛情と幸福を表す。一方、舞台になっている桃色の室の窓から見える外界は灰色である。灰色は冷たい色であって、貧困と憎しみと不幸を表している。桃色の室の持ち主は、悩んでいる若い男である。

木枯らしの吹く冷たい外界では、多くの人が「燃く炭もなしにちゞまってゐる。皆灰色な顔して疑ひ深い目をしてゐる。さうして身体を動かすのも面倒だと云ふ風をしてゐる」。人々は頭も心臓も灰色になっている。だが若い男は灰色になれない。世間の人たちがみんな灰色の心臓をもっているのに自分だけが桃色の心臓をもっているのが淋しい、すまない、すべての人の心臓を桃色にしたい、と悩んでいる。

悩める男の妻である桃色の着物の女は、しかし、迷わない。夫にたいして、まず守るべき自我を育ててから他人様の世話をすべきだ、たとえ他人が桃色の室の扉の前で死のうともかまわない、自分は夫の心臓が灰色にならないことだけを考えるといい放つ。

これにたいして、灰色の女は灰色の青年たちを引き連れて扉を破り、桃色の室の持ち主を闘争の同志として奪還しようとする。作者によって「少し老いたる」と指示されている灰色の着物の女には、大逆事件の管野須賀子の面影があるのだろうか。悩める若い男は妻である桃色の着物の女の助けをかりてようやく部屋にふみとどまり、「皆敵になろうとも俺は自我の守護者だ。愛と美の賛美者だ。俺と共鳴するものの心を桃色にして見せる」と叫ぶ。

この戯曲は時代設定の上からは、第二部「部屋の時代」のもっとはじめの回にとりあげるべき作品であった。連載では、物語から物語への連想にひきずられて、順番が狂うことがおこる。悩める男は、若く美しい桃色の着物の女と、灰色の着物の女のあいだで引き裂かれ、結局桃色の着物の女とともに部屋に閉じこもることを選ぶ。

個人主義者の個室はじつは支えてくれる桃色の着物の女と二人でこもる部屋だった。夫にとって自我を育てる個室だとして、夫の自我が温室のような部屋いっぱいに育ったとき、妻の自我はどうなったろう。それに桃色の室を憎む灰色の着物の女もまた、自我を育てる部屋を望まなかっただろうか。桃色の着物の女に桃色の室があるとしたら、灰色の着物の女の灰色の室とは、監獄の独房であった。管野須賀子、金子文子、永田洋子などなど、灰色の室の手記は多い。

＊1　現在ではほとんど忘れられているこの作品の存在は、加藤典洋「日本という身体――『大・新・高』の精神史」(講談社、一九九四年)の第三章「一九一〇年の閉塞4――『桃色の部屋』から荷風の『四畳半』へ」によって教えられた。

066
荒井まり子「未決囚十一年の青春」

私はその日、運動場の片隅に「最後まで同志たちが無事でありますように」という祈りをこめてレモンの種を一つ植えた。
それから毎日、運動に出るたびに口に水を含んでいって、口うつしで水をやった。一か月もすると五センチメートルほどの可愛らしい苗木に成長したんだよ。毎日運動に出るのがワクワクするほどの楽しみだった。

（初出は一九八六年。引用は現代教養文庫、二四二頁）

荒井まり子は、三菱重工業爆破事件の「狼」グループに「精神的無形的幇助《ほうじょ》行為」を行ったという容疑で逮捕され、十一年半の未決拘留の後に八年の刑と決まり、結局、ぜんぶで十二年半のあいだ、監獄の独房に拘束されていた。長いだけでなく、爆破事件の直接の被害者である八人の死者と、妹まり子の逮捕を直接の原因とする自殺とされる姉の死をかかえた暗く重い年月である。あらゆる自由を制限され、情報もとぼしい単調な服役生活の中でおこる事件はかぎられているだけに、一つずつ鮮明に記録されている。

レモンの種はおそらく食事についた一切れのレモンに、切断されないで丸一粒残っていた奇跡の種なのである。口に含まれて監獄の庭に運ばれたレモンの種は、毎日、こっそり口うつしにあたえられる数滴の水によって発芽し、育てられる。ささやかな記念植樹は、ダッカのハイジャック事件で海外脱出にいたった同志の無事を祈ってのことであった。

逮捕のとき二十四歳の東北医療技術短大生であった荒井まり子は、刑期を終え、三十六歳になって出獄した。その間、獄中結婚した相手に書き送った手紙が、この本のもとになっている。宛先のある手紙という形式は、独り言ではない。他者とのコミュニケーションを求める切実な心が生む形式であろう。荒井まり子の場合は現実に生きており、外界から彼女を支えている夫という手紙の相手がいるが、「獄中記」と呼ばれる手記の多くは宛名がない。[*1]

「獄中記」の作者は、一般に相矛盾する二つの傾向をあわせもっている。拘束の中で自由を渇望する心とともに、この世のどこにも居場所がなく、心を通いあわす相手がいない、むしろ独房だけが自分が自分になれる空間だという監獄願望が文章のどこかに感じられるのだ。

荒井まり子の「精神的無形的幇助行為」という前代未聞の犯罪名は、警察がでっちあげに近い犯人逮捕を急いだためだが、彼女自身が自分は「狼」のグループの一員なのだと必要以上に主張して、実行犯の同志たちと同じく獄につながれたいと願ったふしがある。

東北の小都市から東京へ勉学にきた姉と妹荒井まり子は、豊かすぎる東京の生活になじめなかった。アジアを搾取して豊かになった日本にたいする批判は、彼女たちの生活の実感からきている。大都会の中での孤独に閉じこめられた少女が、唯一つながっていると感じた「狼」たちが捕らえられたとき、彼女は自分の個室は監獄でしかないとおもってしまう。じっさい、彼女が自分自身となるための闘争は監獄の十二年のあいだに行われた。[*2]

前回にとりあげた武者小路実篤の「桃色の室」の登場人物、灰色の着物の女は、おそらく灰色の監獄で心臓まで灰色になって死んだであろう。荒井まり子が、灰色の室である独房で桃色の心臓のままで十二年半を生き抜いたのは、彼女の言葉をうけとめる支援の人々の桃色の心臓を信じることができたからなのだとおもう。

＊1　しかしいずれの獄中記も、この世のどこかに、あるいは後世にいるかもしれない、見知らぬ相手に獄の壁を通り抜ける言葉を届けたいという願いが強く、その一念が人の心をうち、「獄中記」を文学の一つのジャンルにするのである。荒井まり子の獄中婚も、面会のときにもけっして触れ合うことの許されない、いわば言葉による恋愛であり、結婚であった。

＊2　この回のために、獄中記を何冊も読んだ。その一冊に永山則夫「無知の涙」があった。一九九七年夏、新聞に「永山死刑囚の刑執行」が報道された（「京都新聞」八月二日朝刊一頁）。十九歳の少年による連続射殺事件は一九六八年のことであった。九七年には、十四歳の中学生による連続殺傷事件があった。

067

吉行淳之介「暗室」

夏枝のいる建物の口をくぐると、空気の中に微かに夏枝のにおいを嗅ぎ取る。いまの夏枝の軀には、においは無いといえる。しかし、官能を唆《そそ》ると同時に、物悲しい気分にさせるにおいが、微かに漂っている。階段を昇り、長いコンクリートの廊下を歩いてゆく。においはしだいに濃くなってゆく。それは、私にしか分らないにおいに違いない。やがてそのにおいが、鼻腔の中で噎《む》せるほどの濃さになる。そのとき、私は夏枝の部屋の前に立っている。扉のノブを握る。その向うには暗い部屋がある。

（初出は一九六九年、引用は講談社文芸文庫、二六五頁）

暗室はたんに暗い部屋ではない。光を完全に奪われた濃い闇の空間である。辞書によれば「闇室」と字を当てることがあり、明治時代には、監獄の規則をやぶった囚人を懲罰のために入れた部屋をさして使ったという。[*1]

わたしは暗室というと、写真の現像のための密室をおもいうかべる。写真が趣味であった祖父の家には、内部を黒く塗った小さな暗室が残っていた。蛇腹のある古いカメラ、ガラス乾板の陰画（ネガ）、銅板を張った流しがあって、年月を経ても酢酸の強いにおいが消えなかった。

何よりもすてきだったのは、赤い色の電球が灯ることであった。印画紙は赤色灯には感光しない。

吉行淳之介の小説には、写真のための暗室はでてこない。廊下の先の暗い室は、性の比喩である。その部屋が闇の世界であるのは、生殖という出口がないからであろう。

部屋小説は、先にとりあげた福永武彦の「忘却の河」の例のように、しばしば部屋からなる集合住宅とよく似た、短編が集まった長編の形をとる。吉行のこの小説もまた、さまざまな暗い部屋の物語が、しだいに大きな物語の河に流れこむ。それらの物語を一人称で語る中田が、結局長編小説の主人公となる。

数々の部屋があり、物語がある。遺伝的な病気を疑われて屋根裏部屋に隠されて暮らす兄妹がいる。同性愛のマキと中田が行く部屋がある。マキは妊娠を告げて、子どもは同性愛者の共同体で育てるといってアメリカへ旅立つ。中田を四年のあいだ部屋に通わせた多加子は、結婚のため部屋をたたんで去る。中田のなじんだ女たちはつぎつぎと去り、中田と同じく官能のためだけに生きようとする夏枝の部屋だけが残る。後半は夏枝の物語となる。

引用は珍しく、小説の最後の文章である。ふつう、家や部屋の描写は小説の最初にあって、いわば舞台装置ができてから物語がはじまるのであるが、この小説では逆に事件やエピソードが闇の深い部屋の入り口にたどりつくための手段になっている。部屋は目的なのだ。

夏枝の部屋のにおいが官能をそそると同時に物悲しい気分をよぶのは、主人公が生殖のない性に死のにおいをかぎつけているからであろう。わたしたちのそれぞれの個体は遺伝情報の集積である。生まれた者にとって誕生は所与の条件であり、生まれることを選ぶことはできないが、死ぬことは選ぶことができる。生まないことを選んで、みずから強い意志をもって行き止まりとなることもできる。

生殖のかわりに人生の時間を何に使うか。中田と夏枝は官能を選ぶ。だが快楽だけで時間をつぶせるか。快感を追求して苦行のようないとなみをつづける二人に、互いに禁じていたはずの言葉のやりとりがはじまる。性の関係にかぎり、自由はとっておくつもりでいた中田は、結局一人の人間の生存をひきうけたと知る。扉の向こうにある闇とは、死まで続く刑罰のような長い歳月である。

＊1　「暗室」は最初、吉行の別の小説の題であった。そちらは「崖下の家」と改題され、「暗室」はこの小説の題となった。吉行には「娼婦の部屋」という題の小説もある。部屋が性愛の空間に限定されてゆく。

068
瀬戸内晴美「おだやかな部屋」

七階の女の部屋から見下すと、大都会の屋根のうねりが、地平の涯まで灰色の海になり、波だち拡がっていた。〔中略〕
雨の日や霧の日、街はいっそう海めいて見えた。
部屋から、そんな街を見下していると、女は、自分も広い海にただよっている長い航海中の船の一室にいるような孤独な気持がしてくる。
（初出は一九七一年。引用は集英社文庫、四〜五頁）

日本語で書かれた近現代文学を、住まいをテーマにした一つの巨大な長編作品のようにして読みすすむうちに、気づいたことがいくつかある。その一つは、文学は現実を写すだけでなく、同じくらいしばしば、先行する文学を書きかえることによって生まれるということである。本歌取りがあるのは、和歌の世界だけではない。
たとえば、新しい家長が家長の座につくまでの父と子の葛藤と和解など、いわゆる私小説に多い一つの話題が生まれると、多くの作者が同様のテーマで書き、読者が飽いてしまうまで多数の作品が生まれる。もっと意識的、攻撃的に先行作品のパロディー、挑戦的な書きかえがなされる場合もある。瀬戸内晴美の「おだやかな部屋」は、一年前に出た吉行淳之介の「暗室」と同時進行で書かれたのだろうか、それとも「暗室」のパロディーとして書かれたのであろうか。

小説の題名にも、はやりすたりがある。ためしに、コンピューターで題名に「部屋」が入っている小説を探してもらった。七〇年代に入ると、部屋小説が増えはじめる。[*1] 同時に、題名の「部屋」にかつてのように「閉ざされた」「暗い」「灰色の」など否定的なニュアンスの形容がついたり、「娼婦の部屋」「女中部屋」「牛部屋」といった蔑視的表現のものが少なくなる。逆に、「甘い蜜の部屋」「にぎやかな部屋」「明るい部屋」といった肯定的なイメージの題名がすこしずつ増えてゆく。

八〇年代になると、「私の部屋」「美しい部屋」といったインテリアの雑誌が発行される。「部屋」は暗いところではなく舞台のように明るい場所となり、否定的な意味合いはまったくなくなった。「部屋」は変化のはげしい日本語の中でも、とりわけ価値の逆転がめだつ単語である。

瀬戸内晴美の小説の題名「おだやかな部屋」は、暗い部屋と明るい部屋のちょうど中間の印象がある。吉行淳之介の「暗室」と同じく、長年のあいだ女の部屋に男が通う。だが短編小説の集まりのようにして書かれた「暗室」とは違って、「おだやかな部屋」は、章分けのない長編小説、部屋からほとんど外へ出ない女の意識の流れのみを追って書かれている。「暗室」はモデルが名乗り出ることがあり得る私小説であったが、「おだやかな部屋」の登場人物は「伊勢物語」のように、「女」と「男」であって名前が与えられていない。

「おだやかな部屋」の主である「女」は通ってくる「男」の職業も生活歴も、何一つ知らない。彼のする身の上話は香具師、人形作家など、そのたびに違っていて、二人は日々あらたなつくり話を楽しむ。ある日「女」は、「男」の住まいをたずねようと思いたち、探しあてた「男」の部屋の冷蔵庫を開けると、中から清らかな性器を具えた男性でも女性でもない二つの人形が出てくる。それが夢であることは、小説の最後の節に「やがて、おだやかな闇だけが部屋をみたす」とあることによってわかる。

官能の世界は闇ととらえられているが、「暗室」の闇のように暗く重くはない。「おだやか」は自足の状態、ゆったりとした、あるいは他者はどうでもいいという気分をあらわしている。自足している存在は相手に負担をかけないし、相手に責任も感じない。七階から遠望視することの世を憂き世とみるなら、闇から出るには出家という伝統的な道があった。

＊1　小島信夫「夫のいない部屋」（一九八〇年）という小説がある。昼間の団地の主婦の生活を描いている。連載の読者からは、部屋をとりあげるなら日活ポルノ映画の団地妻シリーズをとりあげるべきだとすすめられた。

069

小川洋子「完璧な病室」

弟が入院してから、わたしはほとんどの時間を病室で過ごすようになった。夕方五時になるとできるだけ急いで教授室を出て、エレベーターで十五階西病棟に上がった。そして週末は、朝から消灯時間まで、ゆったり弟と一緒に過ごした。わたしは、病室がとても好きになっていた。病室にいると、産湯につかった赤ん坊のように、安心できた。身体の内側が、隅々まで清らかに透明になっていった。わたしがこんなにも病室を好きなのは、そこに、生活がなかったからだ。

（初出は一九八九年。引用は中公文庫、三五頁）

この小説の成功は、「完璧な病室」という題名によって決まった。完璧である理由は、その部屋からは、病室であるがゆえに、生活の痕跡ができうるかぎり排除されて、消毒までされているからである。食べ残しは即、ゴミ袋に詰めて棄てる。部屋の中心に特別の意味をもっておかれている病人のベッドがからになる日のことを考えるのは耐えがたい。かつて身体であった物体もまた、ただちに運び出されるであろう。

この小説が発表されたのは、家の中から誕生も死も排除され、朝シャンや脱臭剤など清潔マニアがはじまったころであった。拒食もじわじわと広がった。豊かな時代の室内装飾はシンプルをめざし、生活の器具を見えない場所に収納し、清潔な調理台では揚げ物は禁物となった。マンションの明るく清潔な部屋は多かれ少なかれ、病室に似ている。だから大学病院の十五階にあるこの病室は、究極の「部屋」なのであろう。

弟は、主人公である「わたし」の最後の家族であった。[*1]姉と弟の「育った家」は、母親が重い心の病を病んだときから崩壊をはじめ、母親が父親と離婚の後で事故に近い死に方をすると、「わたし」は結婚し、弟は地方都市の大学に入って、完全に解散したかのようであった。しかし、弟は突然、十三ヵ月の余命と診断されて、姉の勤務する病院に入院してきた。それからというもの、姉は、弟にたいして「わたしが他のどんな人間に対しても持ったことのない種類の気持ち」「いとおしい気持ち」を抱いて毎日、病室に通う。姉は弟の主治医に、弟が死ねば自分は「孤児」になってしまうという不安をうちあける。弟の主治医は、孤児院をいとなむ両親によって、他の「孤児」たち以上に「永遠の孤児」として育てられた人であった。「わたし」には、大雪の日に清潔なからの病室で医師と抱き合った記憶と、雪のように桜の花が散る日に弟が死んだ記憶が重なって残るのである。

「育った家」は重荷であり、そこから逃れたい場所であったのに、最後の家族はいとおしい。なぜか。所有されることなく所有できるからか。「わたし」には、心を病んだ母親が食べ物を腐らしていた「薄汚れた雑然とした生活」の記憶があるから、よけいに清潔な病室に執着する。弟はしだいにガラス細工のように透き通り、姉の視線の下で「完璧に穏やかで、完璧に優しかった」とある。弟が食欲を失ってゆくにつれて、姉には食べ物や、食べるという行為にたいする反感がつのってゆく。深夜に実験室から家に帰ってくる夫が示す健康な食欲にも違和感を抱く。弟は家族だが、夫は家族ではないかのようである。

家族サイクルが順調に回っていた時代には、人は「育った家」を出て、こんどは自分が子どもを「育てる家」をつくるとされていた。しかしこの小説では、「わたし」は他者との葛藤や生活がある結婚生活をこばんでいる。だから、「育った家」の最後の家族が死ぬと「孤児」になる。それぞれの部屋に別れた「永遠の孤児」たちは、これからの時代にどんな新しい関係をつくってゆくのだろう。この小説に新しい関係を期待することはできない。私小説ではないのに、作者と語り手は密着して、「わたし」の清潔指向と孤児願望へのめりこみ、読者はとり残されてしまうからである。

*1　女性作家がきょうだいという関係を、女性を主体にして描こうとすれば姉―弟関係が描かれる。幸田文「おとうと」（一九五七年）という小説があった。やはり姉が若くして死ぬ弟を看取る話である。昔の木造の病院では、付添いが病人のために煮たきや汚物の始末をしなければならなかっ

た。それでも病室は両親を排除した、理想的な家族の空間となり、そこで過ごした最期の至福の時間が描かれていた。「おとうと」の姉は、弟の身の上にふりかかった不条理な病気と死にたいして、不条理な怒りをもやす。ところが「完璧な病室」の姉は、弟の死をうけいれてしまう。この違いは何だろう。現代では、きょうだいは他人のはじまりということがはっきりしているということか。

男性作家が男性本位にきょうだいを描こうとすれば、兄—妹関係がテーマになるであろう。その場合のきょうだいの距離は、どのようなものだろうか。

070

村上春樹「ファミリー・アフェア」

僕が妹と二人で暮すようになったのは五年前の春のことだった。そのとき僕は二十二で妹は十八だった。つまり僕が大学を出て就職し、彼女が高校を出て大学に入った年だ。僕の両親は僕と一緒に住むならという条件で妹が東京の大学に出ることを許したのだ。それでかまわないと妹は言った。いいよ、と僕も言った。両親は我々のためにきちんとした個室がふたつある広いアパートを借りてくれた。家賃の半分は僕が負担することにした。

（初出は一九八五年。引用は「パン屋再襲撃」文春文庫、八七〜八八頁）

兄である「僕」は、長く同居していた妹の結婚と引っ越しを控えて、気持ちが少し混乱している。両親が五年前に兄妹に探し与えた二つの部屋は、別の都市にある親の家から東京へ運ばれた二つの子ども部屋であるかのようだ。二人は親の家庭とは違う東京の「アパート」に住んでいても、まだ生まれた家族の中にいる。親とは、仕送りと電話でつながっていた。兄にたいし、妹が結婚しようとしている男の家庭を訪問するようにと命じる親の電話は、細くのびた臍の緒のようだ。モラトリアムの部屋から出ようとしている妹の結婚は、だから、「僕」のモラトリアムについても揺さぶりをかける家族の出来事なのである。[*1]

この場合の八〇年代の「アパート」は、集合住宅内の一世帯が占めるべき空間をさしはするが、六〇年代タイプの「アパート」「ブンカ」とは違う。外壁はおそらく輝くペンキ塗りか、それともタイル壁。畳の部屋はなくて、それぞれフローリングまたはカーペットを敷いた寝室にはベッドがおいてある。冷蔵庫とステレオ・セットが必需品である。むろんかつてのブンカの住民のように手拭いを下げて銭湯に通うようなことはない。風呂場というかバス・ルームがある。小説の中では、室内の描写はほとんど必要がない。間数と広さという条件の提示だけで、不動産屋に通った体験のある読者には、住宅としてのランクがわかり、家具を搬入する前の空間の想像がつく。あとは都内のどこに位置するかによって家賃が決まる。アパートは、ワンルーム二つ分よりは少し安く、その差は敷金では大きくなるが、住んですでに五年となると、そろそろ兄妹同居をきりあげる潮時である。

モラトリアム兄妹のアパートは、二つの子ども部屋のようであると同時に、もともと夫婦それぞれに収入があり、子どものないディンクス用の設計なのかもしれない。ディンクス夫婦は、住まいをシェアする友だち夫婦だから、それぞれに個室が必要である。この小説の兄と妹は、それぞれ就職していて収入があり、親の仕送りは終わっている。二人はときには、おしゃれなスパゲッティ専門店で一緒に食事をする。妹はなぜか兄の靴下やシーツを洗濯している。まるでカップルのようだ。カップルであればかえって遠慮するはずのところまで踏み込む。兄は妹の初潮年齢も、はじめて恋人ができた年齢も知っている。個人生活には干渉しないという同居の原則であるにもかかわらず、結婚前の妹は兄に恋人の数を聞きただし、いい加減にしたら、と忠告する。兄―妹はきょうだいのモデルなのではなくて、多様なモデルが求められているカップルのモデルの一つなのかもしれない。

「僕」は五年間に一度だけ、夜中の台所で泣いている妹をなぐさめるため、二時間も手を握っていた。その間、この事態をどうやって終わらせるか考えたあげく、失恋はたいしたことではないけれど、ハンドバッグにコンドームをいれてもち歩くのだけはやめておけ、と兄がいい、妹がハンドバッグを兄にぶっつけて涙は止まる。兄である「僕」は作者の目の在り処であるというより、結婚や妹の相手をシニックな態度で傍観しようとつとめている「僕」の方が、むしろ作者の観察の対象である。「僕たちはどうなるのだろう」という「僕」の最後のつぶやきにより、作者は読者に向かって世界はどうなるの、と軽く問う。

＊1　兄―妹というテーマの小説としては、室生犀星の「あにいもうと」（一九三五年）がある。この小説の中の兄と妹はいたわりあうどころか、「親身の兄妹のにくみ合う気持ちはこんなに突っ込んで悪たれ口を叩くものかと、母親は慣れでものがいえないくらいだった」とある。罵り合いだ

けではすまない。兄は妹を棄てた男を半殺しに殴り、それを知った妹は兄にむしゃぶりついて張り倒される。かつて加賀藩の死刑執行人であった赤座平右衛門、明治のご時世には川師として荒仕事をした親から生まれた家族の物語を描く連作の一つである。無頼の兄と飲んだくれの堕落女と自称する妹は、会えば互いに血を見るほどの争いをする。

室生犀星「あにいもうと」と村上春樹「ファミリー・アフェア」のあいだの距離と、幸田文「おとうと」と小川洋子「完璧な病室」とのあいだの違いとは、よく似ている。新しい世代の小説では、血縁のなまぐささや一体感が薄れている。葛藤もない。かわりに相手にたいする理解と尊重がある。

071
増田みずこ「シングル・セル」

広すぎない、身に合った部屋の住み心地は、まずまずであった。狭い部屋には、父の「存在感」は、入りきれなかったらしい。そこは全部が彼のすみかであった。おかげで、余分なことを思わずにすんだ。

彼自身、もはや、栄養失調で倒れたりするような、ひ弱な少年ではなくなっていた。アルバイトで金を稼ぐことを覚え、他人のノートをあてにする横着を覚えるのは早かった。

（初出は一九八六年。引用は福武文庫、一一二頁）


部屋小説が暗いものではなくなってゆくという傾向については、前に触れた。もう一つの傾向は、住まいをテーマとする小説にカタカナ表記の題名が増えてゆくことである。

一九八〇年代になってｎＬＤＫ様式が住宅の基本モデルになってから、住宅産業の業界用語はリビング、ダイニング、キッチンをはじめ、ほとんどカタカナの単語ばかりになるという現実の反映でもある。マンションやハビタでは、玄関がエントランスと呼ばれる。「シングル」と「ルーム」が時代の鍵言葉となったのは、海老坂武著「シングル・ライフ――女と男の解放学」（中央公論社、一九八六年）あたりからだろうか。[*1]

増田みず子の「シングル・セル」は、孤細胞と訳すのだそうである。個体の体細胞を化学処理によって独立した純粋な細胞にして生かす研究をしている農学部の大学院生が主人公である。彼の説明によると、細胞は放置するとすぐ寄り合って固まる性質があるので、シングル状態をたもつには、つねに攪拌《かくはん》していなければならない。

また孤細胞は孤のまま放置すると、中身を守るための細胞壁が厚くなりすぎ、窒息死してしまう。細胞分裂の能力も失われる。生命の輝きをたもつには、他の細胞との接触がいるらしい。作者の増田みず子はたしか理科系の勉強をした人である。理科系の人の文章らしく、比喩が直接的で解釈の間違いようがないところに、一種の爽快感がある。シングル・セルは、そのまま主人公のあだ名になりそうなほど、彼の生き方をあらわす。

母親を早く亡くし、ひとづきあいの極度に少ない父親と二人暮らしをしてきた少年が、高校生のときに父親にも死なれ、天涯孤独の身となる。高校に通うあいだは、それでも父の同僚、友だちの母親、遠い親戚の保護や干渉があったが、大学進学をはたすと、まわりは下宿の学生ばかりとなって外見上は彼も特別の存在ではなくなる。

家庭教師をして学費を稼ぎださなければならない彼は、身に合った、まさに身体サイズの狭い部屋で、シングル・ライフをはじめる。彼の説明するシングル・セルは、むしろロンリー・セルと呼ぶべきだという感想をのべた女子学生、竹沢稜子がとつぜん、彼の部屋へやってくる。

抱き合う。一緒に暮らす。いなくなる。再びやってくる。「君は誰なんだ?」という彼の問いにたいする彼女の答えは半分は嘘、半分は本当、という書きおきがあって、次の朝、ふたたび稜子は消えている。

「好きだった。楽しかった。忘れない。また会いたい……」と、彼は心底おもう。接触する二つのシングル・セルのような、お互いがお互いにとって雨宿りのための一本の木であるような関係。これは何だろう。シングル・セルは体細胞であって、生殖細胞ではない。すると生命が接触によって輝きをおび細胞分裂をはじめるときも、新しい細胞はそれぞれの複製であるクローンでしかあり得ないのだろうか。

前世代の感受性とは違って、孤細胞の二人は生殖のない性を闇とは感じていない。動物というよりもむしろ植物的な彼らのセクシュアリティーは、距離をおいた他者の存在と共棲をうけいれてひっそり生きるためか。時代とともに下宿の部屋は壁の厚いワンルームになる。孤細胞はどのように成長するだろうか。

＊1　「部屋」も「ルーム」と呼ばれるようになる。小説に、干刈あがた「ワンルーム」(一九八四年)、村田喜代子「ルームメイト」(一九八九年)などの題名があらわれる。マンガにもほぼ同時に、サキヒトミ「ワンルームストーリー」(一九八八年)、近藤ようこ「ルームメイツ」(一九九二年)など、よく似た題名の本が出版された。

072
笙野頼子「居場所もなかった」

不動産ワールドのカウンターの端にいつしか、また私は戻っていた。どんな店で、どんな応対だったかはもうどうでもいい。ともかく、そこでの私は、広さが二十平米前後家賃が六万七千円、築一年のワンルームに入ろうとして探めているのである。捜しても捜してもなかなかないオートロック、広めワンルーム、エアコン付き、自営可、しかもカメレオンズマンション、これが残っているのにはそれなりに理由がある。まず駅から遠い。街道沿いである。

（初出は一九九二年。引用は「猫道」講談社文芸文庫、一四七頁）

これは小説だろうか。エッセーなのだろうか。作者である「私」が一九九二年の東京でひたすらオートロックつきワンルーム・マンションの部屋を探す記録が、リアルタイムで描かれている。不動産屋で契約寸前までゆくと、そのたびに契約書、保証人、納税証明などの問題がおこる。そこで、主人公「私」の生活歴もいやおうなしにおもいだされる仕組みになっている。保証人は父親、ワンルームはまだ故郷の実家と電話でつながっている。[*1]

「私」は京都の大学に通っていた四年間もその後も、寺院の塀や植え込みに囲まれたきわめて京都らしい環境の四畳半、風呂なしという下宿に住んでいた。底冷えの中で隙間風が入る木造建築である。大家さんから、結婚もしないでいい年して、といわれるような人間関係にいや気がさして、小説を書く仕事にも便利な東京へ移るのが一九八五年春である。

八王子にワンルーム・マンションをみつけ、そこに六年間住んだ。回転のよい学生専用マンションにするからという理由でそこを追い出され、つぎのワンルームを探そうとして、そのあいだにおこっていた地価高騰、貸し手の強気に翻弄される。高い家賃は出せない、オートロックでなければ駄目、おまけに方位に凝るという、こちらが出す条件もあって、どうにもならないまま一九九一年春には、主人公は街道沿いの問題物件にはまりこむ。住んでみれば、耳栓がはなせない、すさまじい車の騒音であった。

作者がこの作品を書くのは、部屋いっぱいの騒音とたたかいながら、家賃条件を月額九万四千円まであげて三つ目のマンションに入るまでの一年間のことである。一九九二年春、再度の引っ越しとともに、この作品は脱稿する。途中で幾度も編集者と小説家のやりとりがでてくる。

編集者は「面白い」といいながら、「読者はこの主人公に付き合っていると疲れるかもしれないな。部屋が見つかりそうになるとまた駄目だったたってそればっかり」と、作品の成立を疑っている。作者は、くりかえしはわざとやっているのだと、いったんは抗議するのだが、部屋探しの記録と資料をおもいきって捨てる。すると、とりつかれていた固定観念だけが夢の形をとり、細部レアリスムの世界から、東京幻想が浮きあがる。作品の誕生である。

不動産屋の事務所がある五十三階からの眺望が、「上からみる東京の建物ひとつひとつの、石やガラスや金属の洪水のような光沢を私は受け止めていた。同時にその眺めの広さの中で建物の素材の存在感は失われ次第に街という概念だけが立ち上がってきた」と描写されている。瀬戸内晴美の小説には七階の部屋からの眺望が描かれていた。これは五十三階からである。ようやく親の仕送りなしで東京浮遊をはじめるとき、オートロックは、「一応閉ざされた一応安全な場所」のシンボルとなる。

他人を無視する徹底した幻想家森茉莉と自分の比較もある。笙野頼子は現実との接触を捨てることができない。この新しい作家はきっとこれから、孤細胞が他細胞と、今までの時代にはなかった別の接触の仕方を探す物語を書くだろう。わたしたちの連載第三部も「離合集散の時代」と題して、部屋の時代にいったん孤細胞となった個体の未来を、つまり「家族の家の時代」とは別の、個体の集まり方、散り方を考える。

＊1　「居場所もなかった」とは、なんとも奇妙な題名だとおもったのが、書店でこの本を手にとったきっかけであった。ところがもっと後になって「居場所がない！」（伊藤比呂美著、朝日新聞社、一九九六年）という本を読んだ。その本の帯に「母親でもない、『いばしょ』が、……ない」と刷

り込みがあった。「いばしょ」とは、住む場所ではなく、さしあたっての場所のことである。現代人には常に自分の居場所を探しつづけなければならない楽しみと苦しみがある。その後、注意していると、「居場所」は新聞雑誌において多く使われる現代のキーワードの一つとなっている。教室に居場所がなくて養護室に集まる中学生の問題、家族の中で居場所をみつけることのできない老母の問題、などというように用いられている。

そして、藤本由香里「私の居場所はどこにあるの?――少女マンガが映す心のかたち」(学陽書房、一九九八年)は、少女マンガのキーワードが小説よりも早い時期から「居場所探し」となっていたことを教える。

073
リービ英雄「星条旗の聞こえない部屋」

ベンは安藤の部屋以外に日本人の住まいを知らなかった。しかし、領事館の中のスタンドとシャンデリアが再び点くまでの短い間、いなくなってしまったかれらの家をことごとく知りぬいている気がした。港に注ぐ堀割りの両岸に密集したモルタルの二階家。倉庫と工場と商店街がつきたところに百列の光と建ち並んでいる団地。外人墓地のある山手の麓にしがみついている小さい木造家屋。

（初出は一九九二年。引用は講談社文芸文庫、六六頁）

一九七〇年安保の時代に、横浜のアメリカ領事館の領事の息子である十七歳の少年ベン・アイザックは家出をする。ベンは東京の日本人学生安藤の四畳半の下宿にかくまわれ、新宿でウエイターをしながら新しい人生を見つける。引用箇所は小説の中で、領事館に安保反対のデモ隊が押しかけたため、領事は夕食の食卓の灯火を消させ、一家がカーテンのかげからデモ隊が立ち去るのを眺める場面である。「ヤンキーゴーホーム」と拳をあげていたデモ隊の人々も解散して、かれらの「ホーム」へ帰る。ベン少年は、かれらのモルタル二階家、団地、木造家屋の家々を想像しているのである。父親であるアメリカ領事は日本語の学習に熱中しはじめたベンに向かって、日本語をいくら勉強しても「やつらのひとりにはなれない」と、ホームグラウンドに異分子をいれない日本社会の排他性を指摘する。[*1]

じじつ金髪碧眼のベンはいたるところで排除される。ベンの日本語が流暢になればなるほど、日本人は「ヘンナガイジン」である彼を拒否する。彼をうけいれたただ一人の日本人は、三島由紀夫の楯の会に入ろうとした剣道をやる学生、安藤であった。ベンは三島の「金閣寺」を英語で読んでいた。安藤はベンを弟のようにして「しんじゅく」への道をも教える。ベンは「しんじゅく」という地名を聞いたとたんに、それこそ自分が探していた「日本」だとおもう。ベンにとってアジア的混雑と卑猥が渦巻く「しんじゅく」は、誰もが「ゴーホーム」しないところであった。アメリカ領事館の父の家でなく、彼をしめだす日本人の小さな家々でもない異界へと、ベンは安藤の四畳半を通路にして出てゆく。[*2]

第二部「部屋の時代」には、書きたいことがまだたくさんあったような気がする。多くのワンルームはまだnLDKのリビングがある実家と仕送りや電話でつながっており、かつて「家」/「家庭」の二重家族制度が成立していたころと同じく、現在では「家庭」/「部屋」の新二重家族制度が維持されている。しかし、親に庇護されながら空中遊泳中の子ども部屋が、本当に親から自分を切り離したとき、部屋はどこへ行くのだろうか。永遠の放浪をつづけるのか、それとも、攪拌しないとすぐにくっつきあう孤細胞のように、結合して「家庭」制度を再生産するのだろうか。

連載をつづけながら考えるうち、かつてのような漂泊と定住の二項対立は、現代では成立しないのではないか、とおもえてきた。漂泊と定住が混じりあった動く住まいや、動く境界線が交差する異界を描く文学が生まれる予感がある。リービ英雄の「星条旗の聞こえない部屋」は、第二部「部屋の時代」から第三部「離合集散の時代」への通路となる小説である。日本型近代家族とその容器としての日本家屋は、植民地収奪によって成長し、海外へと進出した。同時に、内なる日本家屋に、いわゆる異文化が住むようになって久しい。その生活を描きつづけた文学によって、日本語はかわりつづけている。植民地生まれ世代の作家、在日二世、三世の作家、そしてリービ英雄のように、学習した日本語を継母語と呼ぶ作家の日本語とその文体が、読んで心地よいということが、わたしには重要な発見である。

＊1　単行本の「あとがき」にリービ英雄は日本語で書く理由をのべている。「一人の少年が西洋文化からドロップ・アウトして日本の内と外の見えない境界線をさすらった。アメリカから『家出』をして『しんじゅく』へ逃げこんだベン・アイザックのさすらいは日本への越境の物語である。その物語を、ぼくは日本語でしか書くことはできなかった」。「しんじゅく」は「日本」なのだろ

うか。物語を「しんじゅく」語で書くとどうなるだろう。

＊2　新聞連載のときにつけられた見出しは、「四畳半を通路に離合集散時代へ」であった。新聞の記事の見出しは、すべて整理部でつける。自分の書いた文章のどこが注意をひき、どのようにうけとられるかを知る手がかりになるので、毎回、見出しを読むのが楽しみであった。

第三部　離合集散の時代

074

J・ヴェルヌ著、森田思軒訳「十五少年」

童子等が斯《こ》の新らしき洞《ほら》を発見せる懽喜《かんき》は、言はむもさらなり。渠等《かれら》は初めに倍せる熱心をもて、トンネルをほり広げて以て、両洞の通路を作るに従事せり。渠等《かれら》の設計に依れば、新洞《しんどう》を以て寝室及び読書室に充《あ》て、旧洞《きゅうどう》は之《これ》を専《もつぱ》ら庖厨《ほうちゅう》食堂及び物置に用ふべしとなり。

（初出は一八九六年。引用は「明治文学全集」第九十五巻、筑摩書房、一九一頁）

ジュール・ヴェルヌの原作は、一八八八年、第三共和制さなかのフランスの「教育と娯楽」という雑誌に「二年間の休暇」という題で掲載された。森田思軒は、これを英語訳から重訳し、雑誌「少年世界」に「冒険奇談十五少年」と題して連載、「少年世界」はこの連載のために売れ行きをのばした。[*1] その後、「十五少年漂流記」の題で数種類の翻訳が出ている。翻訳児童文学の中では若松賤子訳の「小公子」と並ぶ人気の長期ベストセラー小説である。現代語訳は三種類の文庫本があるのだが、あえて明治の翻訳文から引用した。

この訳文を苦労して読んだ記憶がある。わたしが本を読みはじめた戦後は、子どもの本どころか、という時代であったから、わたしは勝手に大人の本棚から古い本や雑誌をひっぱり出して読んだ。「十五少年」の訳文には漢字が多くて困ったが、子どもばかりの集団が難破漂流する物語の悲壮感が文語体のリズムとよくあっていて、おもわずひきこまれて読んだ。*2

ニュージーランド、オークランド市の英国系寄宿学校の生徒が夏休みに帆船に乗って沿岸一周の旅に出るはずであったところ、出発前夜の颪に流されて沖を漂流、南アメリカのマゼラン海峡近くの孤島に流れ着いて、十五人の少年が二年間、洞穴で共同生活を送る。英国人少年たちの最年長は「杜番（ドノバン）は天性伶俐《れいり》にして学業優等なるがうえ、一種貴族的の倨傲《きょごう》あり」、「米国人の子は呉敦（ゴルドン）と呼び齢十五歳」、「仏国（フランス）人の子は兄武安（ブリアン）十四歳にして、弟弱克（ジャック）九歳」、「黒人の子にして莫科（モコー）と呼べる給仕」と紹介されている。名前にまで漢字があててあって、それも意味ありげなのが読むときの頭痛の種であった。

洞穴の住居は、大部屋にベッドと机を並べるところが、寄宿学校の間取りそっくりである。そこで子どもたちだけの自給そして自治の生活と冒険がくりひろげられる。子どもたちは「太守の選立」、つまり大統領選挙をおこなう。初代大統領はアメリカの少年ゴルドン、二代目は貴族的なイギリス少年ドノバンをおさえてフランス人のブリアンが当選、共和制をしく。

今読むと、児童文学とは大人の文学よりもはるかに露骨に、しかも魅力的に、イデオロギー教育をするものだということがよくわかる。フランス第三共和制の共和主義は、植民地をもち、女性を排除するところに特徴がある。そもそも、フランス大革命の標語である「自由、平等、博愛」の「博愛」の原語はフラテルニテ、すなわち兄弟愛を意味した。「十五少年」も、兄弟愛に忠実に、女性排除の男性集団なのである。

女性の登場人物は、のちに別の難破船から逃げだしてくる年配の婦人圭児（ケート）のみ。彼女は大怪我をしたドノバンの看護のために登場するのだから、女性は母親がわりならかろうじて許されるらしい。子どもの共和制なのだが、モコーは「黒人なるを以て選挙権有する能はず」とあるのもびっくり。これは、白人男性社会の共和制なのである。

フランス少年が主導権をとるお話なので、英語圏では読者がつかなかったというこの少年小説が、日本では大人気を博したのはなぜだろう。家や家庭から自由になった少年、青年たちは、若衆宿、青年団、旧制高校の寮に入った。栖の会にいたるまで、男どうしの結束は固い。子どものわたしは、きっと男の子になってこの少年小説を読んでいたのだろう。

＊1　「少年世界」は博文館の発行。読者から「十五少年」の挿絵を要望する声に応えて浅井忠が筆をとったという。

＊2　笙野頼子「居場所もなかった」の注で引用した「居場所がない！」の伊藤比呂美は、その本の

中で「『スイスのロビンソン』というおはなしがあります。わたしはそれを『十五少年漂流記』の中で知りました。十五少年の一人が漂流にあこがれていて、『スイスのロビンソン』をふくむあらゆる漂流ものを読みふけっていたというのです。（中略）彼のほかの愛読書は読んでましたけど、『スイスの』は知らなかったので知りたい知りたいと思っていましたら、小学校の図書室で見つけまして、はっきりいって幻滅した」と書いている。「スイスの」は、「大草原の小さな家」にも似た家族の漂流物語である。伊藤は「父や母がのこのこついてきて、わたしたちを教えみちびき、食事をつくってくれるのなら、そんな漂流はしない方がましだったのです」という。「部屋の時代」でばらばらになった個人が、以前とは違う集まり方をしようとするときも同じことがおこるかもしれない。男の子集団、女の子集団、兄弟姉妹だけ、他人家族といったさまざまな組み合わせを試みたあげく、ぐるっとまわって再びフツー家族とか。再回収の力は強いのである。

075 尾崎翠「第七官界彷徨」

このような生垣にとり巻かれた中の家というのは、ひどく古びた平屋《ひらや》建《だて》で、入口に張られた三枚の名刺《めいし》が際《きわ》だって明るくみえるほどであった。小野一助、小野二助、佐田三五郎の三枚の名刺は、先に挙げた二枚だけが活字で、三五郎の分は厚紙に肉《にく》筆《ひつ》で太く書いた名刺であった。「〔中略〕小野町子だけが解《わか》ってくれるだろう」と私に書き送った佐田三五郎は、彼自身の名刺の姓名だけでも筆太に書いて、彼の心を賑《にぎ》やかに保つつもりになったのであろう。

（初出は一九三一年。引用は「尾崎翠」文庫版ちくま日本文学全集、八七〜八八頁）

この、不思議な小説は、二人の兄と、一人の従兄の下宿する廃屋のような平屋建て一軒家に、秋から冬まで同居した若い女性、小野町子の手記の形をとっている。一助は「分裂心理病院」に勤務する医者で、同僚の医者の患者に恋をしている。二助は「肥料の熱度による植物の恋情の変化」を研究する農学者で、ある泪《なみだ》多い少女にたいする失恋を胸にひめている。*1

三五郎は音楽学校志望の浪人生で、古いピアノをたたいて大声の音程練習をやり、時に狂ったようにコミックオペラをうたう。彼は、町子と隣家に引っ越してきた女性の両方に恋をする。

町子は「第七官の詩」を書くには、失恋をしなければならないと、恋をする前に失恋を夢みている少女である。三五郎は町子の髪をはさみで切ってやり、断髪にこてをあてて、自分のボヘミアンネクタイをほどいた黒いリボンでしばってやる。

つまりこの小説は、廊下で分かれた四つの部屋に住む、三人の青年と一人の少女がくりひろげる淡い恋の円舞曲とでも呼ぶことができようか。

あるいは、雰囲気と気分の小説といえるかもしれない。雰囲気は、廃屋をとりまく奇妙な匂いから、ただよってくる。家は蜜柑の樹の生け垣でとりかこまれているから、白い花の季節には芳香につつまれることであろう。季節は秋で、貧相ながら黄金色の果実が収穫されている。

ところが、柑橘類の芳香ではとても消すことができない肥料の臭気が、二助の部屋からたちのぼる。部屋の床の間にはガラス罎《びん》が並んで、ミニ大根畑となり、机の上の蘚《こけ》類は「熱いこやし」と「冷たいこやし」を交互に浴びて、実験的な恋をしているからである。二助が鍋でこやしを煮詰めだすと、同居人一同は、鼻をつまんで逃げだす。

有機農業の匂いをおぼえている人は、今では少ない。わたしは春におもいついて、かめの中の油粕に水をやって、蓋をしてみた。十日後には蓋がもちあがるほどにふくらんで、香ばしいような匂いがした。なつかしい堆肥の匂いである。手で団子にして植木鉢においてやるのだが、堆肥になった油粕は熱を発してほかほかしていた。残りに水をさして、さらに数日おくと、こんどは尾崎翠の小説にでてくるような、こやしの臭いが発生した。悪臭だ。そのままおおって一ヵ月後、おそるおそる蓋をとると、こんどは上澄みは透明で、かきまわさないかぎり、臭いはほとんどしない。

先回の「十五少年」の少年集団の物語には、エロティスムの匂いはほとんど、なかった。尾崎翠の小説には、ある。ただし尾崎翠の小説のエロティスムは、細菌が分解してしまったこやしの透明液のごとく、静かに、かすかに、おかしげに匂う。

小説の気分は、大正の流行歌のように、モダンに明るいのに、けだるい哀愁をおびている。なぜなら、これは不可能な恋の歌なのだから。少女にとって、二人の兄と一人の従兄は、異性でありながら、恋を禁じられた相手である。国のおばあさんは、三五郎と町子が幼い接吻をしたとき、「ああ、仲のよい兄妹じゃ、いつまでもこのように仲よくしなされ」といった。[*2] 第二部でとりあげた増田みず子の「シングル・セル」に似た植物性恋愛の関係なのだが、六〇年前のモダニズムには、まだ有機農業の匂いが残っていた。

＊1　尾崎翠は、小説が不思議であるだけでなく、存在が不思議な作家である。注を書き入れている一九九八年夏、尾崎翠の未発表稿が大量に見つかったという報道があった。読むことのできる日が楽しみである。

＊2　人間関係をあらわす比喩は結局、家族関係語になる。「父のような保護者」「兄弟のような友だち」などである。語彙は乏しい。男女の兄―妹関係は、少々危険の匂いがするが、しかし兄妹のように仲よい関係は容認されるのである。

076

岩谷時子「愛と哀しみのルフラン」

終戦後まもなく私の家へ来た越路さんは、宝塚をやめるまでの数年間、母や私と共に暮らした。不思議なことが今、私の心に残っているが、彼女はよい香りのする人だった。〔中略〕越路吹雪さんが、まだ元気なころ、私は、ふと彼女にいったことがある。「もう両親もいないし、やっぱり私、熱海辺りに老人マンションを買っておこうと思うの」〔中略〕なに気なくいった言葉だったが、越路吹雪さんは突然、「なんて情けないことをいうの！　私たち夫婦がいるじゃないの〔中略〕」と、怒ったような口調で私を責めた。

（初出は一九八二年。引用は講談社文庫、二二一頁）

これは、宝塚で生まれた女の友情の物語である。五月二二日の京都新聞に「わたしの名前は英名ライラック、フランス語でリラ、宝塚ではスミレになります」という詩が載っていた。なぜリラがスミレになるのだろう？

どうやら「リラの花咲くころ」という歌が、宝塚ではあの「スミレの花咲くころ」に歌いかえられたということらしい。わたしは宝塚少女歌劇の舞台をたった一度しか見たことがない。だが、関西では身近に宝塚ファンは多かった。中学校時代の親友は、娘役であった乙羽信子のブロマイドを集めていた。

高校になると、彼女の宝塚熱はややうすらいで、こんどは映画に熱中、わたしたちはよく一緒に洋画を見にいった。そのころには、わたしたち二人組にもう一人が加わった。スカート丈が長く、今ならさしずめスケバン風といった口のききかたをする三人目は、日本映画しか見なかったので、映画に行くときの組み合わせはいろいろであった。

ところが美空ひばり、江利チエミ、雪村いづみの三人娘の映画を見るときだけは、なぜか、こちらも三人組であった。少女たちの友情は、三角関係において安定することがあるような気がする。

先にヴェルヌの「十五少年」の少年集団をとりあげてから、文学の中の少女集団を探していた。女子大の寮の物語や、現代の少女マンガなどを推薦してくれた友だちもいた。排他的な二人組であるカップルでは、同性どうしだろうが、異性どうしだろうが、力関係のありようはあまりかわらない。多数集団の場合、縦関係の強いピラミッド型になりやすいのは、男性集団も女性集団も同じだ。昔の宝塚の規律は軍隊並だった、という人もいる。

だが、少女三人組の関係は、少し、違う。枕かかえて友だちの家に泊まりにいくとき、三人のうちの二人の組み合わせはつぎつぎかわりうる。というより、三人目を許容する二人関係とでもいおうか。

岩谷時子は、「宝塚グラフ」の記者になって、宝塚の型やぶりの生徒であり、スターであった越路吹雪と出会ったのであった。その後、越路が東宝へ移籍してミュージカルのスターになるとき、岩谷も東宝へ移って、越路のマネージャー、さらには、越路吹雪の歌うシャンソンの訳詞家、あるいは作詞家となった。二人の友情は、舞台という共通の仕事を通して、越路吹雪の死までつづいた。

だが二人は、岩谷母娘の二人関係に越路が加わって、越路が岩谷をお姉ちゃんと呼ぶ三人関係、伴奏者であり、夫でもある内藤法美とマネージャーの岩谷が両脇から越路の舞台を支える三人関係において安定していた。住まいというテーマであれば、母娘、夫婦のカップルの住む家にはそれぞれ、三人目を迎える部屋が用意されていたということになる。[*1]

これもいいな、とおもったのだが、岩谷の詩に「越路吹雪よ／四十年近い友情は　月日と共に昇華され／あなたは今　私の胎内に宿る／愛し子になった／駄駄っ子よ」とあるのを読んでぎょっとした。わたしの女友だちたちは皆、胎内などにいれたら腹痛をひきおこしそうな個性のきつい人ばかり。歳をとってから一緒に暮らせそうもないな。

＊1　少女マンガの一時代前、少女小説の時代には、「Sの関係」が幅をきかせていた。Sはむろんシスターの略字で、美しい上級生のお気に入りになる下級生といったテーマが多かった。女学校

のほかに宝塚が舞台になった。少女小説のライターであった吉屋信子自身の同性愛志向はすでに駒尺喜美が指摘した。宮本百合子と湯浅芳子の二人関係も、後世の書き手によってカムアウトさせられている。石井桃子の「朱い実」も、女の官能的な友情を描いている。いずれも対関係としてとらえられている。三人関係にも権力の差、葛藤はつきものだが、そこには関係が固定しない面白さがある。

077

宇野千代「別れも愉し」

初めての朝、私は寝室の扉のそとで誰かと話をしている子供の声をきいた。「子供が来てるわ。」私はそう言った。「うちの子供だよ、びっくりしたかい?」津村は半分笑っていた。そして大きな声で、「つとむ、つとむ、」とその子供の名を呼んだ。扉があいて白いジャケツを着た子供が這入って来た。「つとむはこのおばさん好きかい?」子供はちらと私の方を見た。「好きだよ、どのおばさんだって僕すきだよ。」

(初出は一九三五年。引用は集英社文庫、一〇～一一頁)

宇野千代の家道楽というか、普請癖は、つとに有名である。生涯に何軒の家を建てれば気がすむのだろう。「別れも愉し」は、画家、東郷青児との恋愛の前後を描いた短編集であるが、「家」という短編には、せっせと、暖かい居心地のよい家をつくるや、夜中に目をさまして窓の外を考え、ふらふらと出てゆく人間のことが書かれている。「私は幾度もその同じことを繰り返した。どの生活も殆《ほとん》ど似ていた。窓のそとへ出て見るとそれらの家はまるで古い抜殻《ぬけがら》のようになって私の背後に横たわる」とある。

同じく「私と子供」という題の短編は、継母物語なのだが、子どもは彼女を「お母さん」ではなく、「おばさん」と呼ぶ。父親の恋人であるきれいなおばさんが、つぎつぎに現れるので、「どのおばさんだって僕すきだよ。」となる。小説の「私」である宇野千代は、子どもを連れた東郷青児と一緒になって新しい家を建てて移り住み、やがてその家から出てゆく。

宇野千代と東郷青児がつくり住んだ、ル・コルビュジエ風の白い家の模型をどこかで見た気がするのだが、記憶がはっきりしない。[*1] 宇野千代の自叙伝「生きて行く私」によると、芝生のある広い庭を前にした白い家には、中二階のあるアトリエ、黒い円卓のあるサロン、寝室と居間、その他の部屋がある。

支払いの金がまにあわないのに腹をたてた設計士が寝室と居間のほかには建具をいれなかったので、ふきさらしだったとある。子どもがママと呼ぶ子どもの実の母がきて泊まることが書かれているから、子ども部屋もあった。宇野千代である「私」の弟も、一部屋あたえられている。真ん中のサロンには外からの客が多く、家の住民は好きなときに、好きなように自分の部屋から出て賑いに加わる構成らしい。

連載の先の数回にとりあげた集団はいずれも兄弟姉妹集団を擬していたのだが、この小説の住まいは、家族をつなぐ関係から、親子関係や兄弟関係のような血縁関係ではなく、性関係をとりだし、それを優先させて家族をつくろうとしている。画家と小説家である男女二人は、どちらが上下ということのない横ならび関係、その二人はそれぞれ今まで別に生きてきた人生のあいだにつくった諸々の関係をひきつれている。その複雑な関係の中には、それぞれの現在の異性関係もふくまれる。複雑な人間関係を生きる人は多いが、それをいちいち空間の記号である住まいの形にしようとするところが、宇野千代である。

二人の関係は、創造する二人の芸術家の組み合わせであろうとも、特権化されはしない。それぞれが、また別のパートナーと組むことがいつでもありうる。じっさい、東郷青児のモダニズムそのものである白い家もまた、宇野千代には抜け殻の一つとなった。一人戸籍の上にさまざまな記録が残るように、宇野千代の生涯には、住み捨てた家がつぎつぎと残る。

「別れ」は「解放」といいきる文章があるが、「別れも愉し」は、会うも別れるもさびしい、とも読める。十年前に「生きて行く私」の書評の仕事をもらって、生意気なことを書いた。電話がかかってきた。秘書らしき人の宇野千代からという説明の後、洞窟の中からのような別の声が、少しうらめしげに、「よく、おみとおしで」、とおっしゃった。「何も知らないくせに」と聞こえた。出稿後、宇野千代死すの報せがあった。最後の家は病院だった。[*2]

＊1　模型のことは、今もわからないが、「新潮日本アルバム47　宇野千代」には、「東京世田谷淡島の新居にて」という写真が載っている。

＊2　宇野千代は一九九六年六月一〇日、九十八歳で亡くなった。連載の「別れも愉し」の回は六月一四日の掲載であった。最終の校正刷に、最後の一文を入れてもらった。

078
山本夏彦「無想庵物語」

文子はイヴォンヌと共に秀才と遊び歩いている。無想庵はそれに追いすがるようについて行く。妻子は一流ホテルに泊って、無想庵はその近くの安宿に泊る。「なぜパパ公は泊ってはいけないの？」と子供は妻にきく。妻はいやな顔をして返事をしない。それでも亭主だからたまには四人一緒に食卓をかこむこともある。遅くなって泊めてもらうこともある。

（初出は一九八六年。引用は文春文庫、二一五頁）


第一次世界大戦と第二次世界大戦のあいだのフランスには、世界の各地から芸術家志望の青年たちが集まった。多くは屋根裏部屋のボヘミアンの生活を送った。日本からも、小説家、詩人、画家、彫刻家、音楽家志望の若者たちが、パリをめざした。「花の都、巴里」という表現が生まれたのはそのころのことであろう。彼らのおかげで、以後、シュールレアリスム、未来派といった同時代の潮流が直接に東洋の島国の岸辺を洗うこととなった。

林芙美子のように単身、海をわたった人もいるが、与謝野鉄幹と与謝野晶子、金子光晴と森三千代の恋人どうしや夫婦連れ、辻潤と辻まことの親子連れなど、家族で長い旅に出た人たちもいる。武林無想庵と武林文子、フランス生まれのイヴォンヌの親子三人は、一時帰国をはさんで、一九二〇年から一九三四年まで、フランスで放浪生活を送った。

無想庵が故郷からもちだした大金をまたたくうちにつかいはたすと、文子がパリでレヴューに出演したり、スポンサーつきの日本料理店を開店したり、さらには、たかりに近いやり方で同胞から金をひきだして、その日暮らしを送った。文子はいつも、愛人と豪華な一流ホテルに宿泊、無想庵は安宿の部屋をあてがわれて、そこから可愛い娘の顔を見にホテルへ通っていた。戦後に後援会が出版した四十数巻の自叙伝「むさうあん物語」は、パリの無頼生活を身近に知る山本夏彦により、異色の伝記「無想庵物語」に書き直された。*1

山本夏彦は、無想庵たちはホテルに「泊る」生活だったと書いている。わたしは、しかし、無想庵たち、とくに文子は、ホテルに「住む」つもりだったのかもしれないとおもう。わたしはこの連載をはじめる前、長いあいだ、「住む」という動詞について、「人は、住む動物なのだろうか」「人は、同時に二ヵ所に住むことができるか」「旅を住みかにするなら、ホテルに住むという表現も正しいのでは」などなど、奇妙な問いを考えつづけていた。歩きながらいくら考えても答えは出なかった。歩き疲れ、この連載をはじめた。

旅をしていたある日、南フランスの小さな町の蚤《のみ》の市を通りかかった。古本が並べられていた。「コント・ジャポネ（日本のおとぎ話）」という題の革装丁の本を何気なく手にとった。マダム・フミコ・タケバヤシ口述、ジョルジュ・ラジョ聞き取り翻訳とあった。アイスクリーム一個分ほどの値段であった。買って、プラタナスの木陰でゆっくり読んだ。

定番おとぎ話とは違って、地名や人名が詳しく、講談や芝居話もまじって、フランス語で書かれているのにもかかわらず、語る人の肉声が聞こえるようになまなましかった。文子がフランス語で本を出したのは、虚栄心や楽しみのためでなく、これで金になるなら、という試みであった。その国でその国の金をかせぐのでなければ、人は異国で金を使うだけの旅人である。文子はたしかに住もうとしたのだとおもえた。

武林文子は、無想庵とは別れて再婚し、宮田文子となった。先週亡くなった宇野千代の後半生の親友であった。宇野千代の自叙伝「生きて行く私」によると、戦後すぐに宮田文子とパリに旅行した宇野千代は、豪華ホテルの玄関で、はるばる日本からかついできた醬油缶を落とし、大理石の床にぶちまけた。文子は強烈な匂いにも眉ひとつ動かさず、ホテルに掃除を命じた。宇野千代はホテルを住みかとしてきた人の貫禄に目をみはった。

＊1　「むさうあん物語」は荒井健、荒井とみよの蔵書をお借りした。自叙伝「むさうあん物語」と伝記「無想庵物語」の関係は、読む行為が創作行為となる場合があることを教える。

079
野間宏「真空地帯」

曽田一等兵は木谷一等兵をさがしに班内へ行ったが、いつも彼がいる筈《はず》の舎後《しやご》（裏側）の東側の寝台の上には彼はいなかった。既に木谷一等兵がかえってきてから三日以上もたっていたが、彼は寝台からはなれるということは余りなかった。彼は寝台の方にすわって、体をうしろの整頓棚《せいとんだな》の下のくらいところにおしこんでいるか、或は毛布をめくって前につき出した足をつつみこみ……そのたてた膝の上にあごをのせて班内を見廻しているかした。（初出は一九五二年。引用は岩波文庫、九五頁）

ある世代の男性は、ほぼ全員が軍隊生活を体験し、兵営で寝起きをした。家庭以外に確実に住んだことのある空間とは、兵舎であった。小説「真空地帯」は、細分化された序列が抑圧を上から下へ順送りし、嫉妬深い相互監視が左右にはりめぐらされる組織を内部から描く。「真空地帯」とは、人間らしい空気がない空間のことである。「真空管」という言葉も使われている。真空管は、旧式ラジオについていた。一九四五年八月一五日、敗戦を告げる天皇の声は、日本中の真空管ラジオから流れた。ラジオの木箱が国家だとすれば、真空管である軍隊はその中枢の装置である。*1

兵舎は、経理室で事務をとる曽田一等兵の視点から描かれている。曽田は、兵役の途中に窃盗の罪で軍法会議にかけられ、刑務所に入れられ、そこから原隊復帰した木谷一等兵の行動と心情に関心をよせ、接近する。職務上の特権を利用して、木谷の経歴を調べる。

木谷はもとは経理室に所属していた兵隊であって、経理室の二つの派の争いにまきこまれ、たんなる拾得物横領を、反逆的思想の持ち主の犯した窃盗罪に仕立てあげられたのであった。木谷は、真空地帯よりもさらに恐ろしい刑務所の体験を語る。そこでは私物とは、シジミ汁からとりのけた光る貝殻一つであり、囚人は毎晩、就寝前に便所の隙間からとりだして、これをもって眠り、朝にはまた、同じ隙間へ返した。

だが兵営[*2]とて、寝台一つの私的空間が監視の目を逃れることはない。木谷は、真実の暴露を恐れる一派の画策で、兵営から野戦送りとなって曽田の視野からふたたび消える。戦地へ向かう船の底で木谷が抱きしめる真の私物は、最後に返された、かつての馴染みの女、花枝の写真一枚である。住まいとは、私物をいれる空間のことである。子どもは勉強部屋に立ち入り禁止の貼り紙をして、家の中に私物に囲まれた自分の空間をつくろうとする。大人の住まいにたいする執着も同じであろう。

だが、この小説では、家庭は個人と私物を守る働きを十分にはたしてはいない。曽田が公用の外出にかこつけて寄る生家には、彼の書斎が残されて壁にめぐらされた本棚の本が読まれることを待っている。だが、婦人会の仕事にはりきっている母や、動揺している婚約者が最後の最後まで彼を守るかどうか、わからない。

木谷の姉は、木谷の野戦送りが決定的になったときはじめて、やさしい顔をみせる。木谷は現実の花枝の裏切りも確信している。写真は別なのである。女性も家庭も、戦争に協力した現実が、ここには容赦なく描かれている。

「真空地帯論争」があって、「真空地帯」は軍隊を特殊地帯として描いているかどうか、さらにはその是非が論じられた。作者の野間宏その人が、天皇の軍隊であった日本軍の特殊性を強調して、「軍隊は社会の縮図である」というように相対化してはならないと力説したことを知って、おどろいた。

わたしはこの小説を、現代の学校や病院、全員が加担するいじめや隔離の物語として読んだからである。それにしても、自分の子ども部屋、ワンルーム、マンションか一戸建て住宅を入手した世代が好む劇画が、戦士物、軍艦物、軍隊組織物なのはなぜだろう。

＊1 新聞連載のときのこの回の見出しは、「個人も私物も守らない空間」であった。一九九八年、中学生による教師刺殺事件があってから、中学校で私物検査が日常化しそうだという。

＊2 文庫本一一頁に、「兵営の略図」が載っている。

080

小松左京「日本アパッチ族」

三千――と私は言った。実をいうと、つい一週間前まで、東海地区居留地のかまぼこ小屋には、十万のアパッチがいたのである。しかし〝屈辱の日〟の危機を察した大酋長のカンで、屈強なアパッチたちは、ほとんど全員夜陰に乗じてひそかに居留地を脱出し、そのときまでに都市周辺や山岳地帯に散開していたのである。陸のほうはすでに常時陸軍の夜戦レーダー網で見張られていたから、脱出は海中を通じて行なわれた。

（初出は一九七一年。引用は角川文庫、三二三〜三二四頁）

通称アパッチとは、大阪にあった陸軍砲兵工廠の広大な廃墟に夜間に出没し、古鉄を発掘しては売りとばすことを稼業とする人々の呼び名であった。[*1] 開高健は取材にもとづいて、屑鉄泥棒アパッチ族と警察の大立ち回りを、大阪のしゃべくり漫才のノリで活き活きとリアルに描いた小説「日本三文オペラ」を書いた。[*2] 同様の素材をもとに、小松左京はＳＦ小説「日本アパッチ族」を書く。戦後憲法がかわり、基本的人権のかわりに秩序を旨とし、「旧」憲法の「権利」という言葉をほとんど「義務」におきかえた「新」憲法が成立するという設定の未来小説である。

「旧」憲法第九条の平和条項がなくなって日本に軍隊がおかれ、失業罪という罪ができて、失業者は大阪のもと砲兵工廠廃墟、食糧も水もなく、電流の通じた鉄条網と運河に囲まれた追放地に永久追放される決まりとなった。

追放の門をくぐった失業者である主人公「私」、木田福一は、同じ追放者山田捻と脱走を試みて失敗、野犬の群に襲われてあやうく食われるところをアパッチ族に助けられる。アパッチは屑鉄を食糧としているために金属化現象をおこし、身体は鉄化、スクラップの埋まる荒涼たる廃墟の環境に順応して生きる生物となっている。鉄人間たちは、大酋長に率いられた大会議による多数決制、「家族」制度の廃止、徹底した民主制をしいていた。

「アパッチには夫婦制度というものは別になく——これはアパッチの独特の生殖様式からくるものだが——男女は完全に同等の権利を持ち、子どもは種族の共有財産とみなされていた」とある。アパッチ族はどんどん増殖して追放地からあふれ、全国に出没。ついに政府から居留地を獲得するが、軍隊がクーデターをおこして直接にアパッチの制圧にのぞみ、アパッチは徹底抗戦、日本列島全体が巨大な廃墟、つまりアパッチの故郷となって、アパッチ文明が成立、その歴史が木田福一によって書かれて小説は終わる。

この小説は、作者が生きたあらゆるイデオロギーの諷刺となっているのではあるまいか。居留地に建てられたアパッチのためのカマボコ小屋とは、野間宏の「真空地帯」に描かれていた殺伐たる雰囲気の兵舎に似ていそうである。アパッチなるイメージは、戦後風俗の中心にあったハリウッド映画のスクリーンからとびだしてきた。アパッチ文明を築いた偉大な大酋長は、彼の指導力が独裁者崇拝を生むことをおそれて、自分を悪役にしたて、死んだことにして、死後の大酋長批判を演出、鉄製の大酋長像を台座からひきおろし破壊する群衆にまじって歓声をあげていたという挿話は、社会主義にたいする幻滅をも描いている。そして鉄人間アパッチは、家族をもたないと同時に、人間的な喜怒哀楽の感情を失う。死ぬときだけ、大笑いをすることになっている。

「家族」制度の廃止はユートピア小説の常道なのだが、家族を超えるユートピアを描くことは、やはりむずかしい。「ケツネ食いたいな」ではじまる小説の大阪弁に救われてはいるものの、アパッチの徹底した平等世界は絶望的な逆ユートピアである。通天閣にいたるまで、あらゆる「文化」を食ってしまったアパッチは、廃墟にたたずみ、御堂筋の並木にむらがる「浪花雀」のやかましいさえずりをなつかしんで最後の涙をこぼすアホである。

＊1　連載の挿絵を描いてくださった貝原浩さんは子どものころ、大阪の環状線から見た砲兵工廠の草茫々の景色を鮮明に覚えているといわれた。京都文教大学の「文学」の授業のときにも、子ど

ものときこの近くに住んでいたから、という理由でこの小説を選んでレポートを書いた受講生がいた。大勢の人の記憶の原風景となった空間である。廃墟のイメージには過去と同時に未来への想像をそそるものがある。

＊2　梁石日（ヤン・ソギル）「夜を賭けて」（幻冬舎文庫）は、大阪造兵廠跡の自称アパッチ族であるコリアンの戦後五十年を描いている。

081
上野英信「出ニッポン記」

それは文字どおりの原始的な掘っ建て小屋であった。屋根こそ赤瓦で葺いてあったが、あとはただ丸太を地中に埋めて立て、まわりを土で塗りかためただけの、このうえなく単純な構造であった。

雨露をしのげばたるというのは、まさしくこのような造りをいうのであろう。私はしばし唖然《あぜん》として土間につっ立ったまま、あたりを見まわすばかりであった。

「どげですか、風流な家でっしょうが！」*1

（初出は一九七七年。引用は現代教養文庫、五八頁）

その小屋は、ブラジルのサンパウロから百キロ西、見わたすかぎりのトウモロコシ畑の向こうの斜面に立っていた。家族の力だけで建てた家である。「炭鉱で枠入れに慣れとるけん、こげな家くらい朝飯まえですたい」といわれてあらためて眺めると、その家は「九州の炭鉱で俗に〝ササ部屋〟と呼びならわされている鉱内詰所の趣にそっくりであった」。家の構造は、これ以上考えられないほど簡単である。大地主の農地から農地へわたり歩きながら生活する借地農の家は、いつでも解体してもち運びできなければならない。

上野英信は、渡航後すでに十数年を経た移民の多くがいまだに流浪生活を送っていることに、胸をふたがれるおもいをする。その夜、プロパンガス灯の下で一家の苦難にみちた漂泊の話を聞きながら「私はまるで筑前の坑夫納屋で語り合っているような感じだった」とある。一九六〇年前後のあいつぐ炭鉱閉鎖に取材して、上野英信は「追われゆく坑夫たち」(岩波新書)を書いた。「出ニッポン記」はその続編、ヤマを追われた後、移民となって「ぶらじる丸」や「あるぜんちな丸」に乗船し、南米大陸にわたった労働者家族の十数年後の生活に取材したものである。ルポルタージュの仕事では、調査やアンケートの対象となった人々の「その後」の追跡が大切である。

その後の物語によって、前の物語の意味が深まることが多いと同時に、追跡調査は対象にたいする尊敬の印でもある。上野英信は、十数年のあいだ、片時も自分のルポの対象となった人々を忘れなかった。なぜなら、彼自身、坑夫であったからである。この書物は、今では聞くことの少なくなった「労働者の連帯」の志によって書かれたすぐれた本である。

わたしはこのルポルタージュによってはじめて、移民の資格には、稼働人員三人を含む適正家族を構成すること、という絶対条件がつけられていたということを知った。三名の稼働人員のいない家族は、親族から一人、二人の青年をもらいうけるようにして家族を構成し、海をわたった。

日本における送り出し機関が移民に約束した夢の地の現状は、話とはおお違いであった。「サンパウロ新聞」は、日本政府の政策を非難して、生活苦に追われる新しい移民の苦難を報道しつづけたという。その記事でくりかえされるのは、「頼む家長に死なれ」「路頭に迷う妻と六人の子ら」「最悪の家族構成」といった見出しである。

「サンパウロ新聞」も上野英信も、「家族構成」「家長」という言葉をくりかえし使う。日本政府の送り出し機関が用いた用語が使われているに違いないのだが、苦難は家族で切り抜けるしかないという認識が共通する。上野英信の同志は、倒れて死ぬまで雄々しく働いた「家長」たちであって、後にけなげな妻や子どもたちがつづく。それがきびしい現実であることを知れば知るほど、男の同志たちを追いつづける上野英信の仕事に平行して、森崎和江が書いた「まっくら」など、炭鉱の女たちの記録の意味が重要におもえる。

戦後、移民船として活躍した「ぶらじる丸」は、使命をおえたのち約二十年間、観光用に三重県鳥羽港につながれていた。今年の五月二九日付京都新聞夕刊によると、「ぶらじる丸」は、いよいよ解体されるため、中国へ「最後の航海」に出発したという。[*2]

＊1　文庫版に付された写真参照。原本は「写真万葉集『筑豊』」。

＊2　この年（一九九六年）の五月のはじめ、わたしは近鉄電車に乗っていて車窓から偶然ほんの一瞬、

鳥羽港の「ぶらじる丸」を見たのだった。「ぶらじる丸」の名前は、この本に載っていたので覚えていた。その月の末に、新聞で「ぶらじる丸解体へ、中国へ〝最後の航海〟」という見出しを読んだときには心底おどろいた。

082
尾辻克彦「お湯の音」

この家は六畳と四畳半と台所がついた木造一軒屋。小さな庭や垣根もあって、家賃四万五千円。胡桃子と私には広々としている。二人家族には贅沢《ぜいたく》かな？　玄関に着いた。見上げると、屋根の上にはもう高い煙突が突き出していて、もくもくと白い煙まで吐き出している。物凄い早業だ。玄関には両側に「男」ののれんと「女」ののれん。

（初出は一九八一年。引用は「父が消えた」文春文庫、二六七頁）


諷刺画家で路上観察やオブジェ制作をする赤瀬川原平は、尾辻克彦のペンネームで小説を書く。離婚した後の「私」と小学生の娘、胡桃子が暮らす父子家庭小説シリーズがある。「お湯の音」は同シリーズの最初の一編。

父と娘だけの生活がはじまったばかりである。献立は二人で相談して決める。鯵《あじ》の塩焼きか、トマトシチューか、それとも御馳走の出前にしようか。二人はウナドンの出前はやめにして、そのかわりお風呂の出前をとることにする。銭湯へ電話をかけると、沢の湯さんが自転車に乗ってアルミニウムのおかもちをもってやってきた。

四畳半でおかもちの蓋をひきぬき、バタンバタンとひろげると、おもいがけず広い男湯と女湯の白いタイル空間が立ち上がる。ぐるっとまわって、玄関がお風呂屋さんの入り口となる。たちまち湯気がたちこめ、タイルの上に桶をおく音がコーンとひびく。ここいらは、ほんとつくづく魅力的な赤瀬川原平の超現実世界なのだ。*1

胡桃子は三歳のとき、お父さんとお風呂に入って、ちょうど目の前にあるお父さんの体の黒い部分を見あげながら、「お父さんて体全体がおちんちんみたい」といったことがある。今も二人で出前のお風呂に入っていい気持ちになって、お父さんが胡桃子にしてくれるお話は「むかしむかし、あるところに父子家庭が住んでいました。朝起きるとお父さんは山へ柴刈りに、子供は川へ洗濯に出かけます」とはじまる。むろん、ドンブリコッコと桃が流れてくる。拾ってだいじに家までかかえてゆき、包丁を当てると中から桃太郎ではなくて、全身が桃色に輝くキレイな女の人がうまれる。「お母さん……」となって、お話のお話はおしまい。

外側の出前の銭湯のお話はまだ残っている。胡桃子は「なんだか、女湯って、恐いよ」といって、お父さんと一緒に男湯につかっているのだが、誰もいないはずの女湯からピチャン、チャプンとひそやかなお湯つかいの音がする。胡桃子が聞き耳をたて、目を輝かせ、湯船をピョンととびだして女湯へ走ってゆく。もういちど、「お母さん……」とおもったはずなのだ。

肩をひたひたと打つお湯の感触はなんと気持ちよさそうなのだろう。まだ若い父親と小学校一年生の女の子のつるんとした裸身の向こう、湯けむり越しに、女と男のはかないエロスがにげてゆく。薬とアルコールでノイローゼとたたかい、暗闇にうずくまる母親ではなく、もういちど桃色のみずみずしい皮膚になった女の幻影である。

尾辻克彦の別の短編には、不動産屋でお風呂場だけの出物、廊下だけの出物を見つけて買ってしまい、都内のばらばらの町にあるお風呂場や、廊下に電車に乗って住みにゆく話がある。家族も住まいもばらばらなのだ。一九七五年以降、離婚小説がつぎつぎと書かれた。津島佑子「光の領分」（一九七九年）、干刈あがた「ウホッホ探検隊」（一九八四年）、ひこ・田中「お引越し」（一九九〇年）などである。[*2] 新しい離婚小説には、昔の悲惨小説のような暗さがない。抑制されたせつなさ、反禁欲主義、他者の尊重など、人生の別の美学の発見がありそう。

＊1　赤瀬川原平「我輩は施主である」（読売新聞社、一九九七年）によると、赤瀬川原平＝尾辻克彦はその後、以前にタンポポハウスを建てた藤森照信の設計で屋根にニラが生えているニラハウスを建てた。超現実が現実になったようなその設計は、「ゆとりと温もりの空間創出に対し」日本芸術大賞を獲得したそうである。

＊2　干刈あがた「樹下の家族」（一九八二年）、冥王まさ子「南十字星の息子」（一九九五年）もあげておこう。

083
岩瀬成子「やわらかい扉」

二階には五つ部屋がある。階段のそばの物置として使われている小部屋、その隣に千田さんの部屋と弟の鉄男くんの部屋が並び、反対側に二間つづきの和室があった。〔中略〕

「庭もあって、静かで、いいねえ」と私は桜を眺めながら言った。

すると千田さんは、「ねえ、白木さん、うちに下宿しない?」と言ったのだ。

（初出は一九九六年。引用はベネッセコーポレーション版、六、一二三頁）

家族とはちょっと違う関係の人たちが集まって住むという物語のある本を探していた。広島にある子どもの本の本屋「ほうき星」さんが、この本を教えてくださった。「やわらかい扉」という題名に、意表をつかれた。やわらかいの反対の「かたい扉」、そして「冷たい扉」「重い扉」は、団地のスチール扉[*1]からはじまったのではなかろうか。スチール扉とシリンダー錠は、それまでの日本家屋とは違う確固たる私領域のあり方の象徴であった。

鍵をもつ生活がはじまった。鍵っ子は自分の家の鍵をもち、自分の家にしか入れない。あの重い金属製の扉に幼児がまつわりついているとき、手をはさみはしないかというかすかな不安がある。うっかり強くしめたとき、コンクリートの壁に反響するガーンという音におびえる。だから「やわらかい扉」のある家は、少々レトロっぽい木造二階建てである。小さな屋根裏部屋がもう一つある。だが扉すなわちドアのある家は、純粋日本家屋ではなく和洋折衷型であって、この家にも玄関脇に昔懐かしい洋間である応接間がついている。

その千田さん姉弟の家に、千田さんの高校のときの同級生、白木さんが住みにくる。冷蔵庫の中身は共有で、お腹のすいた人が料理をつくり、食べた人が後片付けをするような決まりができる集まり方である。弟の鉄男くんは、十四歳年上の人妻と心中未遂事件をおこしたことのある高校生である。受験勉強中の学年なのにコンビニでバイトをしている。白木さんが、ハンサムで、やさしくて、しっかりしているという鉄男くんは、自衛本能が欠けているようなところがかわっている。心中事件もそうなのだが、こんども、河野さんという中学生の女の子が屋根裏部屋に住みにやってくるのをうけいれる。

河野さんが妊娠中絶をしたので、河野さんの母親はその相手は鉄男くんだとおもいこんで抗議にやってくる。彼は、否定はしない。鉄男くんは困っていた河野さんに相談をうけただけなのに、「いいんだってば。濡れ衣っていうのも、いいもんだって」ですませてしまう。

白木さんは、河野さんの母親にたいし、千田さんはやってくる子たちに「気持ちのやすまる場所っていうか、そういう自由な場所を提供しているんですよ」と説明する。子どもたちは「やわらかな扉」を押せばよいのだ。だが、「自由な場所」という表現が大人たちを怒らせる。河野さんの母親だけでなく、隣家のきれい好きな老夫婦も、庭に草が生え、かわった人の出入りする千田さんの家が気にくわないらしい。千田さんの庭に生ゴミをばらまくいやがらせをする人もいる。

千田さんの家は、親と学校から避難してくる子どもたちに一時的な居場所を提供している。[*2] だから、この家は疑似的な兄弟姉妹集団の家である。児童文学には、一時期、親たちの離婚を描いた小説が多く描かれた。その後に子どもたちだけで暮らす家が夢想されるのは当然のなりゆきであろう。[*3] 千田さんの両親も、姑と嫁の問題や別居問題を抱えていたことになっている。

きょうだい物語は昔からあるが、これは兄妹ではなく、姉弟である。それに、姉は弟べったりではない、ひとりでスペイン旅行に出かけてしまう。この姉弟関係も現代の異性関係の一つのモデルを暗示しているのかもしれない。

*1　戦後の団地住宅は空襲の記憶から、耐火建築であることを強調した。スチール扉の採用はそのためだったのだろうか。それにしても、がんじょうすぎて震災のときなど閉じこめられて出られなくなった住民がいた。

＊2　ここでわたしが「居場所」という言葉を使ったのは、笙野頼子の「居場所もなかった」の影響であろう。そのときは気づいていなかった。新聞の見出しは敏感にこの言葉を拾い、「子どもたちの一時的居場所」とタイトルをつけた。

＊3　連載の読者から、阪神・淡路大震災のときには大人たちより子どもたちのほうが率先してさまざまなとりきめをつくり、それを互いに守り、実行したという話があると教えられた。

084

冥王まさ子「天馬空を行く」

羚は父親の頭に顎を乗せ、『家なき子』の猿将軍のように威張りくさって、ちょっと広くなった世界を睥睨する。弓子は獏の傍に寄って、手を取り軽く握る。獏は払いのけもせず、黙ってされるがままになっている。聖家族、という言葉がふと浮かんだ。家を離れて漂っているとき、親子は家庭の埃を払い落として、家族そのものに上昇する。家庭は諸悪の温床だ。似たり寄ったりの幸福な家庭を築くために、親は子に子であることを強制し、子は親に親であることを強制する。

（初出は一九八五年。引用は河出文庫、二一一頁）

両親と二人の子どもがそろっている、規範どおりで欠損のない「家庭」家族が、家庭が収まっている家から漂いでたとき、どのような冒険がはじまるか。これは一九七六年、夫婦のアメリカ留学中の夏休みを利用して、親子四人が出たとこ勝負のヨーロッパ旅行を試みる物語である。「旅の中の旅」であることが、よけいに、彼らを東京の家からもアメリカの宿舎からも解き放っている。「家なき子」のレミは拾われた子どもであって、天涯孤独の孤児が旅芸人の一座に入って、母親と幸福な家庭を見つける目的で旅をつづけた。ところが「天馬空を行く」は家族ごとの漂流記である。幸福を探すという目的のない、旅の意味を問いようのない冒険物語として書かれた。じじつ、この小説は正統派旅行記の体裁をとり、十五の章立ての題名には、ニューヘイヴンから出発して、ルクセンブルグ、アントワープ、アムステルダム、エディンバラ、ロンドン、マドリード、リスボン、パリ、アイスランド、と地名が並ぶ。ヨーロッパ倹約旅行の道程にほかならない。旅は出来事の連続である。ホテルのベッドが寝小便で洪水、妻は街角のあんちゃん風に声をかけられ、夫はかつての文学少女らしい女に誘われる。子どもたちの怪我、喧嘩、観光、異国の食事、たくさんの会話。寝台車という動くホテルに泊まることもある。色と音と匂いと気温が伝わる。

「ロビンソン漂流記」は、その後さまざまな「漂流記」を書かせた。その中でいちばんつまらないのが、牧師の家族が家族ごと漂流する「スイスのロビンソン」、親がのこのこついてくるのでは冒険が冒険にならない、と伊藤比呂美はいったのであった。しかし「天馬空を行く」の家族は、家族ごとの漂流によって、それぞれがそれぞれの冒険をはじめる結果となる。[*1] 知的亡命を望む夫は龍夫、ペガサスのような翼をもちたい妻は弓子、そして夢みる獏とすばしっこい羚。家族四人の登場人物はそれぞれにふさわしい名前で呼ばれながら、小説の中でそれぞれがそれぞれになってゆく。「健全な家庭のみせかけの下で、一つ一つの魂が業にあえいでいるのだ。その業を雄々しく生きなくて、人生は何だろう。ギリシャ悲劇はそういう業がぶつかり合う家族の悲劇だ。そこには崇高な率直さが表れている。獏や羚を見ていると、弓子はこの家族がそういう悲劇をはらんでいるように思えてならない。その種子は龍夫の中にもあり、弓子自身の中にもある。心構えをしておかねば。だが、たった今、家族は美しく寄り添っている」と、弓子はつぶやく。旅のあいだ着たきりのロングスカートをひるがえしながら家族をかばって駆け回り、喧嘩っぱやい弓子さんが、回転しながらする内省の瞬間である。弓子さんに距離をおいて彼女をユーモラスに描いていた作者が、瞬時、その配慮を忘れて登場人物の声ではなく、自分の声で語っている。

知的亡命を宣言する龍夫は子どもたちにお父さんは亡命するぞ、といい、亡命は命を亡くすと書くと教えて彼らを不安にする。冒険には事故と死がつきものである。冥王まさ子、一九九五年没、五十六歳。死は小説の旅の十九年後、旅を小説に書いた十年後であった。オデッセウスの航海にみあう時間である。[*2] しかし帰還のない航海であった。金の羊毛については、旅の意味については、作者にたずねてはならない。読者が知っている。

＊1　漂流をはじめると、子どもたちだけでなく、親たちも「家なき子」になって、大人であることをやめる。この小説の中ですでに弓子は龍夫を永遠の少年とみなし、ときに苛立ち、ときにかばう。文庫版の解説において、自分は龍夫のモデルであったとする柄谷行人は、旅の十年後に旅を

小説に書いたころの冥王まさ子について、「また、この時期、彼女はもはやこの作品の主人公のように『息子たち』を率いて進む人物ではあり得なかった。小説家として彼女自身が『娘』になっていたからだ」（四一九頁）と書いている。それぞれがそれぞれになったことについての肯定、あらためて投げかけた視線、批評家が作品に呈するおさえた賛辞がある解説文は、読者にとっては読むべき、もう一つのテキストである。

＊2　旅の時間と日常の時間は流れる速さが違う。流れる向きも違うのかもしれない。身体時計は敏感に反応する。弓子さんは「朝起きるなり、ぬらっと出血があった。生理が三十日周期の予定より五日も早い。こんなことはじめてだ。何が月のめぐりをいそがせているのだろう。胸のしこりは消え、代わりに乳腺が張っている」（二九二頁）とつぶやく。なまなましい感覚がよみがえる。冥王まさ子は旅を描くことにより、もういちど旅を生きたに違いない。

085
深沢七郎「流浪の手記」

旅行は見物をしに行って帰って来るのだが、私の場合は、ちょっと、ちがって、行ったところへ住みついてしまうのだった。だから、旅館に泊るのではなく下宿の様な生活になったり、アパート暮しの様な生活にもなったり、その土地で働いたりすることにもなるのだった。去年も、京都に一ト月ばかり住んだが、今年の春も二タ月ばかり行っていた。下宿生活で、用事もなく、外出して、ぶらぶら街を歩いたりして、その日がすぎて行けば、人の一生はそれでいいのだった。

（初出は一九六三年。引用は徳間文庫、五〇頁）

深沢七郎のように、一ヵ月ばかりだけ住むのだったら、京都はどこよりも魅力的な街だろうとおもう。何度でも帰ってきたい街におもえるのではないか。ずっと住んでいる人間にとっては、なかなかしんどい街なのだが。深沢は一ヵ月を「住む」というところがすごい。下宿の二階に居を定めると、銭湯も、食堂のありかも見当がつき、日常生活がはじまる。ただしこれは一九六〇年代の話であって、現在の京都市内には下宿も銭湯も食堂も数少なくなった。観光客としてでなく、旅を棲家とする人間には、おとずれにくく、住みにくくなっているに違いない。

深沢七郎は「風流夢譚」事件（一九六〇年）の後、自身もテロに襲われるおそれがあったため、最初は警察の保護監視下で、のちには一人になって逃亡の流浪生活に入ったのであった。だが、深沢はもともと小説家であると同時にギター弾きであり、定住の人というよりは流浪を選んだ人だった。「楢山節考」「東北の神武たち」「笛吹川」などは、流浪の人の目でみた定住の人たちの物語ではなかろうか。それにたいして「千秋楽」や「流浪の手記」は流浪の人自身の物語である。深沢は「厳格ではないシャれた小説」として「風流夢譚」を書いたのに、「その風流がとんでもない殺人事件などに発展してしまった」といっている。「風流」は定住の人ではなく、この世を外から眺めている流浪の人だから描くことのできる六〇年安保闘争の諷刺画であった。すぐれた諷刺画はテロをひきおこし、被害は罪なき人に及んだ。逃亡の人は自分に「渡り鳥のジミー」「ジャンパーを着た渡り鳥」「風流亡命」「風流逃亡」「風の又三郎」のあだ名をつけた。カタギの生活の邪魔はしないという放浪の決まりを大きく狂わせた事件の後、深沢の旅は巡礼の旅、世捨てのおもむきが深まる。

「流浪の手記」の「いのちのともしび」と題されている章には、死者をおもう「消えて行く人たち」という文章がある。おなじ章に土の香りがし、いのちのともしびのように赤く輝く札幌の苺をほれぼれと眺め食べる話がある。だが札幌に来たのは、全国から届いた脅迫状の山の中にあって、札幌からは一通だけであり、深沢にはその手紙の主に殺されてみようかというおもいがあったからだ。

「住む」という動詞は、たとえば英語では「生きる」でもあるわけだが、「住む」にはもともとその場所で「死ぬ」という意味が含まれていたのではなかろうか。「住む」は「澄む」に通じ、沈殿して終わるのだとすれば、定住の人間にとっての終《つい》の棲家には、死に場所という考えが含まれているであろう。[*1] 深沢七郎はその後、ラブミー農場に隠遁して百姓をはじめるが、東京で今川焼きの夢屋も開く。最後は農場の温室の中で、椅子に座ったまま息をひきとっていたという。葡萄の棚の青天井の下であった気がしてならない。なぜなら深沢の死は放浪を含む定住の死に方であって、そこが現代的だからだ。

一九八〇、九〇年代になると、若者たちの海外旅行がアメリカやヨーロッパ志向からアジア旅行へ転換していった。経済の高度成長期の日本列島の都市からは、放浪の人をうけいれる迷路のようなアジア的路地が失われていったからではなかろうか。

＊1　「深沢七郎の滅亡対談」（ちくま文庫）の中で、深沢はたびたび自分の「おばあさん好き」について語る。最後の対談は妹分と二人暮らしの瞽女のおばあさんが相手である。深沢の弟分となった人は、彼の逃亡中、保護観察をする役目であった刑事だったのだという。おばあさんの二人暮らしも、深沢と相棒の二人暮らしもいい感じである。

086
車谷長吉「吃りの父が歌った軍歌」

母屋《おもや》には父と母が息を潜めて目を光らせていた。母屋は長い間に亙《わた》って家中、梁《はり》も大黒柱も根太もどこもかしこも白蟻《しろあり》に食い尽され、恐らくは百噸《トン》余はあろうかと思われる大屋根の下に、家全体が軋《きし》みながら少しずつ西側へ傾いていた。
（初出は一九八五年。引用は『鹽壺の匙』新潮文庫、二一七頁）

この連載のあいだに読んだ小説に、大屋根のある家は少なかった。島崎藤村の「家」以来である。モースは、日本の農村には数少ない大きな家と無数の小さな家しかないといった。大きな家は代々つづく地主の家、それをとりまく小さな家々が小作の家であった。敗戦後の農地改革によって、地主は土地を失った。現在のわたしたちの先祖は、数からいえば小さな家の出である。しかし、農地改革の後も、戦後二十年までは大きな家の子どもたちだけが高等教育をうけて言葉を手にした。小説家は、大きな家の出でありながら父に背いて先祖代々の「家」を捨て、町に出て新しく「家庭」を築き、自分自身と家族を入れる中くらいの大きさの家を建てる、あるいは建てることに失敗する話を延々と語ってきた。そのあいだにサラリーマン社会が成立、地面に接した大屋根の家の物語は忘れられた。[*1]

私小説にかけるという車谷長吉は、もういちど大屋根の家から語りをはじめる。屋根裏に先祖の年齢の物の怪が棲みつき、地霊が小作人たちの声なき声となっていまだにうめいている世界である。「祖父の死後、已に実体の喪われた『家』を相続した父は、同時に気持ちの余裕を喪い、何か或る恐怖感に取り憑れた目を家の中に光らせていた」とある。没落地主である父は、守り一筋の生活に妻と息子たちをまきこみながら苦しんで生きる。学問をして家から脱出する道をふみだしながら挫折して家に帰ってきた主人公と、学問をうけられず家につながれながらも北海道やアメリカへ放浪の旅をし、養老院のボランティアで自己改革をはかる弟の、対立する兄弟の意識が物語の中心にある。

サラリーマンをやめて無為徒食の兄に向かって、弟は「あなた」も人足して百万円ためてから考えたら、という。一方ではアメリカへ行ったのは、「あなた」のように「言葉」が欲しかったからだったともつぶやく。アメリカ放浪中に飢えに追いつめられたとき、「アイ、アム、テンリキョウ」と叫んで天理教の布教師たちの踊りの輪にとびこんだとき、弟は地主の家から脱出して、おそらくはボディ・ランゲージという言葉を得たのであった。

弟がたのまれてもち帰った見知らぬ老女の骨を、兄弟が老女の故郷の道端に埋める話がある。学生でなく企業の海外駐在員でもない「僕みたいな者がこんな骨をもって帰って来るんや」と弟はいう。しかし兄もまた会社を無断で欠勤して、弟の埋葬行に従う。兄弟には、人は土に帰るという土着の感覚が共通して残っている。

私小説とうたうこの小説はしかし、とつぜん、この古い家に泊まる不思議なアメリカ人ガザニガという、おそらくは虚構の人物の登場によって物語の力をおびる。彼はベトナム戦争に出征する前の数日間を利用して、子どものときからどこかにある自分の国とおもいさだめていた日本をおとずれたのであった。大屋根の下では、ときならぬ出征兵士を送る晩餐会がひらかれる。吃りの父が吃らずに軍歌を歌いとおす場面である。父は大東亜戦争から、父の父は日露戦争から、生きて帰ってきたのであった。国民である父たちの物語は戦争の物語であった。ガザニガ戦死の報を手にした弟が志願兵となるべくアメリカに発つところで、小説は終わる。みかけの平和の下で戦争はつづいていることをおもいしらせる虚構である。私小説をもういちど書き直す車谷長吉は、時間軸を遡行するのでもたどり直すのでもなく、どこへ放浪してゆくのだろう。行き先を知りたいものである。

＊1　車谷長吉は江藤淳との「特別対談・私小説に骨を埋める」（「文学界」一九九八年三月号）において、「江藤さんは『夏目漱石』のなかで、『道草』は東京へ戻ってきた人の文学であり、いわゆる私小説は東京へ出て来た人の物語である、とお書きになっていますが、私の場合は出たり戻ったりして、結局、居場所が無くなった自分を、他者になった自分が眺めているんですね」と語っている。

087
大原富枝「アブラハムの幕舎」

いつか、やはりここを出て行かなければならないだろう。自分の『アブラハムの幕舎』はまだ新しい。天幕もそれを支える柱も、柱を結び合せる麻縄もすべてが新しい。雨にも風にも、砂嵐にも、いまは十分堪えられるだろう。いつかここを出て、あてどなく漂流してゆくにしても――

（初出は一九八一年。引用は講談社文芸文庫、三〇〇頁）

長い療養生活の経験のある大原富枝は、この世の弱者の生き方をテーマにして小説を書いてきた。「アブラハムの幕舎」は、「イエスの方舟」の代表千石イエスが、入信した若い女性たちをともない放浪して親たちから訴えられた事件や、高校生の祖母殺人事件などをとりいれながら、新しい宗教の時代の到来を敏感にとらえている。

物語の中では、雪の日にOL田沢衿子の十四階建てマンションから、祖母を殺した高校生が投身自殺をとげる。翌日、衿子は小公園前の空き地に張られたテント小屋をおとずれる。「ここは『アブラハムの幕舎』です。祈りたい方はどなたでもお入りになって下さい」と貧弱な感じの男が通行人に呼びかけていたからである。

聖書によれば、神によって選ばれたイスラエルの民は指導者アブラハムに従って約束の地を探す砂漠の旅のあいだテント生活を送った。アングラ演劇のテントにしろ、旅をつづける意志をあらわすのであれば、強固な建物はいらない。*1

小説の中の「アブラハムの幕舎」には、家庭の抑圧から逃れて多くの人間が集まってくる。衿子によれば、人間の関係はすべて強者と弱者の関係であって、家庭の中にいったんこの関係ができると、壊すことは難しい。強者は弱者をひきつけ、必要とし、弱者もまたくりかえし強者にひきつけられる。それが夫婦の関係ならまだしも関係の解消ができるが、親子では、生きたままで完全に縁を切ることが困難である。

衿子の場合は、娘と一体化を望み、上昇志向の強い母親からくりかえし医者との見合いを強要されている。母親に愛されていることがわかっているから、逃れられない。集まる人々の中には、逆に娘の横暴から脱出できなくて自殺する母親がいるし、サディスティックな夫に離婚の後もつきまとわれている妻もいる。衿子は一年かけて入念に計画をたて、田沢衿子をこの世から完全に失踪させ、戸籍もない関志奈子を名乗ってこの世の裏側へ抜ける。

この失踪は、自分一人分ならパートタイム労働で食ってゆける現在の都市生活をリアルに描いている。裏側を生きる日々の生活は危険と不安に満ちている。それでも新しい名前とともに生まれかわった関志奈子は、アブラハムの幕舎とは一定の距離をおく。とくに、教祖を中心とする集団となって、家庭に娘をとりもどそうとする親たちと社会にたいして積極的な攻撃をかけはじめた「幕舎」には違和感を抱く。弱者が裏側の世界で集団となって強者となり、強者以上に強者的に行動しはじめたからである。

関志奈子は偶然に出会った絵画グループに迎えられて生活をともにし、他者にたいして心を開いてゆくが、やがてここからも出てゆくだろうという予感を抱く。幕舎は志奈子の孤独な心の砂漠に建てられ、人々を迎えいれることが予想されている。

家族の家の時代、部屋の時代の後で離合集散の時代の住まいを探すとなると、宗教集団にふれなければならないだろうという予想はあった。[*2] わたしは子どものころ、いったん出家したのちに還俗、妻帯したという老人と、救世軍に熱中したことがあって聖書を諳《そら》んじている老人とを別々に知っていた。どちらも、彼らの宗教の時期については信じていたとおりではなかったというのみで多くを語らなかった。しかし、彼らの孤独な幕舎は病気の子どもの避難所であった。

＊1　鴨長明「方丈記」の方丈は、テントではないが、組立式住宅であって、もち運びができる。
＊2　連載のあいだ、新聞にはオウム事件が報道されつづけていた。富士山麓の集会場、宿舎、工場など、プレハブの建物がしばしばテレビの画面に映った。集団内部で流通していた聞きなれない用語が、しばしば未来空間を描いたマンガからとられていた。

088
富岡多恵子「白光」

食事の時の他はみな自分の部屋にはいったままでてこない。同じ造りの部屋がいくつかあり、食堂兼リビングが普通の家より広いのは、小さなペンション向きにつくられたためらしかった。タマキは、嘘かまことか経営をまかされているというのだが、ペンションなんてうっちゃったままで、例のメンバーつくりに強い興味をもっているようだ。わたしが、イセタン百貨店前でタマキから誘われたのは、集められたということだったのか。

（初出は一九八七年。引用は新潮社版、三七頁）

この物語を語る「わたし」は、二十数年前にタマキと「仲良し」、女どうしの恋人関係にあった。久しぶりに出会った中年過ぎのタマキは今、高原を流れる川のほとりの家で「血のつながらない家族」のメンバーを増やそうとしている。タマキ・ハウスには、タマキが川上から流れてきた赤ん坊を拾って育てたという山比古と、その弟のようなヒロシがいる。

メンバー増強作戦で連れてこられたルイ子には、とつぜんその父親のところにおいてきたという赤ん坊が出現して、メンバーは一挙に増えたとおもえたのだが、赤ん坊ごとルイ子は消える。その他、かなり離れた隣家に住む平野さんとその娘、皆に嫌われる森田さんなど、山比古とヒロシを除けば、タマキ・ハウスに出入りする人間は土地の人ではない。

なぜ「血のつながらない家族」をつくらなければならないか、タマキは理屈のきらいな人だから説明しないが、「わたし」には、それがタマキの志であり、ユートピアであり、浄土だとわかる。だからタマキが行為で紡ぎだす物語を読む。あるいはタマキと「わたし」は、イデオロギー的な自分を批判的に読む作者富岡多恵子の二つの分身である。[*1]

小説の中で、タマキと山比古、山比古とヒロシ、ヒロシと「わたし」、「わたし」とタマキは女と男、男と男、男と女、女と女という性的な関係の輪をつくっている。このように関係をすこしずつずらすことによって、性的関係の中にかならずある政治や権力関係を相殺しようというのだ。

だが、ユートピアは経済的に必ず破綻する、と批評家役の「わたし」が予想するとおり、家主から立ち退きをせまられたタマキは第二タマキ・ハウスの建設に失敗する。ヒロシが探してきたのは、川のほとりにはあるものの、六畳二間、タマキがひとりで住むしかない家であった。山比古とヒロシと「わたし」は、川下の都会か東京へ去ってゆく。タマキは小さな家に山姥となって生き、いずれ川上の村へ帰ってくるであろう山比古をふたたび奪還するつもりでいる。「わたし」はタマキのつぎの物語を待っている。

第一タマキ・ハウスのめだつ特徴は大きなバス・ルームであった。真ん中に円形の広い湯船があり、まわりにタイルのかわりにクッションのきいたマットが敷きつめてある。このバス・ルームは日本の温泉のようでもあるのだが、わたしは富岡多恵子はエデンの園にあるとされる青春の泉あるいは回春の泉のイメージで描いているとおもった。

ボードレールは美術批評の中で、ウィリアム・オスーリエの「回春の泉」と題する不思議な絵について書いている。年老いた男女が泉で水浴をして若返り、泉のまわりで恋をしたり飲んだりしているのだが、それはもはや血気にはやって動きまわる青春ではない。生の価値を知ってしずかに味わうメランコリックな第二の青春の群像なのである。ヒロシは「わたし」に親子になろうよともちかけ、養子縁組では親が子どもよりも年下でもいいんじゃない、という。

タマキも「わたし」も若くはない。タマキの物憂げな動作と、にもかかわらず若者たちをしのぐ激情、タマキよりもさらに冷静な「わたし」の視線は、自分より一世代若いフェミニストたちとかかわる作者富岡多恵子その人のものである。[*2]

＊1　TAMAKIは、TAEKO・TOMIOKAからローマ字を拾い出してつくった名前、一種のアナグラムである。

＊2　富岡多恵子、上野千鶴子、小倉千加子『男流文学論』（筑摩書房、一九九二年）を参照。

089

吉本ばなな「キッチン」

板張りの床に敷かれた感じのいいマット、雄一のはいているスリッパの質の良さ——必要最小限のよく使い込まれた台所用品がきちんと並んでかかっている。シルバーストーンのフライパンと、ドイツ製皮むきはうちにもあった。〔中略〕小さな蛍光灯に照らされて、しんと出番を待つ食器類、光るグラス。〔中略〕うんうんうなずきながら、見てまわった。いい台所だった。

（初出は一九八七年。引用は新潮文庫、一六〜一七頁）

お勝手↓台所↓キッチン。同じものなのか、違うのか。お勝手には土間があって、作物を食材にするまでの作業や、貯蔵食品をつくる仕事がくりひろげられた。水汲みやかまどの番にも人手がいった。大正時代に東京式台所といわれて全国に普及した、座敷と同じ高さの床をもつ台所は、白いかっぽう着をつけた主婦の城となった。人手がだんだん足りなくなって、主婦のする家事は商品化された食材や水道、ガス、電気の普及にささえられるようになった。現在のマンションの中のキッチンは、ひょっとしたらふだんはファミリー・レストランをはじめとする外食にささえられ、ホーム・パーティーなどハレの日の食事の用意をするためのものかもしれない。それでも、人と人の関係を生みだす大事な装置の一つなのだ。前回の富岡多恵子「白光」では、タマキ・ハウスの真ん中にバス・ルームがあった。吉本ばななの「キッチン」ではむろんキッチンが中心である。両者には、性のコミュニケーションを重視するか、食事でつながる仲を強調して描くか、の違いがある。

ずっと祖母と二人暮らしであった「私」は、とつぜん祖母に死なれてひとりぼっちになる。「私」と同じ大学の学生で祖母のゆきつけの花屋でアルバイトをしていた田辺雄一は、母親と自分が住む十階のマンションの部屋にとりあえず一緒に住みにおいでという。「私」が来る気になったのは雄一のマンションの台所を一目見るなり愛してしまったからである。[*1] それと、じつは男性で、雄一の生みの母であった妻が死ぬと整形手術をして女性になり、ゲイ・バーのママをしている雄一の母の、絵のような美しさに魅せられたからだ。お母さんは大きなジューサーとバナナの絵のあるグラスを買ってくる。グラスは「私」への引っ越し祝いであって、バナナジュースを飲むことが、両性具有のお母さんのもう一人の子どもになる儀式となる。

連載の読者のうち、吉本ばななと同世代、三十代の女性も男性も、「キッチン」をとりあげてね、という。なぜ「キッチン」なの、とこちらから聞きたいのだが、質問はやめにして、考える。この小説を推薦する人たちは料理だけでなく、台所の構造や道具の選択のポリシーに気むずかしい。わたしだと、使い慣れた包丁一本でパセリも刻めば、魚もさばくのだが、台所が舞台のキッチン派には、とんでもない話なのだ。富岡多恵子の小説も、キッチン派からみれば、まだまだセックスを特別なものとみ、生むことはやめておきながら、性の快楽でつながることを、さらには志を、なぜ信じるのかといわれるかもしれない。キッチン派は子孫の再生産よりも自分たちの日々の再生産、食物を分け合って互いが互いの養育者になることに興味があるようにみえる。それにしても、富岡多恵子の「白光」と吉本ばななの「キッチン」が互いをどう意識しているのか知りたい。二つの小説は初出の年が同じで、ばなながが新人文学賞をとったときの審査委員の一人が、富岡多恵子である。

翌年書かれた「キッチン」の続編「満月」は、雄一の母の急死ではじまる。自分を死にいたらしめる相手をなぐり殺して雄々しく死ぬ母親の残した遺書は、女言葉で書かれている。この小説は養育願望と両性具有の不思議な人物を魅力的に描くことにはたしかに成功している。しかし「私」と雄一という天涯孤独の二人が、互いをパートナーに選ぶ結末は、わりに平凡な恋愛小説みたいだ。その平凡さがいいのかな。

*1　「吉本隆明×吉本ばなな」（ロッキング・オン、一九九七年）という親子対談を読んだ。吉本隆明がばななに「あのねえ、おれの感想はねえ、君の作品のひとつの特徴は、人間を書いているわけ

じゃなくてね、ひとつの〝場〟を書いているんだと思うのね」といい、ばななが「おおっ」と驚嘆の声をあげる。さすがおやじ、というよりさすが批評家吉本隆明！　と小説家ばななが批評をうけいれる場面である。吉本隆明は続けて、ばななの小説の特徴は、「単一の好きっていう場」で展開、人物の性格描写はあまりなく、人物は「いつでも交換できるのだ」とたたみかけ、ばななは「ああ、ためになる。鋭いんだけど、でも鋭すぎる（笑）」と応じている（一二三〜一二五頁）。近代小説の「私」は、世界にただ一つのかけがえのない個性であることに意味があった。現代小説では登場人物は、作家の分身をも含めて、他と交換可能なキャラクター人形なのだろうか。

090

池澤夏樹「夏の朝の成層圏」

三、四十日たつうちに生活の場はおのずから定まった。林のはずれ、例の低い椰子のところで数本の椰子の幹の間に蔓を張り、大きな幅の広い葉を重ねてかけわたすと、一応は雨をしのぐ屋根ができた。ただし毎日のように手入れをしていないとすぐに雨が漏る。その下の砂を木の棒で柔らかく掘りかえした。〔中略〕砂の寝床には柔らかい大きな葉を何枚も重ねて敷いた。壁や戸口のある小屋にするのもそうむずかしいことではないと思われたけれども、実行はしなかった。

(初出は一九八四年。引用は中公文庫、五七～五八頁)

第三部「離合集散の時代」はジュール・ヴェルヌの「十五少年漂流記」の翻訳ではじまった。終わり近くなって、もう一度現代の漂流記小説をとりあげる。日本の焼津から出港したマグロ漁船に乗って取材中の新聞記者が、カメラを構えたまま船から波にさらわれて漂流、珊瑚礁からできた小さな無人島に着く。彼はその島をアサ島と命名、草で編んだ仮の住まいの修繕と食料収集に懸命になりながら七十五日を過ごす。

やがて、筏《いかだ》を組んで隣のヒル島を経てユウ島へわたる。ユウ島では住民が去って数年たった集落跡と、もっと新しい西欧風の白い家を見つける。無人だったその家に、モーター・ボートに乗ったハリウッドの俳優マイロン・キュナードがアル中の自己治療のためにやってくる。キムラ・ヤスシである「彼」は、椰子の実に通じる名前ヤシを名乗り、二人は友だちになる。*1

ヘリコプターに乗ったプロデューサーの一行がマイロンを迎えにやってくるのだが、この本のはじめでは「ぼく」であり、今では「彼」ヤシである主人公は、文明への復帰を決心しながらも島に残る。彼の経験を手記に、つまりわたしたちが読むこの漂流記に書いて、この島で過ごした時間を言葉で紙に刻みつけてから島を出てゆくために。

この文庫本は、夏の朝の成層圏のような美しい青色のカバーでおおわれている。外国で生活していたわたしをたずねてきた同じく漂流生活中の友だちが、「日本語の本を読みたいなら残しておいたげる」といっておいていった。別の都市で生活していたその友人に手紙を書くときには、アサ島へユウ島のユウコより、と署名したものであった。読むたびに、もう一度、旅に出たくなる。

漂流記には、自然生活の描写を借りて文明を、夢を借りて現実を書く伝統がある。だから無人島といえども必ず誰といかに住み、その生活をどのように防衛するかが、くわしく描かれてきた。現実の映画俳優マーロン・ブランドのイメージで描かれたマイロンも、アメリカの知識人風に率直に、自分は都会に飽いたときにだけ島にくると語る。

「わたしにとってこの島は裏返されたニューヨーク、倒置されたロサンジェルスに過ぎない」。マイロンはヤシに、島の住民が島を放棄したのも、島がミサイル発射訓練の標的となったため港のある大きな島に避難したあいだに、彼らがすっかり都市生活の味をおぼえてしまったからだと教える。

だが、池澤夏樹でありヤシである「彼」は、マイロンと一緒に住まない。この漂流記は一人でいることとの楽しみを追求しているところが独特なのだ。マイロンとヤシの違いは、住まいの形にあらわれる。ユウ島でのヤシは、マイロンの白い家をたびたびおとずれるが、道具や貯蔵食品がぎっしりと詰まり、壁とドアのあるその家で眠ることはしない。見捨てられた集落の古い小屋を修繕して住む。

ヤシの楽しみは、閉じこもることから生じるのではない。彼のよろこびは、しだいに身を外界へ浸し、とかしだすことにある。ヤシには、マイロンには聞こえない精霊の気配と殺された島民の声が聞こえる。ひとりの仮住まいでは持ち物がかぎられ、言葉数さえ少なくなる。そのぶん、全身で感じる力が増えるのだ。

＊1　そして椰子の樹は、夏の樹である。作家が自分と相似の登場人物をどう命名するかは面白い問題だ。

091
大島弓子「ロスト ハウス」

そしたら昔　その上司の同僚に　部屋に鍵をかけた　ことのない変な　やつがいたという　話がはじまって　その人は頭も切れて　仕事もできたんだけど　昔恋人に死なれてから　結婚も考えず　ついには　ホームレスに　なっているのを　見かけたんだって　その上司はさ　その時　ああ彼はついに　全世界を自分の　部屋にしたのだ　そしてそのドアを　あけはなったのだ　と思ったそうだよ。[*1]
（初出は一九九四年。引用は白泉社文庫、一六三頁）

「ロスト ハウス」というこのマンガの題名は、失われた家という意味なのだろう。だが、英語でこういうかどうかはわからない。同じマンガに、マンションの買換えの意味で「リハウス」という造語が使われている。この物語の失われた家とは、マンションの一戸をさしているのだから、家は家でもカタカナ日本語の語感の方があうのである。

エリが子どものころ住んでいたマンションの隣には、若い男がいて、彼の部屋はいつも鍵がかかっていなく、散らかしっぱなし、蜘蛛が巣をはるありさまであった。エリが昼間は無人の隣室にこっそりしのびこんで遊んでいることを知っていて、ほっておいてくれた。若い男に恋人ができて、一緒に住むようになると、部屋はきれいに片づけられ、鍵がかけられる。だがある日、エリはドアが開いているのを見つけ、蜘蛛はどうしてしまったのだろうとつぶやくと、部屋の中から美しい人が「あら　わたし　その蜘蛛よ」と答えて、にんまり笑う。ここがとてもよい。マンガだから、子どもは「ゲッ」とおどろくのだが、以来、開けはなたれている二人の部屋にそっと出入りして楽しむ。しかし交通事故で隣の女の人が死に、嘆き悲しんだ青年の行方はわからなくなる。大学生になったエリは、同じ場所には長くいない、なるべく全世界を歩き回るというあるホームレスの噂をきいて、蜘蛛を恋人にしていたあの青年のことだとおもうのである。[*2]

連載を続けるあいだに気づいたことの一つだが、物語の題名には、時代によってさまざまな傾向がある。明治のある時期には、「家」「門」「生」といった漢字一字の題名が流行した。問題性を前面に出す力強さが感じられる。最近は「個人的な体験」「またふたたびの道」「天井から降る哀しい音」のように、長い形容詞に思いがこめられている題名が多い。「居場所もなかった」と、一つの文章になって意表をつく題名もある。カタカナ表記の題名は、住宅産業の用語がほとんど全部カタカナになったころから増えだした。

ためしに、「ハウス」「ホーム」「ルーム」「ホテル」「アパート」「マンション」といったキーワードが入った題名の本を、本屋さんのコンピューターで探してもらったところ、続々と大量に打ちだされた。題名だけでいえば、時期的には小説の後にマンガ界で同様の流行があり、爆発的に増える。「ホテル」「ルーム・メイツ」「ワンルーム・ストーリー」など、長編シリーズのほかにも「ハッピィ・ハウス」「前略ミルクハウス」といった中編マンガ、無数の短編がある。しだいにマンガにひきこまれて読んだ。小説でも木造家屋世代の文体とコンクリート高層建築世代の文体は違うが、マンガでは絵の線と面のつぶし方に感覚の差があらわれる。面を均質に塗る大島弓子の絵は、コンクリートの住まいを故郷とする世代の内面を描きつづけている。

パソコンやマンガをもって自分の部屋に閉じこもる世代の夢は、全世界を一つの部屋にして歩き回り、部屋を開けはなつことだったのだ。近代日本語で書かれた数々の物語を大河小説のように読んできたが、「家」「家庭」「部屋」と、しだいに個人化する空間を描いた物語は、このなにげない短編マンガまできて、反転する。目の前の壁を見つめつづけることによって壁をつきやぶって生まれた幻想に、わたしはくらっとするものを感じた。

＊1　大島弓子のマンガには、欄外に文章があったり、登場人物の台詞が長かったり、小説に近いところがある。

＊2　このマンガを大学の「文学」の授業で読んだところ、ただ一語、「むかつく」という感想が書

かれているレポートがあった。「むかつく」は、他人にたいする説明を拒否してしまうから、もっと説明する必要があると批評を書いたところ、返信があった。小さい物語を大きな物語あるいは結論にまでひろげるところが疑わしいと書かれていた。なるほど、みんな仲良くといった通俗道徳になりかねないマンガの結論である。また他のレポートは、今の世の中で鍵をかけないことを教えてはダメ、とあった。作者がそれだけの覚悟をして書いているマンガだから反感も生まれるのであろう。

092
日野啓三「夢の島」

そうとはよくわかっていても、昭三は鉄筋とコンクリートのビルがいつのまにか勝手に増殖し始めているような感じに襲われる。おれたちはひとつの都市をつくってきたのではなく、何か得体の知れぬ力を呼び出し解き放ってしまったのではないだろうか。木と紙と瓦屋根の、キノコの群のような家並を生《は》やしてきたこれまでの力とは別種の荒々しい力。何かが微妙に変わりかけている。〔中略〕
白いランチが急に甲高くエンジンの音をひびかせて、前方の海面を横切った。
（初出は一九八五年。引用は講談社文芸文庫、三一〜三二頁）

境昭三は、建設会社に長らく勤務して、マンションやビルを建てる仕事を愛してきた。雨上がりの夕方、夕日の光が林立する高層ビルの壁面や窓の列を照らしだす瞬間を心底から美しいと感じる。妻を失ってからは、休日にもバスに乗って東京見物をしている。晴海埠頭の先端から見る、東京湾の水面の向こうに東京タワーを真ん中にして高層ビルが重なっている風景が好きである。ある日、埠頭の倉庫風の建物で一万人を超える数の子どもたちがマンガの同人雑誌を静かに売り買いしている異様な光景にでくわす。それからは、見慣れた風景が廃墟に化しては再生する幻想をくりかえし見るようになる。

作者日野啓三のもつ風景感覚は世代のへだたりにもかかわらず、たとえば岡崎京子のマンガ「リバーズ・エッジ」に描かれる河口、子どもたちが秘密の宝物としている草むらで朽ちてゆく死体のある風景に非常によく似ている。マンガの最後にはちょうど、晴海埠頭の先端から見る東京が描かれている。日野の小説のもう一人の登場人物、林陽子もまた、姿かっこうが少女マンガの主人公に似ている。

倉庫を住まいに、マネキン人形をつかったショーウインドー・ディスプレーをつくる陽子は、多重人格者である。昭三は彼女がつくったバラバラ家族のお互いの視線がすれちがう奇妙なセットにひかれて、ショーウインドーをのぞきこんだ。それとは知らずに、もう一人の陽子であるオートバイに乗った黒い革ジャンの少女に導かれて、ゴミ埋め立て地、夢の島の近くの海の中、ペリーの黒船をむかえうつために築かれた砲台へわたる。[*1] そこでナイロンの釣り糸で宙吊りになった白サギを解き放とうとして足をすべらせ、自分も宙に浮く。逆さ吊りになって死ぬ昭三の見開いた両の瞳に、海と東京タワーと高層ビルの風景が逆さに写り、近代百三十年の都市の成長、衰退、死、再生のエントロピーの画像が巻き戻される。

連載の第一部、二部、三部は、それぞれ最後におくべき作品を選びおえると、書く自信がわいてきた。第三部の最後、全体の最終回は、日野啓三の小説と決めていた。小説の主人公の名前、境昭三の「三」は作者の名前からとられている。「昭」は、昭和をあらわす記号であろう。戦争、廃墟、再生と繁栄、そして終末的崩壊のはじまった長い時代、作者の生涯とも重なる時代を示している。

わたしは、「境」は境界線という意味だとおもう。作者はあとがきで、自分は場所にこだわる作家であるといっている。植民地で育った作者は、国境線を越えて帰ってきた。彼の意識は朝鮮海峡の両側をたえず往来する。新聞記者としてベトナム戦争を報道しつづけた日野は、こちら側にいながら、おもいをあちらの解放戦線側にはせていた。境界線は、それを越えた向こうに楽園のあるはずがないことを知りながら、自分を閉じこめる空間の限界を極め、他者と一瞬出会い、自分の世界を反転させる地点である。

連載の各回は読み切りとしたが、全体として、読むことによって書く大河小説になることを願っていた。あらかじめ構成を決めたが、書きはじめると、尻取り遊びのようなおもいがけない展開があった。自由な冒険を許容してくださった編集部、挿絵でたえず刺激を与えてくださった鈴木隆之さんと貝原浩さん、この長い物語をわたしと一緒に読んでくださった読者に深く感謝します。

連載のおわり[*2]

＊1　この小説が書かれた十年後、お台場は、お台場海浜公園となって、かつての妖しい雰囲気を一掃した。新交通「ゆりかもめ」が芝浦埠頭とお台場と夢の島をつないでいる。わたしは車輛の窓から眺めると未来都市のようにみえる東京を眺めながら、日野啓三は、同時代のリアリティにしばられる小説というエクリチュールを超えるために、マンガのイメージを導入したのだとおもった。

＊2　新聞連載「生きられた家・描かれた家」は五十回の約束が八十五回となったところで打ち切った。離合集散の時代を描く小説がこれから生まれるであろうことはいうまでもない。したがって、ここには終わりと書くよりは未完と書きたかった。

第三章　持ち家と部屋の文学史

ドールズ・ハウスの舞台

一九九七年前半期の芥川賞の選考委員会では、家族を書く小説はもううんざりだ、という感想が出たという。このとき「家族シネマ」によって芥川賞を受賞した柳美里は、それでも家族を書きつづける、とのべる。その理由は「私がなぜこのような性格になったのかを語るときに、家族を抜きにすることはできない。家族の崩壊や愛を書くことで、世界の崩壊や愛を描きつづけるのではないかと思う」(「家族の演じ方」、「出版ダイジェスト・白水社の本棚」一九九七年二月)からである。じっさい柳美里は、戯曲「魚の祭」、小説「フルハウス」「家族シネマ」と家族を書きつづけている。「家族の標本」はエッセー集であるが、そこには、七十におよぶ家族の肖像が集められている。柳美里はこれでもか、これでもかと家族を書く。物語の舞台は住まいである。わたしたちは長い物語を読んできたが、今はたしてどのあたりの章にいるのだろう。家族の物語は、これからもこの世界がつづくかぎりつづくのだろうか。

柳美里は同じ文章の中で「私たちは多かれ少なかれ、家という劇空間で日常生活という芝居を演じている。父や母や息子や娘といった、家族の一つの役を演じている」というのだが、これはそのまま、前章「生きられた家・描かれた家」の第一部「家族の家の時代」でとりあげたすべての小説にあてはまるであろう。彼女は同じ文章の中で「それでも父は家族を再生しようとし、家を新築したり、もう一度一緒に住もうと言ったりしていた。それは父がもう一度、自分の役を正しく演じてみせようとしたのだと今では思う。再生とは再び演じることである。家族なら家族という劇空間を設定し、演じなおすことによって父は家族を再生しようとしていたのだ。なぜあれだけミスばかりしていたのに、一緒にいるときは全部失敗だったのに、どうしてまた第一幕から舞台に立とうとしていたのだろうか」と書いている。この文章の「父」は、小説「家族シネマ」の「父」に重なる。小説は、離散した家族が映画に出演して家族を演じるという設定によって、登場人物全員が家族演技を自覚していることを明らかにしていた。

近代小説が住まいを舞台にするのは、当然のなりゆきであった。近代小説が「私」をテーマとし、「私」を育てるべき家族をとりあげるとき、住まいは家族と「私」の容器だからである。芥川賞の選考委員でなくとも、うんざりするかもしれない。近代のあいだ、日本語の小説は家族と住まいばかりを描いてきた。ただ、その描き方は同じではない。最初は作家も登場人物たちも、自分のテーマをはっきりとは自覚していなかった。小説は批評や論文とは違って、無意識のテーマを無意識のままに書きはじめるところに強みがある。しかし、現在では柳美里のように、作家は自分の小説を正確に解説して、ほとんど批評家である。登場人物さえも、今、自分が家族を演じていることを知っている。これは一つの究極現象ではないか。究極現象だからこそ、それでもこのテーマについて書きつづける理由と意欲をもつ柳には、小説家としての存在理由があるのであり、わたしたち読者にも、近代小説百三十年について今、考える理由があるのである。

都市の大部分の住宅が借家であり、それでよかった時代と、郊外からしだいに持ち家がひろがり、マンションの部屋も分譲され所有されるようになった時代とは、何が、どう、違ってくるか。まず故郷の村にあった「いろり端のある家」が帰るべき場所ではなくなった。「家」制度はさまざまな形でまだ残ってはいるものの、もう敗戦のときのように、被災者、引き揚げ家族を吸収する力はない。そのかわり政府は持ち家政策を推進し、日本列島は「茶の間のある家」タイプにしろ「リビングのある家」タイプにしろ、小さな持ち家や集合住宅で覆われる結果となった。その後、持ち家のある層とない層のあいだの階層分離もおこる。一軒の家につづけて二代の人間が住めば、ひとまずは、その場所にうけいれられたという感覚が生まれ、都市に故郷らしきものができた。団地に故郷をつくろう、という標語があった。しかし、そのつかのまの定住の感覚が今またかわりつつある。

柳美里は在日三世として日本語で書く。そのテーマは家族と家。これまでの日本語で書かれた小説と同じであるが、重要な点で違う。家族をつくり家を建てることは、日本人にとっては、国民である意識をもち、国民とみなされるための必要かつ十分な条件であった。柳美里の描く在日二世の両親にとって家を建てることは、日本社会で生きる必要条件であるが、十分条件にはならない。この不平等は、これまで日本国民である作家には見えなかったし、書けなかったテーマである。ところが最近になって、日本国民である作家にとっても、家を建てることは好むと好まざるにかかわらず国をつくることであったのであり、自分たちの小さな切実な物語は、大きな国つくりの物語に回収されていたのだということが意識にのぼりはじめている。国つくりの大きな物語に安住してはいられない不安の予感が、小説の中にあらわれはじめた。

家族のいる家庭は一つの演劇空間であるという比喩は、舞台だけでなく、リカちゃん人形の家や、臨床心理の治療に用いる箱庭を連想させる。わたしは、箱庭療法というものを知って、衝撃をうけた。箱庭の砂の上に家を建て、町をこしらえて人形をおき、人形と人形が争う。ときには怪獣と人形を戦わせる、殺戮場面もある。それを際限なくくりかえす。小説がくりかえし家つくりを描くのと似ている。セラピストに、心の病とは何か、病気から直るとはどういうことか、箱庭のあの枠は必要なのか、と問うた。答えてはいけない質問のようであった。ただ、枠は必要なのだそうだ。枠が現実と虚構の境界を示し、枠をうけいれることにより、クライアントとセラピストのあいだでは、ある場所と時間を共有するための契約が成立するということは理解できた。

新聞の紙面には、連載小説の欄がある。あの欄を分ける線も、真実を報道するという建前の紙面と、嘘を語ることが許される連載小説の紙面の境界線であり、作家と読者は、小説という枠をうけいれる契約をとりかわして、両者がその契約に慣れることによって、信用と流通が成立したのであった。ドラマが展開した後、連載小説が終わることと、箱庭療法の砂の中に無数の物語が消えてゆくこととは、どこがどう違うのだろうか。セラピストは病とは何か、病気が直るとはどういうことか、というわたしの問いには答えなかったのであるが、それでもクライアントは何年も経った後、箱庭に飽きて治療の部屋に来なくなることが直るといえば直ることなのかもしれない、と教えた。それでは、病気から直るには少なくとも二つの方向があることが予想される。どうしても適応することができなかった規範をうけいれるか、規範のよってきたるところを知りぬいて治療の部屋から立ち去るか。

この場合の病とは何であろう。名前がつくまでは、病気は病気でない。名前がつくと病気は存在しはじめる。「ヒステリー」のように、ある時代の病気といわれる病気がいくつもあった。病んで苦しむのは個人なのだが、病気と名づける社会の構造がわかる瞬間がいつかやって来て、それがわかれば、ある病気が病気ではなくなるかもしれない。正しい家族をつくり、家を建てなければならないという強迫観念は、一つの病であったかもしれない。だから小説家たちは、くりかえし、家つくりを虚構の枠の中で再現してみせた。それが虚構であり、演技であることが、登場人物によっても作家によっても、かくも自覚される究極現象がおこる今、作家も読者も、正しい家族とは規範だったのだとわかり、病に飽きて治療の部屋から立ち去る直前にいる。

ふたたび柳美里の文章にかえると、彼女は、演劇は衝突なので、たとえば「魚の祭」のように、自殺した息子の葬儀に集まる家族といった死のドラマが展開するが、小説はディテールの積み重ねであると考えている。「小説は対立ではなく、自分の中にずっと引きずっているもの、たとえばだれかを二十年間嫉妬しつづけているとか、継続していくものに適していると思う」と書く。なるほど。だから岸田國士の演劇のように、殺人のような事件は一つもおこらずに日常がそのまま舞台に上がる演劇はかえって不気味なのだ。また、一世紀を超える日本近代の強迫観念であった家つくりは、小説のテーマにふさわしい。

建築の様式と小説の様式——継承と変化

ある小説の中に描かれる建築の構造と、小説そのものの構成や形式とのあいだに、相関関係があるといってしまうことはできない。しかし第二章「生きられた家・描かれた家」でしたように近現代小説、マンガ、劇画などをつづけて読むと、小説の中に描かれる家の様式が変化してゆくにつれ、小説のテーマや様式もかわってゆくことがわかる。長編か中編・短編かという区別、あるいは章だての仕方といった小説の形式だけでなく、登場人物の数、記述の人称、視点のとり方、文体の特徴、モデルとの関係なども変化する。

大家族の物語や、何代もの家族が大きな家を住み継ぐという物語は長編小説となりやすい。北杜夫の「楡家の人々」は楡病院を経営する楡家三代の物語である。「日本文学大辞典」（講談社、一九七七年）はこの小説を解説して「即物的で堅固な形象の構築を志し、随所に記録を挿入しながら、煉瓦を丹念に積み上げるようにして巨大な年代記を構築している」と書いている。「煉瓦」という比喩は小説の中で描かれている楡病院が洋風建築であることからの連想からおもいつかれたのであろう。比喩ではあるが、章を多数重ねてゆくという小説全体の構造をうまく説明している。作家の家族の物語ではあっても、三代の家族を描くには時間的距離が必要であって、むしろ歴史家の視線に近い外からの視線が物語を構築してゆくことになる。

ところがたとえば第一章「借家の文学史」においてとりあげた戦前の小説には、がっしりと設計された構造の長編小説よりも、木造の家をつぎつぎと建て増してゆくように自由自在に書きついだ結果、作者も知らない結末に達するという構成が多かった。歴史小説とは違って、いわゆる私小説では、身の回りの出来事の経緯にそって、わずかな時間差で近い過去を描いてゆき、出来事に結末がおとずれると、それがそのまま、小説の結末となった。

島崎藤村「家」のように分量のある小説においても、似た構成がとられた。藤村は執筆開始のときには、妻の死という結末を書くことになるとは知らなかった。上巻の結末は主人公が出世作をたずさえて上京し、ようやく「家」制度の家から脱出して家庭を築く新しい家長になるための郊外の家を眺めるところで終わっていた。妻の死が小説家に、この先の近代において家庭の中に生じる妻と夫の自我の対立という持続するテーマを書かせたのであった。小島信夫の場合も、先の妻が死ぬことがなかったら「抱擁家族」は生まれなかった。小島信夫が小説家には予知能力があるというように、小説家たちは、予感にかられて書き、現実の事件を小説の結末にふさわしい結末に、多数の読者を震駭させるに足る結末に、向かわせるとさえおもえる。小説の素材になる事件を小説のためにみずからつくりだそうとしなくても、読者の前でわざわざ、いわゆる私小説的演技をしてみせなくても、小説の柔らかい構成が、現実の偶然を小説の必然に転化させて取り込むことができるのである。

じっさい、「借家の文学史」においてとりあげた多くの借家小説には、構成らしい構成がなく、引っ越しが事件と小説の区切りとなった。借家の時代の家移りは、大八車またはリヤカー一杯の荷物をひきだして終わり、ときには荷物もないままに夜逃げをした。生活の根拠地が転々とかわるたびにその生活を描く短編が生まれ、文芸雑誌に掲載され、やがて集まって小説集となるのが、葛西善蔵や尾崎一雄の場合であった。いずれも作者自身の独白と感じさせるような一人称記述、あるいは作者その人の分身のような登場人物の行動を三人称記述で描いていた。出来事は作者の視線が直接にとどく範囲でおこる。その視線はしばしば舞台となる家の中にとどまり、壁や塀の外へは出てゆかない。

たとえば島崎藤村は「家」を描くときには台所の描写からはじめて、家の内部ばかりを描いてゆき、外の世界をほとんど書かないようにしたと語っている。「いろり端のある家」は、続き座敷、あるいは田の字形の座敷の建具をはずすと、ひとつづきの空間になった。家族はいろり端の序列の定まった席で食事をした。「茶の間のある家」の場合は、平均して夫婦と子どもの三人が茶の間と居間を使用した。家長の両親が隠居部屋に、女中や書生が女中部屋、書生部屋に加わる場合があった。家の中の小さな部屋は、むしろ家族成員外の人たちのために準備されたのであり、茶の間と居間が家族に共同の親密な空間であった。どちらの場合も、家長の視線は家のすみずみにまでいきとどく。住まいの内部空間と家族を統括し、絶えず目配りする家長の視点から描かれた小説群があったのである。

小島信夫の小説のように、持ち家の時代の小説となると、作者と主人公の視線は家族をさらにつつみこもうとする。物語は家の持ち主が家の内部にすえつけた視点から語られる。借家の時代のようにたび重なる家移りによって、やむをえずカメラが家から家へと移動するということも少なくなる。固定した視点から、家の内部がていねいに描写される。主人公は雨漏りに気づき、壁の染みに心を傷め、家族の表情をいちいち読まなければ気がすまない。そして舞台となる家の描写は、物語の単なる枠組み以上の意味をもたされている。小説は「三輪俊介はいつものように思った。家政婦のみちよが来るようになってからこの家は汚れている、と」という文章ではじまっている。家は主人公の所有する全世界、家族そのもの、とくに妻の身体の比喩、さらには自分自身である。妻が侵されるとき、家は掃除をしてもきれいにならない汚れをおびる。妻が心と身体を病むと、新しい家に雨漏りがはじまる。比喩は一貫しており、家族関係をたてなおすための住まいつくりであるのに、家を建てることが手段ではなく目的になってゆくような悲壮で滑稽な物語が、設計図のある建築のように着実に組み立てられて、家の完成とともに物語は完成したのであった。この小説を論じるときによく引用される小島信夫自身による「抱擁家族ノート」は、建築の設計図にあたる小説の下図である。

むろん「いろり端のある家」モデル、「茶の間のある家」モデル、「リビングのある家」モデル、「ワンルーム」モデルとでは、一つの家に住む人の数も違う。家族の数が即、登場人物の数となるような家族小説の場合、時代を下るとともに登場人物の数が少なくなるのはとうぜんのことであろう。島崎藤村「家」は、三男である主人公三吉自身の小家族だけでなく、長兄、次兄、姉という主人公の兄弟たちとその家族、さらには本家の旧家長たちとその家族、使用人たちなど、複合家族がそのまま登場人物となっているから、小説を読むために登場人物表が必要なほど複雑である。ところが小島信夫「抱擁家族」となると、登場人物は夫婦と子ども二人に家政婦と家族の友人たちであるから、登場人物数は減る。津島佑子「光の領分」の場合は、母と娘のたった二人の家族が主要登場人物である。しかし、この小説にはいわば母子家庭の生活をさまざまな側面からサポートする人たちが副登場人物として数多く描かれた。孤立した小家族から複雑にからみあったネットワークの一つへと変化していった家族を描く小説では、登場人物たちの数はふたたび増える傾向にある。

「家族の家の時代」の小説家が住んだ家は、よく作家の個人記念館となって保存、公開されている。小説の資料などが展示されていることも多い。漱石の「猫の家」や、志賀直哉の「暗夜行路」の尾道の家などまでは、かなり大きな家であっても、借家であった。しかし、ある時代から、成功した作家は自分の家を建築しはじめる。小説作品だけでなく、家そのものが作家の自己表現となる。谷崎潤一郎は谷崎旧居なるものを多数残した。志賀直哉は借家生活に終止符をうち、作家みずからが設計した家を奈良に建てた。父と和解し、自分は新しいタイプの家長となった志賀直哉にとって、小説の完成と新築の家の完成は同じ種類の作業であったであろう。「放浪記」の林芙美子が晩年に建てた家や、「鏡子の部屋」を書いた三島由紀夫の洋館などは、建てたときからやがて個人記念館として公開されることが予想されていたようにさえ見える。そのような家は、家は人なりと主張している。小説家は文章で表現するだけでは満足しなかった。作家たちは仕事場の確保という以上に凝った個人住宅を建てた。ある時代の作家たちが家にたいして抱いたこういった執着には、やはり注目すべきであろう。

さらには読者もまた、小説家が描いた住まいの描写に深い愛着を抱くにいたる。記念館となった作家の住まいをおとずれる。一人称記述で描かれていようと、三人称記述で描かれていようと、主人公はすなわち作家その人であり、作家の家はその人の文学そのものだという了解が成立している。記念館をおとずれる人々は、作家の視点からなされた描写をたどって、作家の視線をそのまま自分の視線となしたことに満足して帰る。

読者の積極的な介入は、日本の近代文学の作家群の中に、親子作家が数多いという現象の中にもあらわれている。小説の読者たちは作家を、「私小説」と呼ばれることもある日本型家族小説の登場人物とみなす。そしてある作家の書いた小説の続編を期待するのと同じような気持ちで、作家の息子たち、娘たちが書いた本を読む。読者は以前に読んだ小説の中の家と家族がその後どうなったか知りたいとおもう。幸田露伴が建てた家を描いた幸田文、露伴と文が住んだ家を描く青木玉のように、三代の作家が描く家さえある。

同じ家に住むのではない場合にも、作家の息子や娘には父である作家の家の記憶が残る。森鷗外の家、室生犀星の家などはその子どもである作家によって、建築の構造が父である作家の骨格であるかのように、家の匂いは父なる男の体臭であるかのように、そして家のたたずまいはあたかも父の品格そのものであるかのように描かれている。それはまた読者が期待するところでもあった。二代目作家の輩出は、家族というテーマにたいする読者の持続する関心を示している。

親子作家の組み合わせには父―息子、父―娘、母―息子、母―娘の組み合わせが考えられる。じっさいには、この四組の組み合わせのあいだには数のうえで偏りがみられる。他の職業と同様、小説家も最近まで男性に多い職業であったから、親子二代の作家においても父―息子の組み合わせが多かった。父親―息子の二代作家の場合、むろんエディプス的に父親を乗り越えることが息子が作家となるための条件となるであろう。たとえば青野聡「母と子の契約」（河出文庫、一九九三年）には、父青野季吉の家庭が、その息子の容赦ない視線の下にさらされ、描かれている。父親の正妻、主人公の継母によるすさまじい継子いじめ、ゆがんだ形をとる愛情が、小説のテーマである。父の家庭をこのように書ききることによって息子には、一種の父殺しを行い、さらには継母を一人の女として文学の中に生きかえらせる意図があったとおもわれる。

島尾伸三「月の家族」（晶文社、一九九七年）が出版されたとき、本の帯には『死の棘』の家で」と印刷されてあった。島尾伸三は小説家島尾敏雄の息子である。「月の家族」はエッセーとして書かれているのであるが、読者はエッセーの中に描かれた「父」と「母」を、小説「死の棘」の主人公とその病める妻として、この本を「死の棘」続編として読んでしまう。夫婦の死闘がくりひろげられたあの「死の棘」の家から生きのびた子どもがいたのだ、という感動さえおぼえる。それが出版社のつけた帯の意図するところであろう。

だが現代の作家には、かつての私小説の作家の場合のように、「いろり端のある家」に君臨する「家」制度の家長から独立して、「家庭」家族を率いる新しいタイプの家長となるという目標を立てることは困難である。父を超えたのちに、自分の家族を率いるというよりは、家族からはてしなく逃亡する旅に出るか、姉的な配偶者によりそうことになる。戦前の女性作家たちは、父の家、夫の家庭からの家出をテーマとする小説を大量に書いた。その場合の家出は、はっきりとした意志表示のもとに決行された。しかし現在の男性の家出は何と呼ばれるのだろう。「妻の家出」「子どもの家出」とはいうが、父や夫の場合は、その男の居場所が家なのだから「家出」とは呼ばず、「蒸発」と称する言語感覚は根強く残っている。安部公房の「砂の女」「燃えつきた地図」「箱男」の家出人たちは「蒸発」タイプである。池澤夏樹の「夏の朝の成層圏」の主人公も船から海へ落ちて行方不明となる。これらの行方不明人小説あるいは蒸発小説の主人公たちがたどりつく先は、無人島の小屋か大都会のめだたない部屋、あるいは新宿段ボールハウス村の「箱の家」であろう。「部屋の時代」の小説群の舞台である。

父の娘である作家の場合も、父の息子以上に父親の家の記憶を書くことから作家としての出発をする。娘を溺愛する父親によってのびのびと育てられた娘は自信、向日性、行動力を獲得し、あらゆる職業においてもって生まれた資質を十分に開花させることができるという説がある。文学においてもあてはまるかもしれない。たしかに女性作家たちの多くは、自伝的な作品の中で自分が父に愛されて育った娘であることを強調している。娘の場合、新しく自分の家族を形成することによって父に対抗する場合は少ない。幸田露伴の娘幸田文、森鷗外の娘森茉莉、萩原朔太郎の娘萩原葉子、室生犀星の娘室生朝子はそれぞれ離婚の体験の後に、あらためて父の娘として父の肖像と父の家を描くことによって作家をめざした。娘たちは父の家を父の自己表現としてとらえた。娘にとってかぎりなく懐かしい場所、生きるよりどころである。森茉莉が随筆「贅沢貧乏」において描いたアパートの部屋や小説化された「蜜の部屋」は、父の家の思い出によって支えられている娘の独り住まいの部屋である。

だからといって娘が父と父の家を描く筆遣いに容赦はない。長い時間のうちには彼女たちは現実に彼女たちが意図した以上の偶像破壊を行う。露伴、鷗外、犀星、朔太郎といった作家はいわゆる私小説を書く作家ではなかった。ところが彼らが決して私小説の作家たちのようには書かなかった彼らの家族の苦い物語を、娘たちは父親にたいする愛情をこめて、しかし家の内部にいて隈なく見た者の視線で書く。読者は娘作家の文章によって、父である作家の家族と家の物語を読む。いわば娘作家たちが父の死後にする意図せざる裏切りによって、父である作家たちは私小説の作家たちと同じく家族と家の物語を残す結果になった。これは読書によって読者が構築する物語である。あるいは、作家を登場人物とみなす「私小説契約」があって成立する物語である。

作家である母の息子として生まれた作家、作家の母の娘に生まれる作家の数は少ない。岡本かの子の息子である岡本太郎は、母恋いという、時代にはあまり左右されないテーマでくりかえし母を書いた。有吉佐和子のテーマが娘によって継がれる、あるいは反逆されるかどうかはまだわからない。家出小説を書いた女性作家たちの場合、家族形成をこばみ、子どもを生まなかった。あるいは子捨てをした人もあるから、現実に二代目作家が生まれる可能性は低い。そのうえ親を乗り越えようとしても、その親がすでに家族小説のメインテーマに反逆している。結局、家族と家というテーマの継承は、主に父の子どもである作家たちによって、父の家を描くことによってなされてきたのであった。

小島信夫「うるわしき日々」——最後の「父の家」小説

小島信夫の「うるわしき日々」（読売新聞社、一九九七年）は、この本の第二章でとりあげた「抱擁家族」（一九六五年）の続編として執筆された長編小説である。

「うるわしき日々」には、「抱擁家族」をはじめとして、「別れる理由」「暮坂」「静温な日々」「十字街頭」など小島信夫の過去の作品が引用されて、小島の全作品を一つの作品として読むことがすすめられている。「あとがき」によると、大庭みな子が「小島さん、あなたが今までどんなふうに生きてきたか、一般読者に向って書く気持にふみきって下さったら、どんなにうれしいでしょう。『抱擁家族』の人物たちは、あの後どんなふうに生きてきたのか、一般読者に向って語ってもらいたいのです」と要請したのが、執筆のきっかけであった。三十二年をへだてて書かれた正続二つの小説は、一つの家族のはじまり、再編成、そして終わりまでを描いている。なお、小島信夫のために執筆のきっかけをつくった大庭みな子は一九九八年現在、小島の小説の題と内容に呼応するような「楽しみの日々」を連載中である。文学は人生だけでなく、すでにある文学をも素材にして増殖をつづける。

「うるわしき日々」は小島信夫の全作品をしめくくる作品であるだけでなく、日本語で書かれた小説の中心にあった家族形成と家つくりを描く小説群全体のほぼ終わりをも告げようとしているのではないだろうか。連載「生きられた家・描かれた家」(本書第二章)の初回にとりあげた島崎藤村の「家」を日本語で書かれた家族小説のはじまりの時代の大作とすれば、小島信夫の「うるわしき日々」は、その長い流れの終わり近くの大作であろう。小島信夫には、新聞連載小説という形式もまた、強く意識されている。大庭みな子のいう「一般読者」とは、文学雑誌の読者という特定化された読者ではなく、新聞を読むついでに連載小説を読む一般大衆、もっといえば新聞を読む国民の全部という意味である。島崎藤村の「家」上巻は読売新聞連載(一九一〇年一月〜五月)であり、後半の下巻が雑誌「中央公論」連載であった。小島信夫の「うるわしき日々」は、同じく読売新聞の連載小説「麗しき日日」（一九九六年九月〜九七年四月）として書かれ、これを改題したものである。

「うるわしき日々」の冒頭、連載では第一回分に、つぎのような文章がある。

老作家はその朝、息子の病院へ次のような電話をかけた。〈担当の看護婦さんへのノートに記入しておきましたように、私どもは山小屋に来ております。私は運転したことがないので、その方は妻がして参りました。ご承知のように彼女は心身ともに疲れていて、こちらから病院へ汚れ物を受け取りに行くことはできかねるのです。勝手ながら山小屋の方から出向くのは、しばらく彼女を休ませた上でないと無理のように思われます。

おかげさまで夜、睡眠はとれますが、大変疲れていて、彼女は頭の中をムリに整理しているとそれが負担になるようで、休ませておけば回復する事でしょう。今日も彼女は『東京で私たちの住んでいた家の玄関がどうであったか、間取りがどうであったか、全然浮かんでこない』と言います〉（一〇頁）

「うるわしき日々」という題名は、介護される病人も介護する親たちも、ともに老いはてた惨たる日々を描くこの小説の内容からすれば、皮肉な逆説のようにみえる。題名についての著者の説明はない。かわりに西脇順三郎の長詩「旅人かへらず」から「十二月の末頃」という詩の引用があるだけである。個たる旅人は生きて帰りはしないが、彼がさまよう落葉の林に埋もれた種子には億万年の命が宿るという歌である。それとは別に、わたしには、ベケットの一幕物、老女の一人芝居のための脚本に、これと似た題名があったような、またその芝居の主題歌の題名でもあったような気がするが、わたしの記憶もさだかではない。確かめるのはやめよう。記憶があいまいであるのは、この小説を語るのにふさわしいようにおもえる。なぜなら、この小説は、主人公である老作家の妻と彼の息子をおそった記憶喪失の病を描いているからである。八十歳を超えている老作家も、自分の記憶に自信があるわけではない。第一章は「家の記憶」と題されている。

島崎藤村の「家」では、登場人物たちが「いろり端のある家」のあった故郷を出た後、東京において住む「茶の間のある家」は、ことごとく借家であった。だが小島信夫はすでに「抱擁家族」において、「茶の間のある家」から「リビングのある家」へ移る家族の物語を書いた作家である。時代は政府の持ち家推進政策の時代であって、「リビングのある家」の多くは一生の働きをつぎ込んで建てる持ち家であった。たとえ雨漏りがつづく不便な家であっても、主人公は自分が建てた家に住むことに執着し、この家を守ろうとする。家はほとんど自分そのものだからである。

　ところが主人公の妻には、昨日まで三十数年のあいだ暮らしていた家の記憶が今、消えている。記憶喪失が、現実から逃れたいという願望のあらわれ、弱った個体のとる自衛手段であるとしたら、妻は三輪俊介と再婚して義理の子どもたちを育て、支援した、そして最後には介護もした三十数年から逃れるために、家の記憶を消そうとしているのである。夫にとっては、それは妻の中の自分が消されることである。共通の記憶をとりもどさせようとする夫の努力を阻むかのように、夫の知らない、子ども時代の妻が住んでいた古い屋敷の冠木門が、妻の記憶を占領している。足の不自由な人の車椅子を押し、目の見えない人に音読サービスをするように、記憶を失った人にかわって記憶の再構築をするという介助があり得るかもしれない。この小説は、そのために書かれたようにもおもわれる。そして妻の記憶の中で失われた家とは、この小説の主人公と同じ名前の主人公、三輪俊介が登場した小説「抱擁家族」の終わりに高台に建てられた、ガラス張りの白い家のことである。小説の登場人物が覚えていないその家を、小島信夫の忠実な読者は覚えている。

　三輪俊介の二度目の妻となる女性は、最初の小説の終わりに、チラと登場した人物と同じ人物なのか違うのかわからない。「抱擁家族」の終わりには再婚がほのめかしてあった。見合いの相手は芳沢ちか子という名前であった。今度の小説の登場人物、三輪俊介の妻は京子という。ともかく、「抱擁家族」のあの白い家に、夫と妻、二人の子どもという形に再編成された家族は住み、その後、子どもたちは学業を終え、それぞれ結婚してそれぞれ三人ずつ子どもを生み、老夫婦が残った。だが息子は二度の結婚と二度の離婚をし、独りでアパートに住み、そのあいだに子どものときからあった小児マヒの後遺症で半身が不自由となり、さらにアルコール依存症からきたコルサコフ氏病が悪化して痴呆症の診断をうけた。その息子の援助に疲れた老いた妻にも記憶喪失が生じている。病気の息子をひきとって自宅介護ができないから、老夫婦は山荘へ逃げだしている。現在、息子が入院している病院では、排泄物で汚れた一週間の洗濯物を家族がもって帰って洗わなければならない。自宅のバスタブで浸してから、洗い乾かす。すべての病院は、三ヵ月限度で出なければならない。いわゆる患者のたらいまわしである。だから介護の家族は休む間もなくつぎの移転先を考えつづけている。

この小説では過去の記憶の再建と同時進行で、家族では負いきれない介護をどう解決するかという現代的な問題が展開される。小説の中で老作家の孫娘は、新聞の連載小説なんて誰も読まない、と断言するが、たとえ読まれなくとも新聞に載っていることが重要である。この小説は区切りの線一本でそれより上段にある、真実が建前の報道記事とは区別された、嘘を書くことが建前の連載小説欄に載る。そして、「真実」と「嘘」はどちらがどちらか、という境地にいたるのが、新聞小説の醍醐味というものであろう。事実、介護と家族の問題は、この小説の連載中、もっともしばしば報道された新聞のトピックスの一つであり、新聞の上の段の報道記事と下の段の連載小説は呼応していたのであった。

主人公三輪俊介は、ときどき老作家と呼ばれたり、作者小島信夫その人の名前でさえ登場する。「うるわしき日々」は、「抱擁家族」と同じく三輪俊介を主人公とした三人称記述を原則とした小説なのだが、作者と語り手と主人公が同じであるということは、むしろあからさまにされ、作者と語り手と主人公が小島信夫の分身としてそれぞれ独白をはじめ、ときには分身どうしの会話のような文章さえある。劇の進行と同時に、小説制作の現場に読者をみちびきいれ、読者は観客席と舞台裏から同時に観劇する仕組みになっている。これは、作者と語り手と登場人物が一致するという暗黙の了解、読者との「私小説契約」にもとづいて書かれている私小説には違いないのだが、舞台裏を見せ、からくりを暴露するところに、作者自身による私小説批判も行われている。小島の小説は事実に非常に近いが、事実そのものではない。じっさい、読者はこの小説で主人公の苦しみの原因の一つとなる息子の幼時からの身体障害について、以前の小説「抱擁家族」では知らされていなかった。「抱擁家族」の終わり近く、息子良一は家を出ようと夜の闇の中へ走り去るのだが、家政婦のみちよが良一が足をひきずっていたところを見たとは書かれていない。

三輪俊介は「抱擁家族」の時代と同じく、自分が生みだした家族の身の上におきることはすべて自分の責任であると感じている。行動をおこすことをためらうときも責任は感じつづける。

それを医者は父親の「過干渉症」と呼び、今ではそれが息子の「依存症」の原因となっていると診断されている。作家には別のやましさもある。彼は息子から、お前は家族を小説の種にして原稿料を稼いだ、だから小説の種にされた俺には、お前に最後まで依存する権利があるのだといわれているようにおもっている。

それにたいしては、息子の離婚裁判を担当して昔から彼の家庭の事情を知りつくしている弁護士が登場して、「良一君を二年前にあなたがアパートから病院へかつぎ込んだでしょう。あそこで神さまは、最後の義務を、きれいなカタチで果して下さったのです」とささやく。強い酒を飲みつづけたあげくの意識不明は、良一が自分で自分の決着をつけようとする一種の自殺行為であったかもしれない。それを、部屋をたずねた親たちが死の淵から助けだしてしまった。本人のためにも自分たちのためにも、助けなければよかったというおもいが三輪俊介の念頭に幾度もうかぶ。弁護士はあそこで助けた後は、良一自身の道がある、それにまかせるべきだという。

小島信夫は、大新聞の一千万の読者に向かって書くことを重く意識しているし、連載という形式によっていわゆる小説の構成から自由になって新しい手法が生まれるかもしれないと期待している。小説の執筆は、妻のために記憶の再構築をするためだけではない。二人の記憶のためには必ずしも必要のない人物が登場して、長々としゃべる場面がしばしばある。弁護士の登場によって、この小説は一種の裁判小説となっていると考えるのは突飛であろうか。三輪俊介あるいは小島信夫は、被告であり、また原告でもありうる。争点は子捨ては許されるか、どうかであろう。登場人物である弁護士はむろん、原告ないしは被告である三輪俊介の代言人であり、もう一人の登場人物である医師もまた、三輪俊介側の証人である。ほかに三輪俊介のためにあのル・コルビュジエ風の白い家を設計した建築家も、証言台に立ち、近代というイデオロギーを家の形にしたような設計が三輪と家族を苦しめたことを認める証言をする。新聞というメディアがつくる読書空間が法廷の役割をしているのである。

裁判において登場人物である三輪俊介が訴える、あるいは彼が訴えられている見えない相手は国家である。息子について、神や運命の名前も引かれはするが、三輪俊介は最終的には息子は「国家が面倒をみてくれる」（七四頁）はずだとくりかえす。彼の本心であろう。三輪俊介は若い兵士として国家のために闘ったのであった。三輪俊介は、戦後も国家のために家族をつくり、家を建て、苦心惨憺してそれを維持してきた。国家のためにそうしたのだから、国家が国民の面倒をみるべきだ、と老いた彼は恨みをこめて叫んでいる。また、老いた自分が子を捨てたとて、国家は自分を罪人にはできない、と訴えている。

「抱擁家族」においては、登場人物のＧＩのジョージが、「責任？　だれに責任をかんじるのですか。僕は自分の両親と国家に対して責任をかんじているだけなんだ」といったのであった。

そのジョージに対峙する三輪俊介の建てる家は、彼にとっても作者にとっても、被占領国であった日本という国家のアナロジーであった。だからこそ、三輪俊介は妻の時子と一緒に、妻との情事によって彼の家を汚したGIのジョージに向かって「ゴウ・バック・ホーム・ヤンキー」と力ない叫びを、それでも声のかぎり叫んで家族と家を守ろうとしたのであった。そして自分は、GIと彼の国家に対抗するために、アメリカよりもアメリカ的な新しい家を建てて、アメリカを超えなければならなかった。

小島信夫の小説を読みながら、わたしは、近代日本の全小説は、個々人は自分と家族のために家を建てたのに、それぞれの国民が家を建てることは、じつは国家をつくることにほかならなかったということを書いてきたのだというおもいを深めた。小説はすぐれて国家の時代のジャンルであった。無頼の作家でさえ我知らず、国民教育のための小説を、国民教育装置である新聞雑誌に書いたのであった。小島信夫の小説は、そのことについても悲痛に、しかしおかしげに呻《うめ》いているようにみえる。

アメリカのカリフォルニアにでもありそうな、と三輪俊介が自負するセントラル・ヒーティングつきの家は、住んでみれば不便きわまりなく、彼の呪詛の的であった。そこに彼は以後、三十と数年のあいだ住んだ。白い家にあこがれた二十年と白い家を呪いながら住みつづけた三十年が三輪俊介の戦後五十年であった。俊介は、家をもたず、家族を捨てた芭蕉にも西行にも親しみをもったのに、現実には家を建て、さらに山荘をもって膨張してしまったという。それはそのまま、ひたすら経済成長をつづけた日本社会の戦後五十年であったのではなかろうか。白い家は雨漏りをしたまま、まだ岡の上に立っている。

三輪俊介の息子良一は結局、精神科がある林の中の病院へ収容されることになる。「オレはここにずっといるのか」と問いつづける息子に、親である三輪俊介は「帰りたくても帰るわけには行かない」と答え、心の中では「もうおまえの家はない」といいきるのである。八十余歳の親が、五十五歳の息子をようやく捨てる。これが、あの「抱擁家族」の続編の結末である。抱えがたい家族を抱えようとしてあがき苦しんでいた三輪俊介は、三十数年後、ようやく読者に向かって血縁を捨ててなぜ悪いか、と問うている。大新聞の一千万という読者は、小島信夫にとってはほとんど国民の全体であり、国家を相手とする裁判において審判をくだす裁判官である。この長い小説は、三輪俊介が裁判においてする口頭弁論である。そして、かつて島崎藤村は、「家」にも登場した自分の姪との性関係、それを種にした実兄のゆすりから逃れるために、「新生」という小説を発表して読者の審判をあおぐということをしたのであった。小島信夫の小説には、「新生」という新聞連載小説を書いて読者の審判をあおいだ島崎藤村がひきあいに出されている。

裏切ることによって、捨てることによって、また捨てられることによってはじめて、人間どうし、家族とは別の関係が生まれるということは、癌で死んだ先の妻時子はとっくに気づいていたことであった。あれからのち、社会の幾万人の時子が夫を裏切り、子どもを捨てることにより自分の人生へと出発した。だが、三輪俊介は家族抱擁をつづけた。彼は夢の中では今も布団にもぐりこんで、彼のかたわらに眠っていることのある亡き妻に、自分は裏切ることだけはしなかったという男である。

この小説が読者にとって感動的であるのは、そういう三輪俊介が、最後にいたって自分が人生を賭けた家族抱擁の放棄を告げるからである。小島信夫は、自分もこれだけ耐えて美しい家族をつくりあげたのだから他人もそうすべきだと、家族イデオロギーの再生産を読者に命じてはいない、子捨てが必要であることを訴えている。

小説の第七章は子捨てをする「別れの記録」と、また最終の第八章は、子を捨てて選んだ妻、もう義理の息子の母ではないところの自分の妻と生きる決心をするのだから、夫婦の「デュエット」と題されている。しかしその京子の方は、俊介と生きた三十数年を捨てたいというかのように、高台の白い家にまつわる記憶を忘れている。「抱擁家族」の中で時子に裏切られたと同じく、「うるわしき日々」においても京子に捨てられたということを登場人物の三輪俊介がはっきりと意識しているのかどうかは、不明である。

だが、かつて「抱擁家族」の中で、時子の裏切りが明らかになったとき、時子の中から妻ではないなまなましい女が立ち上がって俊介を魅惑したように、俊介との記憶を捨てた京子は、尊厳をもつ他者として、無視しがたく堂々と、彼のかたわらにいる。三輪俊介はどこまでも、あの「抱擁家族」のこっけいで哀しい三輪俊介であるから、三輪である老作家は「息子の脳のリハビリに絶望した父親は、今度は夫として妻の脳の役に立ち、記憶を共有しなければならない。〈料理を共にして、妻の記憶力を恢復させよう〉」とおもいついて崖下のコンビニへ買い物へゆく。そしてその帰り道、家のあたりを見あげながら赤子のように泣くのである。ここから赤子のように新しく生まれるということかもしれない。三輪俊介の新生は、男は家族を抱擁して守るという近代イデオロギーを扼殺したうえでなされている。この小説は、島尾伸三が「死の棘」の続編のような「月の家族」を書いたように、小説の登場人物となっている小島信夫の息子によって書かれることがありえた小説であった。だが長寿の時代の老いた父親は、老いた父である自分を自分で描かなければならなかった。息子はもはやつぎの新しいタイプの父親にはならないから、父が父を終わらせる。その意味でも小説「うるわしき日々」は、「父の家」を描いてきた家族小説の時代の終わりを告げている。「うるわしき日々」の出版は、時代を画する事件というべきであろう。

「うるわしき日々」の終わり近くには、ボルヘスを引用して、〈記憶というものは悲しいものである〉（三二三頁）と書かれている。おもいだすべき何かは、イメージとなって記憶装置に保存されるが、おもいだすときにはおもいだすべきそのものではなく、記憶の中のイメージしか取り出せないからである。似たようなことについて、シモーヌ・ド・ボーヴォワールが、自叙伝三部作を書き上げた後には、書いたことが書いたように想起され、書かなかったことはすっかり失われたといっていたことがある。記憶はこうしてつくられる。家は記憶の貯蔵庫といわれるが、その家を描きつづけた日本近代百三十余年の小説は、読者が作者と共有する巨大な記憶をつくったのであった。小説の読者は、この記憶にとらわれ、抵抗しつつそれぞれの記憶をつくらなければならない。

津島佑子「風よ、空駆ける風よ」——「母の家」小説の変化

津島佑子は、父の娘として作家であった父と父の家を書くのではなく、父から取り残された母と、その母の家とを描くことをメイン・テーマにして「風よ、空駆ける風よ」（文藝春秋、一九九五年）を書いた。

津島佑子「風よ、空駆ける風よ」はまた、小島信夫の「うるわしき日々」が「抱擁家族」の続編であったように、この本の第二章で読んだ「光の領分」（一九七九年）のテーマを発展させた長編小説として読むことができる。ただし、「光の領分」の主人公であり語り手であった

「私」に、このたびは律子という名前が与えられている。この登場人物が行動する人である主人公の役割から、思索する語り手の役割に退くことによって、続編は思想小説的な性格を強めている。「光の領分」にかぎっていえば、この作品を書いたときの津島佑子は、自分が生きることによって、どのような目的に向かっているのか自分でもわからないその行動の軌跡によって、とりわけ子どもを生むことによって文字通り作品を生み、雑誌連載の時間の経過のうちに物語を育てた。しかし津島佑子には、想像妊娠をあつかった「寵児」のように、最初から体験ではなく思索によって組み立てた作品がある。「風よ、空駆ける風よ」は、その両方の手法を総合して書いた大作である。登場人物、律子の役割の変化とともに、読者もまた物語にまきこまれて読むのではなく、展開する物語について思索する立場におかれている。語り手の律子が登場人物たちにする問いかけや自問自答につきしたがいながら、つい読者も横から登場人物たちのやりとりに口をはさみたくなる小説である。

主な語り手である律子の物語の一部は、むろん「光の領分」に登場した、若い母親と幼い娘の物語に重なる。「光の領分」では、「私」は若い、おぼつかない母親として懸命に娘と向き合うのであるが、娘との強いつながりとは逆に、自分の母親とはできるだけ距離をとろうとしていた。幼女の祖母は、母親の勤め先の同僚、保育園の保母、園児の母親たち、父親たち、ゆきずりの人々など、若い母親と幼い娘の生活を支える人々の一人にすぎなかった。ところが「風よ、空駆ける風よ」では、物語全体の中心的な語り手である律子の関心は、大きくなった娘ではなく、逆に幼児のように弱い存在になった自分の母親へと向かい、長いあいだ病院のベッドに寝たきりで意識の混濁した母親におもわず全身で向かい合って、意識の薄れた母親に、語りかけることをつづけるのである。

長谷川啓「〈母〉に出会う旅——津島佑子『風よ、空駆ける風よ』を中心に」（水田宗子、北田幸恵、長谷川啓編著「母と娘のフェミニズム」田畑書店、一九九六年）はこの小説を「娘の、母からの逃亡の物語と、母の人生を理解し、受けとめるという形での母との和解、母への回帰物語を紡いでいる」（一五九頁）と的確に解説している。先に見たように、日本語で書かれた近代小説の流れの中で延々と書かれたいわゆる私小説は、基本的に男性作家によって書かれた家つくり小説であった。「家」制度の父と対抗して近代家族を率いる新しいタイプの家長が、父と和解し、新しい家長となる長い物語である。その物語の後で、今度は父親と対抗しない息子、依存する息子を捨てる物語を書いた小島信夫は、父権制の父でいなければならなかった父親の家つくり最後の物語を書いたといえるであろう。それとほぼ同じ時期に、母の家の母親たちを複雑に描きだした津島佑子の小説が生まれるとしたら、父—息子の物語の後に、母—娘が同じく親との対立と和解、逃亡と回帰の物語を紡ぎだすことになる。すると、何がかわるのだろうか。

一夫一婦永続婚の原則が揺らぎ、現代家族が母系的にかわることによってもたらされる大きな違いは、まず住居のあり方にあらわれる。たとえ一代かぎりのものであれ、定住の家を確立しなければならないとした父の家つくり小説とは違って、この小説の母系的な集まりの容器は、移動をはじめ、むしろ移動を原則とするにいたる。この小説には、数多くの家が登場する。すべての家に思い出が染みついているのであるが、思い出の家は引っ越しや立ち退きによって失われ、記憶の中にイメージとしてのみとどまる。

　電話口で頷きながら、私は言った。あなたの家に遊びに行く夢を、いまでも、たまにだけど見るのよ。でも、わたしも気に入っていたあの小さな借家や、そのあとの家は夢で見たことがない。必ず、わたしが最初に遊びに行った、古くて大きな旅館の建物なの。大きくて暗い家に数えきれないほど部屋があって、おばあちゃんやおじいちゃん、おばちゃんたちがお帳場にいるの。あなたとお母さんは、べつの小さな部屋にいるんだけど、その部屋にたどり着くまでがたいへんで、つぎからつぎに障子を開けて、歩きまわらなければならないのよ（「風よ、空駆ける風よ」一一〇頁）。

　数々の家の記憶をさかのぼって行き着く旅館の家は、人々を迎え入れる、とりわけ男が通ってくる家をあらわし、この家は母系で継ぐ根を下ろした家であるかのようにみえる。しかし、この家もまた旅館を廃業して売られた、失われた家である。記憶の中に鮮明に残る旅館の家が、中心的語り手である律子の母の家ではないところに、この小説の仕掛けがある。律子が覚えているのは、中学生のときの親友である史子の家である。二人は私立の女子学園で出会い、他の少女たちのように父母がそろっている家庭の娘ではない、母子家庭であるという共通の境遇を語り合うことによって、離れることのできない友だちどうしとなった。二人の少女は自分の物語以上に相手の物語に関心を抱き、友だちの物語を読む。物語の主人公である友人と、自分との区別がつかないほどである。少女たちの、主体と客体がいれかわるような離れがたい友情が、二人に互いの生涯の記憶の多くを共有させる。関心は、会ったことのない友人の姉、その子どもたちにまでおよぶ。相手にたいするこのように強い関心、あるいは同化が、この小説では物語の語り手がたびたびいれかわり、さまざまな人物の記憶と幻想がいりまじることを可能にする。

律子の母親は、さまざまな事件にあって社会にたいして防衛的になり、孤独に閉じこもっている。律子の家は母娘だけが住む淋しい家である。他方、旅館を営む史子の家系には、二代つづけて未婚の母たちがいる。史子の母親には、現在も恋人がいる。しかし、いくど脱出を試みても、史子の母親は彼女自身の母の意志や哀願にひきずられた形で旅館の家に帰る。旅館は職場でもあるのだが、旅館から出て住む家は住むだけの家なので、生活がたちゆかなくなれば旅館に帰らざるをえない。旅館の家の物語は増殖を続ける。律子の夢に登場するのは、史子の複雑な家族関係のアナロジーのようにいりくんだ旅館の建物である。中年になった律子と史子は、旅館の家の複雑な構造は豊かさの印であったのだとおもうようになっている。

少女時代には、律子も史子も自分の母親と家からの脱出だけを考えていた。二人に脱出の夢を与えるのは、史子の姉として育てられた清子である。清子は、妻子のあるアメリカ人とのあいだにミナという女の子を生むためにアメリカへ渡り、つぎにはカナダ人の男とともにフランスへ移住してエマという女の子を生む。途中、ミナを日本の史子に預けたまま、癌にかかってパリのアパルトマンで死ぬ。死の床を囲むのは、ミナ、エマ、史子、エマの父であるカナダ人、清子の最後の恋人であるアラブ系の男である。清子の生涯にも、その死にも立ち会うことはなかったのに、律子は史子の語りから、自分で見たことのように物語を組み立てる。語り手である律子のものである小説全体の視線は、清子の死の床や葬式にさえとどく。自分の母親の死後、清子の娘ミナは、律子の眠りつづける老母を、母なるもの、抽象的な母のようにみなして、返事をくれることのない病人に向かって自分も祖母、母につづいて未婚の母となるおもいを告げる。母親を看取る律子がしだいに母の幻想の中に入り込み、死ぬことは生まれることであると信じるところでこの長い小説は終わっている。

この小説では母親は子どもを生むことにより土地に定住するのではなく、男とのあいだに子をなすことによって、生まれた家を出て移動をはじめる。国境を越える。異文化から異文化へと移ってゆく。小説の中の旅館の家には、自由な性の気配があって、それが少女のころの律子には謎であり、ひきつけられた点であった。しかし、旅館の家は内側に自由を秘めていても、社会からは少し離れて閉じられていた。その家にも、史子の母親が幾度も脱出をこころみたように、後継者をつなぎとめようとする抑圧がある。その家を解放するには、清子がしたようにふたたび帰ることのない脱出をしなければならない。脱出は性を手がかりに、男のいる国への脱出となっている。男への依存でありながら、生むことの主導権をとることによって、清子は主体性をおびる。一人の男のところにとどまることをしない。定住的主体とは異なる漂う主体は、受け身であることによって、能動的になるかのようだ。意志をもって生むだけでなく、生む母は子どもを育てる人たちをつぎつぎと選び、養育によるネットワークの可能性を残して死んでゆく。

母—娘の物語は、父—息子の長い長い物語に対抗する物語であって、書かれるべくして書かれた。母—娘の物語から、父親たち、男たちは排除されるわけではない。男たちは懐かしい影のようにして物語の中に存在する。

しかしその一方で、生まない女たちがまったく登場しないのはなぜだろう。この小説が、生むことにあらためて価値を与える一種の思想小説として書かれたがゆえの単純化なのか。生んだ女は自分が生まなかった子どもたちをうけいれ、自分が育てなかった子どもからもうけいれられ、母として死ぬ。律子の母親は母として生きることを生き甲斐としている人ではなかった。むしろ母となることにたいして抱いていた期待をことごとく裏切られた恨みを抱いていた人である。しかし最後には、次世代、次々世代の娘たちから母親以外の何者でもない存在として眺められている。この小説が母親集団の物語だからである。では生まなかった女たち、父親にならなかった男たちは、何として死ぬことになるのだろう。移住しながら生みつづける母親たちと子どもたちのまわりには、この小説には描かれることのなかったたくさんの個人の部屋が漂っているはずである。

漂流する部屋——「居場所」探しの冒険物語

小説の中のカメラ・アイ、読者が作者あるいは主人公と共有する視線が、壁によってくいとめられるようになったのはいつからだろう。「茶の間のある家」とは違って、「リビングのある家」には、家族成員のそれぞれに個室がある。父親の視線はしばしば、子どもたちの個室のドアによってくいとめられ、部屋の内部へは入れない。かつては家長の視線は家の中を見通していた。ところが今では家の中に父親の目がとどかない場所があるだけでなく、父親は彼の所有物である家に個室をもたない唯一の成員である場合さえある。「リビングのある家」に住む家族モデルは、夫婦と子ども二人である。nLDK設計の家の寝室の数（n）は、家族数から1を引いた数字であることが多い。子どもたちは、それぞれ個室をもつが、夫婦には二人で一つの寝室しか用意されないからである。四人家族は3LDKの住居空間に住む。この住まいに滞在時間がもっとも長いのは主婦である妻、少ないのは家の所有者である夫、つまり子どもたちの父親である。父が夕食にまにあって家へ帰ることは少ない。住まいを描く小説の視線に変化がおこるのは当然であろう。山田太一「岸辺のアルバム」（一九七七年）、円地文子「食卓のない家」（一九七九年）、小島信夫「夫のいない部屋」（一九八〇年）などの小説は、自分の所有でありながら、自分の管理下にはない住空間にたいして男が抱くいらだち、たじろぎ、憤り、不信のこもる視線があった。彼が住まい空間にあらためて視線をなげかけると、そこには視線を拒否する家の中の間仕切り壁、あるいは視線を返してくる他者たちが存在していたのであった。そこから本間洋平「家族ゲーム」（一九八二年）、糸井重里「家族解散」（一九八六年）など家族そのものを不可解な集団とみる小説が生まれていった。

つぎには家の中に部屋がはっきりと姿をあらわし、存在を主張しはじめる。部屋は家の外へ出る。子どもたちが、生まれ落ちた家族の家を出てから、結婚して新しい家族をつくるまでのあいだの期間がしだいにのびる、あるいはそのまま独り暮らしをつづける。老夫婦の一人が欠け、残った一人が子どもたちの家族に吸収されない場合も多い。こうして独り住まいの部屋は増えつづける。この本の第二章となった連載「生きられた家・描かれた家」の第二部は、「部屋の時代」と題した。部屋が舞台となっている小説をつづけて読んだ。暗いものとされた部屋が、時代が下るにつれて明るい部屋にかわってゆくところが印象的である。

部屋小説は急に出現したのではなく、借家を舞台にした小説群や、持ち家の小説群のかたわらで、ひそかに増えていたのであった。部屋を集めた下宿屋は、明治の大都市の新奇な空間であって、坪内逍遥の「当世書生気質」の舞台となった。近世に多かった二階屋建築の禁止が解けると、二階の部屋は階下から隔離された、秘め事の多い空間となった。部屋借りは二階か、離れ、あるいは玄関脇の小部屋であった。部屋は新奇な空間としてもてはやされる一方で、長いあいだ納戸の暗いイメージをひきずっていた。柳田國男は「明治・大正史世相編」の中で、コヤが家の中に入ってヘヤとなるのだといっている。独立した一家を構えることのない次男三男は、「部屋住み」の身分として、低くみられていた。妻妾同居の妾が、「お部屋さま」と呼ばれていた。「大部屋俳優」という熟語には、今もけなし言葉としての部屋の含意がよくあらわれている。遊廓の遊女が客に侍る部屋は、妖しく飾られていても暗い。それは主に夜のための部屋であった。

明るい部屋の出現は、子ども部屋からはじまる。童話と童謡の舞台は明るい部屋である。カーテンのかかったガラス窓、陽光のあふれるサンルーム、あるいは玩具に囲まれたベッドなど、西洋館の中の部屋のイメージを流布させたのは子どものために書かれた歌や詩であった。わたしは、「世界童謡集」と題された、ボロボロになった本をもっている。子どものときに祖父の本棚からもちだした本の一冊であって、表紙も奥付も失われている。小型だがページ数は四百ページ近くあった本はしだいにページがちぎれて、百ページしか残っていない無残な姿である。西条八十の監修であったらしいこの本には、マザーグースやクリスティナ・ロゼッティなど、イギリスの唄がもっとも多いが、アメリカの唄、フランス、イタリア、ロシアの童謡が収められているし、「支那子守唄」も入っている。ドイツ語であってもオーストリアの歌は「墺」と書かれている。「独墺は最近合邦したが、これは政治上の問題故ここには区別しておく」というただし書きがある。したがってこの本は、一九三八（昭和一三）年のオーストリアのナチス・ドイツへの併合の直後の出版であった。日本軍はその前の年に上海侵攻、南京占領を行っており、この年、日本には国家総動員法が公布された。戦争の暗い時代を背景にして翻訳の童謡集を出版することは、ささやかな抵抗であったとおもわれる。この本は、いくつかの明るい部屋をめぐる構成になっているところが面白い。第一章は「光のお部屋」と題されており、「ここには天候をうたった唄をいれました」と解説されている。「金のお部屋」は動物の唄、「銀のお部屋」は植物の唄、「鏡のお部屋」は子どもの生活の唄、「緑のお部屋」は子守唄とつづくのだが、わたしの所蔵本は途中で切れて、残りのページが失われている。

ところが、後年、吉行淳之介の小説の中に、たしかにわたしも読んだ記憶のある唄の引用を見つけた。ベッドが船になって、ねむりの国へゆくという唄である。「寝台の舟」という唄が小説の題となっている。吉行は自分の部屋をもち、アレルギー性疾患もあって閉じこもりがちであった自分の幼年時代の記憶にひきつけて、わたしがもっているのと同じあの「世界童謡集」に愛着を抱いたのではないだろうか。作家としての彼の小説にはおびただしい部屋が登場し、いずれも明るくはない。「暗室」のように暗い部屋である。しかし彼の部屋空間への執着が、明るい部屋を歌う童謡と結びついていてもおかしくはない。童話、童謡の世界は決して健全で無毒なものではないからである。明るい子ども部屋で読む童話集の中では、社会生活では妄想や偏執として抑圧される想念が、醜い魔法使いや美しい妖精、残酷な王様に姿をかえて解放される。そして探偵小説の密室は、童話や童謡以上に、孤独と無為を愛し、しかも無為と孤独に苦しむ魂の隠れる場所となった。

一戸一灯の暗い時代には、本の中にしかない明るい部屋であったが、現実の家に大きなガラス窓がはまり、部屋ごとに蛍光灯の輝く時代になると、「部屋」という言葉がもともともっていた、けなし言葉としての含意や妖しい雰囲気が薄れてゆく。「ワン・ルーム」という新しい空間モデルの誕生は一九七六年であるが、「私の部屋」「美しい部屋」などという名前の室内装飾の雑誌が売り出されたのは一九八〇年代のことであった。このころになると、「部屋」という語にあった暗いイメージは一掃される。そして小説の題名に、「にぎやかな部屋」（星新一著、新潮社、一九七二年）、「あかるい部屋のなかで」（金井美恵子著、ベネッセコーポレーション、一九八六年）といった「部屋」に肯定的な形容詞のつく題名の小説が増えてゆく。「部屋」が「ルーム」と呼ばれるようになると、現実の空間も、その空間を舞台とする物語も、新しい建築の素材と同様にさらに明るく軽くなった。むろん、明るい部屋小説が読者にとって深刻な問題をあつかっていないというわけでは決してない。

病人や日陰者を閉じこめる暗い「部屋」と、他人の干渉をうけない個人の明るい「部屋」の中間のところに、個人がかろうじてそれぞれの部屋を確保しているものの、依存関係から完全には脱出できず、一方ではやくも孤独という問題につきあたる、という内容の小説が位置する。連載でとりあげた福永武彦「忘却の河」（一九六四年）は、部屋小説の一つのタイプであるオムニバス形式の小説である。ひとつひとつの章が読み切りの短編小説である全七章からなりたつ全体は、一つの家族の物語としてまとめられている。しかし、家族はひとりひとりバラバラであり、それぞれが、家の外あるいは家の中に他人に足を踏み入れさせることのない部屋をもっている。この連作小説の特徴はそれぞれの章の主人公と視点が、それぞれの章において異なることである。記述人称は一人称から三人称に変化し、ふたたび一人称記述となる。決して読みやすくはないが、視点の複雑な切り替えが「地獄とは他人のことだ」というテーマ、家族のひとりひとりが地獄を抱える他人であることをあらわそうとしている。お互い理解しがたい他者どうしであるが、あるいは夢の交差により、あるいは死の河で忘却の水を飲んで記憶を失うことによって、互いの地獄の底ではつながっているという通底器幻想がある。それぞれの自我は、自己にとっても他人にとっても重く、小説全体の印象は暗かった。

個室だけでなく、公団住宅やマンションの中の一戸分の空間が「部屋」と呼ばれることもある。集合住宅は、住宅建築の中でも、中小住宅設計とは別のジャンルである。近代の集合住宅は、木賃宿、納屋、寄宿舎からはじまって、長屋、関東大震災後の同潤会アパート、文化アパート、そして戦後の公団住宅、現代のマンション建築、ワンルームまで変化した。大きな建物の多数の部屋を舞台とする小説群は、建物の構造と似た短編連作の構成をとりやすい。干刈あがた「ワンルーム」（一九八五年）のような独立した短編や中編をつなぐオムニバス小説、集合住宅ではないが、路地の家々の物語が人物再登場法によって有機的につながる黒井千次「群棲」（一九八四年）などである。石ノ森章太郎の連作マンガ「ホテル」（一九八五年）全三十七巻のように、ホテルのたくさんの部屋をめぐるストーリーを一回ずつの読み切りでほとんど無限につないでゆくという構成をとることもある。連作やオムニバスのゆるい構成は、一つの屋根の下にある部屋群が住む人ごとにいつでも遊離して、どこかへ浮遊してゆきそうな集まりであることを暗示しているかのようだ。それぞれの部屋の小さな物語を堅固に組み合わせる大きな物語を書くことが難しい事情がある。住民たちはそれぞれの隣の部屋とその住民をよくは知らないで集まっているからである。

住宅産業がマンションを売り出してからというもの、建物および付属する物の名称にカタカナ表記の日本語が増えた。玄関ではなくエントランス、台所をキッチンなどというのがそれである。西欧語起源、カタカナ表記の単語の響きは明るく、漢字表現にあった陰影のある含意は切り捨てられる。家族と住まいをテーマとする小説やマンガの題名にもカタカナ表記が増えた。小説に村田喜代子「ルームメイト」（一九八九年）、増田みず子「カム・ホーム」（一九九〇年）、辻仁成「オープンハウス」（一九九四年）、小林信彦「ドリーム・ハウス」（一九九二年）、柳美里「フルハウス」（一九九六年）といった題がつけられると、マンガにもサキヒトミ「ワンルーム・ストーリー」（一九八八年）、岡崎京子「ハッピィ・ハウス」（一九九〇年）、近藤ようこ「ルームメイツ」（一九九二年）、大島弓子「ロスト　ハウス」（一九九四年）など、小説につけられた題名に似た題名がつづく。カタカナ表記の題名から、この本には現代生活が描かれているという見当がつく。

建物の材質がかわると、建物を描写する文体に微妙な変化が生じる。「燃えつきた地図」を書いたときの安部公房は、団地の町の描写をするために、短く、即物的で簡潔な文章を重ねて、無機質と清潔を感じさせる文体をこころがけたのではないだろうか。団地のコンクリート壁を描写するのに必要な文体である。マンガにおいては、小説の文体にあたるものが、線や面の描き方となる。マンションを描くときの大島弓子が、直線を使ったり、凸凹なく塗りつぶした面を用いたりする場合である。

吉本ばなな「キッチン」(一九八七年)は、現代の明るい部屋を描いた小説である。この小説の特徴は人物より場所と物に存在感があることである。一緒に暮らしていた祖母に死なれると、天涯孤独の身の上となった「私」桜井みかげは、雄一とその「母」えり子の部屋にひきとられる。マンションの十階にある部屋は、窓辺に観葉植物の育つ明るい部屋である。みかげが一目見て愛するのは、人間ではなく台所という場所であり、「台所と同じくらいに、田辺家のソファーを私は愛した」と書いてある。近代小説の中に「愛する」という言葉が用いられると、それは恋愛を意味し、男と女のセクシュアルな関係が重要であった。ところが、ばななの小説では、愛されるのは人よりも場所であり、物である。部屋の中の選び抜かれた家具と道具の描写にくらべて、人物描写はテレビゲームのバーチャルな世界を移動する記号のように書かれている。雄一という名前はほとんど♂記号であり、それ以上の説明があるとはいえない。ゲイ・バーのママであるえり子は、扮装による♀記号そのものとなって、過度に美しい。しかし記号であるから、邪魔にも負担にもならない。記号のような他者とすれちがったり、かすかに触れ合う快感が、この小説の魅力である。

批評家吉本隆明と小説家吉本ばななの親子対談「吉本隆明×吉本ばなな」(ロッキング・オン、一九九七年)において、吉本隆明は、「まあ男と女の問題っていうのは濃いすぎるとか何かって、一世代前とかそれ以前だともうとにかくそれがすったもんだになって死ぬの生きるのになってさ〔中略〕一対の男女の関係で〔家〕の質が決まっちゃう。〔中略〕こっちが見ていると君の場合には、全部好きっていう、その場なのね」といって、物と人の価値の逆転を指摘している。父親は、ばななの小説の特徴は、物語が「単一の(作者あるいは登場人物が)好きっていう場」で展開し、人物の方は「いつでも交換できるのだ」と理解する。自分の好きな場所さえ確保すれば、招きいれる人間は交換可能かもしれない恋愛関係である。娘のばななは、父親の観察をあえて否定しない。これは、父親の世代がもっていた取り替えのきかない、かけがえのない個にたいする信仰の逆である。取り替えのきかないのは場所であって、人物は交換可能だとすれば、これまで「私」の容器であった住まいから、「私」は軽やかに消えかけている。場所があっての「私」であるとしたら、とにかくまず居場所を探さなければならない。「居場所」は時代のキーワードであり、藤本由香里「私の居場所はどこにあるの?——少女マンガが映す心のかたち」(学陽書房、一九九八年)は、少女マンガが小説よりも以前から「居場所探し」をテーマにしていたことを教えてくれる。

ここにいたるまでに、住まいには借家の時代から持ち家の時代へ、そこからさらに部屋の時代へという転換があった。単純化していうならば、借家の時代に準備された持ち家指向の時代が、短いながら日本型近代の時代であった。部屋の時代からは、現代がはじまる。家族が析出されるのが近代であり、家族の中から個人が析出されるのが現代である。個人の容器は部屋である。かつてのように財産と家族を擁した近代的個人ではなく、裸の個人によって現代の大衆社会は成り立っている。ささやかな尊厳のみを有する現代の個人は、自分が取り替え可能な部分品、パーツであることを知っている。しかし部分品としての個の尊厳を主張する小説というものも、あってしかるべきではないだろうか。

笙野頼子は、軽快な吉本ばななとは違う資質をもった、質実剛健の印象を与える文体で書く作家である。しかし笙野の小説「居場所もなかった」（一九九二年）には、吉本ばななの小説と同じく、「私」のための場所でなく、「居場所」のための私であるかのような部屋探し騒動が書かれている。ばななの小説とは違って、この場合、家具や道具の趣味の基準などなく、ひたすらオートロック付きと手ごろな家賃が条件の部屋探しである。ばななの小説以上に、恋愛も、セクシュアルな関心もあっさりとなく、居場所探しの徒労のくりかえしが即物的に描かれている。しかも筆力で読者をひきこみ、読ませる。探し当てた居場所は、「一応閉ざされた、一応安全な場所」にすぎない。「一応」は「絶対」の反対であって、不安は消えない。「居場所」は、不安定な漂う「私」の、一時滞在の場所なのである。

だが新薬との競争で強くなるある種の耐性菌があるように、不安に耐えうる素質もつくられる。明るい部屋の空虚が描かれたこの小説には、その空虚に耐えることのできるようにつくりかえられた、取り替え可能な自分を知りながら生きてゆく新しいタイプの人間の存在が感じられる。物語の「私」の視線は、部屋探しに集中しながらも、自分自身のような部屋の内部にとどまることなく、大都会の全体にとどきそうな飛行距離をもっている。家の内部にこだわる私小説の「私」の視線とは違うところである。オートロック付きワンルームは、一時的につなぎとめられた漂う部屋である。一時滞在者が、ワンルーム・マンションの高い階の窓から、はてしない海のような大都会を眺めると、波の上のように視線が揺れる。

ここまできてようやく、「居場所」は、現代の個人が主張するささやかな尊厳のありどころをあらわそうとしている言葉であり、現代を読み解くためのキーワードであることに気づく。「居場所」は定住の地ではないが、旅の途中にあるわけでもない。連載「生きられた家・描かれた家」第三部には、最初は「別の集まり方」という題を用意していた。さらにその後に、第四部として「栖《すみか》としての旅」という題も考えていた。共同体を離れて都市流民となった人たちが、都市の「借家」と故郷を往復したあげくしだいに都市に核家族の容器である「持ち家」を築く物語、その持ち家から子ども部屋が別の都会へと漂い出る「部屋」の冒険が語られると、そのさらに後には何がはじまるのだろうと考えた。孤独を体験した個人が家族とは別の集まり方を想像する文学が生まれるだろうという予想があった。たしかに、「部屋」の小説が出現する一九七五年以後には、大江健三郎が「同時代ゲーム」（一九七九年）、「M／Tと森のフシギの物語」（一九八六年）、「燃えあがる緑の木」（一九九五年）において、根づく場所を探す共同体回帰のシリーズを書く。井上ひさし「吉里吉里人」（一九八一年）のようなユートピア小説や、富岡多恵子「白光」（一九八七年）のような逆ユートピア小説も書かれた。

だが、連載をつづけているうちに、わたしは定住の文学と旅の文学といった二項対立はもはや成立しないと感じはじめた。鶴見和子は柳田國男の理論を整理して、生涯漂泊と一時漂泊と定住が社会接触の基本的カテゴリーだとしている。さらに一時漂泊を、もとの定住地へ回帰する旅と、他の場所へ漂着する移住とに分けている。しかし現代では、絶えざる移住、漂泊にかぎりなく近い移住が、常民の生涯である。都市の「持ち家」は、「家庭」家族の容器であるが、「家庭」は一代かぎりのものである。日本語に「家」を継ぐという表現はあっても、「家庭」を継ぐとはいわない。その一代のあいだにも、住み替えがたびたびある。家賃を払う借家と、ローンを払いつづける持ち家との区別はさほどなくなった。

家族の組み替えもある。一夫一婦永続婚が建前の「家庭」という一括りの単位から、すでに個人の析出がはじまっている。生涯の定住はほとんど、あり得ない。耕治人「天井から降る哀しい音」の夫婦のように、人は終《つい》の栖で死ぬのではなく、病院で夫婦が別々の部屋で死ぬのである。nLDKの「リビングのある家」から漂い出た「部屋」は「部屋」どうしで出会い、そしてまた離れる。連載の第三部は、最終的に「離合集散の時代」というタイトルとなった。そこに集めた物語はすべて広い意味での漂流譚、居場所を探す冒険物語の魅力をもっている。読みつづけた長い物語の最後が新しい冒険への出発になろうとは、書きはじめたときには想像していなかった。

しかし日本語で書かれた近代小説の集合体である家つくりの長い物語は、もともと移住の物語であった。農村と都市のあいだには、出てゆく人と帰りくる人の絶えざる還流があった。好景気と不況のたびに膨張と収縮をくりかえす都市人口であるが、長期展望では、都市はふくらみつづけ、やがて大都市の郊外、そして中核都市に人々が住みつくことをはじめる。移住は海外に及ぶ。移民、植民地侵略、戦争、経済進出である。逆に、海外からの移住がある。人の大量移動のたびに家が建ち、家が壊され、焼かれ、廃墟からはこれまでの家とは別の概念で設計された住宅が新種の生物のように成長をはじめる。小説は変化をイメージに描いて、人々に共通の記憶装置の中に蓄える。小説から小説へと読みすすむうちに、コンピューター・グラフィックの成長する絵のように、家々が立ち並んだ風景が変化するところが見えてくる。絵の中から、家とともに愛する人や、生涯の記憶を失って泣く声、再びせっせと家を建てる人々のいさんだ声、住まいの急激な変化に耐えかねてあげる悲鳴、建てた家の閉塞感に呻く声、家出人の孤独なため息などが聞こえてくる。文化の変容は、大量の人間の死の上に成立する政治的な事件である。近代小説を一つの長い物語として読むと、戦争だけでなく関東大震災、阪神・淡路大震災もまた人間の生命が取り引きされた政治的な事件であったとおもえる。

日本語で書かれた小説の中の家は、とっくの昔に日本という国土から外へ流出していたのであった。「生きられた家・描かれた家」の第三部「離合集散の時代」の最初に「十五少年（漂流記）」をおこうと決めたときにはまだ、少年の集団に焦点をあてたのであって、漂流を強く意識していたわけではなかった。家族とは別の集まり方を想像した小説を選んで読みすすむうちに、子どものときに漂流記を読んで感じたと同じスリルと快感が見いだされることに気づいた。池澤夏樹「夏の朝の成層圏」は、現代の漂流記小説である。しかし漂流とは関係のない物語である尾崎翠「第七官界彷徨」がすでに「彷徨」という題名を使っている。あの廃屋に住む三人の青年と一人の少女は、大都会を彷徨中の若者たちが一時期、集まり、解散するまでの、ひとときをともに過ごしているのである。宇野千代が住み捨てた家々は、都市という海にうかぶ小さな無人島であろう。尾辻克彦は、風呂場や廊下など家の部分が都市の中に散らばり、電車に乗ってそれぞれの部分を住みにゆく幻想的な短編小説を書いている。

第二章「生きられた家・描かれた家」の最後に選んだ日野啓三「夢の島」の主人公が、住宅建築会社でマンションを建てる仕事をしてきた人間であったという設定、その主人公がかつてのお台場であった小さな島で事故にあい、逆さ吊りになって死ぬという結末は、家つくりに終始した日本近代の小説全体の結末を描こうとしたのであった。安部公房「燃えつきた地図」の姿をあらわさない主人公、ある日、団地から蒸発した人物もまた、膨張する郊外の住宅へプロパンガスを供給する仕事をしていたことになっていた。ともに住宅をつくり、定住のサポートをする仕事をしていた人物たちが、みずから漂流をはじめた物語であった。

第二章「生きられた家・描かれた家」でとりあげた小説の中では、中島敦「D市七月叙景㈠」、岩手県農村文化懇談会編「戦没農民兵士の手紙」、武田泰淳「蝮のすえ」、林京子「三界の家」、大庭みな子「三匹の蟹」、林芙美子「屋根裏の椅子」、J・ヴェルヌ著、森田思軒訳「十五少年」、山本夏彦「無想庵物語」、池澤夏樹「夏の朝の成層圏」の舞台が日本列島の外である。自分たちは移民というよりも棄民であったという自覚をもってブラジルを転々とする家族の物語は、九州の炭鉱閉鎖の物語のつづきとして上野英信「出ニッポン記」に描かれる。旅行記とはいささか違うこれらの小説やノン・フィクションの物語によって、読者はまだ見ぬ土地を自分も住むことがありうる土地として想像することができるのである。地球は広い。見知らぬ土地にも建つ家を描写しながら、小説に用いられる語彙はしだいに豊かになった。

出国とは逆に、佐藤春夫「美しき町」には、東京の中洲に理想の家々を建てる夢を抱いてアメリカからやってきたブレンタノという人物が登場した。川田文子「赤瓦の家」の主人公は朝鮮半島から慰安婦として連れてこられ、沖縄に住む。李恢成「またふたたびの道」は、朝鮮半島にある故郷と移住したサハリンのどちらからも漂い出て、そのどちらにもふたたび行きつくことのできないまま日本列島に住む家族の物語である。姜信子「ごく普通の在日韓国人」は柳美里の小説と同じく、在日二世と三世の家族物語である。リービ英雄「星条旗の聞こえない部屋」は、新宿にたどりつくアメリカ人青年が主人公である。近藤紘一「サイゴンから来た妻と娘」の後に、これからはニュー・カマーと呼ばれる海外からの出稼ぎ労働者や移住者が重要な登場人物となる物語がつづくであろう。

移住者は登場人物として描かれるだけではなくなった。長い物語につづくもう一つの新しい物語が、柳美里のような在日二世の作家、三世の作家、また外国語として日本語を学習した作家によって書きはじめられている。リービ英雄は習得した日本語を、「継母語」と呼ぶ。読者には継母語で書く作家を読むことによって、文章の向こうにもう一つの言語の構造が透けて見えることがある。他方、その作者が日本語で書くことによって、日本語の文章がつくりあげてきた物語の流れをより一層つよく意識していることが伝わることもある。そのおかげで日本語で書かれた全体の物語を距離をおいて、他者の文学として読むことができるようになる。李恢成の小説の題名に、藤村以来の日本語で書かれた家族小説の一つのキーワードである「憂鬱」

が使われたことがあった。リービ英雄の書く一連の自伝的な小説には、私小説の文法構造があまりに周到に押さえられている。私小説の戯画とさえ見えるほどである。これは書き手の出自と関係なく、日本語には日本語が発揮する同化作用があるということであるが、読者には意識化されたその隙間が見えることが重要である。隙間の発見によって、読者は日本語で書かれた小説をより意識的に読み、自分の中の日本語の異化をはじめることができる。

ここから、わたしの読んできた長い物語は、さらにどのように変化するのだろう。小説がはじまりも終わりもある一つの時代のジャンルであることは疑いがない。小説の時代は終わったといわれだしてからすでに長い。小説は小説とは違う物語の形に変化しつつあって、読者はその未知の変化に立ち会っている。

それでも、小説中毒のわたしは、ほかならぬ小説を読むことによって生きのびてきたと思う。人生に裏切られたときも、人を裏切ったとおもうときも、小説があれば乗り越えることができた。小説にはどきどきする裏切りが飽きるほど描かれている。それにくらべれば、現実のわが身におこる諸々のことなどは、平凡きわまる小事件であった。現実には、小説よりときめく恋があるのだろうか。疑問ではある。だから、小説がどんなにグロテスクでも、小説を読んで過ごした日々は、わたしにとっては小島信夫の小説の題名のように、うるわしき日々であった。

第二章「生きられた家・描かれた家」の新聞連載中には、一回につき一冊の小説を選ぶためにそれぞれ数冊の小説を読み返した。子ども時代に読んだ本があった。高校生のとき、親友と一緒に読んだ本がある。通勤電車の中で読んだ本、夜毎、眠りに落ちる前に読んだ本、机に向かって何日もかけて読んだ本、こんど新聞連載のために友だち、同行者からすすめられてはじめて読んだ本もあった。わたしは今まで読んだ本はほとんど捨てずにとっておいた。読み返しながら、しかし、わたしの人生にこの後残されたかぎられた時間からして、これらの小説を二度とふたたびこのように時間をかけて読むことは許されないだろうと思った。だから、一冊ずつていねいに読んだ。長い物語を一緒に読んでくださって、ありがとう。

第四章　文学は、大河から海へ向かう

「文学は、大河から海へ向かう」序

たそがれ時、灯《ひ》ともし頃になると、わたしの窓の向こうに並ぶ建物の隙間からお昼間には気づかない明るい窓が小さく見える。窓奥の人は「元気?」「今日の夕食は何?」とか、生存確認メッセージを受けている独居高齢者であろうか。それとも「忙しい時刻にごめん」と断りながらも、忘れぬうちに明日の用事の連絡を入れている元気な人の窓かな。あるいは今日は料理当番だからと、いそぎ冷蔵庫を点検、料理の下ごしらえをしながら同居人の帰宅を待つ窓なのかな、などと想像する。

日本列島の住宅の多くがコンクリート壁の集合住宅、タイル壁のマンションになり、戸建て住宅の外観もモルタル壁、タイル壁、サッシ窓になってから久しい。外界との接触はほとんど玄関ドアの開閉だけでなされるので、外からの視線はさえぎられ、外観からは住宅内部の出来事や生活の変化がわからない。

住まいと生計を共にする人の集団を世帯と呼ぶのだが、世帯を構成する人間の数は減り、今や都市では独り世帯が全世帯の半分に近づき、独り親と未成年の子ども、あるいは老いた片親とそれを介護する子ども世帯をあわせると優に全世帯の過半数となる。二〇世紀後半においては標準家族とされていた両親と子どもたちからなる二世代同居の子育て家族は人生の一時期の生き方にすぎない。時間軸で考えるなら、一人暮らしの時間が、わたしたちの生涯時間の大部分となるかもしれない。

三世代同居、四世代同居が普通であった時代には、生産用具と職住一致の建物の継承が重要であった。現代では住まいと家具は大量に製造される工業生産物であり、衣服と同じく脱ぎかえ、使い捨てる消耗品である。物に付着していた個々人の生活の、さらには人生の記憶はどこに浮遊しているのだろう。

何十年かぶりに生家であった建物を探したが跡形もなく、小、中学校を訪ねて、さらに目をこすったという話をよく耳にする。義務教育の校舎こそ、人口動態にあわせて統廃合がなされ、変化が激しいのだ。

一方で、大きく成長した並木、舗装された道路わきにそれでも生えている雑草、道路標識、記念碑、石垣が残っているではないかと教えてくれる地域の記憶収集家たちがいる。小さい公園は都市再開発の動きに巻き込まれることが少ない。公園の遊具は時代によって大きく変わるが、水飲み場とトイレの場所は同じだったりする。JRにしろ、地域交通にしろ、駅前広場と商店街の変貌は大きいが、それでもなんらかの形でそれぞれの地域ごと、世代ごと、階層ごとの小集団に記憶を喚起させる手がかりが残るものである。

個々の記憶、集団の記憶を積極的、意識的に残そうとする図書館、図書室、記念館、美術館がある街と、それがない街のちがいは大きい。記憶の蓄積だけでなく展示のあり方、地域間交流、異世代交流、異文化間交流の場になり、記念館同士が連携する仕組みが考えられ始めた。増加しつつある一人暮らし空間には、人の声、肉声が響くことが少ない。壁の条件は音の遮断にあるのだから、隣室の人の気配も伝わってこない。だから一方で電子空間におけるSNSつながり、電話、メールによるコミュニケーションが必要になる。

他方で、居所が置かれている個人空間と職場の中間にある道路、コンビニ、地域のスーパー、集会所、公園、広場、図書館がサード・プレイスと呼ばれ、重視されるようになった。視線の交差、顔見知りというだけのあいさつ、聴くともなく聞こえてくる他人の会話、まれに知りびとと立ち話、さらには喫茶店やレストランでの会食が大切になる。

わたしは一九九八年に「借家と持ち家の文学史――「私」のうつわの物語」を刊行したのち、「住まいと家族をめぐる物語――男の家、女の家、性別のない部屋」(集英社新書 0263B)を出版した。こちらは長年、建築学や都市社会学グループと一緒に行った共同研究、野外調査にもとづいて書き、戦後住宅史年表をつけている。アジア・太平洋戦争の戦後、焼け跡からの復興の目標であった一世帯一住戸、一人一室の達成は一九七五年である。その後に住宅の質の向上、貿易黒字解消のための持ち家推進政策がつづく。今世紀初めからは空き家、空き部屋問題が浮上している。空き家多発地帯は危険な廃墟となるが、一方で、地域再開発の拠点、さまざまなアイディアを実現するための貴重な余裕空間でもある。

高度経済成長期の建設ラッシュ時代には、公共住宅の施主は都道府県の知事であってエンド・ユーザーである個々人が意見を聞かれることは少なかった。消費者にとっては市販のマンションもまた価格と間取りによる選択肢がいくつか提示されるにとどまった。わたしたちの意思は建て替えや再開発時になってはじめて問われる。

問いに答えるかのように、様々な試みがなされた。個室が互いに交流しながら集まって住むシェア・ハウスが建設され、古民家シェア・ハウスが地域活性の中心になることもあった。街の外縁に建設される各種高齢者施設は経済格差を可視化するものであったが、国民年金で入居できる高齢者施設を児童館と同じ建物に同居させ、作業所をつくって自立をはかると共に地域内交流の拠点とするような考えぬかれた試みがいくつもあった。街はわたしたちの親密空間へと変わろうとしはじめていたのではなかったか。

そこに二〇一九年末からコロナ禍が始まった。あっというまに国境の壁はより高く築かれ、都市と都市の間の移動が制限され、ステイ・アット・ホームの強制があり、孤立と分断が日常となった。さらに二〇二二年のロシアによるウクライナ侵攻が長期化してウクライナ戦争と呼ばれるようになると、対立する両陣営の軍事行動、武器の使用、社会構造、言説までもが似通うものとなり、非日常がいやおうなしに日常となりゆく気配である。

しかしこのような、平凡な日常に裂け目を入れる非日常的出来事があったからこそ、緩慢に進行してきた社会変動、その危機的状況が一挙に見えるようになり、恐怖がわたしたちに考えることを促している。考え始めたことを続けよう。

今わたしたちは個々人の生活が、それぞれが生きている社会の在り方に、周辺および地球の裏側の諸国とのとの関係に、さらには地球環境の変化に不可分にむすびついていることを痛感している。近くと遠くの隣人たちは何をどう感じ、何を望み、何を嫌い、何を希求しているのかを知りたい。灯りがともる窓々の奥で隣人たちもまた、感じ続け、考え続けているに違いないのだから。それを知りたくて、わたしは小説を読む。

093
黒川創「かもめの日」

「これで安心」クレーンで高く吊《つ》るし上げられたベッドが、ゆらゆら左右に傾きながらも二階のバルコニーの窓から運び込まれていく様子を見上げながら、胸をなで下ろすようなしぐさをして見せ、妻は笑った。「これから先、死ぬまで、どこで暮らすことになっても、わたしたち、このベッドでずっといっしょだね」
（初出は二〇〇八年。引用は新潮文庫、五五頁）

テレビニュースの画面には、ほぼ毎日、大都市の俯瞰映像が現れる。高層ビル、中層ビル、商店街、細部がはっきりとは見えないが住宅密集地帯、視界がすこし途切れるあたりにあるであろう山や川、そして海、ときには遠くにかすむ工業地帯を視界に収めることができる。そのたびに、必死で生きているわたしたち一人ひとりは、目にとめることも難しいかすかな点としてこの空間を動きまわっているのだ、というあたりまえの感慨が胸をよぎる。題が「かもめの日」なのだから、この小説の視座の一方は鳥瞰する鳥の眼に、他方では地を這う虫の眼に置かれている。無数の虫たちはすれ違い、ぶつかって転倒、ときには好奇心なり恐怖あるいは憎悪といった関心をもって立ち止まって互いの物語を交換、まれには一緒に物語を紡ぎ、そしていずれ別れる。この小説にはそのような無数の、平凡で非凡な物語が互いを関係づけたり、無関係のままであったり、並べ置かれている。どの物語も魅力的である。

瀬戸山春彦は登場人物のひとりで作家、ずっと一緒のはずであった妻千恵を結婚六年で失ったばかりである。妻はフリーのしかしベテラン・アナウンサーとして、結婚前も結婚後も都心にある高層ビル五五階中の第三五階にあるFMラジオ局で定期的に働いていた。人気レギュラー番組は毎週金曜日夜の《幸田昌司のナイト・エクスプレス》、アナウンサーは番組の間にはさまれる気象情報、交通情報などを読み上げる他に、ナヴィゲーターである幸田の語りに絡むようにしてクロス・トークを行う。幸田の広範囲の取材能力、人脈を駆使してゲスト・スピーカーを掘り起こし、毎回とっておきの話を聞きだし、次につなぐ魔力にひかれて超短波放送のリスナーの数は限られた地域内とはいえ、驚異的に増えつづけている。

幸田は、どちらかといえば寡作な瀬戸山の知られざる愛読者であったのだが、ふとしたことからアナウンサー千恵の夫が瀬戸山であることを発見すると、瀬戸山に放送中に読み上げる短編小説を依頼するようになる。幸田が愛読した瀬戸山の小説は「ほんとうの話」と題されるからには無論、嘘の話ばかりが集められた小説集のなかにある「マリヤの電報」である。小説はチェーホフの妹でチェーホフの家博物館の館長として兄の資料をまもるマリヤが、フルシチョフ首相に打電した長文の電報文となっている。百歳のマリヤは断固、抗議する。抗議1．旧ソ連政府が宇宙への打ち上げに成功したヴォストーク6号の女性飛行士テレシコワに、地球へ向かって「わたしはかもめ」とくりかえし叫ぶように指示したのは見当違いで、兄の作品に対する侮辱である。抗議2．テレシコワと同じくヴォストーク3号の宇宙飛行士であったニコラエフ少佐との宇宙的カップルの結婚は、政治的に利用されている。若い二人の自由意志にだけもとづくものとは到底、思えない。

わたしは、作家の妻である千恵が、夫が書いたその小説のことはよく覚えていないが、現実のマリヤ・チェーホフは宇宙制覇競争がはじまる以前、一九五七年に九十四歳で死んでいる、とつぶやくところが好きである。本当の真実は本当の嘘でしか表現できないし、だからこそわたしたちは、小説を読み続けるのではないか。

094

岸政彦「図書室」、「リリアン」

私を養うためにスナックで働く母は、昼のうちに銭湯に行ってからご飯を作り置きして、夕方には出かけてしまう。夜中、私が猫たちと一緒に寝てしまってから帰ってきて、顔を洗うと冷たい体のまま私と猫たちの布団に入ってくる。私はそのときの母の、女らしい匂いや冷たい体が大好きで、どれだけぐっすり寝ていても必ず目を覚まして、母親の体にしがみついた。

（「図書室」の初出は二〇一八年。引用は新潮社版、一〇頁）

夜遅くに帰ってくる私の体は冷たくて、でも娘も猫もそんなことおかまいなしに、がんがん入ってきよんねん。子どもの体温って熱いやんか。

（「リリアン」の初出は二〇二〇年。引用は新潮社版、三〇頁）

友人が「岸政彦の『リリアン』は十歳の娘を亡くした女性美沙さんの話、その前に書かれた『図書室』には十五歳で母を亡くした少女が五十五歳になった話が書かれていて、この二作は登場人物の立場を変えて補完的に家族を失った話を描いている」と教えてくれた。わたしは小説「図書室」を、公共の場所を密かに自分の避難所とする子どもたちの物語として、図書室の子どもであった自分の子ども時代に重ねて読んでいた。あの小説に続きがあったのか、と驚いて「リリアン」を読んだ。読んでよかった。不思議な連作関係があった。これは家族から疎外され、喪失ないしは欠落の感覚をとおして見る家族の形と内容であり、同じ言葉を使いながら言葉の指示物が変容していることを明らかにした家族物語である。

二つの小説作品の登場人物たちは同じではない。しかし、登場人物たちが覚えているそれぞれにとって特別な出来事のあった時代は一九八〇年代、場所は大阪と、舞台設定の時間と場所がほぼ同じだ。だから母を失った娘と、娘を失った母親は、同い年くらいで、出来事が語られる二〇二〇年前後には共に五十歳代、出来事の後の実人生を積み重ねてきた若くない女性たちである。「図書館」の語り手「私」は、母と猫たちと一緒に古い長屋に住んで、公民館の図書室を放課後の居場所にして本の黙読と、児童文学の主人公たちとの空想の会話を楽しんだ。図書室には科学読み物に読みふける隣町の小学校の同学年の男の子がいて、二人は太陽爆発で地球最後の日が来たときのために大量の缶詰を買い込み、淀川河川敷にある防災用具倉庫に運び込んで電灯と電気ストーブを点けた。「何も心配いらない。どうせみんな死んでいるんだし」が、二人の子どもにとっての地球最後の日の夜であった。十歳では無理だけれど十五歳まで生き延びたら子どもを生むことができる、娘の名前はつばめちゃん、と決めると、疲れた二人は小屋の明かりに気づいた捜索隊に発見されるまでぐっすりと眠っていた。語り手「私」はその後、母親に死に別れ学校を出ると、大阪北浜の弁護士事務所で働き、おそらくは図書室で培った読み書きと事務処理能力を買われて正職員になり現在にいたる。男たちとの同棲や別れも体験したが、今は古い団地の一人暮らしの部屋に住み、給料をもらえる安定した仕事、きちんと納めている保険と年金、ささやかな蓄えのある生活を幸せに思っている。ただ何かを溺愛したい、子ども時代の母親と猫たちのような溺愛対象が欲しいと切実に思う。

「リリアン」の美沙さんは、美貌だが、痩せて皺だらけなのでわかる年齢を隠そうともしない。自分の息子のような年齢の男に「一緒に住まへんか」と言われると「ええよ」と答えるが、そう言うたばかりに遠ざかる男を追うこともしない。彼女がくりかえし男に聞かせてと頼むのは、「リリアンの話」である。中学生であった男が級友たちに、親が不在となる休日に自宅で読書会を開くことを提案すると、来たのは嫌われ者であった肥った女の子ひとりであった。彼は彼女を家に入れはするが、自分は二階の自室に閉じこもり、そっと覗くと彼女はひとりで延々とリリアン編みをしており、やがて帰っていった。読者であるわたしの記憶では、網目模様を工夫しながら指で編んでゆくリリアンは高度経済成長初期に流行し、一九八〇年代には廃れかけていた。

贈与の交換物として美沙さんは、もう何十年も会っていないと言ってきた娘は実は溺死して淀川河川敷に引き上げられていた、一緒にいた男の子が警察に通報したのだが手遅れだった、と話す。読者はどきりとして一瞬、一緒にいた男の子ってもしや「図書室」の男の子かと思うのだが、そんなはずはない。あのときの女の子は母親と死別するのであって自分が溺死するのではないのだから。

二つの補完関係小説を連動させるのは、母娘関係で形成されるいわば女系家族にとって他者性を自覚する男性の視線であることに思い至る。単行本「図書室」には、著者岸政彦の自伝的な「給水塔」が収められている。大阪のまちを選んで東からやってきて、一九八七年から九一年までが学部学生、九〇年頃から九二年頃まではジャズ音楽のベース奏者として生活した青春の街の変貌を、それから大学院に入り社会学者になってからも計四〇年間つづけた定点観測記録のように描く自伝小説である。

小説「図書室」は「私」の内面語りで終始一貫しているから、小説の外にいる調査者のヒアリング記録となっている。だが、小説「リリアン」では、どうやら青春小説「給水塔」の主人公であった青年その人が語り手として、自分が聴いた話を消化して読者に語っている。ストーリーを集めてヒストリーにする行為主体は、聞き取った物語たちとの交換物として自分の物語を差し出していたのであった。聞き取りや読書は積極的行為であって、情報の共有と循環をさせる。わたしも二つの小説を教えてくれた友人からの贈り物を次へ手渡したいと思う。

095

白尾悠「サード・キッチン」

先日は学生が運営する食堂（コープと呼ばれています）の一つ、サード・キッチンへ、寮の隣人のアンドレアと一緒に行きました。〔中略〕コープでは学生たちが食事の準備から片付けまで運営の全てを担います。〔中略〕とても美味しかったです。
〔中略〕

加藤尚美

一九九八年二月二十二日

山村久子様

（初出二〇二〇年。引用は河出文庫、一一九～一二〇頁）

母子家庭に育ち、東京都立高校のごく普通の生徒であった加藤尚美は、アメリカ留学の夢を実現して、アメリカ合衆国名門のリベラルアーツ・カレッジに入学した。高校の担任の先生などのサポートの他に、山村久子という老女、実は長年縁が切れていた父方祖母の学費援助のおかげである。援助の条件は毎学期上位成績で単位をとることと、異国における学生生活を報告する手紙を書くことであった。

小説は一九九八年前半、夏休みまで月一で書く尚美の手紙を基盤におく。しかし祖母への手紙に毎日の体験のすべてを書くわけではない。手紙には少量の嘘や美化が混じる。その反省手記の方が主たるテキストである。そこでは尚美は、新しい世界の友人たちから、ナオミと呼ばれる。

ナオミは入学早々に自分の英語能力の不足、討論に打って出ることのできない非社交性に気づいて落ち込む。他の日本人留学生たちは帰国子女、インターナショナル・スクール、あるいは英語教育が充実した私立高校出身者なので、入学するやすぐにキャンパス・ライフに溶け込んでいるから、ナオミはよけいに孤独感にさいなまれる。

転機は、隣室のラテン系女性であるアンドレアと一緒に、キャンパス内のサード・キッチンに招待され、ともにアクティヴ・メンバーとなることを希望、面接を経て先ずは料理助手としてキッチンに参加することから始まる。サード・キッチンとはこの場合、貧しい第三世界というよりキャンパスにおいて、文化的、経済的、人種的、あるいは性的少数派マイノリティ問題をわが身にひきうけている学生たちのための安全な場所「セーフ・スペイス」、という意味らしい。わたしはこの小説題名にある三という数字にひかれる。二項対立のまま抜き差しならない発想の中央を突破する第三の道を探したいから。

サード・キッチンに参加した後も試練はつづく。ナオミは先ず、ステレオタイプ化とステレオタイプ視の複雑な仕組みに気づかされる。サード・キッチンでは、ナオミの包丁使いにみんなが目を見張る。必要にせまられた母親に小さい頃から教えこまれた千切り、みじん切りのそろい具合と鮮やかな切り口に対する「手先が器用、仕事は正確で緻密。君は正に理想の日本人だ」というメンバーの好意的賛辞に対し、たちまち他のメンバーから「ステレオタイプ化はサイテイ！」と、ブーイングがわきおこる。「理想の」といういい方もまた問題であって、白人社会をおびやかさない程度に役にたつということでいいのか、自分がどういう人間かを他人に勝手にいいように決められていいの、と問われる。ナオミは反論できない。

追い打ちをかけるように、次には自分が無知な差別者であることを思い知らされる出来事が起こる。議論ができないでいるナオミの立場になって、その思いを言葉にしてくれているニコルに抱きしめられると、彼女がレスビアンであることを思い出して思わず身をひき、自分は「ノーマル」だからと口にしてしまう。ニコルから、性的少数者クイアは「アブノーマル」ではないのよ、あなたは自分が異性愛者「ストレート」だと言いたかっただけなのだと思います、と言われて、返す言葉がない。

学期の最後まで、ナオミが自分から声をかけることができないでいるのはジウンである。ジウンの祖父は朝鮮半島から強制労働で広島の工場へ連行され、そこで原子爆弾で亡くなっていた。ジウンが学業をおえて学園を去るための引っ越しを手伝うころになってようやく、ナオミはそのことを知り、二人はジウンの美術作品について言葉を交わす。自分探しというよりも殻にとじこもった自分を壊してはじめて、ナオミは自分の意見をもち、論争にも加わる力を得る。ナオミは久子さんへ「知り合うことで相手の眼鏡を通した世界も少し見える、というのがアンドレアの言葉です」と書き送る。

　この小説の時代は前世紀末である。円高ドル安もまだかろうじて続いていた。ある友人は、この小説をわたしに推薦しながら、「若者にとって自国を飛び出て学ぶということの可能性、自分を壊して造り直す機会としての留学に希望を寄せることができる時代だった」と語った。わたしにも二一世紀の最初の年には、二〇世紀は国家と国家の戦争の世紀であったが今世紀は政治問題を対話で解決するから戦争は起こらないという論説が多かった記憶がある。二〇〇一年九月一一日のニューヨーク同時多発テロと報復戦争によってかき消されてしまった言説である。小説のサード・キッチンの学生たちはあれからどんな人生を歩んだのか、知りたい。

096

柴崎友香「わたしがいなかった街で」

父が死んだのはそれから一年以上あとで、そのあいだに父と話したり病院に通った記憶もいくつもあるのだが、あの瞬間にまだ生きていた、とはっきりと実感するのは二〇〇一年九月十一日、日本では夜の、父が階段をどたどたと下りてきて「すごい事故が起きてる」と言ってテレビをつけた、その一連の動作と時間だった。だから二つの高層ビルが煙を上げる映像を見ても、その日の話題が出ても、わたしにとっては必ず「父がまだ生きていた時間」として蘇《よみがえ》る。

（初出は二〇一二年。引用は新潮文庫、一二二頁）

この小説の登場人物たちそれぞれの人生には、読者であるわたしたちの人生と同じく、数えるほどの出来事しか起こらない。それだのにこの小説には日本史、さらには世界史年表の近現代期に刻まれた大きな社会変動あるいは事件がすべからく記述されている。二〇一〇年夏から二〇一一年夏の初めまでの一年間を生きる登場人物たちの行動がひきおこす記憶喚起には、祖父母からの伝承が含まれるからである。体験と伝承で伝えることのできる時間の幅は、当事者「エゴ」から遡ること二世代、下ること二世代、計五世代の時間であろう。そこに読書と映像鑑賞が加わると空間が地球規模に広がる。

最もよく登場する人物である平尾砂羽は、大阪で三年、東京で三年、計六年つきあった相手と結婚、すぐに同じ空間で住むことは無理とわかったのに離婚までさらに六年かかり、今ようやく世田谷区若林に自分の部屋をみつけて引っ越してきた三十七歳の女性である。勤め先の会社は渋谷にある。古顔だが、正規雇用社員ではない。

彼女の人間関係は今の会社の同僚たち、かつての職場で話が合って以来のわがままな友人有子とその幼い息子、そして大阪時代の写真同好会の友人であって無職のまま放浪をつづける変わり者の中田くらいである。中田のお喋りの中に登場する共通の友人クズイとその妹葛井夏もまた小説の登場人物であるが、彼らに砂羽が出会うことはない。砂羽の独り棲みの部屋には生の人声がない。しかし、限られた友人からかかる電話の声、テレビからの声以上に、悩むかと思えば放心している砂羽が記憶たちと会話する内面の声が部屋を満たしている。

しかし砂羽は、毎日いやでも外出はしなければならない。住む街の商店街と公園、通勤の行き帰りの電車から見る風景、渋谷の本屋、飲食店、ウインドウショッピングが彼女の日常空間である。実家のある大阪は、彼女の日常と非日常との中間くらいにある。時間でいうと、今住んでいる東京が現在、大阪が過去、そして砂羽は部屋にあるテレビ画面に映っている非日常空間の奥に未来を覗こうとしているのだが、彼女がレンタルビデオ店から借りてくるのは戦争ドキュメンタリーばかりである。部屋には銃声が鳴り響く。たまの訪問客は決まって砂羽の嗜好の偏りを指摘し、理由を問い、女らしくないから止めろと忠告する。

砂羽は進学浪人中に連日ユーゴスラビア内戦とNATO介入の報道を見て以来、戦争はなぜ起きるのか、戦場で殺されるのがなぜ自分ではなくて彼、彼女なのかを考えつづけ、答えがみつからないから戦場の映像を見続けていると答える。同世代の中田はあのときのサッカーのユーゴスラビア代表チームを率いていたのが名監督オシムだったと記憶し、二人はその八年後に当時名古屋グランパスエイトに属していたストイコヴィッチ選手がチームの勝利を決めたプレイの直後、ユニフォームの下のTシャツに大書したNATO STOP STRIKES（ナトーは空爆を止めよ）の文字を観客に見せたことも思い出す。ひとつひとつの戦争は始まると長く、終わらないのだ。だから地球にはたくさんの戦争が溜まりに溜まっている。

097
柳美里「JR上野駅公園口」

壁には時計や姿見が掛かり、カレンダーまで吊り下げられていて、赤や青の丸や書き込みがしてあったので、やはりシゲちゃんは几帳面な人なのだな、こうなる前はお役所か学校みたいなところに勤めていたのだろう、と思った。

「寒いから、熱燗《あつかん》でいきましょう」と、シゲちゃんはカセットコンロに鍋を載せ、ペットボトルに貯めてある調理用の水を鍋に注ぎ、ワンカップ大関を二つ湯煎《ゆせん》した。

（初出は二〇一四年。引用は河出文庫、九七〜九八頁）


小説の主人公は、上野恩賜公園で生活する一九三三年福島県相馬郡八沢村生まれのホームレスの男性、通称カズである。小説は主人公のおそらく生涯最後の日の数時間、彼が公園から上野駅までの距離をゆっくりと移動するにつれ彼の視線が追う外界の風景と、脳裏をよぎる時系列の混乱したままの回想の風景描写と、彼の、声には出さない独白の記述がつづく。作家自身はインタビューの中で、外界に設置したカメラと内視鏡的なカメラを併用した、と語っている。

主人公は一九四五年に国民学校を卒業すると十二歳で同県の小名浜漁場で大型漁船に住み込

んで働きはじめ、その後は北海道の昆布採集などの労働に従事。結婚して長女が五歳、長男が三歳となった一九六三年に翌六四年の東京オリンピックをひかえて都市改造工事が大々的に展開されていた東京へ出稼ぎに出てJR上野駅に降り立った。以来、盆と正月の年二度、故郷と家族の家に帰る他は工事現場の宿泊所で寝泊まりする生活をつづけた。東京オリンピック後は都市開発の波が東北から北海道まで広がり、彼は各地の公共事業の土木工事に従事して飯場を転々とする生活を二〇年余り続け、父母、妻、娘と息子に仕送りした。娘は結婚し、彼にとっての孫が生まれている。しかし息子はレントゲン技師を養成する専門学校を卒業、国家試験に合格した直後に二十一歳で急病死。息子の年齢からして一九八一年のことである。つづけて両親を送り、その後、七年間は妻との二人暮らしをしたが、その妻も六十五歳で亡くなる。計四十数年家族のために働いた彼の晩年の独居を心配して動物病院の看護師となった孫娘が同居を申し出るのだが、彼は「探さないでください。いつもおいしい朝飯を作ってくれてありがとう」の書置きを残して出奔、東京へ向かい上野駅で電車を降り、もう飯場ではなく、上野公園のホームレスの群れにまじって五年を過した。二〇〇六年現在、七十三歳のはずである。

ホームレスの多くは労働市場からすでに追放される年齢、あるいは身元を知られたくない事情があって、廃品回収でその日の自分がかつかつ生きるための金を稼ぎ、野宿あるいは最小限の所有物といっしょに持ち運びできる規模の段ボールハウスで眠る。冒頭に引用した段ボールハウス内部は主人公の私的空間ではなく、同じホームレスである通称シゲちゃんに招き入れられ、ワンカップ大関ひとつの代償として、今日は生き別れた息子の誕生日だという打ち明け話につきあった記憶の回想場面である。主人公は自分にも息子がいたというような打ち明け話の互酬はせず、黙って公園を立ち去り、やがて舞い戻って、シゲちゃんは段ボールハウスの中で冷たくなって発見されたと知らされたという挿話も、物語の今となっての回想一シーンである。

主人公は物語のなかの二〇〇六年のその日、上野駅公園口の改札を通り、山の手線内回り2番線の階段を降りる際にちょうど孫娘の年齢の女性とすれちがい、「彼女が目撃しないで済んだということに少しほっとする」とある。人身事故は自分の投身によって起こるはずなのだから。末期の水は、自ら自動販売機で購入して二口飲んで捨てる炭酸ジュースと記されている。

ところが、近づく電車の音を聴きながら彼が幻視する故郷の緑なす田園風景が、とつぜん津波で崩れる。国道六号線を走ってくる車を運転するのは彼の孫娘麻里、彼女と愛犬はたちまち津波にのまれて息絶える。東日本大震災は主人公絶命の五年後、二〇一一年三月一一日である。すると小説の最後の文章で、三分か五分ごとにやってくる電車の音と駅のアナウンスに耳を傾けながら麻里の溺死を、愛犬の鎖をにぎりしめる彼女の指紋が水にほとびるところまで見る幻視者は、作家と読者だということになるだろう。作家は記者会見において、この小説において自分は「希望のレンズ」を捨てて「絶望のレンズ」にはめかえたことをはっきりさせたと語っている。

この小説にはカズ個人史に並行するもう一本の時間軸がある。こちらは西暦ではなく明治、大正、昭和、平成、令和の元号とそれに続く年数で数える暦、歴史軸である。平成天皇は一九三三年生まれなので、主人公と同い年である。今上天皇は一九六〇年二月二三日生まれ。主人公の長男は同年同月同日生まれであって、浩宮徳仁親王の浩の字と父親カズから一の字をもらって浩一と名付けられたのであった。

主人公が認識する時間空間の中心、ＪＲ山の手線内回りと外回りが形作る円環の中心に皇居が置かれている。上野恩賜公園は皇室行事があるたびに御料車の通り道となり、そのたびにホームレスたちは「山狩り」すなわち小屋と荷物をたたんで一時立ち退きを迫られる。

地図の上での皇居と山の手線は、東京の中心部とその周縁を区別して描くだけでない。山の手線には、日本各地に繋がる路線との乗り換え駅が多い。乗り換え駅からのびてゆく地方線の果てに過疎化がすすむ地方、東京に電力を供給する原子力発電所が建設される。人間は地方から地方への移住をもくりかえす。主人公の先祖は近世の終わりに加賀越中、今の富山県から移住し、福島では加賀者と呼ばれ、差別された真宗門徒であった。

このような複雑きわまりのない構成を持つ小説が“*Tokyo Ueno Station*”（Riverhead Books, 2019）の題名の下、モーガン・ジャイルズにより英語翻訳されて二〇二〇年全米図書賞（翻訳文学部門）を受賞し、ひるがえって日本語版の増刷がつづいた。単行本、文庫本で累計発行部数三十万部以上となった。

英語版は日本語版とおなじく書店や通販で購入できるので並行読みすることが可能である。日本語版では、山の手線の電車の音の擬音が片仮名表記されるのだが、英語版では日本語のひとつの特徴である擬音語、擬態語の多用があっさりと省略されている。英語版では動詞の時制は曖昧にしておけない。主語の省略がしばしば許容される日本語原文であるが、英語版では主語が設定され、人称記述の別がはっきりとする。

英語版では、最後の文章が主人公の一人称記述、現在時制で記されている。つまり死に直面した主人公の内視鏡的カメラは過去を見渡すとともに未来を見通す。

098

高村薫「土の記」上・下

濡れて鋭さを増した土と草と杉の匂いが、足の下から這い上がってくる。伊佐夫は全身の毛穴と鼻腔と肺を開いてそれを吸い込み、雨戸を開けて回る手足の動きに勢いをつける。寝間の次は昭代の介護ベッドがある下座敷。それが終われば、仏壇のある奥座敷。次いで離れの座敷二つ。最後に囲炉裏を切ってある板間と台所。

(初出は二〇一三～一六年。引用は新潮社版、上巻、一八頁)

杉木立の匂いまでが足下から上へ立ち上るのは、奈良県の山地、大宇陀《おおうだ》にある、囲炉裏がまだ残されている旧家上谷の大きな家が、棚田のある斜面を見下ろす高台にあるからなのだ。裏庭にはさらに上へそびえる山の斜面が迫っている。山一帯が上谷家の持山である。しかし林業は一九八〇年代までに輸入木材に負け、以来、伐採がなされない山林は荒廃している。東京は武蔵野生まれ、理系の大学を出て技師となった伊佐夫は、奈良一円に建設されたシャープの工場に赴任、上役がもってきた見合い話からこの地の旧家に婿養子として入ったのが一九七〇年であった。上谷では代々男子誕生がなく、奔放で美しい娘が婿をとる。昭代もしかり。隣村の旧家に嫁いだ妹の久代が洋館の家を建て、フラダンスそのほかの趣味に打ち込んで田舎にいながらにして都会的生活を享受したのにたいし、昭代は日焼けを厭うこともなく女手ひとつの農業を、交通事故で植物人間になるまで三〇年近くつづけた。しかし昭代のトラック接触事故は、自動車修理工場に定期的にやってくる男との待ち合わせ場所近くで起こったという噂がある。

伊佐夫は介護ヘルパーに助けられながら昭代に食事をさせ、オムツ交換を担う生活を十六年間やりとげて昨年見送り、当年とって七十二歳の身体と頭脳、そして改造した農業機械を駆使しながら日々、定年退職者らしい自分流農業をしている。昭代や村の衆が長年してきた経験知にもとづく農業とはどこか違う、独自の計測データと理論に基づく農業で実績を上げながらも、あくまでも村のよそ者として寡黙を守り、相手を傷つけないよう配慮した冗談でもって嫉妬や競争を冷静に回避しながら、新しい茶畑をはじめとする持続する農業をつづける。

ルーチン化した諸作業の手を休めることなく、気候変動他の想定外の事態にも淡々と的確に対応する伊佐夫の内面にはしかし、彼が人生の諸場面で出会った人間たち、昭代とちらと見かけたその愛人をはじめとする大勢が犇《ひし》めきあい、勝手に会話し、ときに伊佐夫に語り掛けるので彼がその対応に追われてひどく忙しいことを誰も知らない。しかし読者は伊佐夫が日々発信するSNSを読むようにして、彼のとりとめのない独白のすべてを読む。夫の急死で寡婦となった久代が、生まれたこの家で義兄のあなたと一緒になると言い出す現実の生々しい声によって内面独白はときどき途切れる。事件のほとんどない独白だが、日時、場所の指定が正確であるところが変わらぬ高村薫文体である。

　そして山間の寒村にも社会変動の波が寄せてくる。伊佐夫は阪神・淡路大震災、東日本大震災と津波、そして福島第一原発の爆発とメルトダウンも知っている。ニューヨークに住む娘が日本列島は放射能汚染で住めないから即刻、沖縄へ避難しなさいと叫ぶ電話を受けて、日本にいる自分よりも海外にいる人間のほうが慌てているのはどういう道理によるものかといぶかる。それでいて自分と村人たちの生活が次第にまじめになり、救援物資をさしだし、ボランティアに赴いた若者の声をきき、宗教団体の募金に応じていることに気づく。東日本大震災と原発事故の年の普通の人々、その心理と行動がリアルに描かれている。

　現実の二〇一一年八月末から九月はじめにかけて大型台風十二号が長時間つづく大雨をもたらし、土砂災害としては戦後最大規模の紀伊半島大水害が発生した。小説は、奈良県内の死者・行方不明者は二六名を数え、そのなかに「大宇陀漆河原の二名も含まれる」と終わる。

　漆河原はフィクションの地名だが現実の嬉河原のことである、とすぐわかる。わかる仕組みが小説家によってなされているのだから、ここで結末をばらすこともゆるされるのではないか。

　布石が小説のどこに隠されていたかを探しながら再読すると発見がある。奈良であるからには地名だけでなく登場人物名も、古事記や万葉集を踏まえる。古代の物語の伊佐知命《いさちのみこと》（垂仁《すいにん》天皇）

は中央貴族であって、地方の土族の女に妻問婚をするのだが、女は同族の兄をも愛していて、夫を裏切って兄というよりも土族としての自分のアイデンティティをえらぶ。地層は記憶なのであり、「土の記」とは、山崩れで一瞬露出する千年、万年の土の記録ということか。

099
中島京子「やさしい猫」

最近、わたしはクマさんを、「父ちゃん」と呼ぶようになった。ほんとは、きみの名前が省略されてて、「アキラの父ちゃん」って意味なんだけど。

ミユキさんの呼称は「お母さん」だったんだけど、いつのまにかそれも「母ちゃん」に変わった。

クマさんはまだ「母ちゃん」とは呼ばず、「ミユキさん」と呼ぶことのほうが多いけど、ミユキさんはきみが生まれてもいないのに、「父ちゃん」を連発してる。

きみを中心にして、わたしたちはそれぞれ役割を見つけた。この呼び方は、家族のチーム感を高めてる。ミユキさんとクマさんも、ときどきわたしを「姉ちゃん」と、呼ぶんだよ。不思議。ちょっとみんなで、ゲームしてるような感じ。


（初出は二〇二〇～二一年。引用は中央公論社版、四〇八頁）

大学生マヤの母親ミユキさんは、夫と死別後は保育士をしながらマヤを育ててきた。東日本大震災の報をきくや、保育ボランティアとして現地に赴く決断と行動の人であり、ポジティブ思考の明るい女性である。震災地にこれもボランティアとして駆け付けた若いスリランカ人クマラ、通称クマさんと出会う。一年後に東京で再会した二人は交際をはじめ、やがて結婚届を出して一緒に暮らし始める。直後、クマさんはオーバーステイを理由に入管施設に収容され、母国への強制送還を命じられる。ミユキさんはクマさんを助け出すために国を相手に裁判を起こし、処分の取り消しと在留特別許可の獲得を目指す。マヤは救出活動に熱中のあまり娘の入試日を忘れる母親に反発したのであるが、裁判では証人台に立って三人が家族であることを証言する。裁判のあいだに、両親が入管管理局に収容されているクルド人の青年と知り合うなど、マヤの経験と知識は外へむかって開かれてゆく。引用箇所は、マヤが新しく生まれる弟に向かって、「きみ」の家族の前史を語る場面である。

わたしは小説より先に、テレビでNHKドラマ全五話を視聴しはじめ、その後原作小説を読んだ。テレビではドラマを家族小説としてではなく、外国人労働者と入管問題の裁判ドラマとして毎週、熱心にみた。中島京子は常に同時代の社会問題に敏感で、問題を広い視野でとらえることをしてきた作家である。作家も読者も二〇二一年三月に名古屋出入国在留管理局に収容されたまま亡くなったウィシュマ・サンダマリさん事件を忘れることはできなかった。わたしにはまた、移民や移住について、多くの善意の人たちが受け入れ問題として助ける立場から考えるに留まって、自分たち自身がなんどき政治、経済あるいは戦争によって労働力として難民として列島を出てゆき受け入れ先を探す立場になるかもしれないという恐怖がないことに対する疑問がある。戦病死、戦災、引揚、飢えのどれか一つでも体験した世代はすでに死に絶えたのか。

一方でわたしは、この小説が政治問題だけでなく、家族問題にも向き合って大きな問いかけをしていることに気づくのが遅かった。テレビドラマを見ていた時にはむしろ、結婚と家族の存在が外国人の日本国滞在許可の条件であるなら、裁判においてこの制度からくる権利を最大限に主張するべきだが、しかし例えば二重国籍を認めるのでなくて、結婚と家族が一つの国家への人間の所属を強制する結果になっていいのだろうかと、ドラマのハッピーエンドに不安をおぼえていた。それがあらためて原作を読む動機になったのかもしれない。

小説では引用にある「ゲーム」が鍵言葉であろう。ここでのゲームは言語学的に正確に、日本語における家族語彙の原則に基づいている。日本語では、家族のなかの最も年若いメンバーから見る親族呼称がそのまま通称とされる。新しく弟の誕生によって生じた「姉ちゃん」という役割をひきうけたマヤさんは、制度はゲーム、つまり自分たちの主体的合意があればゲームのルールは変えることができると知っている。すでにマヤさんの新しい家族は血縁でつなぐ性愛家族の向こうに、巨大な圧力に抗して一緒に生き延びようとするいわば信頼家族を見ている。マヤさんたちの世代はこれから先、制度や契約の具体的な内容と約束を自分たちで創ってゆくであろう。

100 多和田葉子「献灯使」

わたしの本当の家族は、喫茶店で偶然出逢った人たち。わたしの子孫は、施設で暮らす独立児童たち。
鞠華は無名と義郎が仮に暮らしている質素な住宅を初めて見た時、すがすがしさを感じた。二人は好きで避難生活を送っているわけではないので、そんなことを言うのは無神経かもしれないと思い、初めは遠慮して黙っていたが、義郎もこの家がかなり気に入っていることが話しているうちにわかってきたので、鞠華も自分の印象を素直に口にした。旧家の重苦しさも、マンションの高慢も感じさせない質素な木造一軒家。

（初出は二〇一四年。引用は講談社文庫、一〇三頁）

小説は、日本列島に二〇一一年三月一一日の福島原発の爆発とメルトダウンを上回る大災害が起きた後の時代、場所は東京の「西域」、どうやら国立市のあたりに建設された仮設住宅の近辺となっている。大災害の後、生体には変化が生じた。災害以前を知る高齢者は放射能を浴びて以来、死ぬことができなくなった。反対に子孫は世代をくだるにつれて虚弱になる。主人公義郎は百歳を超えているが、日々あらゆる労働をこなしている。曾孫の無名《むめい》は、身体が折れ曲がり、歩行困難、ひとりでは摂食も、排せつもできない。義郎は無名の日常生活の介助と作業所への送り迎えに懸命である。「絶望のレンズ」「希望のレンズ」が二重にはめこまれた展望カメラでのぞく未来小説である。

引用の文章の「わたし」とは、同じく高齢の義郎の妻鞠華であり、彼女から見た義郎と無名が暮らす仮設住宅が描かれている。彼女が言うように、彼女自身は血縁のしがらみ、従来の女性の役割を意志的に拒否して家庭を離れ、「独立児童」と呼ばれる保護者のいない子どもたちを収容する施設の園長としての日々を送っている。小説には言葉遊びが随所にあるのだが、「独立」とは現代でいうインディーズのような語で、親の権威から解放された子どもたちということになるのだろうか。親たちも子どもから解放されており、義郎と鞠華の子どもや孫たちは、労働力の流通に乗って他府県へ移動してしまっている。残された無名に対して義郎は、あらんかぎりの愛情をそそいでいるが、無名にたいして自分が抱く愛おしさは、血縁への執着ではない、掛け替えのない未来をまもりたいという志のようなものであると感じている。無名には透き通るような美しさが備わっている。賢者の観察力、判断力、他者理解の力をもつ。

小説の日本社会は、外へ対しては鎖国政策をとり、外国語使用禁止令を敷き、内では従来の都道府県区分をもとにした連邦制度がとられているらしい。放射能汚染で壊滅的な状態となった東京には廃墟が広がり、人々は仮設住宅で生活している。貨幣経済はほとんど機能せず、物々交換、それも食料品の価値が高く、生産県である北海道と沖縄がもっとも豊かである。

わたしはこの小説には、列島の外からの視線で見る3・11後の日本列島が描かれていると思う。事件の直後、わたしは海外の友人のほとんど全員から長距離電話をもらって驚いた。開口一番に発せられる言葉はそろって「あんた生きているんか、ほんとうに大丈夫か、よかったあ」であった。日本の国内むけ報道にはかなりの規制がかかっていることが徐々にわかってきた。外の世界の人たちのほうがより早く、より広範囲な、そしてより確実な情報にもとづいて判断し、行動をしていた。日本列島の地政学的あやうさについても、外からの視線がする認識を大げさすぎるとか、知らないくせに、とは言えないと思った。

小説では、無名が数多くの子どもたちの中から「献灯使」の一人に選ばれるであろうという予想で終わっている。「献灯使」は「遣唐使」のもじりであるから、鎖国の列島から例外的に外へ派遣されて全世界に祈りの言葉を伝える使命を帯びる。献灯使が、大災害の後、災害の原因となった産業優先の競争社会を復興するのではなく、分けあってそれぞれの個性や美しさを尊重しながら生きる社会があり得るという祈りを伝えるのであれば、ディストピア小説といわれもするこの小説は、絶望から希望へと回転させたレンズから未来をみているのではないか。

101

俵万智「未来のサイズ」

地図上に赤くまあるく人の死の可視化されゆくモーニングショー
楽しんでやろうじゃないのラベンダー、蜂蜜、なまこ、バオバブオイル
ネットでは選べぬ文具があるからと出かけてゆきぬ子はマスクして
「前向きな疎開」を検討するという人よ田舎は心が密だよ
「選ばれる地方」「選ばれない地方」選ばれなくても困らぬ地方
人と会う約束、仕事、なくなりて静かな三月、四月、来月
知らぬ間に鬼かもしれぬ鬼ごっこ東京の人と宮崎で会う
第二波の予感の中に暮らせどもサーフボードを持たぬ人類

（初出は二〇二〇年。引用はKADOKAWA版、一〇〜二七頁）

新型コロナウイルス感染症は、二〇二三年五月から「第五類感染症」とされ、感染の全数把握とその報道がされなくなった。二〇二三年の夏の終わり、わたしは新型コロナ感染症対策分科会の尾身茂元会長が「第九波ピークまだ」と語るニュースを聞きながら、俵万智の歌集を短編小説集のようにして読み返している。コロナ禍は三年前にこのようにして日々の生活を覆い

始めたのだ。近い過去が生々しく蘇る。

この頃の新聞切り抜きを参照すると、二〇二〇年一月には新型コロナウイルスによる感染症を「指定感染症」とする閣議決定がなされている。これにより患者の強制入院、就業制限が可能になった。三月に入ると全国の小中学校、高等学校の春休みが前倒しとなる形で臨時休校が始まる。アベノマスクの全世帯配布があった。東京オリンピック、パラリンピックの延期が決まっている。四月には最初は七都道府県にかぎった緊急事態宣言の対象地が全都道府県に拡大された。各地にクラスター発生の報道がつづく。WHOは世界的大流行パンデミックを表明。五月には世界全体の感染者が五〇〇万人を超えはじめ、米国では死者が一〇万人を超え、その後、統計数字の桁数があっというまに増える。

俵万智の歌「人と会う約束、仕事、なくなりて静かな三月、四月、来月」は、四月の次を五月ではなく、来月と歌うところが予言的であった。来る月もその次もパンデミックは続いたのだから。そして俵万智の歌は、新聞報道とは違ってコロナ禍を子育てする人の私生活空間から、さらには地方生活者の立場から詠んでいる。歌人は東日本大震災の後で息子を伴って仙台から宮古島へ移住し、六年後には彼の中学入学にあわせて宮崎県内へ居を移した。歌人だけでなく、放射線を避けての母子移住あるいは家族ごとの移住は、静かな人口移動と呼べるほどの動きであった。地方移住のその後が語られることはまだ少ない。

新しく移住を望む人に向かって言われているのであろう、東京の「三密」をさけて地方へ来るつもりだろうけど、「田舎は心が密だよ」という忠告は、作家が移住者として味わってきた苦労を伝えているのではないだろうか。そして歌人は今や地方の立場から、「選ばれなくても困らぬ地方」と嘯く。しかしウィルスの場合は誰しも誰かに感染させる可能性を持つ。「知らぬ間に鬼かもしれぬ鬼ごっこ東京の人と宮崎で会う」と、自分と相手を対等に冷静に見ることも忘れていない。

公式宣言はなかなか出なかったが、第一波の次には第二波という予感がほぼ全ての人にあったのは、二〇二〇年七月だった。コロナ第一波、第二波という用語に掛けて使われたサーフィン用の波乗り板サーフボードのイメージはさすがに鮮やかである。この時、疾病の専門家以外の誰が、人類は第八波、第九波までを乗り越えて生きる努力をしなければならないと予想しただろうか。大きな社会変動のさ中にいて、誰しも声を失ったときに短歌が最初の言葉をさぐりあてた。本書019「与謝野晶子歌集」もそうであった。大きな社会変動を背景とした個々人の小さな物語が集められて大きな物語となる。

102
若竹千佐子「かっかどるどるどぅ」

すり切れた畳敷きの部屋の積み重なった段ボール箱から無造作に服がはみ出していて、出窓には本だの新聞だのテレビだのにいろんなものが置いてあってごちゃごちゃしていてそれでいてあったかい部屋だった。

（初出は二〇二〇〜二一年。引用は河出書房新社版、六五頁）

若竹千佐子は、インタビューを受けて「前作の『おらおらでひとりいぐも』は孤独礼賛を書いたけれど、社会から孤立し、どうしようもなくなっている人たちにそれを求めるのは酷。安心して生きられる居場所があってこその孤独だと思うようになりました。」と語っている。前作では、東北地方から東京へ出てきた者同士が結婚して郊外に家を建て、子育てを終え、夫と死別した桃子さんが東北言葉で記憶から姿を現す幽霊たちとつきない会話を交わしたのち、過去から解放されて新しい人生を生きる決意を東北言葉で述べていた。

ところが近作において純粋の東北言葉を話すのは、アフロヘアの太った老女、吉野さんだけである。前作の桃子さんは生家からの出奔で人生を変えたのだが、近作の吉野さんは、ぶっ壊した婚家に一児を置いての単身家出後、さまざまな男たちと関係をもちながら壮絶な女ひとり人生をおくったのち、東京近郊にあるらしい萬葉《よろずは》通り商店街の古いアパートに棲みつく。血がつながらない家族、みんなで一緒にご飯を食べて、笑っていられる緩い人間関係の容器である「暖かい部屋」の維持が生涯の最後の仕事と決めている。さびれた町だからこそ危険がいっぱいなのに、部屋のドアは開け放たれている。吉野さん口調を真似するうちに東北訛りが、吉野さんのつくる大きなお握りや、ちゃぶ台に並ぶ炒め物、煮物、漬物を食べる人たちの共通語となる。

小説は、それぞれに困難をかかえて寂しい人たちの過ぎし日々とその意味を問う独白と、彼らが交わす会話から成り立っている。「私の痛みは私の個人的なことだけれど、巡り巡って政治的なことだ」が、前作と近作をつなぐ文章である。

二〇二二年春、吉野さんはちゃぶ台をかこむ皆に、テレビ画面のなか厚い防寒着を着た男の子がひとり泣き叫びながら被災地にそったウクライナの雪道を歩く画面を指して、あの子は親にはぐれたか死なれたか「むじょ（無情）やな」と叫んでいる。それでも世界中がウクライナを支援しているのが救いだと言う吉野さんに、食卓の若者が逆らう。軍需産業はこの戦争で儲けている、それを隠してウクライナの人は可哀そうと正義をかざして兵器を大量に送るのはおかしい、と。

二〇二二年秋、一升瓶の差し入れがあって盛り上がった食事の後、ひとりの女子大生が「コロナは三年経ってもまだ終わらないし、私なんて全然学校行けてないんだよ」とつぶやく。パンデミックで失業の青年が「この年って後後《あとあと》振り返ったら、記憶に残る年なのかもしれない。(気候変動で)崖っぷちに追い込まれてるのにまた戦争なんかやってしまって」そして「八十億か、多過ぎるんだよな」と言えば「人間はそろそろ退場した方がいいんだよ。その方が地球のためなんだ」と相槌がくる。末世終末論である。すると吉野さんのおかげで自殺未遂から救われ、「萬葉通り」近くの介護施設「萬葉の園」で働きながら介護士をめざす保さんが「俺も、前はそう思ってた。だけど、ここを知ってから守りたいんだ。ここ。俺の居場所だから、ここだけはなくしたくない」と言うことにより会話の流れが変わる。やっぱり最後に意見を求められる吉野さんが言葉をしぼりだす。自分が人生から学んだことは「人というのはぎりぎりのどぎに思ってもみね力が湧いでくるもんだ〔中略〕腹をくぐって楽観すればいいんだ」と。

二〇二二年師走。吉野さんの突然死は、食卓の仲間たちが看取る。萬葉通りに通じる駅前広場にそれぞれの衣装を着て死者の思いを受け継いで生き抜こうと連帯を歌う集団が出現しているらしい。

物語結末には無理がある。それに、この小説とは別に書き下ろされたという巻末の「駆け出しの神」は、語りなのか歌なのか。八十の坂を越えているらしい媼《おうな》が、故郷の八角山氏神の社の前でかがり火を焚き、静かに舞い、燃えさかる松明を御堂の扉の内へ投げ込むと自分も燃える炎の中に入る。何故か。心のよりどころとしての故郷をもつ人などもういない、個々人は移動の人生を生きながらその時々の居場所で、丁寧に信頼関係をつくるしかないということか。しかし、この小説もまた家族の定義を変えようとしていることを忘れないでおこう。婚姻と血縁からなる愛情家族から、助けあって生きる信頼家族へというべきか。信頼家族は住まいという箱を図書館、公園、商店街、ストリートへ、その先のさらなる世界へと開こうとしている。

103
高山羽根子「首里の馬」

父の部屋の、荷物を端に寄せて片づけられた床で丸くなっている馬は、どれだけ眺めてもやっぱりなにかのまちがいみたいにして存在していた。生き物の強い臭いがした。

そもそもこの馬は、どこからなんの理由があって、台風のさなか家の庭に入ってきたんだろう。

（初出は二〇二〇年。引用は新潮文庫、九四頁）

未名子は、沖縄県浦添市牧港《まちなと》に亡くなった父親が建てた家に独りで暮らしている二十歳代の女性である。家の庭に迷い込んできた宮古馬《ナークー》、名前はヒコーキ、を乗りこなすことができる。登校拒否気味であった中学、高校時代には、隣接する那覇市港川のかつての「外人住宅」地帯にある、「沖縄及島嶼《とうしょ》資料館」を居場所にしていた。資料館アーカイヴスは、民俗学者である順《より》さんの個人所有であって、彼女が集めた文献、聞き取り調査記録、録画録音資料、それに標本から民具まで、かつてあった日常生活の断片がぎっしりと詰まっている。未名子は今も頼まれもしないのに、資料館の本棚の整理とデータ化を行っている。膨大な資料は、順さんによる物語化によってしか意味をもち得ないのだが、すでに高齢である順さんは毎日、資料館の肘掛け椅子で眠りこけている。未名子は傍らで資料をスマートフォンのカメラで撮影、検索カードを言葉順、地域別、時代順で並べなおしタグをつける自分で編み出した作業を黙々と続けている。

先の仕事は無償ボランティアなので、別に給料のでる仕事を探してたどり着くのが問読者《トイヨミ》「孤独な業務従事者への定期的な通信による精神的ケアと知性の共有」という仕事、倉庫のようなスタジオに独り陣取って、毎回ずっと遠くにいる知らない人ひとりひとりに向けて出題クイズを読みあげ、正答、誤答を告げるのが業務内容である。回答者の目的は正解を知ることではなく、問読者との対話によって自分の精神や知性の安定を図ることであるらしい。

クライアントの一人、ヴァンダは教育に力をいれる小国に生まれて優秀な人材として送り出され、出稼ぎ先の大国でも宇宙派遣チームの一員に選ばれたのだが、祖国でクーデターが起こり、チーム仲間は順次、地球に帰還するのに、彼ひとり宇宙ステーションに取り残されている。

クライアントで登録名ギバノは、戦場のど真ん中で人質として捕らえられ、逆説的に言えば世界中で一番安全なシェルターから誰にもわからない言語だからという理由で学習した日本語でヴァーチャル対話を楽しむことが許されている。故郷の草原は動物王国だったと語り、馬の特性を言いあて、飼育方法を教える。

同じくクライアントのポーラはカメラ映りの美しい女性科学者で、どうも南極深海にある研究施設にいるらしい。順さんの訃報と建物取り壊しの報せを受け取った未名子は、二つの仕事を止める決心をし、クライアントたちとの最後の機会に、彼らとは関係ない資料館データの保存を依頼する。ポーラはいとも簡単に、ここには自分の他には大量データしか存在していないんだからデータの番人としてしっかり保管しとくね、と答える。ヴァンダもまた、予備メモリを開いてあなたの子たちを預かりますね、と言う。ギバノもデータを保存、未名子にむかって馬は財産だし、「自分の力で手に入れた、受け入れた家族なんだから手放しはだめ」と言い残して画面から消える。沖縄及び島嶼資料データは、宇宙空間、南極の深海、戦争地帯のシェルター、そして未名子のリュック内に保存された。神話的寓話の舞台はなぜ沖縄なのか。

わたしは一度だけ、二〇〇一年の八月、夏休みに沖縄を訪ねたことがある。帰宅後の九月一一日、アメリカで同時多発テロがあり、テレビの画面はくりかえし、高層ビルの崩壊場面を映した。つづいて沖縄の友人からの手紙で、基地周辺に大きな緊張が走ったことを知った。基地が存在するということは自分たちがいつ何時でも戦争に巻き込まれるということなのだ。ここに取り上げた小説の主人公の日常的孤立と不安、それゆえに強く希求される他者理解と連帯は、今もつづくわたしたちの現実である。

解説——民衆史の革新者としての西川史学

戸邉秀明

読み終えて、とても風変わりな本に出くわしたと思う読者は少なくないだろう。なにしろ名作推奨リストを兼ねるのが常套の文学史に、永井荷風や川端康成、三島由紀夫といった「文豪」が顔を出さないのだから。だが、これほど率直な物言いで本質を衝き、卓抜な比喩で唸らせ、見知らぬ作品を探してでも読みたくさせる文学史は、まずない。いずれも、本書が文学史の枠組を利用して、実は日本近現代史の描き方そのものを変える大きな仕事をしたことの証である。四半世紀前に初版を手にした時、諸学問の作法や枠組を大胆に越境し、換骨奪胎していく（まさに脱構築というべき）確信犯の書きぶりから得られた解放感の記憶は、いまなお鮮明だ。

その後、歴史学畑に定住した私の現在地から振り返れば、こうした西川祐子さんのお仕事は、二〇世紀後半に盛りあがった民衆史研究という学問潮流の一翼を担いつつも、それをジェンダーという視角で批判的に捉え返し、一歩も二歩も前進させた（あるいは深めた）歴史研究であった。なかでも本書は、そのような西川史学を代表する作品であり、著者の「歴史の方法」が凝縮して表れている。小文ではその意義を、以下の四点に絞って解説に代えたい。

第一に、本書は近現代日本一五〇年の膨大な文学表現を、「集団制作による大河小説」として読みつぐと標榜する。「集団制作」とは、著名な作家や作品から聖性を剝ぎ取り、大河の無名の一滴とみなすと宣告するに等しい。小説に加えて、短歌やルポルタージュ、マンガ、報告書の類までが、同格のテクストになる。それどころか、登場人物の作中の経歴と、それを描く作者の個人史もまた、読者には同一水準の表現として消費されると著者は言い切る。それらはすべて、人々の切実な思いや欲望を映し出す表象として、一貫した視点で読み解けるからだ。ここには無論、テクストとその外部との関係をめぐる文学理論が周到にふまえられている。

この方法によって、作家たちが個性の饗宴／競演を際立たせるはずの文学史が、文学という資料に現れた住まいと、そこに現れる家族の変貌へと、中心を譲る交代劇が起こる。物語の舞台装置として普段は背景に過ぎないモノが、無意識まで含めた民衆の想像力を体現する、まさに主役となる。近代の作家は知識人ばかりだから、これが民衆史かとの不満もあろう。だがここには、「コヤ」のような貧しい農家や都市の周縁で増殖する借家をはじめ、帝国日本の拡大にともなう植民地や地球の裏側に行き着いた移民の開拓地まで、多様な住居と暮らしぶりが取りあげられている（第二章003・009・028・053・081）。著者は日本社会の全体性を、あたかも人類学者の眼で捉えようとする。

こうして「大河小説」の真の主題が露わとなる。「個々人は自分と家族のために家を建てたのに、それぞれの国民が家を建てることは、じつは国家をつくることにほかならなかったということを書いてきたのだ」――この感慨が核心を衝く。「国民国家の基礎単位とみなされる家族」とは著者の近代家族の定義だが、個々の家族は国家による操り人形ではなく、むしろそれぞれの幸福追求の営みによって、自らを国家が求める姿へと成型していく。本書はそのような一筋縄ではいかない過程を、文学表現でしかうかがい知れない内奥から解剖してみせる（著者の近代家族論については、『近代国家と家族モデル』吉川弘文館、二〇〇〇年、第一章が必読である）。

本書で私たちが目撃するのは、理論の図解ではなく、複雑な現実を介して現れる社会の実相だ。たとえば百年前の関東大震災下、大杉栄・伊藤野枝・橘宗一の三人連れが「主義者」という「不逞の血統」を持つ「家族として虐殺された」（第二章020）。この事件は、国家や民族が家族を従える時代を抜きにしてはありえず、朝鮮人虐殺事件と根を同じくするとの指摘は、家族の側から問い質す国家論になっている。パニックのなかで、特定の民族や思想の持ち主を家族単位で根絶やしにしようとする国家の暴力が、家族を守ろうとする民衆の防衛願望を利用して発動された。その実相を、すでに四半世紀前に指摘した著者の慧眼に、あらためて驚かされる。

第二に、このような作品読解を支えるのは、「生活史」という方法である。生活とは一見、生殖から労働まで、ごく私的な細部の集積でしかない。だが夫婦や親子の間の非対称な力関係から国家の家族政策まで、実は多層多重に権力が作用する場でもある。また生活の細部に宿る民衆の意識や感情は断片的ではあれ、それらを意味づける論理や解釈の枠組が存在し、時々の政治・経済との相互作用により変化する。だから「本当は生活こそが政治と経済と、それから思想の闘争の場そのもの、現場」なのだ（佐藤文香・伊藤るり編『ジェンダー研究を継承する』人文書院、二〇一七年所収の西川へのインタビュー）。ならば文学が描く住居と、そこに現れた家族関係は、民衆の思想的営為として好個の対象となるはずだ。松本清張の短編「張込み」（第二章043）をめぐる一篇など、この方法を凝縮させた第二章のスケッチの数々が、読む者を惹きつける。

もっとも、この「思想」は、民衆のさまざまな願望の結晶であると同時に、その思いを商品化し、国家や企業の意思に沿うように規格化する働きもする。著者はその後、本書の姉妹編である住宅論（『住まいと家族をめぐる物語――男の家、女の家、性別のない部屋』集英社新書、二〇〇四年）で空間論を、また日記論（『日記をつづるということ――国民教育装置とその逸脱』吉川弘文館、二〇〇九年）で時間論を展開している。住宅も日記も、国家や市場がモデルを示し、広く浸透させた「国民教育装置」だと著者はいう。だがそれらは、国民に生活の時間と空間を自己管理させる技法でありながら、個々人はそれを自己の目的のために勝手に改作し始める。文学もまたしかり。国家と国民の相剋、ダイナミズムに眼を凝らす著者の生活史は、民衆生活を起点にして社会の全体性を捉えるための体系的な方法へと成長してきた。

ただし、住まいと家族をめぐる物語は、性別によって演じられ方がまったく異なるため、民衆を単一の主語にして論じるだけではすまない。そこで第三に、「ジェンダー史」の視点が、「大河小説」を貫いて現れる。従来の民衆史でも女性史は重要な対象とされ、マイノリティの歴史の一角を占めてきた。だがジェンダー史は、男性／女性という性別のシステムのメカニズムと、その作用の結果として顕れる権力作用とを、近代社会の根本原理として抉《えぐ》り出す。著者はその焦点を、国民国家と男性家長たちが従える家族との結合に見出す。そこで女性は、主権者・市民の立場からは排除されながら、なお家長との婚姻と家長の「私生活」の下で管理されることを通じて国民化され、またそれぞれの国家・家長がふさわしいとする「女らしさ」を求められた（前掲『近代国家と家族モデル』）。

フェミニストとして自身の権利闘争もふまえてこの視点を身につけた著者は、日本の近代小説が、新たな家長に成り上がる男たちの「父殺し」の連続であることを喝破した。男性作家たちは、家族形成の目標を達成すると主題喪失に陥って失速する。妻や娘たちは、家族を支配＝所有しようとする家長の視線を逃れて、「家出小説」（このネーミングのイカしていること！）を書き続ける。では男性作家が、そして彼らの作品をなぞるように生きた男性読者たちが排斥してきた女性の視点から説き起こせば、いかなる別様の物語が始まるだろうか。この問いは本書で頻繁に顔を出すが、大江健三郎が造形した女性像など、男たちの自己中心性に対する著者のコメントは容赦がない（第二章047）。

著者の観察と発見は、いつも具体的なモノで指示されるため、読者は概念の森をさまよわずにすむ——いろり端／茶の間／リビング、借家／持ち家／部屋の映像が、家族の変貌の象徴として読み手の脳裡にしかと刻まれるように。こうした書きぶりの根底には、物語は読書という「積極的な行為」を通じた読者の参加によって初めて成立するとの揺るぎない確信がある。第四に、この「読者」という民衆存在こそ、既述した三つの方法を下支えする、最も独自の観点と言える。第二章の初出である新聞連載は、その形式を存分に活かし、読者の注文を受けて新たな謎解きに挑み、震災や「戦後五〇年」などの偶然性を次々と取り込みながら、植物のように繁茂する。

読者参加への着目は、著者が「わたしの青春の書」とよび、パリ大学の博士論文で取り組んだバルザックに由来するだろう。一葉・漱石・らいてうらが借家をめぐって結びつき、主客を替えて現れる連載（第二章004〜007）も、同じ作家が小説群「人間喜劇」で発明した人物再登場の手法を下敷きとする。「あれ以後のわたしの仕事のほとんど全部がバルザックを読むことからはじまった」との述懐の意味を、本書の仕掛けほど雄弁に物語る例はない（『十三人組物語』バルザック「人間喜劇」セレクション3、藤原書店、二〇〇二年の西川による訳者解説）。

もちろん、読者はただの「お客さま」ではない。作者や登場人物に憧れ、模倣し、注文を出すことで、作者を縛っていく。日本近代文学の御家芸たる「私小説」を前提に、作家の生きざまが自分たちの期待通りとなるように望み、果ては作家の息子や娘さえ拘束する。読者の存在は、実はとてつもなく大きく、そこに民衆思想の影がさす。したがって読者も、そして「文学少女」の著者自身も分析の対象となる。随所に現れる著者の個人史の欠片《かけら》は、読者の個人史を乱反射させることで参加を促す、巧まざる企みのひとつである（著者の個人史については、前掲のインタビューのほか、上野千鶴子・荻野美穂との鼎談『フェミニズムの時代を生きて』岩波現代文庫、二〇一一年が参考になる）。文学研究の一ジャンルとしての読者論とは、本書は一線を画す。

このように広く迎え入れた上で、文学が描いてきたこの歴史はあなたの歴史でもある以上、読者は「この記憶にとらわれ、抵抗しつつそれぞれの記憶をつくらなければならない」と、著者は詰め寄る。読者を主体として遇する以上、責任も求めるわけだ。しかし、これは解放へのよびかけでもある。家長たちの家つくり物語を自ら放棄する小島信夫の小説をもって、ひとつの歴史の終わりを見届け、新たな結びつきによる家族を予感して終わる初版は、確かに美しかった。ところが今回増補されたその後の四半世紀の文学に見る人間のつながりは、もはや家族の輪郭も定かでなく、茫漠としている。ディストピア小説や介護小説が増えるのも、高齢化／少子化の趨勢の忠実な反映だ。けれども絶え間ない離合集散の物語は、血縁や性愛にのみ基礎づけられる「愛情家族」から、多様な関係を駆使して生きのびる「信頼家族」への転生が、未来の枢要な選択肢であることをはっきりと示唆してもいる。

私という読者（たち）は、こうして本書に幾度も助けられ、息継ぎを繰り返し、個と共同性の潮目を漂いつつ、大河から海へと向かう。そこでいったいどんな光景に出くわすのか。その景色を、著者とともに見続けたい。

（とべ　ひであき／沖縄近現代史、戦後日本史学史）

［著者］

西川祐子（にしかわ ゆうこ）

1937年東京生まれ、京都育ち。京都大学大学院博士課程修了。パリ大学大学博士。日本とフランスの近・現代文学研究、女性史、ジェンダー論専攻。著書に、『古都の占領——生活史からみる京都1945-1952』（平凡社）、『高群逸枝——森の家の巫女』（第三文明社レグルス文庫）、『花の妹 岸田俊子伝』『私語り 樋口一葉』（ともに岩波現代文庫）、『日記をつづるということ——国民教育装置とその逸脱』（吉川弘文館）、『住まいと家族をめぐる物語——男の家、女の家、性別のない部屋』（集英社新書）など。共著に、『フェミニズムの時代を生きて』（岩波現代文庫）、共編に『共同研究 男性論』（人文書院）、『共同研究 戦後の生活記録にまなぶ——鶴見和子文庫との対話・未来への通信』（日本図書センター）、訳書に、E. シュルロ、O. チボー編『女性とは何か』（共訳、人文書院）、バルザック『十三人組物語』（藤原書店）などがある。

平凡社ライブラリー 956

増補《ぞうほ》 借家《しやくや》と持《も》ち家《いえ》の文学史《ぶんがくし》

「私《わたし》」のうつわの物語《ものがたり》

発行日…………2023年11月 2 日　初版第 1 刷

著者……………西川祐子

発行者…………下中順平

発行所…………株式会社平凡社

〒101-0051　東京都千代田区神田神保町3-29

電話　(03)3230-6573［営業］

ホームページ　https://www.heibonsha.co.jp/

印刷・製本……藤原印刷株式会社

ＤＴＰ…………平凡社制作

装幀……………中垣信夫

© Yuko Nishikawa 2023 Printed in Japan

ISBN978-4-582-76956-2

落丁・乱丁本のお取り替えは小社読者サービス係まで
直接お送りください（送料は小社で負担いたします）。

【お問い合わせ】
本書の内容に関するお問い合わせは
弊社お問い合わせフォームをご利用ください。
https://www.heibonsha.co.jp/contact/

渡辺京二著
幻影の明治
名もなき人びとの肖像
時代の底辺で変革期を生き抜いた人びとの挫折と夢の物語から、現代を逆照射する日本の転換点を描き出す。『逝きし世の面影』の著者による、明治150年のいま必読の評論集。
解説＝井波律子

西川長夫著
決定版 パリ五月革命 私論
転換点としての1968年
政府給費留学生として現場に居合わせた著者による迫真のドキュマン。革命から50年、同じ光景を目にしていた西川祐子によるもう一つの私論を付した決定版。
付論＝西川祐子

半藤一利著
世界史のなかの昭和史
昭和史を世界視点で見ると何がわかるのか？　ヒトラーやスターリンらがかき回した世界史における戦前日本の盲点が浮き彫りに。日本人必読の半藤〈昭和史〉シリーズ完結編、待望の文庫化！

金井美恵子著
〈3・11〉はどう語られたか
目白雑録　小さいもの、大きいこと
〈3・11〉直後、メディアに溢れた「ありふれた言葉」を収集＝引用した、稀有の記録。〈3・11〉から10年を機に、『目白雑録　小さいもの、大きいこと』再編集版として刊行する。
解説＝鈴木了二

ジョーン・W・スコット著／荻野美穂訳
30周年版 ジェンダーと歴史学
「ジェンダー」を歴史学の批判的分析概念として初めて提起し、周辺化されていた女性の歴史に光をあて、歴史記述に革命的転回を起こした記念碑的名著。30周年改訂新版。